FLIGHT

死んだら飛べる

スティーヴン・キング&
ベヴ・ヴィンセント［編］
白石朗・中村融 他［訳］

EDITED BY
STEPHEN KING
AND
BEV VINCENT

OR

竹書房文庫

FRIGHT

死んだら飛べる

献辞

実在と架空を問わず、恐怖に満ちたフライトののちに飛行機を着陸させ、乗客を安全に家へ送り届けたすべてのパイロットたちに、本アンソロジーを捧《ささ》げる。以下に、そのパイロット諸氏のお名前をかかげる――

ウィルバー・ライト
チェズリー・サレンバーガー
タミー・ジョー・シュルツ
ヴァーノン・デメレスト
ロバート・ピアスン
エリック・ゲノッテ
ティム・ランカスター
ミン‐フアン・ホー
エリック・ムーディー

ピーター・バーキル
ブライス・マコーミック
ロバート・ショーンスタイマー
リチャード・デクレスピニー
ロバート・ピシェ
ブライアン・エングル
テッド・ストライカー

（白石 朗 訳）

CONTENTS

序文

テクノロジーに支配されたこの現代社会で、飛行機の旅を楽しんでいる人が存在しているのだろうか？　にわかには信じがたいかもしれないが、そういう人はまちがいなく存在する。パイロットたちは楽しんでいるし、大多数の子供たちも楽しんでいるし（といっても赤ん坊は例外――気圧の変化のせいでご機嫌ななめになる）、航空関係の各分野のマニア諸兄姉も楽しんでいるだろうが、まあ、そんなところだ。上記以外のわたしたちが旅客機での旅に感じる魅力や昂奮《こうふん》は、せいぜい直腸検査とおなじ程度だ。現代の空港はどこも混雑しきった動物園同然になりがちで、忍耐やいつもの礼儀作法がぶっ壊れる寸前まで試される。フライトは遅延し、フライトは欠航になり、スーツケースはお手玉のようにぽんぽん投げ飛ばされるばかりか、たとえ乗客が清潔なシャツを――あるいはせめて清潔な下着のひとそろいを――切実に必要としていても、預けた荷物が当の乗客といっしょに到着しないことも珍しくない。

もしあなたが早朝の便に乗ることになっていたら……なんとまあ、お気の毒。そうなったら朝の四時に這いずるようにしてベッドから出なくてはならず、そのあと一九五四年に南米の腐敗した小国から出国する手続も顔負けの十重二十重《とえはたえ》の大行列で、人に緊張を強いるチェックインと搭乗手続の列をくぐり抜けるしかない。写真つき身分証明書を忘れてはいないか？　シャンプーやコンディショナーは規則どおり無色透明の小さなボトルに詰めかえてきただろうか？　靴を没収された場合の用意はあるか？　さまざまな電子機器をレントゲンで検査される準備はととのっているのか？　他人が荷物を詰めなおしたり、他人の手が荷物の中身に触れたことはないといえるか？　全身ボディスキャナーを通過する心がまえは？　さらには、体のプライベートな部分を他人の手でぱたぱたとたっぷり叩かれて検査されることへの心がまえはできているか？　答えはイエス？　けっこう。それでもなお、あなたが乗るはずだったフライトが超過予約《オーバーブッキング》だったとわかるかもしれず、機材や天候の問題で遅延するかもしれず、コンピューターのメルトダウンが原因で欠航になることも考えられる。そうそう、もしもあなたがキャンセル待ちの乗客だとしたら……なんともかわいそうに！　スクラッチ式宝くじを買うほうがまだしも運に恵まれるかもしれない。

さて、こうした幾多のハードルを乗り越えてようやく、本アンソロジーへの寄稿者のひとりがその作品のなかで〝轟音《ごうおん》をあげる死の殻〟と形容した乗り物に足を踏み入れることができる。あなたはいうかもしれない――いや、その形容はいささか大袈裟《おおげさ》だし、そもそも事実に反するのでは？　お説ごもっとも。旅客機のジェットエンジンの炎が燃料不足などで消えてしまう事故はめったに起こらないし（とはいえ、高度一万メートル近くを飛ぶ旅客機のエンジンが火を噴いている場面を乗客がスマートフォンで撮影した不穏な動画なら、わたしたちのだれもが見たことがあるのでは？）、飛行機に乗ったせいで死ぬことはめったにない

（統計によれば、道路横断中の事故死のほうが高確率だ――とりわけ、あなたが歩きスマホで道をわたるほどの愚か者なら）。それはそれとして、あなたが酸素――ほかの物質が燃えるのを助ける性質をもっている――で満たされた金属チューブに足を踏み入れたうえ、引火性の高いジェット燃料の上にすわるという事実は変わらない。

あなたが乗った金属とプラスティックのチューブが密閉され（たとえるなら――がちゃん！――柩《ひつぎ》のように）、滑走路から飛び立ち、しだいに縮んでいく影を地上に落とすようになったら、その時点で確実にいえるのはひとつだけだ。統計などはなから必要ないほどわかりきっていること――すなわち、あなたがいずれは地表に降りるということ。重力の要求によって。問題はどこにどういう理由で降りるのか、そのときには体がいくつのパーツになっているのか、ということだ――理想をいうなら、体がひとつのパーツのままが望ましい。母なる大地との再会が全長約千五百メートルのコンクリート上なら問題なし（もちろん目的地の空港であることが望ましいが、火急の場合には、どこの土地であれ、千五百メートルばかり舗装してあれば用は足りる）。そうでない場合、統計から見たあなたの生存確率は急速に降下する。それもまた統計学的事実であり、たとえ空の旅の経験がだれよりも豊富な乗客であれ、乗っている航空機が高度一万メートルで晴天乱気流に巻きこまれれば、この事実を考えざるをえなくなる。

そういった場面では、あなたはとことん無力だ。建設的な行動はひとつもとれず、せいぜいシートベルトを再確認するのが関の山。そのあいだ調理室《ギャレー》では食器や瓶が揺れてがたがた音をたて、客席頭上の手荷物収納棚の扉が勝手にひらき、赤ん坊はぎゃんぎゃん泣きわめき、人の体臭を消すためのデオドラントは白旗をかかげ、客室乗務員は天井のスピーカーを通じて「機長からみなさまにお願いです、お席を離れませんように」とくりかえす。あなたが乗っている満員御礼のチューブが上下に揺れて左右に揺れ、全身をがくがく痙攣《けいれん》させ、あちこちから軋《きし》み音をあげるあいだ、あなたにはみずからの肉体があっけなく壊れるものであることや、反駁《はんばく》のできないたったひとつの事実——すなわち、あなたもいずれは地表に降りるという事実——に思いをめぐらせる時間がある。

そこであなたが次に空の旅をするさいの考え事の材料として、ここで適切な質問をさせてもらいたい。あらゆる人間の活動のなかで、いまあなたが手にしているようなホラーとサスペンスのアンソロジーの題材に、これ以上適切なものがあるだろうか。あるとは思えませんな、淑女紳士諸君。ここにはすべてがそろっている——閉所恐怖症、高所恐怖症、そして自由意志の剝奪。そもそもわたしたちの命は普段から細い糸一本で吊《つ》り下げられているが、ぶあつい雲と激しい雨のなかをニューヨークのラガーディア空港へ降下していく機内にいるときほど、その事実がありありと見えてくることはない。

個人的なことを書かせてもらうなら、本アンソロジーの編者であるわたしは昔よりずいぶん気楽に飛行機に乗れるようになった。小説家としてのキャリアのおかげもあって、過去四十年のあいだには飛行機を利用する機会もずいぶん多かったが、一九八五年ごろまでは飛行機に乗るのがとんでもなく怖くてたまらなかった。飛行の原理は理解していたし、安全統計もあまさず理解していたが、そんなものはなんの役にも立たなかった。わたしの問題の一部は、自分の置かれている情況をすっかりコントロールしたいという欲望にあった（し、その気持ちはいまも残っている）。自分でハンドルを握って車を走らせているときには安心できる——自分を信じているからだ。しかし、たとえばあなたがハンドルを握る車に乗っていると……そこまで安心できない（申しわけないことだが）。旅客機に搭乗して席にすわるとき、乗客はすべてをコントロールする力をまったく知らない赤の他人に——それどころか、会うことさえないかもしれない人に——あずけることになる。

わたしにとってさらに災難なのは、長い年月のあいだに自身の想像力をきわめて鋭く研ぎあげてきたことだ。自分のデスクについて、ごくまっとうな善人を恐ろしい事態が襲う筋立ての小説をこしらえているときには、鋭い想像力がありがたい。しかし飛行機の機内で人質になり、その飛行機が滑走路へ乗りだしていったんためらったのち、一般的な自家用車なら自殺行為どころではないと評される猛スピードで突進しはじめると、想像力はありがたくなくなる。

想像力は諸刃の剣《つるぎ》だ。作家としての仕事のために飛行機を頻繁に利用しはじめたばかりのころは、自分の想像力の刃《やいば》でたやすく自分を切っていた。窓の外に見えるエンジンのなかで動いている部品すべてに、うっかり思いをはせた――あれだけたくさんの部品が動いているのだから、そのたくさんの部品が統制をなくしてしまうことは避けられないのではないか。エンジンの音がほんのわずかでも変化すれば、そのたびにどんな意味があるのかとうっかり考え、飛行機がこれまでとちがう方向に傾き、その傾きにあわせて（まるで警告するように！）小さなプラスティックのコップにはいったペプシの水面も傾けば、そのたびにそんなことになる理由を考えてしまった――というか、考えずにいられなかった。

もし機長が操縦室《コックピット》から出てきて乗客とおしゃべりでもしようものなら、当時のわたしは副操縦士《コパイロット》ははたして有能なのかという疑問にさいなまれた（そもそも副操縦士がそこまで有能なはずはない、有能なら予備的な立場についているはずはないじゃないか）。ひょっとしたら旅客機は自動操縦《オートパイロット》モードなのかもしれないが、もし機長が乗客のだれかとヤンキース優勝の見込みについておしゃべりをしているさなかに自動操縦が切れてしまい、飛行機がいきなり錐《きり》もみ落下をはじめたらどうする？　貨物室のドアのラッチがはずれたら？　着陸装置が凍りついて出なくなったら？　もし窓ガラスが――本来は欠陥品だったのに、家で待つ愛《いと》しのパートナーのことを考えていた検査官が合格させてしまった窓ガラスが――いきなり割れて吹き飛んだらどうなる？　それをいうなら隕石が機体を直撃して、機内の空気が一瞬にして吸いだされてしまったら？

そののち一九八〇年代のなかばをすぎるころ、こうした恐怖もあらかた静まってくれたのは、メイン州バンゴアへ帰るためにニューヨーク州ファーミングデイル飛行場を離陸して上昇中の飛行機内で死に瀕《ひん》した体験のおかげだった。飛行機に乗っていて——前輪がへし折れたり、飛行機が氷でスリップして滑走路からはずれてしまったりしたことも含めて——胆《きも》の冷える経験をした人は世の中にたくさんいるだろうし、いま本書を読んでいる人のなかにさえ、そういう人がいるかもしれない。しかし、これはかぎりなく死に近づきながらも命拾いをしたため、その経緯を物語れるたぐいのエピソードだ。

もう夕方近い時刻だった。空はすっきり晴れわたっていた。わたしはリアジェット35をチャーターしていた——離陸時には尻にロケットを縛りつけられたような思いをさせられるプライベートジェット機だ。このリアジェットには何度も搭乗していた。機長や副操縦士とは顔見知りで信頼もしていた——それも当然。操縦席で左側にすわっていたのは朝鮮戦争のころからジェット機で飛びはじめ、かの地での戦闘任務を何度もこなして生き延び、それ以来ずっと飛んでいる男だった。何万時間にもおよぶ飛行経験があった。わたしは小説のペーパーバックとクロスワードパズルの本をとりだした——順調平穏な空の旅と、妻子と愛犬との喜ばしい再会のひと幕を期待しながら。

高度二千メートルになり、わたしが今夜はみんなで映画を見にいこうと家族を説得できるだろうかと考えていたそのとき、煉瓦《れんが》の壁に正面衝突したような衝撃がリアジェットを襲った。わたしはとっさに、空中衝突事故にちがいない、機上の三人——機長と副操縦士とわたし——はもうまもなく死ぬにちがいないと思った。小さな調理室《ギャレー》の扉が弾かれたようにひらいて、中身をげえげえと吐きはじめた。無人の座席のクッションが宙を飛んだ。小型ジェットの機体が傾き……さらに傾き……ついには上下が完全にさかさまになった。さかさまになったのは体で感じたが、目にしていたわけではない。それより早く、わたしは目をつぶってしまっていた。生涯が走馬灯のように見えたりはしなかった。《でも、まだやるべきことがどっさりあるのに》と思うこともなかった。死を受け入れることもなかった（し、死を拒む気持ちもなかった）。死ぬときが来た、という確信だけがあった。

ついで機体が水平にもどった。コックピットから副操縦士の大きな声がきこえた。「スティーヴ！　スティーヴ！　そっちは無事かい？」

わたしは無事だと答えてから、通路に散乱した品々に目をむけた——サンドイッチがあり、サラダがあり、苺《いちご》のトッピングのチーズケーキがあった。天井からぶらさがっている黄色い酸素マスクにも目をむけた。それからわたしは——褒《ほ》められてもいいほど落ち着きはらった声で——なにがあったのかとたずねた。その時点では、わがふたりのフライトクルーたちにはなにがあったのかはわからなかった。ただしふたりは薄々原因を察していたし、のちにその推察が正しかったことが裏づけられた。リアジェットはデルタ航空のボーイング七四七型機とニアミスをしてジェットエンジンの排気につかまり、強風に吹かれる紙飛行機のように翻弄《ほんろう》されたのだ。

こうして現代の航空機がどれだけの衝撃にあっても耐え抜くことができるか、そしていざというとき優秀なパイロットたち（そう、大多数のパイロット諸氏は優秀だ）がどれほど冷静で有能ぶりを発揮するかを身をもって体験したこともあり、それ以来の二十五年でわたしは空の旅にずいぶん楽観的な人間になった。あるパイロットはわたしにこう語った。

「とにかく訓練を、ひたすら訓練をくりかえせば、退屈以外のなにものでもない六時間が最高度の危険をはらんだ十二秒間に変わっても、なにをするべきかが正確にわかるようになります」

読者のみなさんは、本書収録の作品でボーイング七二七型機の翼に乗ったグレムリンから、雲海よりもさらに上空に棲《す》む透明な体をもった怪物にいたるまで、ありとあらゆるものに遭遇する。時間旅行や幽霊飛行機との遭遇もある。わけてもあなたは最高度の危険をはらんだ十二秒間を体験する——空高くで起こりうる最悪の事態がいざ現実になった十二秒間を。みなさんは閉所恐怖症を、臆病を、恐怖を、そしてひとときの勇敢さを体験する。もしあなたがデルタ航空やアメリカン航空やサウスウエスト航空をはじめとする航空会社の飛行機に乗る予定があるのなら、本書ではなくジョン・グリシャムかノーラ・ロバーツの本をバッグに詰めるのが賢明だろう。安全な地上にいたとしても、本書を読めばあなたはシートベルトをきっちりきつく締めたくなるかもしれない。

なぜなら、この空の旅は大荒れになるからだ。

スティーヴン・キング
二〇一七年十一月二日
（白石 朗 訳）

貨物

E・マイクル・ルイス

中村融 訳

わたしたちの初飛行の先駆けをつとめるE・マイクル・ルイスは、ワシントン州のピュージェット・サウンド大学で創作を学び、現在は北米の太平洋岸北西地区に住んでいる。さて、ルイスの機上輸送係の手で、アメリカ合衆国への輸送任務のため、まもなくパナマを離陸するロッキード社の軍用輸送機C－141――愛称スターリフター――に読者のみなさんを搭乗させてもらうとしよう（いっておけば、マコード航空博物館に展示されている同型機とおなじく、こちらの機にも幽霊が出るとの噂がある）。C－141は、短距離であれば最大で三十トン強の貨物を搭載できる。百名の空挺《くうてい》部隊員、百五十名の戦闘部隊員、それに何台ものトラックやジープを運べるばかりか、ミニットマン型ICBMも積みこめる。あるいはもっと小さな荷物も。たとえば……そう、棺桶《かんおけ》とか。世の中には血も凍る読み物がある。そしてこの作品は、あなたの背すじに悪寒を――じわり、じわりと――這いのぼらせ、あなたの脳みそに末長く残ることだろう。

ご搭乗、ありがとうございます。

（白石 朗 訳）

一九七八年十一月

貨物の夢を見た。数千の木箱が飛行機の貨物室をふさいでいる。すべて荒削りの松材でできている。木っ端が作業用の手袋を突き抜けるような木材だ。わけのわからない数字と奇怪な頭字語がスタンプしてあって、ほの暗い赤い光を浴びてギラギラと輝いている。中身はジープのタイヤのはずだが、家なみに大きいのもあれば、点火プラグなみに小さいのもあり、すべてが拘束衣の革ひものような締め具でパレットに固定されている。おれはすべてを点検しようとしたが、数が多すぎた。箱がずれて低いザザッという音がしたかと思うと、貨物がおれの上に落ちてきた。インターフォンに手をのばし、操縦士に警告することができない。飛行機が横揺れしたとたん、貨物が千の鋭い小さな指でおれを押しつぶしにかかり、急降下しても、墜落しても、おれから命を絞りだそうとし、いまやインターフォンが悲鳴のように鳴っている。だが、それとは別の音もあった。耳のとなりの木箱の内側から聞こえてくる音だ。なにかが箱のなかでもがいている。びしょ濡れで不潔なもの、目にしたくないもの、外に出たがっているものが。

その音が、兵舎の寝棚の金属フレームにトントンと当たるクリップボードの音に変わった。おれはパッと目をあけた。航空兵——襟をふちどる汗からすると、外地勤務に慣れていない——がクリップボードをあいだにはさんで、おれを見おろしていた。自分の仕事をしたら、おれに首を引きちぎられるかどうか判断しようとしているのだ。

「デイヴィス二等軍曹」と彼がいった。「ただちに駐機場へお越しください」

おれは上体を起こし、のびをした。彼がクリップボードと付属の積み荷目録を渡してくれた。組み立て式のHU－53ヘリコプターと乗員、メカニック、医療支援要員。行き先は……目新しいどこか。

「ティメーリ空港？」

「ガイアナのジョージタウン郊外です」おれがポカンとした顔をしたので、彼は言葉をつづけた。「元英国植民地。ティメーリは以前アトキンスン空軍基地でした」

「どういう任務だ？」

「ジョーンズタウンとかいうところから、大勢の国外在住傷病者を後送するらしいです」

困難の渦中にあるアメリカ人。おれは空軍キャリアのかなりの部分を費やして、アメリカ人を困難から救いだしてきた。一説によれば、アメリカ人を困難から救いだすのは、ジープのタイヤを運ぶよりもはるかに満足がいくそうだ。おれは彼に礼をいい、急いで清潔な飛行服に着替えた。

おれは今年もハワード空軍基地でパナマ式感謝祭を祝うのを心待ちにしていた――気温二十八度、食堂から届く詰め物をした七面鳥、米軍ラジオ放送で聞くフットボール中継、そして飛行ローテーションが非番になり、いい気分で酔っ払える時間。フィリピンからの本国行き飛行は型どおりにいき、乗客も貨物も堅苦しいこと抜きだった。それがこのざまだ。

機上輸送係《ロードマスター》の身としては、割りこみ仕事には慣れるもの。C-141スターリフターは、空輸航空軍団最大の貨物と兵員輸送機だ。七千ポンドの貨物、あるいは二百人の完全武装の兵士を乗せて、世界のどこへでも飛んでいける。全長はフットボール場の半分、高翼式で、後退翼はコウモリのようにアスファルト舗装に垂れている。後退角でないT字型尾翼、クラムシェル型の貨物扉、はめこみ式の貨物斜路《ランプ》をそなえたスターリフターだが、動く貨物とは相性が悪い。スチュワーデスと引っ越し業者を兼ねたような機上輸送係としてのおれの仕事は、できるかぎりしっかりと、安全に荷造りすることだ。

機上のなにもかもと、おれの体重を勘案し、バランスシートが仕上がったころ、機体に擦り傷をつけたパナマ人地上整備員をののしっていると、先ほどの航空兵がおれを探しにきた。

「デイヴィス二等軍曹！　計画変更です」フォークリフトのかん高い音に負けじと彼が声をはりあげた。おれに別の積み荷目録を手渡す。

「お客さんがふえるのか？」

「新しい乗客です。医療班はまだここにいます」彼は任務変更についてわけのわからないことをいった。

「その連中は何者だ？」

ふたたび、彼の言葉に耳をすました。あるいは、はっきり聞こえて意気消沈したので、くり返してもらいたかったのかもしれない。彼に聞きちがいだといってほしかったのだ。

「死者処理です」彼は叫んだ。

まさに彼がいったと思ったとおりの言葉だった。


ティメーリは典型的な第三世界の空港だった——７４７を押しこめるほど大きいが、穴ぼこだらけで、錆《さ》びたかまぼこ型プレハブ建築の小屋が不規則に建ち並んでいる。飛行場を囲むジャングルの低い線は、ほんの一時間前に開墾されたかのようだった。ヘリコプターが轟《ごう》音《おん》をあげて上昇したり下降したりしていて、米軍兵士が滑走路に群がっていた。事態は悪いにちがいない、とそのときわかった。

輸送機から出ると、車輪止めをかませる前に、アスファルトから立ち昇る熱気でブーツの底が溶けそうになった。アメリカ軍ＧＩの地上整備員たちが近づいてきた。ヘリを降ろし、組み立てたくてうずうずしているのだ。そのうちのひとり、シャツを腰に巻きつけて結び、上半身を露わにしている男が、おれに積み荷目録を渡した。

「のんびりしてられないぞ」と彼はいった。「ヘリを降ろししだい、積みこみをはじめる」

彼は肩ごしに顎をしゃくった。

おれは陽炎《かげろう》の揺らめく誘導路を見渡した。棺《ひつぎ》。鈍く光るアルミの弔い箱の列また列が、容赦ない熱帯の陽射しを浴びてきらめいている。それに見憶《みおぼ》えがあったのは、六年前、はじめて機上輸送係としてサイゴンから飛んだ経験があったからだ。休憩がないので、内心ですこしたじろいだのかもしれない。あるいは、死体を運ぶのは数年ぶりだからかもしれない。それでも、おれはごくりと唾を飲んだ。目的地に目をやる――デラウェア州ドーヴァー。

地上整備員が真新しいコンフォート・パレットを積みこんだとき、国外行き飛行にふたりの乗客がいるとわかった。

ひとり目は、ハイスクールを卒業したばかりに見える若造。ごわごわの黒髪、大きすぎるジャングル用野戦服は、糊《のり》がきいていて、清潔で、兵長の階級を示している。おれは「当機へようこそ」と彼にいい、乗員用扉を通りぬけるのを手伝いに行ったが、彼はさっと身を引き、あやうく低い入口に頭をぶつけそうになった。飛びのく余地があったら、飛びのいていただろう。彼のにおいが鼻をついた。強烈で薬臭い――ヴィックス・ヴェポッラブ（風邪治療用の胸部塗りつけ式吸入薬軟膏）だ。

そのあとに航空看護師。きびきびした足どりと動作、こざっぱりとした服装、いかにもプロフェッショナル然としていて、やはり助けなしで乗りこんだ。おれは落ち着いて彼女を注視した。その顔に見憶えがあったのだ。駆け出しのころ、フィリピンのクラークとヴェトナムのダナンを定期的に往復させていた一団のひとりとして。鋼鉄の目をした銀髪の中尉。彼女は――いちどならず――歯に衣を着せずに、ハイスクールをドロップアウトしたぼんくらが、どうしたらこの仕事をもっとうまくこなせるかを教えてくれた。制服にペンブリーと名前があった。彼女は若造の背中に触れ、彼を座席まで導いたが、おれに見憶えがあったとしても、なにもいわなかった。

「好きな席にすわってください」おれはふたりにいった。「デイヴィス二等軍曹です。三十分以内に離陸しますから、楽にしてください」

若造がぴたりと足を止めた。

「話がちがいます」と看護師にいう。

スターリフターの貨物室はボイラー室の内部によく似ている。熱気、冷房、旅客機のように隠されているのではなく、むきだしになっている圧力ダクト。棺は二列になって貨物室の端から端まで並び、中央に通路が一本だけあいている。四段重ねなので、百六十の棺があるわけだ。黄色いカーゴ・ネットが、それらを所定の位置にとどめていた。その向こうに目をやって、陽光が消えるのを見ているうちに、貨物ハッチが閉ざされ、おれたちは気詰まりな薄闇のなかにとり残された。

「これがいちばん早く故郷《くに》へ帰る方法なの」看護師が感情のこもっていない声で彼にいった。

「帰りたいんでしょう?」

彼の声は恐怖まじりの激怒をしたたらせた。

「あれを見たくないんです。前向きの席がいい」

若造が周囲を見まわしたとしたら、前向きの席などないことがわかっただろう。

「だいじょうぶよ」彼の腕をもういちど引っぱりながら看護師がいった。「彼らも故郷へ帰るの」

「見たくない」彼がそういうなか、看護師は小さな窓のひとつにいちばん近い席へ彼を押しこんだ。彼がシートベルトを締めようとしないので、ペンブリーが体を曲げて締めてやった。彼はジェットコースターのアシスト・グリップに似た手すりを握りしめた。「彼らのことを考えたくない」

「了解」おれは前部へ行き、キャビンの照明を消した。これでふたつある赤いジャンプ・ライトが、細長い金属のコンテナを照らすだけになった。もどるときは、彼に枕を持ってきてやった。

若造のぶかぶかのジャケットのIDラベルは「エルナンデス」と読めた。「ありがとう」と彼はいったが、肘掛けから手を離そうとしなかった。

ペンブリーがそのとなりの席でシートベルトを締めた。おれはふたりの手荷物をしまい、最終チェックを完了させた。

ひとたび空中にあがると、コンフォート・パレットの電気コンロでコーヒーを淹《い》れた。ペンブリー看護師は丁重に断ったが、エルナンデスは受けとった。両手で持ったプラスチック・コップが震えた。

「飛ぶのが怖いのかい？」おれは尋ねた。空軍でもそれほど珍しいことではない。「ドラマミン（乗り物酔いの薬）があるから……」

「飛ぶのは怖くありません」彼は歯を食いしばっていった。そのあいだずっと、おれを通りこして、貨物室に並ぶ箱を見ていた。

つぎは乗員だ。むかしとちがって、同じ機に同じ乗員が配属されることはない。人員の互換性が非常に高いので、はじめて顔を合わせた搭乗員が駐機場で集められ、どのスターリフターでも地球の果てまで飛ばせることに、ＭＡＣ（空輸航空軍団）はたいへんな誇りをいだいている。乗員ひとりひとりがおれの仕事を知っている、おれが彼らの仕事を知っているように。裏も表も。

操縦室《コクピット》へ行くと、全員が持ち場についていた。副機関士が操縦室の扉のいちばん近くにすわり、背中を丸めて計器とにらめっこしていた。

「四はいま安定している、推力を低く保て」と彼がいった。その卑屈な顔と母音をのばすアーカンソー訛《なま》りには憶えがあったが、どこで会ったのかはわからなかった。スターリフターに乗って七年も飛んでいると、たいていの乗員とはいちどか二度はいっしょになる。副機関士のテーブルにブラックコーヒーを置いてやると、彼が礼をいった。その飛行服にはハドリーという名前があった。

正機関士は中央座席《ピッチシート》にすわっていた。ふつうなら〝悪役〟——任務視察官はMAC航空兵すべての災いのもと——のためにとっておかれる席だ。彼は角砂糖をふたつ所望してから、立ちあがり、航法士のドームの外、すさまじい速さで過ぎていく青空を見た。

「四の推力を低く、了解」と操縦士が答えた。彼が正規の機長だったが、彼も副操縦士も典型的な飛行機乗りで、同じ人間といっても通りそうだった。それぞれがコーヒーにクリームをふたつ入れた。「晴天乱流より速く飛ぼうとしてるんだが、簡単にはいきそうにない。少々荒れそうだ、と乗客に伝えてくれ」

「伝えます、上官殿《サー》。ほかになにか？」

「ご苦労だった、デイヴィス輸送係、以上だ」

「イエッサー」

ようやく肩の力を抜ける。乗員用の寝棚へ行って横になろうとしたとき、コンフォート・パレットのまわりをのぞいているペンブリーが目にはいった。

「探しものなら手伝いましょうか？」

「余分の毛布はあるかしら？」

　おれは調理場とトイレのあいだの格納キャビネットから毛布を引っぱりだし、歯ぎしりした。

「ほかになにか？」

「ないわ」彼女はそういうと、ありもしない糸くずをウールから引きぬいて、「前にいっしょに飛んだことがあるわね」

「ありますか？」

　彼女は片方の眉を吊《つ》りあげた。

「たぶん謝るべきなんでしょうね」

「それにはおよびません、上官殿《マム》」と、おれ。彼女を避けてまわりこみ、冷蔵庫をあける。

「ご希望なら、あとで機内食を出せますが……」

　彼女は片手をおれの肩に置いた、エルナンデスの肩に置いたように。それがおれの注意を惹いた。

「わたしを憶えているはずよ」

「はい、マム」

「あの疎開飛行ではあなたにつらく当たったわ」

　彼女がこれほど単刀直入に話すのをやめてくれればいいのに、とおれは思った。

「あなたは本心を語っておられました、マム。おかげで、すこしはましな機上輸送係になれました」

「それでも……」

「マム、謝罪はけっこうです」謝ったら事態が悪くなるだけだ、となぜ女性にはわからないのだろう？

「そういうことなら」こわばった顔がほぐれて、誠実そうな表情となる。彼女は話をしたがっているのだ、と急に呑《の》みこめた。

「患者のようすは？」

「休んでいるわ」ペンブリーはさりげなくふるまおうとしたが、彼女がもっと話したがっているのがわかった。

「どこが悪いんです？」

「彼は一番乗りをした者たちのひとりだったの」と彼女。「そして真っ先に発《た》つわけ」

「ジョーンズタウンですか？　そんなにひどかったんですか？」

前回の疎開飛行がフラッシュバックする。厳しくて冷静なかつての表情が、たちまちもどって来た。

「通報から五時間後、わたしたちはホワイト・ハウスの命令でドーヴァーから飛んだの。彼は医療記録スペシャリストで、軍務について半年。これまでどこにも行ったことがなく、人生でトラウマになるような目にあったこともなかった。気づいたら彼は、千人の遺体とともに南米のジャングルにいた」

「千人ですか？」

「まだ数えていないけど、そんなところ」彼女は手の甲で頬を払った。「たくさんの子供たち」

「子供たちですか？」

「家族全員。みんな毒を飲んだの。ある種のカルト集団だそうよ。だれかに聞いたんだけど、親はまず子供を殺したの。どうしたら自分の家族にそんなことができるのか、見当もつかないわ」彼女はかぶりをふった。「わたしはトリアージをするためにティメーリにとどまった。エルナンデスによると、においは想像を絶するものだったとか。死体に殺虫剤をまいて、腹をすかせた大ネズミから守らなければならなかった。ガスを逃がすため、死体を銃剣で突き刺す作業をさせられたそうよ。彼は自分の制服を燃やしたわ」輸送機がガクンと揺れ、彼女は小刻みに足を動かしてバランスを保った。

なにか胸の悪くなるものが喉の裏側を這いおりるなか、おれは彼女のいったことを思い描かないようにした。顔をしかめないように努める。

「機長の話だと、天候が荒れるかもしれないそうです。シートベルトを締めたほうがいいでしょう」おれは彼女を座席まで歩いてもどらせた。エルナンデスは大口をあけて、座席に手足をのばして寝そべっていた。どこから見ても酒場の喧嘩《けんか》で負けたような姿だった——それもこっぴどく。それからおれは自分の寝棚へ行き、眠りに落ちた。

機上輸送係のだれに訊《き》いてもらってもいい——滞空時間があまりにも長くなったあと、エンジンの轟音は無視できるようになる。気がつくと、なにがあろうと眠っていられるのだ。それでも、人の心はふつうでない音を受信し、目をさますものだ。ちょうど横田からエルメンドロフへの飛行で、ジープの安全ベルトがゆるんで、MRE（戦闘糧食）の木箱に突っこんだときのように。あたり一面の薄く切った燻製《くんせい》牛肉。その件で地上整備員に大目玉を食らわせたのはいうまでもない。そういうわけで、ショックを受けるはずがないのに、その悲鳴にはぎくりとした。

立ちあがり、寝棚から出る。コンフォート・パレットを過ぎたあと、頭が働きだした。そのときペンブリーが見えた。座席を離れて、エルナンデスの前にいた。彼がふりまわす腕を避けながら、エンジンの騒音の下で落ち着いた口調で話している。もっとも、彼に話しかけているのではない。

「聞こえた！　聞こえたんだ！　あそこにいる。あの子たちみんな！　あの子たちみんなが！」

おれは彼に手を置いた——強く。

「落ち着け！」

彼は腕をふりまわすのをやめた。恥じ入った表情が顔に浮かぶ。その目はおれの目に釘《くぎ》づけだった。

「歌声が聞こえたんです」

「だれの？」

「子供たちですよ！　あの子たち……」彼は照明の当たっていない棺を力ない身ぶりで示した。

「夢を見たのよ」とペンブリー。その声はすこしだけ震えていた。「ずっとあなたのそばにいたわ。あなたは眠っていた。なにかが聞こえたはずがない」

「あの子たちはみんな死んでいます」とエルナンデス。「ひとり残らず。あの子たちは知らなかった。毒を飲んでるなんて知るわけがない。自分の子供に毒を飲ませる親がどこにいます？」おれが彼の腕を放すと、エルナンデスはおれを見た。「子供はいるんですか？」

「いいや」

「ぼくの娘は一歳半です。息子は三カ月。子供を相手にするときは注意深く、辛抱強くならなきゃいけない。女房は本当にそれがうまいんです」彼の額や手の甲を汗が這うようすに、おれははじめて気がついた。「でも、ぼくだって捨てたもんじゃない。つまり、自分のしていることを本当にわかってなくても、あの子たちを傷つけたりはしないってことです。抱いてやり、歌を歌ってやり――もしだれかがあの子たちを傷つけようとしたら……」彼は、自分をつかんでいるおれの腕をつかんだ。「自分の子供に毒を盛る親がどこにいます？」

「きみのせいじゃない」

「あの子たちは毒だと知らなかった。いまも知らない」彼はおれを引き寄せ、耳もとでいった。「あの子たちの歌声が聞こえたんです」彼の口にした言葉で背すじがぞくっとしなかったとしたら、どうかしている。

「調べてくる」おれは彼にそういうと、壁から懐中電灯をつかみとり、中央の通路を進みはじめた。

異音を調べるのは実際的な理由があった。おれは機上輸送係として、ふつうではない音がトラブルを意味するのを知っていた。貨物室のどこかから猫がミャーミャー鳴く声を搭乗員が聞きつづけたという話を聞いたことがある。機上輸送係は原因を見つけられなかったが、貨物を降ろせば判明するだろうと考えた。「ミャーミャー」という鳴き声の原因は、劣化した積み荷突っ張り《ブレース》だと判明した。車輪が滑走路に接触したときにゆがんで、三トンの武器弾薬が解き放たれ、着陸を非常に興味深いものとした。聞き慣れない音はトラブルを意味する。そしておれは、原因を調べないようなまぬけじゃない。

すべてのバックルとネットを点検しながら進む。かがみこんで耳をすまし、安全ベルトがずれたり、ほつれたりしている徴候など、ふだんとはちがうものをチェックした。往路と復路ではちがう側に目を配り、貨物扉さえチェックした。異状はなかった。なにひとつ問題なし。例によって、われながら最上の仕事だ。

おれは通路をもどって彼らに相対した。エルナンデスは頭をかかえて泣いていた。ペンブリーは彼のとなりにすわり、片手で彼の背中をさすっていた。おれの母親がおれにしてくれたように。

「異状なしだ、エルナンデス」おれは懐中電灯を壁にもどした。

「ありがとう」ペンブリーが彼に代わって答え、それからおれにいった。「ヴァリウムを呑《の》ませたから、もう落ち着くはずよ」

「ただの安全点検です」おれは彼女にいった。「さあ、おふたりとも休んでください」

自分の寝棚にもどると、副機関士のハドリーに占領されていた。おれはその下の寝棚に寝転がったが、すぐには眠れなかった。そもそも棺がおれの輸送機に載っている理由から心を遠ざけておこうとした。

貨物というのは婉曲語法《えんきょくごほう》だ。血漿《けっしょう》から高性能爆薬、シークレット・サーヴィスのリムジン、金塊にいたるまで、荷造りして運搬する。それが仕事だからだ。それだけの話。そして自分の流儀で効率をあげられるなら、なんであれ重要だ。

（ただの貨物だ）と、おれは思った。しかし、一家全員が自殺したとは……。彼らをジャングルから連れだし、親族のもとへ帰らせてやれるのがうれしかった——しかし、一番乗りをした医療班も、あらゆる地上の連中も、おれのクルーさえ、それ以上のことはできない。おれは子供を持つことに漠然と、不安をおぼえながらも関心があったし、子供に害をなす話を聞くと腹が立った。しかし、この親たちは進んでそうしたのではなかったか？

身も心も安まらなかった。たたんで寝棚に押しこめてあった古い〈ニューヨーク・タイムズ〉を見つけた。われわれの目の黒いうちに中東和平を、とあった。記事のとなりには握手しているカーター大統領とアンワル・サダト大統領の写真。うとうとしかけたころ、エルナンデスの叫び声がまた聞こえたような気がした。

おれは重いケツをあげた。ペンブリーが両手で口をふさいで立っていた。エルナンデスになぐられたのだと思ったので、彼女のもとへ行き、その手を引きはがして負傷の具合を見ようとした。

怪我《けが》はなかった。彼女の肩ごしに目をやると、座席にしっかりと固定されているエルナンデスが見えた。裏返したカラーＴＶのような暗闇に、目が釘づけになっている。

「なにがあったんです？　彼になぐられたんですか？」

「あれが――あれがまた聞こえたの」またしても片手を顔まであげながら、彼女がつかえつかえにいった。「あなたは――もういちど点検するべきよ。点検するべき……」

飛行機が縦揺れし、彼女はすこしだけおれのほうへ倒れこんだ。おれが彼女の肘をつかんで体を安定させると同時に、彼女がおれに寄りかかった。おれの目が、感情を交えない彼女の視線を捉えた。彼女は目をそらした。

「なにがあったんです？」おれはもういちど尋ねた。

「わたしにも聞こえたの」とペンブリー。

おれは影につつまれている通路に目をやった。

「たったいま？」

「ええ」

「彼がいったような音でしたか？　子供の歌声だったんですか？」気がつくと、おれは彼女を揺さぶりそうになっていた。ふたりとも頭がどうかしたのだろうか？

「子供たちが遊んでいる音だった」と彼女はいった。「ちょうど――騒々しい遊び場の音のような。わかるでしょう？　子供たちが遊んでいたの」

おれはそれに該当する音を出しそうなもの、あるいは該当する音を出しそうなものの集まりを探して頭を絞った。C－141スターリフターに積みこまれ、カリブ海上空三万九千フィートを飛んでいるとき、子供が遊んでいるような音を立てるものを。

エルナンデスが身じろぎし、おれたちはふたりとも注意を彼に向けた。彼は負け犬の笑みを浮かべ、「いったでしょう」とおれたちにいった。

「調べてきます」おれはふたりに告げた。

「遊ばせてやるんです」とエルナンデス。「遊びたがっているだけなんです。子供のころ、そうしたかったんじゃありませんか？」

おれはショックを受けたように子供時代を思いだした。終わりのない夏、自転車に乗り、膝をすりむき、夕暮れに家へ帰ると、「まったく、そんなに汚して」と母親にいわれる。棺におさめる前に、回収班は遺体を洗ったのだろうか、と疑問が湧いた。

「原因を突き止めます」おれはふたりにいった。懐中電灯をもういちどとりに行き、「ここにいてください」

おれは暗闇を使って視界を閉ざし、もっとよく聞こえるようにした。そのときには乱気流はおさまっていて、懐中電灯を使うのは、カーゴ・ネットにつまずくのを避けるためだけにした。聞き慣れない音やふつうでない音に耳をすます。それはひとつのものではない——組み合わせにちがいない——そういう騒音はただ止まって、またはじまるわけではない。燃料もれだろうか？　密航者だろうか？　蛇か、それ以外のジャングルのけものがあの金属箱の内部に潜んでいると思うと、緊張が高まって、例の夢がよみがえった。

貨物扉の近くで、懐中電灯を消して耳をすました。与圧された空気。四基のプラット&ホイットニー・ターボファン・エンジン。ガタガタいう割れ目。パタパタ鳴る貨物固定用ベルト。

とそのとき、なにかが。一瞬ののちに、なにかが鋭く聞こえてきた。最初は洞窟の奥からの騒音のように、鈍く、なでるように。だが、やがてまぎれもなく聞きたくなかった声が、立ち聞きしていた者の不意を突くように。

子供たち。笑い声。小学校の休み時間のような。

おれは目をあけ、銀色の箱を懐中電灯でぐるっと照らした。期待するかのように、それらが待っているのが、おれといっしょにうずくまっているのがわかった。

子供たちだ、とおれは思った。ただの子供たちだ。

おれはエルナンデスとペンブリーのわきを走りぬけ、コンフォート・パレットまで行った。ふたりがおれの顔になにを見たのかはわからないが、トイレの洗面台の上にある小さな鏡のなかにおれが見たものと似ていたなら、おれはたちまち震えあがり、すぐに気をとり直していたはずだ。

視線を鏡からインターフォンへ移した。貨物に問題があれば、ただちに報告するべきだ——手続きがそれを求めている——だが、機長になんといえばいい？　すべてを投棄したいという衝動に襲われた。棺を捨てて、おしまいにしよう。貨物室で火災が発生したといえば、機は一万フィート以下へ降下するだろう。そうなれば、問答無用で爆発ボルトを起爆させ、積み荷全部をメキシコ湾の底へ送りこめる。

そこで思考の流れを止め、背すじをのばすと、考えようとした。（子供たち）と、おれは思った。（怪物じゃない、悪魔でもない、子供たちが遊んでいる音にすぎない。なにもおまえをつかまえに来ない。なにもおまえをつかまえられない）おれは体を走りぬけた悪寒をふり払い、助けを呼ぼうと決めた。

寝棚ではハドリーがあいかわらず眠っていた。情熱的に抱きあっているふたりの女性が表紙に描かれたペーパーバックが、ページの隅を折った状態で、胸の上でテントになっていた。腕を揺すると、ハドリーが上体を起こした。一瞬、ふたりとも無言だった。彼が片手で顔をこすり、あくびをした。

それからおれをまっすぐに見つめた。おれの目の前で、その顔が心配そうにアーチを描く。彼のつぎの行動は、携帯式酸素タンクをつかむことだった。一瞬にして毅然《きぜん》とした顔をとりもどし、

「なにごとだ、デイヴィス？」

おれは言葉を探した。

「貨物が」おれはいった。「その……貨物内部でものが動いた可能性があります。人手が必要です」

心配顔がいらだたしげな顔にパッと切り替わる。

「機長にいったのか？」

「いっておりません」と、おれ。「その――まだ機長をわずらわせたくありません。なんでもないのかもしれません」

彼の顔がゆがんで不愉快そうな表情になり、おれは叱責《しっせき》されると思ったが、ハドリーはおれのあとについてきた。彼がいるだけで、おれの疑念とプロ意識がよみがえった。足どりが

鋭くなり、目は見開かれ、胃は内臓の所定の位置にもどった。

ペンブリーはいまエルナンデスのとなりにすわっていた。ふたりとも無関心をよそおっている。ハドリーがふたりに興味なさそうな視線をくれ、おれのあとについて棺のあいだの通路を進んだ。

「メインの照明はどうした？」とハドリー。

「助けになりません」と、おれ。「ここです」懐中電灯を渡し、「聞こえますか？」と訊く。

「聞こえるって、なにが？」

「とにかく耳をすましてください」

ふたたび、エンジンとジェット気流だけ。

「聞こえないな……」

「シーッ！　耳をすまして」

彼の口が開き、しばらくそのままだったが、やがて閉じた。エンジンが静かになり、その音が聞こえてきたのだ。水蒸気のようにおれたちにしたたる。おれたちをつつむ音の霧。おれは手が震えているのに気づき、はじめて体がどれほど冷えているのかを悟った。

「いったいぜんたい、あれはなんだ？」とハドリーが尋ねた。「あの音はまるで――」

「ちがいます」おれは彼の言葉をさえぎった。「そんなわけがありません」金属の箱を顎で示し、「あの棺の中身はご存じでしょう？」

ハドリーはなにもいわなかった。一瞬、その音はおれたちのまわりを徐々に動くように思えた。近いと思えば、遠く離れるように。彼は懐中電灯でその音を追おうとした。

「どこから聞こえてくるかわかるか?」

「いいえ。あなたにも聞こえてよかったです、上官殿《サー》」

機関士は頭をかきむしり、顔をしかめた。腐ったものを呑みこんで、あと味が消えないかのように。

「まいったな」彼は母音をのばす話し方でいった。

前と同じように、その音は即座にやんだ。そしてジェット機の轟音が耳を聾《ろう》した。

「明かりをつけます」おれはためらいがちに離れた。「機長に報告はしません」

彼の沈黙は共謀のしるしだった。もどると、ハドリーはある特定の棺の列をネットごしにしげしげと見ていた。

「捜索をする必要がある」と彼が沈んだ声でいった。

おれは反応しなかった。飛行中の貨物捜索は以前にやったことがあったが、こういうものの捜索は――軍人の遺体でさえ――したことがなかった。ペンブリーのいったことがひとつ残らず真実だとしたら、棺のひとつをあけるより悪いことは思いつかなかった。

つぎの音でふたりともぎくりとした。濡れたテニス・ボールを想像してほしい。つぎに濡れたテニス・ボールがコートに当たって立てる音を想像してほしい――鈍いバシッといったところか――ちょうど鳥が飛行機の胴体にぶつかるような音だ。またその音がして、こんどは貨物室の内部で聞こえた。それから、乱気流にもまれたあと、またバシッという音。ハドリーの足もとの棺からはっきりと聞こえてきた。

深刻な問題ではない、と彼の顔はいおうとしていた。ただの空耳だ、と。（ひとつの棺から騒音がするだけで、飛行機を降ろすわけにはいかん）と彼の顔はいっていた。（幽霊なんてものはいないんだ）

「上官殿《サー》？」

「調べる必要がある」

血がふたたび胃に溜まった。調べると彼はいった。おれは調べたくない。

「警笛を鳴らして、急な方向転換は避けるよう機長にいえ」とハドリー。そのとき、彼が手を貸してくれるとわかった。そうしたいわけではないが、とにかく手を貸すだろう、と。

「なにをしているの？」とペンブリーが尋ねた。おれが棺の列からカーゴ・ネットをはずし、いっぽう機関士がある特定の列にかけた安全ベルトを一本一本はずすあいだ、彼女はわきに控えていた。鎮静剤がようやく効いたのだろう、エルナンデスは頭を垂れて眠っていた。

「貨物を調べなければなりません」おれは感情を交えずにいった。「飛んでいるうちに積み荷のバランスが崩れたのかもしれません」

通りしな、おれは彼女に腕をつかまれた。

「それだけのことだったの？　積み荷がずれただけ？」

彼女の質問には一抹の絶望が交じっていた。（空耳だといって）とその顔が訴えていた。（そういってくれたら信じるから。そうしたらすこし眠るわ）

「そうだと思います」おれはうなずいた。

彼女は肩を落とし、大きすぎて本心とは思えない満面の笑みを浮かべた。

「よかった。頭が変になったのかと思った」

おれは彼女の肩をポンとたたいた。

「シートベルトを締めて、すこし休んでください」と彼女にいう。彼女はそうした。

ようやく、おれはなにかをしていた。機上輸送係として、この茶番に終止符を打てる。だから仕事をした。安全ベルトをはずし、ほかの棺の山に登り、てっぺんの棺を押してずらし、運んで固定し、つぎの棺を降ろして運び、固定して、そのくり返し。簡単なくり返しの喜び。

それもいちばん下の棺、騒音を発する棺にたどり着くまでの話だった。そこでハドリーが手を止めた。彼が見まもるなか、おれはそれを調べられるところまで引っぱりだした。ハドリーの態度は冷静だったが、そうであっても、激しい嫌悪を物語っていた。肩で風を切る空軍の古参兵のあいだで、ビールを飲みながらなら隠せるものを。いまはだめだ、おれに見せるんじゃない、と。

おれはその棺が鎮座していたデッキと、そのとなりの棺をざっと調べたが、損傷も、ひと目でわかる欠陥も見当たらなかった。

音がした——湿った「ズシン」という音。内側から。おれたちは同時にたじろいだ。機関士の冷ややかな嫌悪感は隠しようがなかった。おれは身震いを押し殺した。

「あけるしかありません」と、おれ。

機関士は異を唱えなかったが、おれと同様に、その体はなかなか動かなかった。しゃがみこみ、片手を棺のふたにしっかりと置き、彼の側の締め金をはずす。おれはこちら側の締め金をはずし、指が冷たい金属の上でつるつるすべるのに気づいた。そして締め金を引きだして、ふたの上で手を引き締めたとき、すこし震えているのにも気づいた。一瞬、おれたちの目が合い、おかげでおれたちの決意は最後でくじけずにすんだ。おれたちは力を合わせて棺をあけた。

まずはにおいだった——どろどろに腐った果実、防腐剤、ホルムアルデヒドが、糞《くそ》と硫黄とともにビニールにくるまれている。それは貨物室を満たすいっぽう、おれたちの鼻孔をヒリヒリさせた。頭上の明かりが、結露とゴミでぬるぬるしている、黒光りする遺体袋ふたつを照らしだした。これが子供の遺体だということはわかっていたが、おれは畏怖に打たれ、胸が痛くなった。片方の袋はでこぼこしていて、もう片方を隠していた。なかにひとり以上の子供がはいっているのだ、とピンと来た。おれの目は汁で濡れそぼったビニールをなぞり、腕の輪郭と、横顔らしきものを見てとった。ほかから離れて、底の縫い目近くで輪になっている形があった。赤ん坊の大きさだった。

　そのとき飛行機がおびえた小馬のように身震いし、てっぺんの袋がずるっとすべって、幼い少女の姿があらわれた。せいぜい八歳か九歳で、体の半分が袋からはみだしている。体を自在に折り曲げる曲芸師の過激な芸のように隅に押しこまれている彼女のふくれた腹は、銃剣の刺し傷を見せていたが、ふたたび膨張していて、ねじれた手足はいまや木の大枝なみに太かった。色素を含有した皮膚はいたるところで剝《む》けていたが、その顔は天国のどんな天使童子《ケルビム》にも負けず劣らず純粋無垢《むく》だった。

　おれを本当に突き刺したのは、本当におれを傷つけたのはその顔だった。そのかわいらしい顔だった。

　痛いほど白くなったおれの手が、ひとりでに棺のへりに張りついたが、おれはその手をのけようとしなかった。なにかが喉にからみ、無理やり呑みくだす。

　太ってギラギラ光っている蠅《はえ》が一匹、袋の内側から這いだしてきて、ものうげにハドリーのほうへ飛んだ。彼はのろのろと立ちあがり、まるでボディ・ブローにそなえるかのように足を踏ん張った。蠅が上昇し、空中にふらふらと軌跡を描くのを目で追う。それから後退し、両手をふりまわして、蠅をたたき――ピシャリという音が聞こえた――吐き気をもよおす音を唇からもらして、その瞬間を破った。

立ちあがると、おれのこめかみはズキズキし、脚に力がはいらなかった。近くの棺に寄りかかると、いやなにおいのするもので喉が詰まった。

「閉めろ」口いっぱいにものをほおばっている男のようにハドリーがいった。「閉めるんだ」おれの腕はぐにゃぐにゃになった。踏ん張ったあと、片脚をあげて、ふたを蹴った。それは砲弾のようなけたたましい音を立てた。急降下のあいだのように、気圧の変化で耳が猛烈に痛くなった。

ハドリーが腰に手を当て、頭を下げると、口で深呼吸した。

「ちくしょう」と、しわがれ声でいう。

動くものが目に映った。ペンブリーがずらりと並ぶ棺のとなりに立ち、さもいやそうに顔をしかめていた。

「いったい――なんの――におい――?」

「心配いりません」おれは片腕が動くのに気づき、即興のジェスチャーに見えてほしい動作をしてみた。「問題が見つかりました。棺をあけるはめになったんです。もどって、すわってください」

ペンブリーは手を体に巻きつけ、席にもどった。

もう二、三回深呼吸すると、行動できるほどにはにおいが散っているのがわかった。

「固定しないといけません」とハドリーに告げる。

彼は床から顔をあげた。目がスリットのように細くなっているのが見えた。彼の手はこぶしを握っており、幅広い胴体はピンと直立していた。目の隅に、濡れたものが光っている。彼はなにもいわなかった。

掛け金を締めると、それは貨物にもどった。おれたちは力をふり絞ってそれを所定の位置にもどした。数分後、ほかの棺もきちんと積まれ、外側の安全ベルトがかけられ、カーゴ・ネットがしっかりとかぶせられた。

おれの作業が終わるのをハドリーは待ち、それから連れだって前部へ歩いた。

「おまえが問題を解決したと機長にいうよ」とハドリー。「おかげで、通常業務にもどれた、と」

おれはうなずいた。

「あとひとつ」と彼がいった。「あの蠅を見かけたら、殺せ」

「あなたが殺したんじゃ……」

「いいや」

ほかになにをいえばいいのかわからなかったので、「承知しました《イエッサー》」といった。

ペンブリーは席にすわり、鼻をヒクヒクさせながら、眠っているふりをしていた。エルナンデスは背すじをのばしてすわり、まぶたを半開きにしていた。おれを手招きし、身をかがめる。

「あの子たちを外で遊ばせてやったんですか?」と彼が尋ねた。

おれは彼を見おろすように立ち、なにもいわなかった。内心では、子供のころ、夏が終わるときにおぼえたのと同じ痛みを感じていた。

ドーヴァーに着陸すると、正装した葬儀特務班が棺をひとつ残らず降ろした。ひとりひとりに正式な葬儀をする余裕があったのだ。聞いた話によると、遺体が続々と空輸されるにつれ、形式ばったことはしていられなくなり、空軍の従軍牧師ひとりが輸送機を出迎えるだけになったそうだ。週末には、おれはパナマにもどって、七面鳥と安いラム酒で腹をいっぱいにしていた。それからマーシャル諸島へ飛んで、そこの誘導ミサイル基地に補給品を届けた。空輸航空軍団では、貨物が不足することはないのだ。

大空の恐怖

アーサー・コナン・ドイル

――西崎憲 訳

シャーロック・ホームズもの以外にも、コナン・ドイルはゆうに百を越える短篇小説を発表、そのうち数十篇は超自然をあつかった作品だ。そういった作品のなかには、ホームズ作品の美点である〝この先どうなるのか確かめずにはいられない〟という推進力が欠けているものもある。多くは高潔なイギリス人の若い男性が超自然の恐怖に直面し、勇気と知略をもって勝利するという筋立てだが、ひたすら恐ろしい作品も少数ながら書いている。「競売ナンバー二四九」はその代表であり、本作もまたしかり。同時代作家のブラム・ストーカーとおなじく、コナン・ドイルも新奇な発明品に夢中になるたちで（一九一一年には、それまで運転経験がまったくなかったにもかかわらず自動車を購入した）、飛行機も興味の対象だった。「大空の恐怖」をお読みになるときには、この作品が書かれたのが一九一三年だったことをゆめゆめお忘れめされるな。一九〇三年十二月、ライト兄弟のフライヤー号がノースカロライナ州キティホークにおいて五十九秒間の有人動力飛行を実現してから――弟のオーヴィルが基本の操縦をうけもち、兄のウィルバーが交替要員だった――わずか十年後の作品だ。ドイルの本作品がストランド誌に発表された時代、飛行機の上昇限度は高度三千六百メートルから五千四百メートル程度だと思われていたことだろう。コナン・ドイルはそれ以上の高み、雲海のはるか上空になにがあるのかと空想をめぐらせ、その過程で全作品中でも屈指の恐怖に満ちた本篇を書きあげたのだ。

（白石 朗 訳）

「ジョイス＝アームストロング断簡」と名付けられた草稿が、歪んだ忌まわしいユーモア精神を備えた匿名氏の手になる、入念かつ精緻な捏造品《ねつぞうひん》であるという見解は、草稿を調べた者たちすべてからすでに退けられている。飛びぬけて悪意と想像力に富んだ人物といえども、自分の病的な空想を補強するために、このような形で現実に起こった悲劇的事件を利用することには躊躇《ためら》いを覚えるだろう。草稿の内容は真に驚くべきものであり、信じ難くもあるが、それは広く知られるべきであると自ら強く主張している。それが事実であり、我々がその新しい状況にあわせて自分たちの観念を再調整しなければならない、と。我々のいる世界と異常で予測できない危険とのあいだにある境界はどうやら脆《もろ》く不安定であるようだ。断片的な形にならざるを得ないが、原文を再録することも含め、私はこれまで判明した事実のすべてを提供するよう努力するつもりである。あらかじめ云っておくと、ジョイス＝アームストロング断簡の記述を疑う者がいるとしても、以下に述べるような形で最期《さいご》を迎えた英国海軍のマートゥル大尉と、ヘイ・コナー氏に関する記述に疑義を差し挟む余地は寸毫《すんごう》もない。

ケント州とサセックス州の境にウィジアムという村があって、その西にローワー・ヘイコックと呼ばれる野原がある。差しわたし一マイルほどのその野原でジョイス＝アームストロング断簡は発見された。過ぐる九月十五日のことである。マシュー・ドットの経営するウィジアムのチャントリー農場の使用人ジェイムズ・フリンはローワー・ヘイコックの生垣沿いの小《こ》径《みち》の傍らにブライアーのパイプが落ちていることに気がついた。またその二、三歩ほど先で割れた双眼鏡を拾った。最後にフリンは溝の刺草《いらくさ》の茂みで布表紙の薄い本のようなものを見つけた。それはページが着脱式のノートだった。何枚かページが外れていて、生垣の裾に点々と散らばり、ぱたぱたと風にはためいていた。フリンはそれらを拾い集めた。しかし最初のページを含め、何枚かは見つからなかった。きわめて重要なこの文書に嘆かわしい欠落があるのはそういった事情による。ノートは農場の使用人から主人の手に渡った。主人はノートをハートフィールドのJ・H・アザタン博士に見せた。博士は専門家の精細な検証が必要なことをただちに見てとり、ロンドンのエアロ・クラブにノートを送った。ノートは現在同所に保管されている。

　ノートの最初の二ページは紛失している。最後の一ページもまた失われている。全体的にはしかしその影響はあまりない。冒頭の二ページにはジョイス＝アームストロングの飛行士としての経歴が書かれていたと推測される。それは他の筋から容易に入手できるもので、云い添えればイングランドのパイロットのなかでは一頭地を抜くものである。長いあいだ、彼は飛行士のなかで、もっとも大胆でもっとも頭の良い者のひとりだと見なされてきた。その二つの資質の組み合わせは端倪《たんげい》すべからざるもので、新しい機器を発明し、そして実験を重ねることの双方を可能にした。広く用いられている彼の名を冠した飛行機用のジャイロスコープも発明品のひとつである。草稿はほとんどがインクで丁寧《ていねい》に記されている。しかし最後の数行は鉛筆書きで、筆跡は極度に乱れ、判読するのが難しい――実際、その数行は飛行中に操縦席で殴り書きされたと判断するのが妥当なようである。さらに付け加えるならば、一番最後のページと表紙の数箇所には染みが付着していて、内務省の専門家はそれが血痕であるとの見解を発表している――おそらく人間かあるいは他の哺乳類の。マラリア原虫の組織に極めて似た組織が血痕から発見されたという事実と、ジョイス＝アームストロングが間歇的《かんけってき》な発熱に苦しんでいたという事実は照らしあわされた。そしてこの種の調査において現代科学が我々の手に新しい武器をもたらしたという事実の好例となった。

この画期的な文書を残した人物の性格に関する事実が幾つかある。ジョイス＝アームストロングの人となりを本当に知る少数の友人によれば、彼は技術者で発明家であると同時に詩人であり夢想家であるという。彼は富豪だった。彼は自分の持てる富の多くを飛行機に関係したことに趣味的に費やした。ディヴァイジズ近郊の格納庫に四機の自家用飛行機を持ち、去年は百七十回もの飛行を行った。ジョイス＝アームストロングはすでに引退していて、暗鬱《あんうつ》な感じのする人物だった。彼はそうした雰囲気を作ることで人との交流を避けた。誰よりもジョイス＝アームストロングを知るデンジャーフィールド大佐は云う。彼の奇矯《ききょう》さはより深い交友関係を結ぶことを躊躇わせたことが何度かあったと。飛行機に乗る際に散弾銃を携えていく習慣はそうした奇矯さの一例だった。

さらにマートゥル大尉の墜落が彼の心に憂鬱な影響を与えたという事実も知られている。高度記録の更新を狙っていたマートゥル大尉は三万フィートを超える高さまで昇ったのち墜落した。口にするのも恐ろしいことであるが、大尉の頭部は完全に失われていた。胴や手足に損傷がまったくなかったにもかかわらずである。デンジャーフィールド大佐によれば飛行機乗りたちが一堂に会した時、ジョイス＝アームストロングは謎のような笑みを浮かべて尋ねたそうである。「それで、マートゥルの頭はいったいどこへ行ったんだ？」

ほかにもある。ソールズベリーの航空学校のクラブでの夕食の後に彼がはじめた議論というのは、飛行機乗りに付きまとう危険のなかで一番永続的なものは何か、というものだった。エアポケットや設計の誤り、傾斜《バンク》のしすぎなど幾つもの意見に耳を傾けながら、ジョイス＝アームストロングは肩をすくめて議論を打ち切り、おまけに自分の考えを述べることを拒絶した。彼は仲間たちが云ったこととはまったく違う見解を持っているのだという雰囲気を漂わせていた。

彼自身の完全な失踪の後に判ったことだが、ジョイス＝アームストロングの行動は首尾一貫しており、彼が災厄の明白な予感をいだいていたことを推測させる。これらの不可欠な説明とともに、筆者は草稿をそのままの形でここに転載する。血痕の付着したノートの三ページから草稿ははじまる。

にもかかわらず、カウセリとギュスターヴ・レイモンドとランス市で夕食をともにした時、わたしは二人のどちらも大気圏上層の危険に気がついていないことを見てとった。自分が何を考えているのか二人には云わなかった。しかし、わたしは二人がもし同様の考えをいだいているなら、かならず反応するはずのことを云った。けれども彼らは頭が空っぽで自惚《うぬぼ》れが強く、新聞に自分の愚かしい名前を見ること以外には関心を持っていなかった。とは云うものの、二人が二万フィートを少し超えたあたりまでしか昇っていないことには注目しても好《よ》かった。もちろん、人類はこの二人よりも高く昇っている。気球で、あるいは登山で。飛行機が危険な領域に入りこむのは、その高度よりだいぶ上だろう――やはりわたしの予感は正しいと思う。

飛行機による飛行は二十年以上の歴史を持つ。人は尋ねるかもしれない。なぜ危機が今この時代に現れたのかと。答えは明白だ。エンジンの馬力が弱かった時代、百馬力のノームやグリーンはすべての欲求を満たすものと考えられていた。飛行の範囲はかなり限られていた。だが現在では三百馬力のエンジンは例外ではなくむしろ常識になった。大気圏の上層部まで昇ることは簡単になったし、珍しいことではなくなった。わたしたちの何人かは、若者だった頃に、一万九千フィートの高度記録を達成したことでガロアがどれほど世界的な評判を得たかを、まだよく記憶している。アルプスの高度を超えることは驚くべき快挙と見なされたのだ。わたしたちの現在の標準は比べものにならないくらい上がっている。今は往時の二十倍の高空飛行が行われている。そしてそれらの多くが無事故で遂行されている。三万フィートの高度が寒気や息苦しさ以上の不快を伴うことなくつぎつぎに達成された。そのことは何を立証するだろうか。この星を訪れる者がいるとして、その者たちは千回きても一遍も虎に出くわさないかもしれない。しかし、だからといってもちろん虎が存在しないわけではない。そしてもしジャングルに降りたならば、彼は貪《むさぼ》り食われるかもしれない。大気圏上層にはたくさんのジャングルがある。そしてそこには虎よりも悪いものが棲《す》んでいる。いずれはそうしたジャングルの位置を正確に記した地図ができるだろう。今でさえ、わたしはそのなかの二つの位置を示すことができる。ひとつはフランス南西部のポーからビアリッツの上空に広がっている。もうひとつのほうはわたしが今これを記している場所、ウィルトシャーの自分の家の真上にある。確信はないが、三つめがホンブルクとヴィースバーデンの上空にあるのではないかと思う。

考えるきっかけになったのは飛行士たちの消失だった。もちろん、彼らは海に墜落したことになっている。しかし、その説明はわたしを完全に納得させるまでには至らない。まず、フランスのヴェリエールのことがある。彼の愛機はバヨンヌ市の郊外で発見された。しかし遺体は発見されなかった。それからバクスターの件もある。レスターシャーの森でエンジンと鉄製の部品が幾つか発見されたが、彼は消えていた。飛行機を望遠鏡で追っていたエイムズベリーの医師ミドルトンは断言している。雲が視界を遮る直前、ひじょうな高みにあった飛行機が突然不自然に、まるで痙攣《けいれん》でもするかのように何度か急激に上昇したと。それがバクスターの最後の目撃情報だった。新聞はみなそのことを報じた。しかし、続報は何もなかった。同様のことが数件ある。それからヘイ・コナーの死だ。空の不思議な謎に関してどのくらいお喋《しゃべ》りが交わされたことか。安手の新聞のコラムがいかに喧《かまびす》しく書き立てたことか。その割にことの真の意味に至っていたのがいかに少なかったか。ヘイ・コナーは大滑空のすえ未知の高空から降りてきた。彼は飛行機から消えてはいなかった。操縦席で死んだ。なぜ死んだのか？　心臓麻痺《まひ》だ、と医者は云った。ばかばかしい。ヘイ・コナーの心臓はわたしのと同様しっかりしたものだった。ヴェナブルズは何と云ったか？　ヴェナブルズは彼が死んだ時、そばにいた唯一の人間だ。彼はコナーが震えていて、何かに酷《ひど》く怯えているようだったと云った。「恐怖のため死んだんだ」とヴェナブルズは云った。けれど、ヘイ・コナーが何に恐怖を抱いていたかについては想像すらできなかった。ヴェナブルズに向かって話されたのはただの一語で、それは「信じられない《モンストラス》」というふうに聞こえた。検死審問の時にもその言葉が何を意味するのか明らかにされることはなかった。怪物たち《モンスターズ》、というのが可哀相なハリー・ヘイ・コナーの最期の言葉だった。そして彼は確かに恐怖のせいで死んだのだ。ヴェナブルズが考えた通りに。

それにマートゥルの首のことがある。信じられるものだろうか——そんなことを信じる者がいるだろうか。墜落した時の衝撃で人間の首がきれいに胴体のなかに減《め》りこむなんて。まあ、有り得ないとまでは云えないだろう。しかし、わたしとしてはそれがマートゥルに起こったことだと信じることはできない。それから彼の服に付いていた油だ――全身が油でべとべとだったと誰かが検死審問の時に云った。誰ひとりとしてそのことについて考えないのは奇妙だ。わたしは考えた。いや、その時はすでにさんざん考え尽くした後だった。わたしは三回の高空飛行をした。散弾銃のことでいかにデンジャーフィールドが笑ったことか――しかし、わたしはこれまで充分な高度まであがったことはない。わたしは明日ローバーの百七十五馬力を積んだ軽量のポール・ヴェラナーの飛行機で軽々と飛びたち、三万フィートまで昇ろうと思っている。記録を狙うつもりだ。そしてたぶん狙うのはそれだけではない。もちろん、危険な試みだ。しかし、もし人が危険を避けたいのなら、飛行からは完全に遠ざかるべきだろう。そうしてフランネルのスリッパと室内着の暮らしに安住すべきだ。わたしは明日、空のジャングルを訪れるつもりだ――もし戻ってきたら、わたしは少しばかり有名になるだろう。もし戻ってこなかったら、わたしが何をしようとしていたか、このノートが明らかにしてくれるはずだ。そして、探索の過程において、どのようにして命を失ったかということを。事故だ、謎だ、と人々が盲目的に騒がないことをわたしはひたすら望む。

わたしはこの仕事にポール・ヴェラナーの単葉機を選んだ。重要なことを熟《こな》さなければならない時、単葉機ほど頼りになるものはない。ごく初期の頃にボーモントはすでにそのことを知っていた。それに単葉機が湿気を厭《いと》わないということもあった。空を見るとどうやらずっと雲のなかを飛ばなければならないようだった。それは小型の美しい飛行機で、聞き分けのいい馬のようにわたしの手の動きに応えた。エンジンは十気筒の回転式エンジンで百七十五馬力の力を秘めていた。また最新鋭の装備で固められていた——完全に囲われた胴体、急な曲線を持つ着陸用橇《そり》、制動機、ジャイロスコープ応用の安定装置、それに主翼はヴェネツィアン・ブラインド方式で角度が調整できるようになっていて、その働きで三段階に速度を変えることができた。わたしは散弾銃と鹿弾を詰めこんだ薬包を一ダース、飛行機に積んだ。それを命じた時のパーキンズの顔、永年一緒にやってきた整備工パーキンズの表情を見せたかった。わたしは北極探検にでも出かけるような身拵《みごしら》えだった。飛行用のつなぎの下には二枚の厚手のシャツを着て、詰め物をした長靴のなかの足は厚い靴下で覆われていた。耳あてのついたストーム帽、鉱物ガラスのゴーグル。格納庫の外に立ったわたしは窮屈さに音《ね》をあげそうになった。しかし云ってみれば、わたしはヒマラヤの頂上に行くのだった。そうした場所に相応《ふさわ》しい身支度が必要だった。パーキンズは今回の飛行が特別なものだということに気がついていて、一緒に行かせて欲しいと懇願した。たぶん複葉機を使うのであればそうしていただろう。しかし単葉機はひとりで乗るべきものなのだ。一フットでも余計に昇りたいと思うなら。もちろん酸素袋も積みこんだ。それなしで高度記録を樹立しようと思う者は凍るか窒息するか、あるいはその両方を甘受しなければならない。

主翼や、方向舵《ほうこうだ》の角度を変える踏棒《ラダーバー》や、上昇桿《じょうしょうかん》を念入りに確認してから、わたしは操縦席に乗りこんだ。見たところ、すべてが調っていた。わたしはエンジンのスイッチを入れた。エンジンは心地好さそうに回った。整備士たちが機体から離れ、最低速度であったにもかかわらず、飛行機はほぼ瞬時に、軽々と離陸した。飛行機を馴らすために飛行場の上空を一回二回と旋回した。それからパーキンズやほかの者たちに手を振り、翼を水平にして速度を最大に上げた。八マイルないし十マイルほど風下に向かって燕《つばめ》のように飛んだ後、機首を少し持ちあげた。飛行機は上空の雲堤に向かって大きな螺旋《らせん》を描いて上昇した。ゆっくりと上昇して気圧に体を慣らすことは必須だった。

九月のイングランドにしては暑く、物憂いような日だった。雨の前の静けさと重苦しさがあった。時折、南西から突風が吹きつけた。一度、ひじょうに強く、またあまりに突然吹きつけたので不意をつかれ、半回転させられてしまった。わたしは突風や旋風《つむじかぜ》やエアポケットが危険だった時代を思いだした。エンジンにそれらを圧倒する力を与えることがまだできなかった時代のことである。雲堤に着いた時、高度計はちょうど三千フィートを示していた。その時、雨が降りはじめた。何という雨だったろうか。それは飛行機の翼を叩いて太鼓のように鳴らし、わたしの顔を打った。ゴーグルをぼやけさせ、視界を遮った。わたしは速度を緩めた。そのまま飛びつづけるのがあまりに苦痛だったのである。さらに上空にいくと、雨は雹《ひょう》になった。わたしは方向転換して逃げださなければならなかった。気筒《シリンダー》のひとつが不調になった——点火プラグの調子が悪いようだった。しかしエンジンの力はそれでも充分で、わたしはなおも昇りつづけた。どういう故障だったにせよ、プラグの不調は少し経《た》つと直ったらしく、エンジンは今では何の問題もなく、全開で太い唸り声をあげて回っていた——十の気筒は今ひとつになって歌っていた。最新の消音器の美点が発揮されるのはそこだった。我々はついに耳によってエンジンを管理できるようになった。トラブルを抱えた時、エンジンがキーキーギシギシと啜《すす》り泣くことといったら。助けを求めるそれらの声は昔は妨害され、耳には届かなかった。すべての音はエンジン自身の発する騒音に呑《の》みこまれたものだった。もし初期の飛行機乗りたちが現世に戻って、このような機構の美と完璧さを眼にしたら、慰められるかもしれない。それは彼らの生命によって購《あがな》われたものなのだから。

九時半頃、わたしは雲堤に近づきつつあった。雨のため、ぼやけ、暗くはあったが、下方には広大なソールズベリー平野が見えた。半ダースほどの飛行機が千フィートのあたりでいつもながらの飛行をしていた。それは緑を背景に飛ぶ小さな黒い燕のようだった。彼らは雲の国でわたしが何をしているのか思案しているのではないか、わたしはそんなふうに思った。突然、灰色のカーテンでも引いたように、地上が見えなくなり、同時に湿った霧のようなものが顔を覆った。それは冷たく耐え難かった。しかしわたしは雹の嵐のうえにいた。それでもだいぶ楽をしているほうだった。雲はロンドンの霧のように濃く厚かった。視界を得るために、わたしは自動警報装置が鳴るまで機首を持ちあげた。そして、頃合をみて、元の角度に戻した。びしょぬれになり、水滴を後ろに引く両翼を見て、覚悟はしていたものの、わたしの気持ちは少し重くなった。しかしすぐに周囲は明るくなりだした。そして雲の第一層をわたしは抜けでた。眼の前には第二の層——蛋白石《オパール》のようなふわふわした雲の層の天井がずっとつづいていた。下には暗い色の雲の床がやはり切れ間なくつづいている。大きな螺旋を描きながら単葉機はそのあいだの空間をゆっくりと上昇した。雲に挟まれた空域の孤独感は凄《すさ》まじいものだった。一度、小型の水鳥の大群が飛行機を掠《かす》めて飛んでいった。鳥たちの翼の素早い羽ばたきと音楽さながらの啼《な》き声は耳に心地よく響いた。小鴨《こがも》かと思ったが、もとより動物学には何の造詣もなかった。いま我々人間は鳥になったのだから同類を見分けることを学ぶべきだろう。

　下方で、風は渦巻き、広い雲の平野を揺さぶった。一度、大きな渦、蒸気の渦ができて、ちょうど漏斗のようになって雲の平野に穴があいた、その穴からわたしは遠い下界を見た。白い大型の複葉機が遙《はる》か下を飛んでいた。わたしはそれがブリストルとロンドンを結ぶ朝の郵便機ではないかと想像した。それから渦巻きは内側に狭まっていき、大いなる孤独がふたたびあたりを支配した。

　十時を回ってすぐに、飛行機は第二の雲堤の下端に辿りついた。雲堤は西からやってきたもので、細かい透明な蒸気でできていた。風は刻一刻と強さを増し、推測で時速二十八マイルほどの強風になっていた。高度計が示す高度はまだ九千フィートだったが、とても寒かった。エンジンは快調に回っていた。唸りをあげて飛行機は上方を目指した。雲堤は思ったより厚かった。しかしようやく眼の前が金色の靄《もや》程度になり、やがて、その靄からも抜けでた。眼前には雲ひとつない空間が開けていて、頭上に輝かしい太陽があった——頭上はすべて青と金色に満たされていた。下方はすべて銀色に輝いている。眼が届くかぎり、きらきらと光る大平原がつづいていた。十時十五分だった。気圧計の針は一万二千八百フィートを指していた。わたしはさらに高みを目指した。エンジンの音に耳を澄まし、時計や六分儀や、燃料計や油圧機を調べるのに忙しかった。飛行機乗りが何物も恐れないというのは不思議ではない。考えることがあまりに多すぎて、自分のことまで気が回らないのだ。この時、地上から一定の距離を離れるとコンパスは役に立たないことが判った。一万五千フィートでコンパスは西から一ポイント南を指した。太陽と風が本当の方角を教えてくれた。

わたしはその高度で完全な沈黙に会うものと期待していた。しかし千フィート昇るごとに風は激しくなっていった。飛行機のすべての接ぎ手《ジョイント》や鋲《リヴェット》は呻《うめ》き、震えた。弧を描くために機体を傾けると紙切れか何かのように恐ろしいスピードで吹き飛ばされた。それはたぶん生きている人間が今まで誰も経験したことのない速さだったと思う。しかしわたしはつねに機首を戻し、風の中心をジグザグに進んだ。わたしが求めていたのは単に高度記録だけではなかったからだ。空のジャングルがあるのはわたしの計算ではウィルトシャー上空の狭い一帯だった。そこから外れた空域に行ってしまったら、わたしの努力はすべて無駄になるだろう。

一万九千フィートに到達したのは正午頃だった。風があまりに強く、翼の支索が耐えられるか心配になった。つぎの瞬間千切れるか緩むかするような気がしてならなかった。わたしはパラシュートを出して肩越しに後部座席に投げ、フックを腰の革のベルトの輪に引っかけ、最悪の事態に備えた。今は整備士のわずかな手抜きの代価が、飛行士の命によって支払われる時だった。しかし、飛行機は勇敢に持ちこたえた。すべての索や支柱がハープの弦のように震え、歌った。けれども、それは壮麗な光景と云えた。打たれても、殴られても、彼女は自然の征服者であり、空の女王であった。確かに人間のなかには何か神聖なものがある。万物創造の際に負わされた限界を越え、さらなる高みに昇ろうとする人間のなかには――非利己的で英雄的な努力をもって高みを目指すその営為には。ちょうど空を征服しようという試みが示しているように。人間の衰退を言いたてる者が存在するとは何ということだろう。我々の競争が毎年年鑑に記録されているというのに。

時折、風に顔を叩かれ、時折、機体が鳴らす口笛のような音を背後に聞き、翼を傾けながら昇っていくわたしはそんなことを考えていた。足下の雲の陸地は遙か下方だったので、その表面の銀色の丘や谷を見分けることはできず、果てのない平原に見えた。しかしわたしはその時、突然経験したことのない恐怖に見舞われた。これまでに飛行士たちが旋風《つむじかぜ》と呼ぶ風の運動に遭遇したことはある。しかし、こんな規模のものに出会ったのははじめてだった。今まで記してきた巨大な風の河は、そのなかに渦巻きを幾つか擁していたようで、その渦巻きはひとつだけで充分に恐ろしいものだったのである。警戒する間もなく、わたしは突然そのなかのひとつに引き摺《ず》りこまれていた。一、二分ばかり飛行機はものすごい速さで独楽《こま》のように回り、わたしは気絶しそうになった。そして左の主翼を下に飛行機は落下しはじめた。飛行機は石のように落下し、千フィートばかり高度を失った。ショックと呼吸困難でなかば意識を失ったにもかかわらず、操縦席から放りだされ、機体の横にぶら下がらなかったのはひとえにベルトのお陰だった。しかし、危急の際にもわたしは怯えることなく全力を尽くしうる人間だった——それは飛行士としては大きな長所だった。落下速度が緩んできたことをわたしはすぐ見てとった。渦巻きは漏斗というよりは円錐だった。飛行機はその外周部にあった。操縦席から身を乗りだすようにして、わたしは体重を片側に掛けた。機体を水平に戻し、機首を渦巻きの外に向けた。すぐに飛行機は渦を逃れでて、そのままの体勢で降下しはじめた。震えてはいたが、勝利の感覚を味わいながら、わたしは機首を上げ、ふたたび大きく旋回しながら昇りはじめた。今度は危険な地帯を注意深く迂回《うかい》した。そして、間もなく安全な層まで到達した。一時ちょっと過ぎには、海面から二万一千フィートの高さにいた。何とも嬉しいことに、風の層を通り抜けたようだった。百フィート昇るごとに風が弱くなっていった。一方、気温のほうは著しく低くなっていた。それに空気が稀薄《きはく》になっていくにつれて、高所飛行特有の吐き気を覚えた。わたしははじめて酸素袋の口を開けて、有り難い気体を何息か吸った。それがリキュールのように血管を駆け巡るのが感じられた。わたしは酔っぱらったように陽気になった。さらに世界の外側を目指し、冷気のなかを、叫び、歌いながら、わたしは上方へ進んだ。

一八六二年に気球で三万フィートに達した時、気象学者グレーシャーは気絶し、そしてより軽度ですんだが、コクスウェルもまた似たような状態に陥った。それは速すぎる上昇がもたらしたものだった。緩い傾斜で上昇して少しずつ体を気圧に馴らしていくと、そういう危険な状態にはならない。この高さでも酸素吸入なしでさほど苦しまずに呼吸はできた。しかし、寒かった。温度計は華氏零度を指していた。一時半には地表から七マイルほどの高みにいた。そしてさらに着実に昇っていった。けれども空気は稀薄になり、翼を支える力を失っていった。上昇の角度は当然小さくならざるを得なかった。わたしの軽い体重と強力なエンジンの力にもかかわらず、上昇が不可能になる地点がすぐそこに見えていた。さらに悪いことは重なるもので、点火プラグのひとつがまた不調になっていて、時々、不点火の状態に陥った。わたしは失敗の可能性に怯えた。

驚異的な体験をしたのはその時だった。何かが飛行機の横を甲高い爆発音を発しながら飛んでいった。それは水蒸気に包まれ、背後に煙の尾を曳《ひ》いていた。一瞬何が起こったのか理解できなかった。それから、地球はたえず隕石の直撃を受けていること、そしてその隕石のほとんどが大気圏の上層で水蒸気に変わってしまわなければ、地球は生存に適さないだろうという説があることを思いだした。高みを目指す人間にとってそれは新たな危険だった。四万フィートに至ろうかという時、さらに二つの隕石がわたしの横を飛んでいった。地球を包む大気の縁《ふち》で、その危険は看過しがたいものであることをわたしは疑わなかった。

これ以上は無理だと判断した時、気圧計の針は四万一千三百フィートを指していた。肉体への負荷はまだ限界には達していなかった。しかし飛行機のほうは限界だった。稀薄になった空気にはもう翼を支える力はなかった。機体がほんの少しでも傾くとすぐに横滑りがはじまった。飛行機は安定性を失っていた。おそらく、エンジンが最高の状態だったら、もう千フィートは稼げたかもしれなかった。しかし、まだ不点火はつづいていた。どうやら十ある気筒のうちの二つが用をなしていないらしかった。自分の求める空域にまだ到達していないとしたら、今回の飛行では無理なのだろう。しかし、望みを果たすことは不可能なのだろうか。四万フィートの空を翔《かけ》る巨大な鷹《たか》のように円を描いて飛びながらわたしは自問した。操縦桿から手を離し、マンハイムグラスで周囲を丹念に見まわしてみた。空には何もなかった。わたしが想像したような危険の徴候はなかった。

円を描いて上昇してきたとわたしは述べた。そこでひらめいたのはもっと広い範囲を飛んで新しい区域を調べてみるべきだということだった。地上のジャングルに踏みいる狩猟家は獲物を見つけたいと思ったらジャングルのなかを探しまわるだろう。わたしの推理は空のジャングルの位置がウィルトシャーの上空であるという結論を導きだした。今それは南西の方向にあるはずだった。わたしは太陽の位置から方角を判断しなければならなかった。コンパスは役にたたず、地上はまったく見えず、下に広がるのは銀色の雲の平原だけだった。けれども、何とか見当をつけ、わたしは機首を目的の方向に向けた。燃料は保ったとしてもあと一時間くらいだった。しかしわたしはそれを最後の一滴まで使うことができた。地上に戻るには滑空すればよかった。

不意にわたしは目新しいものに気がついた。目の前の空域が明澄さを失っていた。前方は色のない細長い藁屑《わらくず》のようなもの、煙草《たばこ》の煙のものすごく薄いようなもので満たされていた。それらは絡まりあい、輪になり、陽光のなかで回転し、捻れていた。飛行機がそのなかに突っこむと、口に油のような味を感じた。飛行機の木製の部分にやはり油のようなものが薄く張りついているのが見えた。限りなく稀薄な、しかし何かの組織体が大気のなかに浮かんでいるのだった。おそらく、生きているわけではないだろう。それは縦横何マイルにもわたって浮かび、端のほうは疎《まば》らになって、空に溶けていた。そう、生きているのではなかった。しかし、これはもしかしたら何かの死骸なのではないだろうか。そして同時に餌になっているのではないだろうか、何か途方もない生き物の。海では取るに足らないものが巨大な鯨《くじら》の餌となっているのではなかったか？　そうしたことを考えていたわたしが眼をあげると、そこには、これまで人類が見たと思われる光景のなかで、もっとも驚異的なものがあった。つい先日、このあいだの木曜日に自分の眼で見たわけであるが、果たして的確に描写ができるものかどうか。

水母《くらげ》を想像して欲しい。夏の海に漂っているあれだ。釣り鐘の形の、しかし途轍《とてつ》もなく巨大な——想像を絶するほど巨大な水母。見たところセント・ポール寺院の円屋根ほどはあった。全体が薄い紅《くれない》で、表面には繊細な緑の筋が走っていた。全体の形は朧気《おぼろげ》でつかみどころがなく、空の深く蒼《あお》い背景に柔らかく滲《にじ》んでいるように見える。そしてそれは規則正しく微《かす》かに脈打っていた。体のどこかから二本の緑色の長い触手が垂れ、前に後ろに揺蕩《たゆた》っていた。豪奢《ごうしゃ》きわまりないそのものはわたしの頭のうえを悠然と音もなく過ぎていき、まるで石鹼《せっけん》の泡のようにゆっくりと上昇していった。

わたしは単葉機の機首を真横に向けた。その美しい生き物をもっと観察しようと思ったのだ。しかしその瞬間、わたしは、それらの群の真《ま》っ直中《ただなか》にいることに気がついた。生き物たちの大きさはさまざまだったが、最初の一体ほど大きいものはいなかった。なかの幾つかはかなり小さかったが、大体は平均的な気球くらいの大きさで、頭頂部はみな丸みを帯びていた。生き物たちの繊細な肌理《きめ》と色は最高級のヴェネツィアングラスを連想させた。どれも主調になっている色は薄い紅と緑だったが、優美な体を太陽の光が透過し、虹の光彩が体のそこここでちらちらと光るのだった。数百ほどが飛行機の横を通り過ぎていった。奇妙な空の船の、驚異的かつ優美な船隊——生き物たちの形と体はこの高度にとてもよく順応していた。だから地上の深い空気層のなかで、こうした存在を考えることは、まず不可能だったろう。

けれどもわたしの注意はすぐに新しい現象に惹《ひ》きつけられた——気圏の辺縁部の蛇たち。

長く、細く、水蒸気でできた捲線《コイル》のようなものだった。捲線《コイル》はひじょうな速度で紆《くね》り、捩《よじ》れ、ぐるぐると回り、速すぎて眼では捉えきれないほどだった。幻のようなその生き物の幾つかは二十フィートないしは三十フィートほどの長さだった。太さのほうは、見当をつけるのが難しかった。なぜなら、輪郭は霞んでいて、周囲の空気に溶けこんでいるように見えたからである。空の蛇たちの色は薄い灰色もしくは煙の色と形容できた。内側にはしかしそれより色の濃い筋が走っていて、有機体ではないかという印象がそれによって強められていた。そのひとつがわたしの顔のすぐ前を通り過ぎた。わたしは湿気と冷気を感じた。しかし実体というものがなかったので、危険と結びつけて考えることはできなかった。その点ではさっき見た釣り鐘形の美しい生き物と同様だった。それらの体は打ち寄せる波が運ぶ泡のように摑みどころのないものだった。

しかし、より恐ろしい経験がわたしを待っていた。上空から紫色の煙の一切れのようなものが降りてきた。最初は小さいものに見えた。しかし、近づいてくるにつれて、それはどんどん大きくなっていった。そして縦横ともに何百フィートといった大きさになった。やはり水母のように半透明だったが、紫色のそれはこれまでに見たどれよりも、確固とした輪郭と中身を有していた。そして有機的組織としての特徴をより明瞭に備えていた。特に両端にある暗い色の巨大な円形のもの、それは眼であるように見えた。そしてその二つの円のあいだには完全に固体と見える白い突起物があって、彎曲《わんきょく》したそれは鷲《わし》の嘴《くちばし》を連想させた。

その生き物の外観から伝わってくるのは圧倒的な脅威だった。色はごく微かな藤色から暗い紫のあいだを変化しつづけた。濃くなった時には太陽の光を遮ってわたしの飛行機を翳《かげ》らせた。巨大な体の上部には巨大な泡とでも形容したらいいだろうか、三つの大きな突起があった。そして、それらを見た時わたしは確信した。その三つの泡のような突起のなかにはひじょうに軽い気体が充満していて、それで得た浮力によって、この紫の半固体の歪んだ生き物は稀薄な空気のなかに浮かんでいるのだ。生き物は単葉機程度の速度を出すのは雑作もないようで、二十マイルほど後を追ってきた。機会をうかがう猛禽類《もうきんるい》のように、わたしの上を飛んでいた。それが前進する方法は――動きが速いので眼で追うのも大変だったが――粘着性の吹流しみたいなものを前に放り投げ、それを支点に本体がそちらのほうに紆っていくというものだった。紫色の巨大なその生き物は伸縮自在で、ゼラチンのようで、二分と同じ形でいることはなかった。しかも、変わる度に前の形よりいっそう恐ろしくなるような気がした。

わたしはその生き物が悪意を抱いていることを感じていた。体の紫の変化でそれは判った。滲んだような、しかし、忙《せわ》しなく動く眼には無慈悲で執拗《しつよう》な憎悪があり、それが放たれる先はわたしだった。わたしは逃れるために機首を少し下げた。その瞬間、半透明のそれから弾けるような勢いで触手が伸びてきた。触手は鞭のように速くしなやかに飛んできて、飛行機の前部に巻きついた。しかし熱くなったエンジンに触れた瞬間、きしむような音が響き、触手は慌てたように引っこめられた。巨大で平べったい体が痛みを覚えたかのように一瞬縮んだ。わたしは全速で降下した。だが触手はふたたび伸びてきた。煙の輪を切るように、たやすくプロペラがそれを断ち切った。滑るように動く、大きな蛇のような、ねばねばする捲線《コイル》状の触手はさらに背後から飛んできて、わたしの胴体に巻きつき、操縦席から引き摺りだそうとした。わたしはそれを摑んだ。わたしの指は滑らかな膠《にかわ》のようなものに沈んでいった。触手はすぐに切れた。しかし、長靴にもう一本の触手が巻きついていた。強く引っ張られ、わたしは引っ繰りかえりそうになった。

後ろに引っぱられながらも、わたしは銃を連射した。そんな巨大なものにたいしては、人間の武器など役に立たないだろう、豆鉄砲で象を撃つようなものだろうと思いながら。けれど狙いは思ったより正確だったらしい。銃声が轟《とどろ》き、生き物の上部にある巨大な疱疹《ほうしん》が鹿弾に穴を開けられて破裂した。わたしの推測が正しいことが明らかになった。それらの巨大で透明な浮嚢《ふのう》はやはり浮力を与える気体によって膨張していたのだ。雲のような体がたちどころに揺らいで、バランスを取り戻そうと絶望的に身を紆らせた。白い嘴が狂ったように開いては閉じた。しかし、すでに弾は撃ち尽くしていた。わたしはあえて機首を真下に向けた。エンジンを全開にした飛行機はプロペラの力と重力によって隕石のように落下した。振り向くと紫色のぼんやりしたものが急速に小さくなっていって、背景の大気の蒼《あお》に紛れこんでいくのが見えた。わたしは大気圏の辺縁にある空のジャングルの致命的な危険から無事に逃れることができたのだった。

危険から逃れた時、わたしはエンジンの出力を緩めた。高所から全速で降下するのは、機体を瞬時にばらばらにしたい時に有効な方法なのである。ほぼ八マイルの高みからの、大きく旋回しての滑空はじつに素晴らしいものだった。まず、銀色の雲堤があった。その下は嵐の雲だった。そして最後に雨に打たれながら地上に向かった。雲から抜けでた時点で、ブリストル海峡が見えた。しかし、タンクに少し燃料が残っていたので、さらに内陸に向かって二十マイルほど飛び、アシュカムの村から半マイルばかり離れた野原に着陸した。そこで通りかかった自動車から三缶ばかりの燃料を分けてもらい、午後六時十分にわたしはディヴァイジズの自分の滑走路にふわりと着陸した。生き延びて話をした者が、これまでひとりとして存在しない旅を遣《や》り遂げたのだった。わたしは美を眼《ま》の当たりにしたし、大空の恐怖も見た。それは人間が見たもののうちでは並ぶものがないほどの美であり、恐怖であった。

そして今わたしは自分の得た成果を発表する前に、もう一度あの空域を訪れてみようと思っている。同朋たちに話をする際に証拠となるものを得たいというのがその理由である。ほかの者たちがわたしにつづいてあの空域まで昇り、わたしの言葉を証明してくれるのは間違いないだろう。それでもわたしは最初に自分が目にしたあの生き物を実見させることによって、自分の言葉に説得力を与えたいのだ。あの美しい空気の泡を捕らえるのはさほど難しくないだろう。あれらはゆっくりと飛ぶ。速い単葉機だったら、緩慢なあの生き物の行手を遮ることは雑作もないはずだ。空気の濃い層で彼らが溶けてしまうということは大いにありそうである。地上に着いたら不定形のゼリーの小さな塊になっていた、ということになるかもしれない。しかしそれでもわたしの話を証明するものが残ることは残る。そう、危険が伴うとしてもわたしは行くつもりだ。あの紫の怪物たちの数は多くないようだ。もしかしたら遭《あ》わずにすませられるかもしれない。もし出会ったらすぐ逃げよう。最悪の場合は猟銃があるし、それにこのあいだ得た知識によると

記録は不幸なことにここで失われている。つぎのページには大きく乱れた筆跡で以下のように記されている。

四万三千フィート。わたしはふたたび地表を見ることはないだろう。飛行機の下に三体いる。主よ。お力を。こんなむごい死を受け入れなくてはならないとは。

以上がジョイス＝アームストロング断簡のすべてである。彼の消息は杳《よう》として知れない。彼が乗っていた単葉機の残骸はケント州とサセックス州の境にあるバッド＝ラシントン氏の領地で発見された。ノートが発見された場所から二、三マイル離れた地域である。もし不運な飛行士が正しいとしたら、彼の呼び方に倣《なら》っていうところの空のジャングルは、イングラ

ンド南西部の真上にある。ジョイス＝アームストロングは全速力で空の生き物たちから逃げ、しかし、追いつかれ、襲われた。おそらく彼の悲痛な遺物が見つかった場所の真上で。空を疾走する単葉機、その下を同じ速さで飛ぶ未知の生き物。ジョイス＝アームストロングの退路を断ち、じりじりと接近してゆくそれら。そうした光景は自分の正気に信をおく人間だったら、想像すらしたくないものだろう。おそらくわたしがここに収録した文書を笑う者は少なくないだろう。しかしそうした者たちでさえ、ジョイス＝アームストロングが失踪したというその一事だけは認めざるを得ないはずだ。そしてわたしはその者たちに、彼自身の言葉を献じようと思う。「もし戻ってこなかったら、わたしが何をしようとしていたか、このノートが明らかにしてくれるはずだ。そして、探索のさなかに、どのようにして命を失ったかということを。事故だ、謎だ、と人々が盲目的に騒がないことをわたしはひたすら望む」

高度二万フィートの悪夢

リチャード・マシスン

——矢野浩三郎 訳

この作品は史上最高の〝恐怖の飛行〟小説だろうか？　もちろんだ。ロッド・サーリングの真似ではないが、たとえば乗客として乗りこんだＤＣ－７が離陸するときの主人公、アーサー・ジェフリー・ウィルスンという男の思考の描写を引用してみよう――「なんたることか、この地上二万フィート上空の北極の闇で、彼はこの轟音をあげる死の殻に閉じこめられて――」。初出は一九六一年、旅客機で乗客がタバコを吸えたばかりか、機内持込のバッグに拳銃を忍ばせることさえ可能だった時代に書かれた「高度二万フィートの悪夢」は、ふたつの可能性に左右をはさまれた戦慄《せんりつ》の一篇だ。すなわち、ミスター・ウィルスンは不安が高じるあまり精神が崩壊してしまったのか。それともウィルスンの座席の窓から見える翼の上には、ねじくれた醜悪な化け物が本当にすわっていて、旅客機を墜落させようとしているのか。いずれにせよ、あなたは本篇で〝快適な空の旅〟とは正反対の不快きわまる空の旅を体験するだろう。安全のためにシートベルトの着用をお忘れなく。

（白石　朗　訳）

「シートベルトをお締めくださいい」スチュワーデスがそばを通りながら、明るい声で言った。ほとんど同時に、通路の前部キャビンとの境のうえに「座席ベルト着用」の表示がともり、いっしょにその下の「禁煙」のサインもついた。ウィルスンは、煙草《たばこ》のけむりを肺いっぱいに吸い込んで、小きざみに吐き出し、吸いさしを肘掛けの灰皿にいらいらした仕草で揉《も》み消した。

機外で、エンジンの一つが、けたたましく咳き込むような音をたて、煙の雲が夜気のなかへ吐き出された。機体が振動しだし、窓外に目をやったウィルスンは、エンジン・ナセルから白い炎が噴き出すのを見た。第二エンジンが咳き込み、唸り声をあげ、ただちにプロペラが回りだした。ウィルスンはぎごちない手つきでシートベルトを締めた。

全エンジンが始動し、ウィルスンの頭は機体の振動に同調して疼《うず》きだした。DC－7が雷のような音をたてて排気ガスの熱風を夜気に吐き出しながら、エプロンをゆっくり走行していき、ウィルスンはそのあいだずっと、前の座席の背に目を当てて、身をこわばらせていた。

滑走路の手前で、機はいったん停止した。窓からはターミナル・ビルの巨大な輝きが見える。明日の昼前には、シャワーを浴びてさっぱりと着替えをすませ、交渉相手のオフィスに坐《すわ》って、取引をすすめていることだろう。そんな取引の一つや二つ、まとまろうとまとまるまいと、人類の歴史には毛ほどの意味もないのだ。なんとくだらない、バカバカしい――

エンジンが、離陸にそなえてのウォームアップに入ると、ウィルスンは息苦しくなった。

ただでさえうるさかった音が耳を聾《ろう》するほどになり、耳が棍棒《こんぼう》で殴られているように響いた。ウィルスンはその音を排出させるかのように、口をあけた。目はどんよりと生気をうしない、手は身構える動物の鉤爪《かぎづめ》のように縮こまっている。

ふいに腕をさわられ、ギョッとなって脚を竦《すく》めた。顔をふりむけると、スチュワーデスが頰笑《ほほえ》みかけている。さっき搭乗口で迎えてくれたスチュワーデスだった。

「だいじょうぶですか？」彼女のことばもかろうじて聞き取れるほどだ。

ウィルスンは口をへの字に結び、彼女を追い払うように手を振った。スチュワーデスの微笑はいっそう明るい笑顔に花開き、さっと真顔にもどると、背をむけて立ち去った。

飛行機が動きだした。はじめは、自分の体重をもてあましている巨獣のように、のろのろと進み、しだいに摩擦の抗力をふりきりながらスピードを増していく。窓のほうに顔をむけると、暗い滑走路がどんどん過ぎ去っていくのが見えた。翼の端のほうで、フラップの下がる金属のきしみ音がした。それと気づかぬうちに、巨大な車輪が地面を離れ、大地が遠ざかっていく。目のしたに立木がさっと掠《かす》め過ぎ、建物が流れ、車のライトが水銀の矢のように飛びすさる。ＤＣ－７は、ゆっくり右へ傾いて旋回し、白銀の星々の輝きにむかって上昇していった。

やがて水平飛行に移ると、エンジンが停《と》まってしまったような気がしたが、耳が慣れるにつれ、巡航速度の低いエンジン音が聞こえてきた。ほっとして緊張がゆるみ、安堵感《あんどかん》につつまれたが、それもつかのまでしかない。身じろぎもせずに「禁煙」サインを凝視しつづけ、それが消えたとたん急いで煙草に火をつけた。それから、前の座席の背ポケットから新聞を抜き取る。

例によって世の中は、いまの彼の置かれている状況とおなじようなものらしい。外交上の摩擦、地震、銃砲事件、殺人、レイプ、竜巻、衝突事故、企業戦争、暴力沙汰。「神、そらに知ろしめす、すべて世は事も無し」と、アーサー・ジェフリー・ウィルスンは胸のうちでつぶやいた。

十五分もすると、彼は新聞を放り出した。胃の調子がわるい。二つある化粧室のわきの表示に目をやる。二つとも「使用中」のランプがついていた。離陸してから三本めの煙草を揉み消し、頭上の読書灯を消し、窓の外を眺めた。

機内の乗客たちは、つぎつぎに読書灯を消し、座席をリクライニングさせ、眠る態勢に入っている。ウィルスンは腕時計を見た。十一時二十分。がっかりして、吐息をついた。思ったとおり、搭乗前に嚥《の》んだ薬はぜんぜん効いてこない。

化粧室から女性が出てくると、彼はパッと立ちあがって旅行鞄《りょこうかばん》をひっつかみ、通路を化粧室へむかった。

案の定、なにも出なかった。ウィルスンは情けない声でうめいて、服を整えた。手と顔を洗い、旅行鞄から洗面セットを出し、歯ブラシに歯磨きを絞り出す。

片手を冷たい隔壁について体を支え、歯を磨きながら、小窓から外を見た。すぐ目と鼻の先に、機体寄りのプロペラが薄青く見えている。ウィルスンには、そのプロペラがはずれ、三枚刃の肉切り包丁のように飛来して、彼を切り刻むところが目に見えるようだった。

胃に鈍痛がはしった。口をゆすいで、水をひとくち飲んだ。思わずぐっと唾をのみこんだので、歯磨きの味の唾液がのどを下っていった。ああ、列車で行けたらどんなによかったか。自分だけのコンパートメントがあって、気がむけばラウンジ・カーに行き、安楽椅子におさまって飲物片手に雑誌を読むこともできたのに。しかしながら、世の中そんなにうまくいくものじゃない。

洗面道具をしまおうとしたところで、旅行鞄のなかの油布の包みが目に入った。ちょっとためらってから、洗面台に小型のブリーフケースをのせ、その下になっていた包みを手にとって、膝のうえで開いた。

腰掛けたまま、油光りするピストルの均整のとれた美しさに見とれた。これを持ち歩くようになって、ほぼ一年になる。そもそもピストルを携帯することを思いついたのは、現金を持ち歩くので、出張先の都市で強盗に襲われたり、街のチンピラにからまれたりしたときの、護身のためだった。だが心の奥底では、たしかな理由はひとつしかないことに気づいていた。日に日に彼の頭を占めている理由。簡単なことじゃないか――いま、ここで――

ウィルスンは目をつぶり、生唾をのみこんだ。口中はまだ歯磨きの味がして、舌にかすかなハッカの刺激が残っている。ゾクゾクする寒い化粧室の便器に坐りこんだまま、彼は油をひいたピストルを両手にのせている。と、突然に、体が震えだし、どうにも抑えがきかなくなった。神様、どうか、やらせてください！　胸のうちでいきなり叫んだ。

「やらせてください……やらせて」その哀れっぽい声が耳に響いていることに、自分ではほとんど意識していない。

唐突《とうとつ》に、われに返った。口を真一文字にむすび、ピストルを包みなおして旅行鞄につっこみ、そのうえにブリーフケースをのせ、鞄のファスナーを閉めた。立ちあがり、ドアを開けて外に出ると、足早に自分の席にもどり、旅行鞄をもとどおりの場所に置いた。肘掛けのボタンを押して座席をリクライニングさせる。彼はビジネスマンであり、翌日にはやらなければならない仕事が控えている。わかりきった話だ。体を休ませなければならない。睡眠が必要だから、眠るまでのことだ。

二十分もすると、ウィルスンはそろそろと手をのばし、ボタンを押して座席の背をもとにもどした。あきらめきった表情が顔をおおっている。じたばたしたってはじまらない。どうせ眠れないのはわかっている。それならそれでいいじゃないか。

クロスワード・パズルを半分ほど埋めたところで、新聞を膝のうえに落とした。目がひどく疲れている。姿勢をただして、肩をまわし、背中の凝《こ》りをほぐした。さて、どうしたものか。読書をする気にはなれないし、さりとて眠れもしない。それにまだ——腕時計を見る

――ロサンジェルスに着くまで七、八時間もある。どうやって時間をつぶそうか。機内を見まわすと、乗客は前部キャビンの一人をのぞいて、のこらず眠っていた。

やみくもに腹が立ってきて、大声をあげ、物を投げとばし、だれかを殴りつけたくなった。あまりに強く歯を喰いしばったため、あごが痛くなった。ぶるぶる震える手でカーテンを開き、殺気をおびた目で窓の外を見た。

翼端の航行灯が点滅し、エンジン・カウリングから出る排気ガスが不気味な青みを帯びて見える。なんたることか、この地上二万フィート上空の北極の闇で、彼はこの轟音《ごうおん》をあげる死の殻に閉じ込められて――

稲妻が空を白く染め、翼を真昼のように明るく照らし、ウィルスンは顔をひきつらせた。彼は息をのんだ。嵐になるのだろうか。烈《はげ》しい雨と風、空という海原で翻弄《ほんろう》される木っ端にすぎない飛行機、その連想は気分のいいものではない。彼は飛行機に弱いのだ。揺れがひどくなると、きまって酔ってしまう。酔い止めのドラマミンをもっと多めに嚥んでおけばよかった。当然のことながら、彼の席は非常用ドアのそばと決まっている。あのドアがなにかのはずみに開いたら、彼は機外へ吸い出され、悲鳴をあげながら落ちていくことになる……

瞬きして、首を振った。窓を顔にくっつけて目を凝らしていたので、首筋がチリチリした。微動もせず、瞬《まばた》きもせず、凝然《ぎょうぜん》としたままだったのだ。なんとバカなことを――

突然、胃袋の筋がぎゅっと縮みあがり、眼球が飛び出しそうになった。翼のうえを、なにかが這っている。

嘔吐感《おうとかん》がふいに襲ってきた。離陸前に犬か猫かが翼に這いあがり、そのままずっとしがみついているのだろうか。考えただけでもゾッとする。かわいそうに、恐ろしさに半狂乱になっているにちがいない。それにしても、つるつるの表面で風圧もすごいのに、どうやってしがみついていられるのか。まさか。そんなことはありえない。あれは、やっぱり、鳥かなにかで――

稲妻がひらめいた。あれは人間だった。

ウィルスンは身動きもできなかった。ただ茫然《ぼうぜん》自失して、翼端のほうへ這っていく黒い影を凝視していた。そんなことあるわけがない。度重なるショックに麻痺《まひ》した心の奥で、そう言う声が上がったが、ウィルスンの耳にはとどかなかった。彼が意識していたのは、心臓が破れそうな鼓動を打っていること――それと、翼上にいる人影のことだけだった。

いきなり氷水を浴びせられたように、われに返って、なんとか納得のいく説明をつけようとした。ちょっと考えられないミスかなにかがあって、整備員を機体にのせたまま離陸してしまい、彼は風で服をちぎられても、空気が希薄で寒さに凍えそうになっても、必死にしがみつきつづけているのだ。

そうにちがいないと、即座に決め込んだ。だしぬけに立ちあがり「スチュワーデスさん！　スチュワーデスさん！」と、呼んだ。彼の声はキャビン内に虚《うつ》ろに響きわたった。指では呼び出しボタンをぐいぐい押している。

「スチュワーデスさん！」

スチュワーデスが顔をこわばらせながら、通路をすっとんできた。ウィルスンの顔を見たとたん、ギクッと立ちすくむ。

「人が外にいる。人だ！」ウィルスンは叫んだ。

「え？」頬と目のまわりがひきつった。

「いいから見て、ほら」手をさかんに振り動かし、座席に沈みこむと、窓外を指さした。

「翼のうえを這って――」

あとのことばは、のどにつっかえたまま消えた。翼のうえには、なにもいなかった。

ウィルスンはそのまま震えていた。機内のほうにはふりむかず、窓に映っているスチュワーデスの顔を見ていた。その顔には、ポカンとした表情がうかんでいる。

ようやくふりかえって、彼女の顔を見上げた。紅い唇が、ことばを発するかのように開いたが、なにも言わないままに閉じ、ごくりと生唾をのみこんだ。むりな作り笑いが彼女の顔をチラリとかすめた。

「すみません、きっとあれは――」

しまいまで言い終わったかのように、ウィルスンは唐突に口を閉じた。通路の反対側の席にいるティーンエイジの少女が、半分寝ぼけた好奇の目でこちらを見ている。

スチュワーデスは咳払いをして、「なにかお持ちしましょうか」と、訊《き》いた。

「水を一杯」

彼女は背をむけ、通路をもどっていった。

ウィルスンはながながと息を吸って、少女の好奇のまなざしから顔をそむけた。彼自身はいたって正常だった。正常だと感じた。そのことが彼には、いちばんのショックだった。幻覚を見たり、絶叫したり、こめかみを拳固《げんこ》で打ったり、髪を掻《か》きむしったり、そんな兆候はどこにもないのだ。

ぎゅっと目をつぶった。やっぱり翼に人がいたんだ、と思った。幻覚なんかじゃない。現実に人がいた。彼自身は正常なんだ。いや、しかし、そんなことがありうるはずがない。それもはっきりとわかっていた。

目を閉じたまま、いまジャクリーンが隣に坐っていたら、どうするだろうか考えてみた。ショックのあまり口もきけないで、黙っているだろうか。いや、彼女のことだから、なにも見なかったふりをして、派手に笑いを振り撒き、しゃべりまくっているのではないだろうか。息子たちはどう思うだろう。胸の奥に嗚咽《おえつ》に似た衝動がおこった。ああ、なんたることか――

「水をお持ちしました」

ウィルスンはビクッとして、目をあけた。

「毛布をお使いになりますか？」と、スチュワーデスが訊いた。

「いや」かぶりを振る。「けっこうだ」よくもこう平静な態度をとれるものだと、自分で不思議に思った。

「御用がございましたら、呼び出しボタンを押してください」

ウィルスンはうなずいた。

手にした紙コップには口をつけないまま、うしろのほうで、スチュワーデスが乗客の一人とひそひそ話をしているのを聞くともなしに聞いた。カッと怒りがこみあげてくる。つっと腕を下にのばし、水をこぼさないよう気をつけながら、旅行鞄をひっぱり出した。ファスナーを開け、睡眠薬の箱をとりだし、カプセルを二錠水で流し込んだ。空《から》になった紙コップを握りつぶし、前の座席の背ポケットに押しこむと、窓のほうを見ないようにしながらカーテンを閉めた。これで——すんだ。一度ぐらい幻覚を見たからって、それで気がおかしくなったことにはならない。

右脇を下にして体の向きを変え、飛行機の突発的な揺れにそなえた。あんなことは忘れるのがいちばんだ。いつまでもくよくよ考えてちゃいけない。いつのまにか口元が苦笑にゆがんでいた。まあ、とにかく、幻覚だとしたところで、ありふれた月並みなやつとはわけがちがう。それだけだって、たいしたもんじゃないか。二万フィートの上空でＤＣ－７の翼のうえを裸で匍《は》いまわる人間なんて——並みの狂人ではとても及びもつかない妄想だぞ。

冗談気分はすぐに消えうせた。背筋に寒気がはしった。あれはあまりに鮮明で、生々しかった。あれが現実でないのなら、どうしてあああもはっきり見えたのか。心の迷いだけで、視覚作用があれほど完璧に働くものだろうか。彼は疲れきっていたわけではなかったし、頭がぼやけてもいなかった――ぼんやりした影のようなものを見た、というのではないのだ。くっきりとした実体のある、現実に存在することがはっきりしているものを見たのだ。そこが恐ろしいところで、とうてい夢のなかの出来事とは思えない。あのとき、ひょいと翼を見たら――

衝動的に、ウィルスンはカーテンを引き開けた。

一瞬、そのまま悶絶《もんぜつ》するかと思った。胸と胃袋の内容物がいっぺんに膨張し、はみ出た分がのどと脳に押し上がってきて、息をふさぎ、目玉を飛び出させそうになった。その膨張したかたまりに心臓は圧迫され、いまにも破裂しそうなほど鼓動がたかまり、ウィルスンは硬直して身動きもならない。

ぶあつい窓ガラス一枚をへだてた、何インチも離れていないすぐそばから、あいつがじっとこちらを睨《にら》んでいた。

身の毛のよだつような顔。とても人間の顔とは言えない。皮膚は汚らしく、毛穴が開いて荒れている。鼻はひしゃげて色褪《いろあ》せ、歪んでひび割れた口は、異様に大きい奇形の歯のために押しひろげられ、目は落ち窪《くぼ》んで小さく――瞬きしない。顔全体をもじゃもじゃの毛がおおい、耳と鼻からも房になって飛び出し、頬いちめんに生えているところは鳥のようでもある。

ウィルスンは座席に根が生えたように、体を動かすことができなかった。時間が止まり、意味をうしなった。体も頭も機能を停止した。すべてがショックという氷のために凍結してしまった。動いているのは心臓だけ。心臓の鼓動だけが闇のなかで狂おしく跳びはねている。瞬きすらもできない。ただただ、生気をうしなった目で、息を殺して、その生き物の虚ろなまなざしを見つめるばかりだった。

ハッとなって、ウィルスンは目を閉じた。目のまえのものが消えると、心の呪縛《じゅばく》が解けた。あんなものはいないんだ、と自分に言い聞かせた。歯を喰いしばり、小鼻をひくつかせ、あんなものはいない、いるわけがないんだ、と心中でくりかえす。

肘掛けを指の関節が白くなるほど握りしめ、みずからを奮《ふる》い立たせる。あそこにはだれもいない、翼のうえにうずくまって、こっちを見ている奴がいるなんて、ぜったいにありえない。

ウィルスンは目を開けて——

——ひっと喘《あえ》ぎ、背もたれに身を縮めた。あいつはやはりいた。いただけでなく、ニタニタしていた。ウィルスンはこぶしを握り、手の平が痛くなるまで爪を喰いこませた。痛みのせいで、自分の意識がはっきりしているという得心がいくまで、そうしていた。

それから、わななく痺《しび》れた腕をそろそろと頭上へのばし、指をスチュワーデスの呼び出しボタンに近づけていった。さっきとおなじへまはやらない——立ちあがって大声をあげ、あいつに気づかれて逃げられてはまずい。あいつの金壺眼《かなつぼまなこ》がこちらの腕の動きを追っているので、恐るおそるのばす腕の筋肉が緊張にふるえる。

ボタンをそっと押した。一回、そしてもう一回。さあ来てくれ。来て、第三者の目で、何が見えるかはっきり見てくれ——早く来てくれ。

キャビンのうしろのほうで、カーテンを開ける音がした。ウィルスンは体をこわばらせた。あいつが醜悪な顔を動かし、そちらのほうを見たのだ。ウィルスンは身じろぎもせず、そいつを凝視していた。早く早く、頼むから早く来てくれ！

ほんの一秒で、それは終わった。あいつの視線がウィルスンにもどり、狡《ずる》そうなゾッとする笑いが口元にかすめた。それから、一飛びして、消えた。

「お呼びですか？」

ウィルスンはほんとうに気が狂ってしまいそうになった。彼の視線は、いまのいままであいつのいた場所から、スチュワーデスの問いかける顔に移り、また翼へもどり、またスチュワーデスへと、行ったり来たりをくりかえした。狼狽《ろうばい》のあまり、息苦しくなり、目がすわってくる。

「どんな御用でしょう？」と、スチュワーデスがたずねる。

がまんがならなかったのは、その彼女の顔にうかんだ表情だった。ウィルスンは自分の感情を押し殺した。どう話したところで、信じてくれるはずがない。そのことを瞬間的に悟った。

「いや――どうも、すみません」口ごもる。唾をのみこもうとしたが、のどがからからで、舌打ちのような音がした。「なんでもないんです。どうも――申し訳ない」

スチュワーデスはどう言っていいかわからないようだった。片手をウィルスンの隣の座席の背もたれに置き、もう一方の手でスカートの縫い目をなんとなくなぞりながら、飛行機の不規則な揺れに身をゆだねている。なにか言おうと口を開いたが、ことばが出てこない。

「あの」やっと声を出してから、咳ばらいをした。「それじゃ――御用のときは」

「あ、うん、どうもありがとう。この飛行機――嵐に突っ込みかけてるのかな」

スチュワーデスはとっさに笑顔をつくった。「たいした嵐ではありませんから。どうかご心配なく」

ウィルスンは痙攣《けいれん》でもするように小刻みにうなずいた。スチュワーデスが行ってしまうと、鼻孔をふくらませて、大きく息を吸い込んだ。あのスチュワーデスはまちがいなく、彼の頭が変だと思ったはずだが、翼に人がうずくまっているのを見たと思いこんでいる乗客をどう取り扱ったらいいいか、訓練のときにも習っているはずがないこともたしかだろう。

思い込んでいる？

さっと首をめぐらせて窓外を見た。闇のなかにのびる主翼、勢いよく噴出する排気、点滅する航行灯を見つめる。あいつをたしかに見たんだ――それはまちがいない。まわりの現実をしっかり捉えていて、どこから見ても正気なのに、心の迷いであんなものを作り出すようなことが、果たしてありうるだろうか。精神の歯車が狂っていくときには、現実がすべて歪められるのではなく、細部にいたるまで正常なままの画面に、ひとつだけ異質な映像が投入されるのだ、と考えるのは筋が通っているだろうか。

いや、ぜんぜん筋が通っていない。

ふいに、戦争中の新聞記事を思い出した。連合軍のパイロットたちが出撃中に、空に棲《す》むと思われている生き物に悩まされた、という話が載っていたのだ。その生きものは、たしかグレムリンと呼ばれていたはず。実際に、そんな生きものがいるのだろうか。こんな高い上空で、ちゃんと体積も体重もあるらしいのに重力の影響を受けず、ふわふわ風に乗って飛んでいるなんて、考えられるか？　そんなことを考えていると、あいつがまた姿をあらわした。

一瞬、翼から飛び上がったと思ったら、つぎの瞬間には、ぐるっと弧を描いてまた翼に降り立った。なんの衝撃もないようだ。体のバランスをとるように、毛むくじゃらの短い腕をひろげて、ふわっと降りてきた。ウィルスンはハッとなった。あいつの顔にうかんでいる、してやったりという表情に気づいたのだ。あいつはウィルスンにいっぱい喰わせる気で、わざとスチュワーデスを呼ぶように仕向けたのに相違ない。そら恐ろしさに体が震えた。あいつがいることを、どうやってみんなに知らせることができるだろうか。必死の面持ちでまわりに目をやった。通路のむかい側の席の少女に、そっと声をかけて起こしたら、もしかして――

いや、あいつは、少女に見られないうちに、姿を消すだろう。たぶん、だれからも見えない機体のうえに飛び上がる。そこならコックピットのパイロットにすら見えない。息子のウォルターにせがまれて買った、あのカメラを持ってくればよかったと、つくづく悔やまれた。あいつの写真を撮ることができたら――

窓に顔を寄せて見た。あいつ、なにをしているんだ？

だしぬけに稲妻がひらめき、暗闇が瞬間的に剝《は》ぎ取られた。あいつは好奇心にかられた小児のように、ガクガク揺れる翼の端にしゃがみこみ、右手を回転するプロペラにのばしている。

ウィルスンがあっけにとられて見ていると、あいつの手は、唸《うな》りをたてて回るプロペラに近づいていった。と、ビクッと手を引っ込め、悲鳴をあげたらしく唇がめくれあがった。指を切断したにちがいない！　そう思うと、胸が悪くなった。ところが、あいつは節くれだった指をひろげて、すぐにまた手をのばした。まるで奇怪な姿をした子供が、扇風機の羽にいたずらしようとしている図のように見えた。

こんな場違いなところでなかったら、おもしろい眺めだったかもしれない。なにしろ、傍《はた》目《め》に見れば、あいつの恰好《かっこう》は漫画的ですらあった。お伽噺《とぎばなし》から抜け出してきたいたずら好きの小人が、体じゅうの毛を風にはためかせながら、プロペラの回転に夢中になっているのだ。これが狂気の産物なんかであるわけがない。あんな滑稽《こっけい》じみた醜怪なものを産み出す因子が、自分の心の奥底に潜んでいるとは、とても思えなかった。

見ていると、あいつは何度も手をのばしては、さっと引っ込め、ときには痛さを和らげるためか、指を口につっこんでしゃぶったりもした。しかも、しょっちゅう確かめるように、こちらをふりかえってはチラリと見る。あいつは、これが二人だけのゲームだということを、承知のうえなのだ。もしもウィルスンが、あいつの姿をだれかに見させることができれば、あいつの負け。目撃者がウィルスンしかいない、ということになれば、ウィルスンの負け、というわけだ。そう思うと、おもしろい眺めどころではなくなった。ウィルスンは歯軋《はぎし》りした。パイロットたちはいったいどこを見ているんだ。

そのうちにプロペラにも飽きたらしく、あいつは荒馬にまたがるカウボーイよろしく、エンジン・カウリングに馬乗りになった。ウィルスンは目を凝らして見た。背筋に寒いものが走った。あいつがエンジンを覆っている金属板を剝がそうと、そのあいだに爪を突っ込もうとしている。

衝動的に手をのばし、ウィルスンはスチュワーデスの呼び出しボタンを押した。キャビンの後方から、スチュワーデスのやってくる足音が聞こえた。あいつはまだ悪戯《いたずら》に熱中している。こんどこそ、あいつを出し抜くことができるかもしれない。が、あと一歩というところで、あいつがチラッとウィルスンのほうを見た。と思うと、操り人形が舞台から糸で引っぱりあげられるように、ひょいと宙に舞いあがっていった。

「御用ですか」スチュワーデスがおずおずと彼の顔をうかがった。

「坐って——もらえませんか」

スチュワーデスは尻込みした。「でも、あの——」

「お願いします」

おそるおそるという感じで、ウィルスンの隣の座席に腰をおろした。

「なんでしょう、ウィルスンさん」

ウィルスンはみずからを励まして言った。

「あいつがまだ外にいるんですよ」

スチュワーデスは黙って彼を見つめた。

「あなたにこんなことをいうのは」ウィルスンはおっかぶせるように言う。「あいつがエンジンをいじろうとしているからですよ」

彼女は反射的に窓のほうに目をやった。

「いや、いや、見てもだめだ。もういない」ウィルスンはのどが粘りつくような気がして、咳払いした。「あなたが来ると、いつも飛んでってしまうんだ」

彼女がどう思うか、そのことに気づくと、急に悪寒《おかん》がした。彼自身がだれか他の者にこんな話を聞かされたら、どう思うか、考えるまでもないことだった。めまいの波が押し寄せてきた。ほんとうに気が狂いかけている――そう思った。

「わたしがいいたいのは」その考えを振り払いながら、「あれがわたしの想像でなければ、この飛行機は危険なことになる、ということです」

「そうですね」

「わかってますよ。どうせ、わたしの頭がおかしいと思ってるんだ」

「とんでもありませんわ」

「とにかくですね」込みあげてくる腹立ちを抑えながら、「パイロットにわたしのいったことを伝えてください。翼に目を配っているようにいって。なんにも見えなければ――それはそれでいい。だが、もしもなにか見えたら――」

スチュワーデスは静かに彼の顔に目を当てている。ウィルスンの握りしめたこぶしが、膝のうえでぶるぶる震えた。

「どうです？」

ようやく彼女は立ちあがった。「話してきます」

通路を歩き去っていく姿がいかにもわざとらしい。逃げるのではないと彼に思わせようと、あきらかに自制しているのだが、それでもふつうより早足になっている。ウィルスンは翼に目をもどしたとたん、胃袋がでんぐり返りそうになった。

あいつがまたあらわれたのだ。グロテスクなバレエ・ダンサーのように翼に降り立ち、またもや剝き出しの太い脚をひろげて、エンジン・カウリングにまたがり、金属板をいじくりはじめた。

しかし、そう心配することもあるまい、とウィルスンは思った。いくらあの怪物でも、爪でリヴェットを引き抜けるわけがない。パイロットにあいつの姿が見えようと見えまいと、実際上、たいした問題はない――少なくとも、飛行機の安全に関するかぎりでは。ただ、ウィルスン個人に関しては――

そのとき、あいつが金属板の端をめくりあげた。

ウィルスンは息をのんだ。前方のコックピットの出入口から、スチュワーデスと機長がやってくるのが見えたので、「早く、早く来て！」と、叫んだ。

機長は目をあげてウィルスンを見ると、いきなりスチュワーデスを押し退け、泳ぐようにしてこちらにやってきた。

「急いで！」ウィルスンは怒鳴《どな》った。窓外に目をやると、あいつが飛び去るところが見えた。そんなことはどうでもいい。こんどは証拠があるのだ。

「どうしました？」機長がそばに来て、息を切らしながら訊いた。

「あいつがエンジンの覆いを引き剝がしたんです」ウィルスンは声を震わせて言った。

「だれが何をしたって？」

「外にいるあいつだよ！　いまいったように、そいつが――」

「ウィルスンさん、もっと声を小さくして！」と、機長が言った。

ウィルスンは愕然《がくぜん》となった。

「何があったのかは知りませんが――」と、機長が言いかける。

「見てごらんなさい」ウィルスンは声を張り上げた。

「ウィルスンさん、いいかげんにしてください」

「だから、いってるだろう」つのってくる腹立ちをぐっと堪《こら》え、座席の背もたれに体を押しつけて、痺れた手で窓を指さした。「たのむから、見てみてくれ」

機長は呼吸を鎮めながら、上体をかがめて見た。それから、すぐに冷やかな目でウィルスンを見た。「それで？」

ウィルスンはさっと窓外に目を向けた。金属板にはどこも変わったところはない。

「そんな」あわてて言った。「あいつが金属板を剝がすのを見たんだ」

「ウィルスンさん、そういうことは――」

「あいつが金属板を剝がすのをたしかに見たんだ」

機長はそこに突っ立って、スチュワーデスとおなじ当惑した表情をうかべている。ウィルスンは体をわななかせた。

「いってるだろう、わたしは見たんだ！」自分のかんだかい声に自分で驚いた。

機長がいきなり彼の隣の席に腰をおろした。「ウィルスンさん、どうか。あなたが見られたことは、わかってます。でもね、機内には、ほかのお客さまもいらっしゃるんですよ。よけいな不安をあたえないようにしないと」

ウィルスンは動顛《どうてん》していて、機長の言う意味がすぐには頭に入ってこなかった。

「それじゃ――あなたも見たんですね」

「もちろんです。しかし、乗客のみなさんを怖がらせてはいけませんから。わかっていただけますね」

「ええ、それはむろん、わたしだって――」

下腹部のあたりに痙攣の予感がきざしてきた。ウィルスンはぎゅっと口を結び、機長を憎々しげに睨みつけた。

「そういうことか」と、ぽつんと言った。

「いいですね、くれぐれも忘れてならないのは――」

「もういい」

「はあ？」

ウィルスンは身を震わせた。「もう行ってくれ」

「ウィルスンさん、なにをそんなに――」

「やめてくれ」怒りで蒼《あお》ざめた顔を機長からそむけ、光を失った目で翼を見つめた。

それから、いきなりふりかえって、機長を睨みつけた。

「もうなにもいわないから安心しろ！」と、嚙《か》みつかんばかりに言う。

「ウィルスンさん、わかってください――」

ウィルスンはプイと窓のほうをむいて、いまいましげにエンジンを睨んだ。視野の隅に、乗客が二人、通路に立ってこちらを見ているのが映った。バカモノどもが！　と、胸のうちで怒鳴った。両手が震えだし、一瞬、胃の内容物を吐いてしまうのではないかと思った。飛行機の揺れのせいだ、と自分に納得させる。機体はいまや、嵐にもてあそばれる船のように、はげしく揺れていた。

機長がまだ話しかけているのに気づいて、窓ガラスに映る機長の姿に目の焦点をあわせた。機長のそばには、まじめくさった表情のスチュワーデスが、押し黙って突っ立っている。おまえたち二人とも、大バカモノだよ、と胸のうちでののしる。二人がそばを離れて去っていくのにも、ウィルスンは気がつかないふりをした。かれらがキャビンの後方へ歩いていくのが、窓ガラスに映っている。あいつら、わたしが暴れだしたときはどうすればいいか、相談しあっているのにちがいない、と彼は思った。

こうなったら、あいつがまたあらわれて、カウリングの金属板をひっぺがし、エンジンをメチャメチャにすればいい。ここにいる三十人以上の乗客の命を救うも救わぬも、この自分しだいなのだ。そう思うと、復讐《ふくしゅう》にも似た歓《よろこ》びが湧《わ》いてくる。彼がその気になれば、大惨事を引き起こさせることもできるのだ。ウィルスンは不気味な笑みをうかべた。自殺もこれくらい大掛かりだと、ちょっとしたものだ。

あいつがまた舞い下りてきた。やっぱり思ったとおりだった——あいつは飛び去る前に、金属板をもとどおりにもどしておいたのだ。その証拠に、いままた、いとも易々《やすやす》とめくりあげている。まるで、グロテスクな外科医が、切除した皮膚をめくるようなぐあいだった。翼ははげしく動揺していたが、あいつは苦もなくバランスを保っているように見える。

ウィルスンはふたたびパニックに襲われた。どうしたらいいのだろう。だれも彼を信じてくれない。もういちどおなじ話をくりかえしたら、こんどは強制的に監禁されてしまうかもしれない。スチュワーデスに隣に坐ってもらっても、一時の気休めにしかならない。彼女が席を立ったとたん、あるいは席を立たないまでも、眠りこんだとたんに、あいつはまたもどってくる。かりに彼女が眠らず、ずっと目を覚ましていたとしても、あいつが反対側の翼へ移ってエンジンをいじりだしたら、どうにもならない。ウィルスンは恐怖で、骨まで凍りつきそうな気がした。

もうだめだ、手の打ちようがない。

ウィルスンはビクッとした。あいつを見つめている窓ガラスに、機長の通り過ぎる姿が映ったのだ。その瞬間、彼の理性はこなごなに砕け散ってしまいそうになった。あいつと機長とはおたがいすぐそばまで接近し、ウィルスンには二人の姿が見えているのに、双方ともおたがいに気づいていない。いや、そうではなかった。機長が通り過ぎたとき、あいつは肩越しにチラリとこちらを見たからだ。もはやウィルスンには邪魔だてできないことがわかっていて、もう飛びあがる必要もない、と言わんばかりだった。ウィルスンは憤怒《ふんぬ》に血が煮えたぎるのをおぼえた。殺してやる！　いやらしいケダモノめ、殺してやるぞ！　エンジンの回転が停まった。

それは一瞬だけだったが、その瞬間、ウィルスンには自分の心臓が停まったように思えた。窓ガラスに顔を押しつけ、目を凝らして見た。あいつは金属板をめいっぱいめくり上げ、両膝をついて、エンジンに手を突っ込んでいる。

「やめろ」自分の声がすすり泣くように聞こえた。「やめてくれ……」

またしても、エンジンが停止した。血走った目でまわりを見た。みんな、耳がおかしいのか。スチュワーデスを呼ぼうとボタンに手をのばしかけ、あわてて引っ込めた。だめだ。そんなことをしたら、監禁されてしまう。身動きもできないようにされてしまう。いま何が起きようとしているか、それを知っているのはウィルスンひとりだし、みんなを救うことができるのは彼しかいないのだ。

「ちくしょう……」

下唇をぎゅっと嚙みしめ、その痛さに思わず呻《うめ》いた。体をひねって後方に目をやって、あっと思った。揺れる通路を、スチュワーデスが早足でやってくる。彼女も聞きつけたんだ！　ウィルスンが見守っていると、彼女はチラリとこちらに目をむけただけで、そのまま通り過ぎていった。

彼女は三列先の座席で立ち止まった。エンジンの異常を聞きつけた乗客がいたのにちがいない。スチュワーデスは身をかがめ、ここからは見えない客に話しかけている。ウィルスンはじっと見守った。機外から、またもやエンストが起こりそうな音が聞こえた。ウィルスンは急いで窓のほうに向きなおり、慄《おの》きの目で外を見た。

「こんちくしょう！」泣き声に近かった。

通路に目をもどし、スチュワーデスが引き返してくるのを見た。すこしも慌てているようすはない。信じられない面持ちで彼女を見つめる。そんなはずはない。彼女が左右に揺れながら歩いていくのを、目で追いながらいっしょに体をひねり、ギャレーに入っていくのを見とどけた。

「もうだめだ」

体がわなわなと震え、抑えがきかなくなった。だれも気づいたものはいないのだ。だれひとり知らない。

とっさに、ウィルスンは身をかがめ、座席のしたから旅行鞄をひっぱり出した。ファスナーを引き開け、ブリーフケースを出して、床のカーペットのうえに置く。それからもういちど手を入れ、油布の包みを取り出して体を起こした。目の隅に、スチュワーデスが引き返してくるのが見えた。足で旅行鞄を座席のしたに押し込み、油布の包みを座席の自分の横に押しやる。小刻みに震えだしそうになる息を堪え、身を固くして、彼女が通り過ぎるのを待った。

通り過ぎると、包みを膝にのせ、開いた。慌てていたため、あやうくピストルを取り落としそうになった。すんでのところで銃身をつかみ、しっかりと銃把《じゅうは》をにぎりなおし、安全装置をはずした。窓外に目をやり、思わずゾッとした。

あいつがじっとこっちを見ていたのだ。

ウィルスンは震える口元をかたく引き締めた。こっちの考えていることが、あいつにわかるはずがない。彼は生唾をのみこみ、一呼吸入れようとした。視線を移して、スチュワーデスが前の乗客に薬を渡しているのを見てから、翼に目をもどした。あいつはまたエンジンに向きなおり、手を差し込んでいる。ウィルスンはピストルを握る手に力をこめ、そろそろと銃口を上げていった。

だが、また下ろした。窓ガラスが厚すぎる。銃弾が跳ねかえって、乗客に当たるかもしれない。ウィルスンは身震いし、あいつのようすをうかがった。またもエンジンが停まりかけ、火花が散って、あいつのケダモノじみた顔を照らし出した。ウィルスンは肚《はら》を決めた。方法は一つしかないのだ。

非常用ドアのハンドルを見下ろした。透明なカバーで覆われている。そのカバーを引きはがして捨てた。機外に目をやる。あいつはさっきとおなじ場所にうずくまり、エンジンをいじくっている。ウィルスンは震える息を吸い込んだ。左手をハンドルに掛け、試してみた。下へは動かないようだが、上にはいくらか遊びがある。

ハンドルから手を放し、ピストルを膝のうえに置いた。あれこれ考えている暇はない。震える手で、シートベルトをしっかりと締めた。ドアが開いたら、機内の空気がすさまじい勢いで外に吸い出されるはずだ。この飛行機を救うためには、彼が外に放り出されてしまってはならない。

やるぞ。ウィルスンはふたたびピストルを手にした。心臓の鼓動が乱れる。間髪をおかず、正確に撃たなければ。撃ち損じたら、あいつは反対側の翼へ飛び移るかもしれない。いや、もっと悪くすると、尾翼に行ってしまって、だれにも邪魔されずに、ワイヤーを引きちぎり、フラップを叩きつぶし、機体のバランスを壊してしまうことだってやりかねない。そうだ、もはやこれしか手だてはない。狙いを低くして、あいつの胸か腹を撃つ。ウィルスンは肺いっぱいに息を吸った。よし、いまだ。やるぞ。

非常用ドアのハンドルに手をのばしたとき、スチュワーデスが通路を歩いてきた。彼女はギクッと足を止め、一瞬、凍りついて声を失った。呆《ほう》けたような恐怖の表情が顔にひろがっていき、懇願するように片手を差しのべた。それから、堰《せき》を切ったように、エンジンの音を

り声をあげて消滅していた。

「ウィルスンさん、やめて！」

「さがってろ！」怒鳴るなり、ハンドルをぐいと捩《ね》じあげた。

ドアが突然消えたようだった。一瞬、彼が手でつかんでいたものが、つぎの瞬間には、唸りをあげて消滅していた。

それと同時に、彼の体を座席から引き剝がそうとする、すさまじい吸引力に捲《ま》き込まれた。肩から上がキャビンの外にひっぱり出され、氷のような希薄な空気を吸っていた。エンジンの轟音に鼓膜が破れそうになり、目は凍りつくような旋風で開けていられず、あいつのことどころではなくなった。彼を包みこむ渦巻きのなかから、悲鳴が聞こえたようだったが、それも遠くで叫ぶ声のようだった。

そのとき、あいつの姿が目に入った。

翼のうえを、こちらへ歩いてきた。ごつごつした体を前屈《まえかが》みにし、鉤爪のように曲げた手をのばしてきた。ウィルスンは腕を上げ、発砲した。銃声も、狂暴な風の咆哮《ほうこう》のなかでは、ポンと弾《はじ》けるくらいにしか聞こえない。あいつはよろめいて、打ちかかってきた。ウィルスンは頭に痛みが走るのをおぼえた。至近距離でもう一発撃つと、あいつは弾かれたようにうしろへ吹っ飛び、あっというまに風に飛ばされた紙人形のように消えてなくなった。ウィルスンは脳みそが痺れていくのを感じた。力を失った指から、ピストルを捥《も》ぎ取られるのがわかる。

それきり、すべてが冬の闇に消えうせた。血管に温かなものがゆるやかに流れ込んでくる。脚が棒と化したようだった。暗闇のなかに、人の動きまわる気配がし、ぼんやりと囁《ささや》き声がしている。何かのうえに仰向《あおむ》けに寝かされ、軽く揺られながら動いているらしい。冷たい風が顔を撫《な》で、彼の載っているものが傾くのがわかった。

ウィルスンはほっと吐息をついた。飛行機はすでに着陸し、彼はいま、担架で運ばれているところなのだ。頭には包帯が巻かれているらしく、たぶん鎮静剤も打たれているだろう。

「こんなムチャな自殺の仕方なんて、聞いたこともない」と、どこかで声がした。

ウィルスンはおかしくなった。だれだか知らないが、それがまちがいであることは、言うまでもない。エンジンを検査し、彼の頭の傷をつぶさに調べれば、すぐにわかることだ。そのときになって、ウィルスンがみんなの命を救ったのだということが、明らかにされるだろう。

彼は夢も見ずにぐっすり眠った。

飛行機械

アンブローズ・ビアス

——中村融 訳

ビアスは飛行機の時代にも存命だったが（一九一四年ごろ死亡したとされる）、飛行機に乗ったことがあったかどうかは疑わしい。以下の小品は飛行機そのものをテーマにしたものではなく、むしろ飛行機への投資で儲《もう》けをたくらむ人々の貪欲さを描き、〝辛辣屋《ビター》ビアス〟というニックネームもむべなるかなと思わせる。ちなみにわたしがいちばん好きなビアスの警句は、「戦争——神がアメリカ人に地理を教えるための手だて」というものだ。

（白石 朗 訳）

飛行機械を作った〈発明の才に富む男〉が、その飛翔《ひしょう》を見学しないかと大勢の人を招いた。所定の時刻に、準備万端とととのって、彼は機体に乗りこみ、エンジンを始動させた。機械はすぐさまどっしりした土台――その上で機械は作られた――を突き抜け、視界から消えて大地に落下した。飛行士は間一髪のところで飛びだし、一命をとりとめた。

「さて」と彼はいった。「細かいところは正しいと証明するだけのことはしました。欠点は」と、めちゃくちゃになった煉瓦《れんが》積みに目をやり、彼はつけ加えた。「基本的で根本的であるにすぎません」

彼がこう請けあったので、人々は第二の機械を建造するための出資金をたずさえて進み出たのだった。

ルシファー！

E・C・タブ

——中村融 訳

飛行機での旅についていえることがひとつ——ひとたび乗っている飛行機が離陸したら、着陸するまではとにかく機上にいるしかない。タブはこのシンプルで反論不可能な事実を、すこぶる独創的な——おまけに不気味な——タイムトラベルのアイデアと組み合わせた。これ以上述べれば、この下劣で血も凍るような作品、唯一無二の作品を読む楽しみを削いでしまうだろう。エドウィン・チャールズ・タブはイギリスのもっとも多作なSF作家のひとり。六十年近い作家としてのキャリアのあいだに発表した長篇は百二十冊以上、加えて十冊以上もの短篇集を上梓した。また、一九五六年から五七年の二年間はオーセンティック・サイエンス・フィクション誌の編集にたずさわり、そのあいだ数多くのペンネームで掲載作品のかなりの部分を（書評コラムにいたるまで）みずから執筆した。本篇「ルシファー！」はタブの最高傑作のひとつであり、一九七二年にイタリアのトリエステで開催された第一回のヨーロッパSF大会〈ユーロコン〉において、最優秀短篇特別賞の栄冠に輝いた。

（白石 朗 訳）

それは社会的に便利きわまりない装置であり、だれもがそれを使った。この場合、だれもがとは、裕福で魅力的で社会的に成功をおさめている〈特別な人々〉を意味する。面白い原始的文化を研究するために立ち寄った者たち、そして個人的な理由で、非常に小さな海の非常に大きな魚でいられる世界にとどまることを選んだ者たちだ。

その〈特別な人々〉、銀河間社会の好事家たちは、彼らの科学によって保護され、甘やかされた。地元民とゲームに興じ、つねに用心して匿名性を保った。しかし、その超人たちにさえ偶然は起こりうる。蓋然性《がいぜんせい》の低さゆえに、統計的にはありえないばかげた事故が。

たとえば金庫を地上二十フィートの高さで吊《つ》りさげているとき、鋼鉄のケーブルがプツンと切れるような。金庫は落下し、歩道を打ち壊すが、それ以外の損害はない。突如として緊張から解き放たれたケーブルは、鞭《むち》のようにしなり、その端は予想できないランダムな動きではねまわる。それが特定の一箇所に当たる確率は天文学的に低い。〈特別な人々〉のひとりが、まさにそのときその場所にいる確率はあまりにも低いので、通常の蓋然性はゼロと変わらない。しかし、それは起こった。ケーブルのほつれた端が頭蓋に当たり、骨と脳と組織を切り刻んで、ぐしゃぐしゃのかたまりに変えた。外科的に埋めこまれたメカニズムが救難信号を発した。その男の友人たちが信号を受信した。フランク・ウェストンがその死体を手に入れた。

フランク・ウェストン、時代錯誤。現代において、ねじれた足を引きずって二十八年も人生を過ごすはめになる者はいない。とりわけ、ルネサンス絵画の天使の顔をしていれば。しかし、天使のように見えたとしても、彼は堕天使だった。死者を傷つけることはできないが、親族を傷つけることはできる。自殺者の父親に、亡くなった娘は妊娠していたと告げる。子供を溺愛《できあい》する母親には、目に入れても痛くない子供は忌まわしい病気にかかっていたと告げる。彼らはわざわざたしかめない。するはずがない。それに、たとえたしかめても、それがどうした？　過ちはだれにでもあるものだし、彼は医者ではなく、死体保管所の係員なのだ。

彼は感情を交えずに新しく届いた死体を吟味した。ケーブルはその顔を跡形もなく粉砕していた――視覚的な身元確認は不可能だ。スーツは血でだいなしになっていたが、無事な部分を見るだけでも、着用者が買ったのは高価な品であることはわかった。財布に紙幣はほとんどはいっていなかったが、クレジット・カードはたくさんあった。小銭が何枚か、シガレット・ケース、ライター、鍵、腕時計、ネクタイピン……。フランクが封筒におさめたとき、それらはガサガサと小さな音を立てた。指輪が目にはいり、彼は動きを止めた。

彼の仕事では、平気で悪事のできる男が、ときにささやかな余禄にあずかれる。フランクに良心のとがめはなく、保身を図る用心深さがあるだけだった。その指輪は、亡骸《なきがら》が彼のもとに到着する前に失われていたとしても不思議はない。手には血がこびりついているから、だれもその指輪に気づかなかったのかもしれない。たとえ気づいたとしても、彼とほかの者たちのいい分は食いちがうだろう。その指輪をはずして、血を手から洗い流し、指輪をしまいこんで、しらを切りとおせれば、その指輪は彼のものだ。そのために手をたたきつぶさなければならないなら、そうするまでの話。事故はときに奇妙な怪我《けが》を負わせるものだ。

一時間後、死体を引きとりたいという者がやってきた。物静かな男のふたり組。きちんとした身なりで、おだやかだが決然とした態度。死者の仕事仲間だという。死者の名前と住所を明かし、彼が着ているスーツの特徴や、ほかの情報を述べた。犯罪の疑いはなく、死体を引きわたさない理由はなかった。

片方が鋭い視線をフランクに注ぎ、

「彼の持ち物はこれだけですか？」

「そうです」とフランク。「これだけです。ここにサインしてください。そうすればお渡しします」

「ちょっと待って」ふたりの男は視線を交わした。やがて口をきいたほうがフランクに向きなおり、「われわれの友人は指輪をしていました。こういうやつです」片手をのばし、「その指輪には宝石と幅広い帯金がついています。渡してもらえませんか？」

フランクはかたくなだった。

「持っていません。見たことさえありません。ここへ来たとき、この人は指輪をしていませんでした」

ふたたび無言の協議。

「その指輪に品物としての価値はありません。しかし、感傷的な価値があります。百ドルをお支払いする用意がありますし、なにも訊《き》かないでおきます」

「なぜぼくにいうんです？」フランクは冷ややかな声でいった。内心では、嗜虐的《しぎゃくてき》な喜びから生じる温もりが大きくなっていた。どうしてかはわからないが、この男に痛みをあたえているのだ。「サインするのかしないのか？」彼は口調をがらっと変えた。「おれがなにか盗んだと思うなら、警察に電話しな。どっちにしろ、ここから出ていけ」

蒸し暑い夕方、彼は盗んだものをじっくり調べた。大食堂のいつもの隅にうずくまり、新聞で顔を隠して、その場のほかの者たちにとっては調度の一部にすぎなくなる。彼はゆっくりと指輪をまわした。帯金は厚く幅広く、一箇所が盛りあがっている。指で押せば平たくなりそうな突起だ。宝石は平らで、鈍く光っている。おそらく準宝石のグループに属す研磨のお粗末な石だろう。金属はメッキの施された合金かもしれない。そうだとしたら、百ドルで似たような指輪は一ダースだって買える。

しかし——あの亡骸のような身なりをした男が、そんな指輪をはめるだろうか？

あの死体は金《かね》のにおいをプンプンさせていた。シガレット・ケースとライターは宝石をちりばめたプラチナ製だった――盗みを考えるにはヤバすぎるしろものだ。クレジット・カードはファースト・クラスで世界一周をさせてくれそうだった。そういう男が百ドルぽっちの指輪をはめるだろうか？

ぼんやりと大食堂を眺めわたす。彼のテーブルに面して、三人の男がコーヒーを前にしてすわっていた。そのうちのひとりが背すじをのばし、立ちあがると、のびをして、ドアのほうへ向かった。

フランクはしかめ面で指輪に目を落とした。こんなガラクタのために百ドルをドブに捨てたのだろうか？　爪が突起に触れた。それはすこしだけ沈み、彼はじれったげに突起をぐっと押しこんだ。

なにも起こらない。

向かいあうテーブルから立ちあがり、ドアのほうへ歩いていった男が、気がつくとまたテーブルについているという事実を別にすれば。フランクが見ていると、男は立ちあがり、のびをして、ドアのほうへ歩いていった。フランクは突起を押した。なにも起こらない。

文字どおり、なにも。

彼は眉間《みけん》にしわを寄せ、もういちど試した。つぎの瞬間、男がテーブルにもどっていた。立ちあがり、のびをして、ドアのほうへ向かう。フランクは突起を押し、押しっぱなしにしながら秒を数えた。五十七秒、すると男がいきなりテーブルにもどっていた。彼は立ちあがり、のびをして、ドアのほうへ向かった。フランクはこんどは男を行かせてやった。

自分がなにをしたのか、これでわかった。

フランクは驚きに打たれて椅子にもたれかかった。〈特別な人々〉のことはなにも知らなかったが、彼自身の種族は科学者を生んできたし、サディストであっても、フランクは愚かではなかった。人はこういうものを肌身離さず持ち歩きたがるだろう。四六時中手元に置いておかなければならないだろう。すぐに使える形をしていなければならないだろう。ならば、指輪に勝るものがあるだろうか？　かさばらない。装身具。おそらくは永久不変。

一方通行のタイム・マシン。

幸運とは、都合のいい状況の思いがけない組み合わせだ。しかし、起きることが五十七秒前にわかるとき、幸運は必要だろうか？　一分にしようか。長くはないって？

その長さだけ息をこらえようとしてみたまえ。その半分の時間でいいから、赤熱したストーヴに手を置こうとしてみたまえ。一分あれば百ヤード歩けるし、四分の一マイル走れるし、三マイル墜落できる。妊娠して、死亡して、結婚できる。五十七秒あればいろいろなことができるのだ。

たとえば五十七秒のうちにカードがめくられ、玉が枠におさまり、ふたつのサイコロがころがって止まる。フランクは絶対確実な勝者であり、その勝ち方はひとつやふたつではなかった。

　彼はのびをし、シャワーを堪能した。湯の当たる強さは高圧にしてあった。つまみをひねり、息を呑む。温水が氷に変わり、体じゅうに鳥肌が立ったのだ。選択の余地がなければ、冬場の水風呂は苦難となる。だが、選択の余地があれば、それは心地よい刺激だ。彼はつまみを一気に湯にもどし、ひとしきりシャワーを浴びた。それから飛沫《しぶき》を切って、シャワーから出ると、ふかふかのタオルで体を拭いた。

「フランク、ねえ、まだだいぶかかるの？」

　その女性の声には、生まれながらの上流階級に特有のイントネーションがあった。婚姻と出生による貴族階級の一員。レイディ・ジェイン・スミス＝コナーズは裕福で、好奇心旺盛、退屈していて、せっかちだった。

「ちょっと待って、ハニー」彼は声をはりあげ、タオルを落とした。笑みを浮かべながら自分の体を見おろす。金がねじれた足の面倒を見てくれていた。金はほかのいろいろなことの面倒も見てくれていた。衣服、訛《なま》り、審美眼の教育。彼はいまだに堕天使だったが、その折れた翼にはピカピカの金メッキが新たに施されていた。

「フランク、ねえってば！」

「いま行く！」彼は筋肉が痛くなるまで顎を引き締めた。キーキーわめく気どり屋の性悪女め！　彼女はフランクの顔と評判にだまされた。その好奇心の代償を支払うだろう。しかし、それはあとまわしにできる。蜘蛛《くも》はまず蠅《はえ》を糸でがんじがらめにしなければならない。

裸体を覆う絹のローブ。髪をとかすブラシ。口臭を予防するスプレー。種馬が役目を果たす準備はほぼできている。

バスルームには窓があった。彼はカーテンを開いて、夜の街に目をやった。ずっと先の下のほうで、ばらまかれた明かりが霧にけぶる地面を覆っている。ロンドンはすばらしい都市、イギリスはすばらしい国だ。とてもすばらしい。とりわけ、ギャンブラーにとっては——勝ち分に課税されないのだ。それにここでは、どこにもまして、高い賞金を勝ちとれる。現金だけではない。それは庶民向けだ。そうではなくて、正しいコネを作れるのだ。そうなれば毎日がクリスマスだ。

ロンドン。〈特別な人々〉がひいきにする都市。

「フランク！」

せっかち。いらいら。傲慢《ごうまん》。その女はかしずかれるのを待っている。

彼女は長身で、独特の不格好な体つきだった。ツイードの上着を着て、ホッケーのスティックをさげているのがお似合いの、育ちすぎた女子生徒。しかし、人は見かけによらない。数世代におよぶ近親交配が、肉と骨の配置以外のことをしていた。それは爛熟《らんじゅく》した退廃を発展させ、煮え立つ欲求不満を創りあげていた。客観的に見れば彼女は狂気に冒されているが、彼女の階級では、狂気に冒されている人は「奇矯《ききょう》」なだけ、愚かな人々は「思慮が足りない」だけ、意地悪や残酷な人々は「面白がっている」だけと考えられるのだ。

フランクは手をのばし、彼女を腕に抱きとると、左右の親指の先端を彼女の目に押しつけた。突然の痛みに彼女はひるんだ。フランクが親指をさらに強く押しつけると、彼女は苦悶《くもん》のあまり絶叫し、失明の恐怖で胃袋をねじれさせた。フランクの心のなかで、精神的な時計が秒を刻んだ。五十一……五十二……。

彼の指が指輪を圧迫した。

「フランク！」

彼は手をのばし、彼女を腕に抱きとった。苦痛を負わせたという喜びで、心臓がまだ高鳴っていた。彼は熟練したテクニックで彼女にキスし、そっと歯を立てた。彼女の体に両手を走らせた。まるで肩から落ちるかのように、薄い生地がサラサラと音を立てる。彼は甘噛《あまが》みをすこしだけ強くし、彼女の体がこわばるのを感じた。

「やめて！」唐突に彼女がいった。「甘噛みされるのは大嫌いなの！」

失点一。フランクは秒を数えながら、照明のスイッチに手をのばした。暗闇が降りると彼女は身悶《みもだ》えし、彼の腕から逃れ出た。

「暗いのも大嫌い！　あなたもほかのみんなの同類なの？」

失点二。あと二十秒。もういちどすばやく探る時間はある。彼は手でまさぐり、接触を果たし、経験を積んだ者の決意で動いた。彼女は喜びのため息をもらした。

彼は指輪を起動させた。

「フランク！」

彼は手をのばし、彼女を腕に抱きとった。こんどはそっと歯を立てようともしなければ、甘噛みしようともしない。彼女の衣服がサラサラと床に落ち、明かりを浴びて肌が真珠のようにきらめいた。フランクは彼女を見て、大胆に称賛した。そして彼女に快楽をあたえるやり方で手を動かした。

彼女は目を閉じ、爪を彼の背中に食いこませた。

「話しかけて」彼女は語気を強めていった。「話しかけてちょうだい！」

彼は秒を数えはじめた。


のちほど、すっかり満足した彼女が眠っているかたわらで、フランクはくつろぎ、煙草《たばこ》をくゆらせながら考えごとをしていた。妙に愉快な気分だった。自分は完璧な恋人だった。彼女がいってほしいこと、やってほしいことを、彼女が望むどおりの順番でいったり、やったりする。ほかのなによりも大事なことだが、彼女がせつかなくても、いつでもいったり、やったりするのだ。自分は彼女自身の鏡像だ。彼女の欲求のこだま——それでいいではないか。彼女の欲望の青写真を引くために、自分は懸命に働いてきた。探求し、調査し、誤ったスタートと過ちのすべてを抹消してきた。完璧になる以外なにができただろう？　首をめぐらせ、女を見おろす。肉と血としてではなく、成り上がるための梯子《はしご》の段として見る。フランク・ウェストンは、はるばるここまで来た。このまま登りつづけるつもりだ。

彼女がため息をもらし、目をあけると、古典的な美をたたえたフランクの顔を見た。

「ダーリン！」

フランクは、彼女がいってほしいことをいった。

彼女はふたたびため息をついた。同じ音だが意味はちがう。

「今夜会えるかしら？」

「無理だ」

「フランク！」嫉妬《しっと》に駆られて彼女は身を起こした。「どうして？　いったじゃない――」

「自分がなにをいったかは知っているし、ひとこと残らず本気だった」と彼は相手の言葉をさえぎった。「でも、ニューヨークへ飛ばないといけないんだ。仕事で」と、つけ加える。

「なんといっても、食い扶持《ぶち》を稼がないといけないからね」

彼女は餌に食いついた。

「その心配はしなくていいわ。パパに話をするから――」

フランクは自分の唇で彼女の唇をふさいだ。

「それでも行かないと」と、いいつのる。上掛けの下で、彼の手は彼女のしてほしがっていることをした。「帰ってきたら――」

「離婚するわ」と彼女がいった。「結婚しましょう」

クリスマスだ、と彼は思った。空が白々と明けようとしていた。

さあ、わたしといっしょに飛びましょう！　と歌声がいう。ピカピカの新品のコメット旅客機、「わたしは美しいから見るのはしかたないけど、おさわりは厳禁よ」という態度の、脚と目と絹のような髪ばかりが目立つスチュワーデスふたり。乗員と七十三名のほかの乗客。そのうちファースト・クラスで旅をするのは十八名だけ。適材適所。フランクはそれがうれしかった。

彼は疲れた気分だった。夜は消耗するものだったし、朝もましなわけではなかった。体にぴったり合った座席にすわり、ゆったりした気分できちんとシートベルトを締めるのはいいものだ。いっぽうジェット機が空気を吸いこみ、人工のハリケーンとして後方へ噴きだし、その勢いで滑走路を走り、空へ舞いあがる。ロンドンは片側の下方へ遠ざかっていき、汚れた綿のような雲が下がっていき、やがて太陽だけになる。巨大な青い虹彩を持つ見そなわす目。

西へ行け、若人よ、と彼は思って悦に入った。なぜそうするのか？　旅が好きで、ちょっと留守にすれば彼女の愛着心をつのらせることができるという以外の理由はない。それに飛ぶことには刺激がある。下界を見おろし、自分と地上のあいだには虚空しかないと考えるのが好きだ。高所恐怖症で胃袋がちぢみあがるのを感じるのが好きだ。完璧に安全な状態で経験する恐怖はこたえられない。飛行機のなかで高さは意味がない。まっすぐ前を見るだけで、プルマン客車のなかにいるのと同じになる。

彼はシートベルトをはずし、脚をのばすと、窓の外にちらっと目をやった。それと同時に機長の声がスピーカーから流れてきて、機が高度三万四千フィートを時速五百三十六マイルで飛行中だと告げた。

窓の外に見えるものはほとんどなかった。空、眼下の雲、主翼である金属板の小刻みに震えている先端。飛行機に乗るたびに見えるもの。ブロンドのスチュワーデスは眼福だった。腰をふりながら通路を歩いてきて、彼の目を捉えると、たちまち世話を焼きにかかった。おくつろぎですか？　枕はいかがですか？　新聞は？　雑誌は？　お飲み物は？

「ブランデー」と彼はいった。「アイスとソーダ入りで」

彼は客室《キャビン》の壁ぎわの内側席にすわっていたので、彼女ははめこみ式のテーブルを降ろし、飲み物を置くために通路から踏みださなければならなかった。フランクは左手をあげ、彼女の膝に触れ、太腿の内側にそってその手を上へすべらせた。彼女が身をこわばらせるのを感じ、その顔に浮かぶ表情を見た。不信と激怒と興味と思案がまじり合っていた。その表情は長くつづかなかった。彼が右手をのばし、彼女の喉に指を食いこませたのだ。頬が鬱血《うっけつ》して紫に染まり、目が飛びだし、放りだされたトレイが混乱を作りだすなか、彼女の手が苦しげに力なくばたついた。

彼の心のなかで自動時計が秒を刻んだ。五十二……五十三……五十四……。

彼は指輪の突起を押した。

はめこみ式のテーブルがバタンという小さな音を立てて開き、ブランデーがミニボトルから氷に注《そそ》がれるとき、トクトクと音を立てた。彼女はにっこりし、穴をあけたソーダの缶をかかげた。

「全部お入れしますか？」

彼はうなずき、ソーダを注ぐ彼女を見ながら、その太腿の温もり、肉体の手ざわりを思いだしていた。自分に殺されかけたのをこの女は知っているのだろうか？　ひょっとして察しがつくのでは？

いや、そうではない、と彼女が遠ざかっていくあいだに彼は思った。知るわけがない。彼女にとってはなにも起こらなかった。フランクに飲み物を給仕した、それだけだ。それだけだが――？

考えこみながら指輪を見つめる。起動させれば、時間を五十七秒さかのぼる。その間《かん》にしたことは、ひとつ残らず抹消される。殺そうが、盗もうが、暴力をふるおうが、おかまいなしだ。なぜなら、なにひとつ起こらなかったのだから。しかし、じっさいは起きたのだ。思いだせるのだから。起きてもいないことを思いだせるだろうか？

たとえば、あの若い女。フランクは彼女の太腿に、脚のあいだの温かな場所にさわり、やわらかい喉をへこませた。目をえぐりだし、悲鳴を倍にさせ、顔を切り刻むこともできた。彼はそうしたし、ほかの者たちにもっと別のことをして、嗜虐趣味を、苦痛をあたえることへの欲求を満たしてきた。そして人を殺してきた。だが、不都合な犯罪をなかったことにできるなら、人殺しとはなんだろう？　死体がにっこり笑って歩み去るのを見られるなら。

飛行機がわずかに揺れた。スピーカーから出る声はおだやかで、落ち着いていた。

「どなたさまもシートベルトをお締めください。当機は気流の悪い空域へ向かっております。稲妻がいくつか見えるかもしれませんが、心配はご無用。もちろん、当機は嵐の空域のはるか上を飛んでおります」

フランクは指示にはとりあわず、あいかわらず指輪に心を奪われていた。研磨されていない宝石は死者の目のように見えた。不意に悪意を持ち、どういうわけか威嚇的になったように。彼はいらだたしげにブランデーを飲みほした。指輪は機械にすぎない。

ブロンドが通路を歩いてきて、シートベルトをしていない彼を目にして舌打ちすると、ベルトを締めるようにいった。彼は手をふって彼女をさがらせ、シートベルトをいじり、締めずに落とした。ベルトはいらないし、好きではない。眉間にしわを寄せながら座席にもたれかかり、考えをめぐらせる。

時間。それは一直線なのだろうか、それとも多くの分岐がある線なのだろうか？　指輪を起動させるたびに、もうひとつの宇宙が創造されるということはありえるのだろうか？　自分がスチュワーデスを襲い、その犯罪の報いを受けねばならない世界がどこかにあるのだろうか？　しかし、彼女を襲ったのは、その出来事を抹消できると知っていたからにすぎない。指輪がなければ、彼女に触れはしなかっただろう。指輪があれば、好きなようにできる。なぜなら、いつでも時間をさかのぼり、したことの結果を免れることができるのだから。したがって、平行宇宙説は成り立たない。どんな説なら成り立つのか？

わからないし、どうでもいい。自分には指輪がある、それでじゅうぶんだ。百ドルぽっちで買いとりを持ちかけられた指輪が。

なにかがキャビンの屋根に当たった。裂ける音がし、空気が噴きだし、フランクは抗しがたい力で座席から引きはがされ、空中へ投げだされた。肺から空気がほとばしると同時に墜落がはじまった。彼は唾を飲みこみ、呼吸しようとした。理解しようとした。北極なみの寒気で肉体がかじかむ。体をひねると、涙を流す目を通して、片翼をもぎとられた飛行機が見えた。見ているうちにも金属がちぎれ、飛行機は彼の道連れになって、五マイル下の海へ落ちていった。

事故だ、と彼は半狂乱で思った。火の玉、隕石、まさか金属疲労。キャビンの壁にひびがはいれば、あとは内圧が仕上げをする。そしていま彼は落ちている。落ちているのだ！

狼狽《ろうばい》して手をぎゅっと握りしめる。

「お願いします、ミスター・ウェストン」彼が座席から立ちあがると同時に、ブロンドのスチュワーデスがやってきた。「シートベルトをお締めになって、席を立たないでください。それとも――」人あしらいに長《た》けているらしく、キャビンの後尾にあるトイレのほうに目をやる。

「聞いてくれ！」彼はスチュワーデスの両腕をつかんだ。「パイロットに針路を変更するように伝えるんだ。いますぐ伝えろ。ぐずぐずするな！」

火の玉か隕石なら、その方法で避けられる。手遅れにならないうちに針路を変更すれば、無事でいられるかもしれない。だが、いますぐでなければならない！　いますぐでなければ！

「早く」彼は操縦室に向かって走った。スチュワーデスがすぐあとについて来る。愚かな雌犬め！　わからないのか？「緊急事態だ！」と彼は叫んだ。「パイロットはただちに針路を変更しなけりゃいけない」

なにかがキャビンの屋根に当たった。客室がぱっくりと裂けて開き、バナナの皮を剝《む》くように金属がめくれた。ブロンドがかき消えた。ちぎれる金属の金切り声は、逃げていく空気の爆発的な噴出の音に呑みこまれた。フランクは死にもの狂いで座席にしがみつき、両手が織地から引きはがされるのを感じ、体が開口部のほうに吸い寄せられるのを感じた。またしても彼は空中へ放りだされ、五マイルの長きにわたる、胃袋がねじれる墜落がはじまった。

「いやだ！」恐怖で半狂乱になって彼は叫んだ。「ちくしょう、こんなのはごめんだ！」

指輪を起動する。

「ミスター・ウェストン、困ります。トイレへ行きたくないのでしたら、シートベルトを締めさせてください」

彼は座席のわきに立っており、ブロンドはいらだちの兆候を見せていた。いらだちだと！

「大事なことなんだ」必死に落ち着こうとしながら、彼はいった。「一分もたたないうちに、この飛行機は空中分解する。わかったか？　パイロットがただちに針路を変えないかぎり、みんな死ぬんだ」

なぜこの女はポカンとした顔をして突っ立っているんだ？　前になにもかも話したじゃないか！

「このまぬけ！　邪魔をするな！」彼はスチュワーデスを押しのけ、ふたたび操縦室に向かって突進した。つまずいて倒れ、逆上しながら立ちあがり、「針路を変えろ！」と叫ぶ。

「後生だから話を聞いて――」

なにかが天井に当たった。ふたたび轟音《ごうおん》、噴出、抗しがたい力。なにかが頭にぶつかり、体をまた思いどおりに動かせるようになったときには、雲のはるか下にいた。指輪を起動したが、気がつくとやはり空中にいて、希薄な空気を貪《むさぼ》りながら、猛烈な寒気に体を震わせていた。片側には壊れた飛行機が、吊《つ》りさげられているかのように浮かんでいた。落下しながら分解していく残骸のかたまり。ちっぽけな破片がその周囲に浮かんでいる。そのうちのひとつはブロンドかもしれない。

雲のわきを通過した。眼下の海が、光と水のちらつきとなって広がった。波を見つめたとたん、圧倒的な恐怖で胃袋がちぢみあがった。潜んでいた高所恐怖症が目をさまし、あらゆる細胞を引き裂きにかかる。海にぶつかるのは、硬いコンクリートの床にたたきつけられるようなものだろう。そして彼は最後の最後まで意識があるだろう。発作的に彼は指輪を起動させた。つぎの瞬間、ふたたび空中高くにいた。落下する時間が一分近くのびたわけだ。

五十七秒の生き地獄。

くり返し。

くり返し。

何度も何度もくり返し。なぜなら、そうしないかぎり、待ちかまえている海にたたきつけられるしかないのだから。

第五のカテゴリー

トム・ビッセル

——中村融 訳

トム・ビッセルは現代アメリカでももっともすぐれた作家のひとりであり、もっとも興味深い作家のひとりでもある（いっておけば、両者はかならずしも一致しない）。『特別な人生――ビデオゲームが大事なわけ』（*Extra Lives: Why Video Games Matter*）などのノンフィクションの単行本にくわえて、〈ギアーズ・オブ・ウォー〉といったテレビゲームの脚本も執筆。グレッグ・セステロとの共著で批評家の絶賛を浴びた『ディザスター・アーティスト――室内の人生、史上最低最悪の映画』（*The Disaster Artist. My Life Inside The Room, the Greatest Bad Movie Ever Made*）は、のちにジェイムズ・フランコが監督と主演をつとめて映画化された。かつてジャーナリストとして湾岸戦争を取材したビッセルは、時間を見つけては類いまれな短篇小説も書いている。物議をかもす法的覚書を作成した前歴のある法律学者にして弁護士がエストニア発の飛行機に搭乗、眠りから目覚めると機内にはだれもいなくなっている――という趣向の本作品は、ビッセル最高傑作の一篇だ。

（白石　朗　訳）

ジョンは静電気に打たれたように、思いだせない夢からさめた。ガトリング砲式にまばたきして、目の照準を再調整する。脳は栄養不良だった。飛行機に乗っているときに眠りこむのは、だれかに金《かね》を払って真夜中に自分を襲わせるようなものだ。もっとも、奇妙なことに、眠りこんだ記憶がなかった。それをいうなら、眠りこみたいと思った記憶もない。

最後の記憶——ダイエット・コークを飲みながら、となりの席のヤニカとおしゃべりしていた。背の高いエストニア人女性で、いたずら好きの森の妖精を思わせる顔をしている。彼女によれば、はじめてアメリカを訪れる途上だという。毛布を顎まで引きあげたり、頭のうしろに存在を感じる、驚くほどやわらかい枕をさしこんだりした記憶がないのはたしかだ。忘れるはずはないのだが。子供のころからつづく彼の就寝時の習慣は、闇に呑《の》まれる寸前、眠るさいの姿勢——スプーン、鋏《はさみ》、死者、胎児、大の字——を記憶に刻みこむことだった。生まれてから二回だけ、同じ姿勢でめざめたことがある。ジョンは眠りを時間旅行の一形態だと考えていた。ものごとが起き、精神的な労苦が生じ、体の一部が動くが、本人にはけっしてわからない。

ヤニカはいなくなっていた。明かりを落とした飛行機は、いま大西洋のまんなかを飛んでいるのだろう、と彼は察しをつけた。彼女はおそらく体をのばしに行ったのだろう。ヨーロッパ人は飛行中に柔軟体操をしたり、着陸時に拍手喝采したりする。客室《キャビン》の菱形窓《ひしがたまど》の日よけはひとつ残らず降ろされている。照明といえるのは、オレンジ色の楕円形に光っているキャビンの常夜灯だけ。ジョンは自席の窓の日よけをあげた。目に飛びこんできたのは、ありえないものだった。この便は午後四時にニューヨークに着陸する。夜間飛行ではない。それなのに、外は夜なのだ。ジョンはいま悟ったのだが、空席になっているのはヤニカの席だけではなかった。残る四十あまりのビジネス・クラスの席が、やはりもぬけの殻だった。彼はシートベルトにさっと手をのばした。

ふたつひと組になったビジネス・クラスのすわり心地のいい椅子は、たっぷりと間隔をあけてキャビン全体に広がっているし、動きまわるのを妨げる頭上の手荷物収納庫もない。多くの席はよじれた毛布に覆われている。ヘッドフォンが肘掛けのジャックにさしこまれたままの席もある。枕が五つほど床に散らばっていた。多くの座席の下には機内持ちこみの荷物が押しこまれたまま。通路をはさんだ向こう側では、だれかが座席のトレイを開きっぱなしにしていったので、その上に香水瓶サイズの赤ワインのボトルとプラスチック・コップが載っていた。どの席の上にも、突如として放棄されたという気配がただよっていた。

なにかが起きたのだ、と彼は思った。全員の注意を後方のエコノミー・クラスに集めるようなことが。酔っ払ったフィンランド人が客室乗務員をなぐり倒したのか。だれかが心臓発作を起こしたのか。彼はとりあえずほかの可能性を検討し、心のなかでつぎつぎとバツ印をつけた。ジョンは青色の薄いカーテン――これがあるせいで、エコノミーの乗客は自分たちから遮断されているものを想像するしかない――をさっと開いた。カーテンをぶらさげた、灰色で白い斑点の散った仕切りという揺るがない現実を彼の手は探り求めた。

目の前にあったのは、からっぽの座席が並ぶ三十の暗い列だった。ショックのあまり、彼は一歩踏みだした。iフォンに手をのばし、その手がポケットにさわらないうちから、そこにないことを感じとった。暗闇にもかかわらず、最前列の座席の上にぼんやりとした形がいくつか見えた――ペーパーバック、新聞、ブリーフケース。列の奥へ歩いていけばいくほど暗くなった。まるで人造のジャングルへはいっていくところであるかのように。

民間航空機の狭い通路を走るのは、根本的にまちがっているような気がしてならなかった。濃密な闇につつまれた胴体後部へたどり着くと、まごつくほどなじみのないクローゼットに閉じこめられた気がした。ブライユ点字に触れるように、手探りでいろいろなものを識別する。乗務員の補助席はたたまれていた。そのひとつのとなりに懐中電灯がそなえつけてある。彼はそれを架台から抜きとった。光の刃でキッチンに切りつけると、長い銀色の引き出しが潜水艦の備品であるかのように見えた。そして、からっぽのディナー・カートがキッチンのいちばん奥まったところに押しこまれていた。彼は向きを変えた。光が**救急箱**と記された頭上の収納庫を過ぎ、ついで光線は飛行機の出口ドアのひとつに当たった――ばかでかいしろもので、ドアというよりはイグルーの正面のようだ。そのちっぽけな円窓から、翼に切り裂かれた雲の層が星のない夜空で渦巻いているのが見えた。ジョンは乗務員用コントロール・パネルに向きなおった。おびただしい数のつまみとボタンで複雑きわまりない。フィンランド航空の機体だが、すべてが英語で書かれていた。パネルのいちばん下に赤いＥＶＡＣ（避難）ボタンがある。彼はいくつかのＣＡＬＬボタン（すべて暗い）、わけのわからない情報を光らせている緑の小型スクリーン、機内放送用ボタンと順にあがっていき、とうとう照明用のパネルに達した。それにはボタンではなくつまみがついていて、彼は片っ端からまわしはじめた。

　ギラギラした新しい光を浴びて、彼は洗面所のドアをあけた。なかば予想していたのは、魔法のように広大な部屋があり、そのなかでこの便に乗った数百人がパーティー用のとんがり帽子をかぶり、紙吹雪を用意して待っているという光景だった。しかし、洗面所はからっぽで、ぎょっとするほど白く、糞尿《ふんにょう》とスペアミントのにおいがした。溜まった水の透明な気泡が、洗面台の金属水盤を飾っていた。

　彼はエコノミー席を駆けもどり、ビジネス・クラスを通りぬけて、気がつくと操縦室《コクピット》のドアの前にいた。それは分厚く、見るからにがんじょうそうだった。たしか、専門用語では「強化されている」というはずだ。このあとどうすればいいのかはよくわからなかった。パイロットたちのすぐそばで力ずくを通そうとしたら、分別が足りないと同時に、法律に触れるように思える。したがって、ジョンはノックした。返事がないので、ドアをあけようとした。施錠されている。もういちどノックする。小さな、膝の高さのキャビネットに気づいた。なかには四着の黄色い救命胴衣と、重い鋼鉄製の空気圧縮機《エア・コンプレッサー》（救命胴衣にガスを充填する装置）らしきものがはいっていた。前部の出口ドアに目をやる。こちらも氷河のように巨大で、あけようとしても、あけ方を突き止められる自信がなかった。しかし、なぜドアをあけたがるのだ？　出口があっても、とりたてて良い前兆とはかぎらない。自分はすでにこの事態をそう見ている、と彼は悟った。

　ジョンはいま汗をかいていた。心が送りだした情報をついに受け入れ、分析し、拒絶したかのように、彼の体が無意味な反撃を開始した。胃袋、つまり中間準備地域から、彼の体はとぐろを巻いた腸に直近の食事を吐きだした。彼は歯を食いしばって立ったまま、心臓が脈打ち、肺が満ちてからになる音に耳をすました。随意機能と不随意機能とのあいだにぶらさがるカーテンは、レールからむしりとられていた。神経は、集中をひとつまちがえ、オフラインになったように思えた。

　彼は操縦室のドアを乱打し、なにかが起きた、助けが必要だと叫んだ。とうとう乱打するのをやめると、ドアの強化された外板に額をあずけた。息はすっぱく、シャーレで培養したかのように細菌だらけだった。体が弱り、腹が生白くなり、無防備になった気がした。そのときドアの向こう側でなにかの音がして、彼は跳びのいた。ゆっくりと、また近づき、コップの形にして冷たい金属に当てた手に耳を押しつける。ドアの向こう側、乗客のいない飛行機の操縦室で、だれかがすすり泣いていた。

彼は弁護士や、同情的な大学の同僚（たいていの人が考えるよりもたくさんいた――学部会合で愛想をふりまくのが、ジョンのいちばんの取り柄なのだ）や、まだ口をきく間柄の数すくない司法省の者たちから、アメリカ国外を旅行しないようにと忠告を受けていた。だが、エストニアの首都タリンで開かれる会議（「国際法とアメリカ＝ヨーロッパ関係の未来」）で講演してほしいという招きが半年前にはじめてあったとき、ジョンはいつもすることをした――妻に話したのだ。

政府の職を辞すにあたって、彼がもっともありがたいと思ったのは、いまいちど、仕事について妻に話せるようになったことだった。ある程度までは心のなかにだれかを住まわせなければならない。とすれば、招かれたらその心のなかに踏みこんで、乞われる前に出ていく伴侶《はんりょ》より完璧なものは望むべくもない。この二年間、彼女は秘密を打ち明けられる親友であり、歩哨《ほしょう》であり、看護師であり、バラストだった。にもかかわらず、彼のいわゆる拷問《ごうもん》メモが漏洩《ろうえい》し、それから彼にとっては予告なしに機密あつかいを解かれ、政府に関係を否認されたときは、結婚生活のなかでひときわ長く、困難な夜のひとつとなった。彼がメモを書いた意図を明らかにし、納得させた相手は、妻ひとりだけではなかった。時間を割いてジョンに会いにきたジャーナリストは、ひとりの例外もなしに、狼男《おおかみおとこ》という評判は伊達ではないと認めて去っていった。

会議に招聘《しょうへい》された件を妻に話したあと、彼はこう認めた。

「最初は断ろうと思った。でも、心の底では行きたいのかもしれないと思ってね」

二年前、ジョンの戦争犯罪を告発する訴訟がドイツの法廷で起こされた。この特定の司法の歯車は、それ以来ほとんどまわっていない。半年前、それとは別の訴えがカリフォルニアの法廷で起こされた。原告は有罪判決を受けたアメリカ人テロリストとその母親で、アメリカで拘禁されているあいだ、ジョンのメモのせいで虐待を受けたと主張した。ジョンは、そのみじめな男が拘禁中にひどいあつかいを受けたということに異を唱えなかった――もっとも、もちろん認めることもできなかった――しかし、ラインを下げたせいで、ナイーヴな法的創造説のようなものを証明することになった。ジョンの旅行は公式にはまったく制限されていないものの、アメリカの領空を離れるかと思うと、なじみのない懸念で頭がいっぱいになった。彼はこのことにショックを受けた。同時に大胆にもなった。

「ドイツを通る便には乗らないで」と妻はいった。「さもなければ、フランス。さもなければ、スペイン。それをいうなら、イタリアもわたしは避けるわ」

自分が行きたがっているのは冗談だ、と妻は考えているのだ――彼はそう悟り、ひと呼吸置いてから、エストニアのどこが好きかについて彼女に話した。エストニアは、迫害の記憶がさめやらぬ若い国だ。自分は旧ソ連圏の国々とポスト共産主義の国々全般にむかしから興味をいだいていた(彼がアメリカ人である理由は、つまるところ、両親が北朝鮮の共産主義から逃れてきたことだけだった)。戦時中は公式にアメリカの同盟国だったエストニアを恐れる理由があるとは思えない。エストニア人が世界に百万人しかいないのをきみは知っているのか? あるいは朝鮮の血のなせる業かもしれないが、頻繁に侵略され、小突きまわされるのが日常茶飯事という小国に自分は奇妙な親近感をおぼえるのだ。彼らの地方的な野心を自分は称賛する、と彼は少々もったいぶっていった。いま彼は、ヴェトナムの血筋に関する妻自身の複雑な感情に臆面もなく訴えていた。

これがたんに公の場であなたを辱めるための罠《わな》ではない、とどうして確信できるのか、と妻が尋ねた。その問いに対しては、すでに答えを用意してあった。イヴェントの主催者は、自分が進んで議論したがらない話題は議論されない、と自発的に約束してくれた。彼らは訴訟について知っており、質疑応答のあいだ、万全な脱出ポッドの性能を約束してくれた(「脱出ポッド」。彼の言葉であって、彼らの言葉ではない。一九七〇年代に育ったオタクの例にもれず、ジョンはなにかにつけ『スターウォーズ』を引き合いに出すのだ)。そのうえ、アメリカ大使館はジョンの招聘を「承知している」(「承知している」。彼らの言葉であって、彼の言葉ではない。エストニアのそれのような中規模の大使館は、下っ端役人やプロの休暇旅行者で立錐《りっすい》の余地もないにちがいない。政府の一部であったときにくだした決定について話をするといい張る元メンバーはジョンひとりだけ。それを思えば、彼らのあいだでジョンの人気のほどは疫病神のそれと同じくらいだろう〉。

「でも、どうせあなたは一部始終をしゃべることになる」と妻がいった。「でしょう？」

ジョンはしばしば似たような憤懣《ふんまん》を自分の顧問弁護士にいだかせた。彼は自己弁護するのを恐れなかった。対話の相手があからさまに松明《たいまつ》と火口《ほくち》をたずさえていなければの話だが。ジョンが〈エスクァイア〉のインタヴューに応じたあと、弁護士は一週間彼と口をきかなかった。それから弁護士は、その結果である批判一辺倒ではない記事を読んで、「きみは口がうまいな、先生」とジョンにいったのだった。

　ジョンは妻に笑みを見せた。もちろん、自分は一部始終をしゃべるだろう。いえることと、いえないことはわかっている。自分は法律家なのだ。

　出席できる見こみだ、とイヴェントの主催者に伝えると、彼らは興奮と同じくらい驚きの念を表明した。彼らによれば、アメリカ人はジョンひとりだけで、議論の中核をになうことになる。彼が会議の終わりに単独で一時間講演し、そのあと質疑応答という形で話がまとまった。質問に敵意のこもったものがまじるかもしれない、と彼らは警告した。なんの問題もない、とジョンはメールを返した。エストニアに集められるとは思えないほど多くの血に飢えた部屋を前にしてきたのだ、と。合意の前に、彼はタリンの大使館に確認をとった。彼らはその会議のことを知っていて、旅の成功を祈ってくれた。彼らと話すのはこれが最後になるのではないか、とジョンは思った。

半年後、彼はヘルシンキの空港で乗り換えを二時間待った。出国まぎわにフィンランド人警備員ふたりに足止めされ、言葉を交わすはめになった。自分がなぜこれほど神経質になっているのかよくわかりません。国際刑事機構《インターポール》がわたしの逮捕状を発行したわけじゃないでしょう。でも、自分が人類に対して罪を犯した可能性をふたつの大陸の法廷が検討しているのを知りながら、心からくつろげる人間がいるでしょうか？　勇敢だからここにいるんだろうって。いや、とんでもない。そんな考えには胸が悪くなります。自分は第一に教師であり、第二に法律家です。最後にいつ声を荒らげたのか憶《おぼ》えていません。四十年の人生で、意図的にだれかを傷つけたことはいちども記憶にありません。フィンランド人警備員たちが歩み去った。

彼はふたたび匿名性をまとって、タリン行きの便に乗りこんだ。尖塔と赤い屋根の目立つ海辺の目的地が右側の窓外にあらわれるころには、正しい選択をしたとわかっていた。タリンの旧市街にあるホテルに到着したときには正午になっていた。チェックインはスムーズに行《い》った。会議の主催者たちから花が届いていた。電話を入れ、その夜の会場までの道を尋ねると、たまたまそれは三ブロックも離れていない、ヴィルという別のホテルだった。いえ、けっこうです、自力でたどり着けます。彼の講演は午後八時に予定されていた。つまり、午後はまるまるタリンで自由に過ごせるわけだ。十時間の時差から来る時差ぼけを解消するために、彼は夕方まで眠りとおした。

五時ごろ目をさまし、シャワーを浴びると、セメント色のスーツと青いシャツ（ネクタイなし）に着替え、夕食をとる場所を探しながらタリンの旧市街をうろついた。主催者はだれかをさし向けると申し出たが、断った。会議に出席することを、教室にはいるときと同じくらい強烈な不意打ちで告知したかったのだ。もし会議の参加者のだれかがじっさいに彼と対決したがっているのなら、面識を得る時間となる圧点はすくなければすくないほどいい。

タリンの旧市街の魅力は数かぎりなく、まったく途方もなかった。生身の人間はここに住めない。エルフが出てくるファンタジー映画の撮影スタジオのように見える。街路は――これほどぎっりしりと丸石が敷きつめられているのは見たことがない――交差点ごとに名前を変えているようだ。たいていの通りはパブ、レストラン、琥珀《こはく》を売る店の前を通っており、ほかにはなにもなかった。観光客と地元民は容易に見わけがつく――働いていない人間はすべて観光客だ。街の広場のはずれにある中世風レストランの外で、ハンザ同盟の乙女や従者のような服装をした若いエストニア人たちが、同僚たちの再現する剣戟《けんげき》を見物していた。一ブロックの長さがある横丁では、メタンの風が吹きつけてきた――できてから三百年になる配管を流れる下水は、再創造する必要のないタリンの過去の一部だった。旧市街に多い装飾過多の黒い教会の尖塔がよく似ているので、彼は混乱した。ヴィルのほうに針路を定めなおすたびに、まちがった塔だと気づくのだ。二時間にわたり、まったく道に迷っていないということはいちどもなかった。

高さとブルータリズム（配管の露出や打ち放しのコンクリート壁などを特徴とする一九五〇年代以降の大胆なスタイル）のデザインから、かつてソ連時代にヴィルは外国人旅行者向きホテルだったのだ、と彼は正しく推察した。ロビーには、ホテルに宿泊した著名人を列挙した〈名声の壁〉が見つかった――オリンピック選手、音楽家、俳優、アラブの王族、大統領その人。ホワイト・ハウスのレターヘッドをあしらった便箋《びんせん》に書かれたホテルの支配人宛のメモが額装してあった――「美しいセーターと帽子にも感謝します」フロントのデスクで行き方を訊《き》いたあと、エレヴェーターに乗って会議室のある階へ。いっしょに乗った女性の香水が嗅覚ナパーム弾となって襲ってきた。ジョンは豪華なカーペットの敷かれた廊下を歩いて受付デスクへ向かった。そこにすわっている若い男が、廊下のさらに先のほう、現在おこなわれている講演が終わるのを会議室本体の外で礼儀正しく待っている人々の小集団のほうを指さした。ジョンは三十分早く着いたのだ。会議室――金ピカでシャンデリアのある洞窟――の外で待っている聴講者たちに加わる。

講演者はドイツ人だった。その女性の背後にあるスクリーンに投影された翻訳（フランス語、エストニア語、英語――彼も講演の草稿を前もって主催者に送るよう頼まれ、英語を母語とする者が翻訳するという約束をとりつけたあとに送ったのだった）から、予想したよりもすこし荒れた夜になりそうだ、とジョンにはわかった。そのドイツ人女性の講演に出てくるいいまわしは、どれも前に聞いたことがあった。彼女が講演を終えて喝采を浴び、質問に答えたあと、十分間の休憩が告知された。人々が席から立ちあがるなか、部屋の奥近くにいた別の女性が首をめぐらせ、ジョンを見つけると、顔がわかったしるしに笑みを浮かべ、彼のほうへ歩いてきた。ジョンは休憩に出ていく人間の交差流を巧みにかき分けながら、途中で彼女を出迎えた。

この女性がイルヴィ、主催者のひとりで、彼の連絡相手、タルトゥ大学の法学教授だった。非常に若い法学の教授で、若く見られることが多いジョンはたちまち彼女に好感をいだいた。ふたりは握手し、そのあとイルヴィが、まるで小さな粘土玉を作るかのように両手を結びあわせはじめた。はい、快適でした――フライト、睡眠、タリンは。「準備はいいですか？」と彼女が尋ねた。ジョンは笑い声をあげ、そう思うと答えた。彼女も笑い声をあげ、その歯のエナメル質がかすかに黄色味をおびた光を放った。イルヴィはひび割れた唇と、マッシュルーム状の茶色い巻き毛の持ち主だった。長くて角張った顔はキュビズムの絵のようで、その風変わりな美しさは、しばらく彼女を見つめたあと、ようやく合点がいくものだった。

なにか理解しがたい理由で、イルヴィは彼の国への非難を終えたばかりのドイツ人講演者のもとへジョンを案内した。彼女は同時に四人と話をしていた。その全員が彼女をとり巻いていた。彼女は注目の的になることに慣れているようだった。彼らは注目することに慣れているようだった。こういう会議はどれも同じだ。出席者は台本を渡され、役を割りふられたも同然。ジョンの名前をイルヴィが口にすると、全員がふり向いて彼をじろじろと見た。ジョンは微笑し、片手を突きだした。ごついウールのスポーツ・コートを着た年配の男ひとりだけが握手に応じた。もっとも、看守に会う囚人の義務感をただよわせてそうしたのだが。ジョンの微笑は、いまや死を迎える男が平穏を得ようとして浮かべるものだった。そのあと、だれもなにもいわなかった。

ジョンがありがたく思うよりはるかに長いあいだ、イルヴィは――辱めようというのか、ぼんやりしているのか、ジョンには見当もつかなかった――彼のわきに立っていた。それから会議の参加者の作るほかの小さな集団に彼を引き合わせた。ジョンは、ほんの数カロリーしか高くない暖かさで迎えられた。ようやく、彼女がジョンを演壇へ連れていった。彼はひとつきりの椅子にドスンと腰を降ろし、胸ポケットから講演の草稿を抜きとった。イルヴィは楓《かえで》でできた演壇に立ち、女教師のように腕時計に目をやった。

いまでは彼はのけ者あつかいに慣れていた。だからといって、傷つかないわけではない。ときどき学生が（彼の学生ではない。彼の授業はつねに定員を超過していた）黒い腕章を巻いて、ロー・スクールの外の階段に無言で立ち、オフィスへ行く途中のジョンが通りかかるのを待っていた。明るいオレンジ色の囚人服を着ていたことも二度あった。ジョンはいつも彼らにおはようと挨拶した。いちど、いちどだけ、足を止めて話をしたこともある。彼らの不平はあまりにも数が多く、多岐にわたっていたので、ビートニクの詩について議論するようなものだった。まごつくよりも失望するほうが多いそうした経験から彼は遠ざかった。ジョンは彼らにも、ほかのだれかにも同意してほしくなかった。彼が尊重するのは考慮のうえでの意見の相違だ。彼の望みは、自分以外のだれかが、事態は複雑だと認めることだけだった。

戦争の初期に、ふたりの外国人抑留者がアフガニスタンで拘束された。ひとりはアメリカの民間人、もうひとりはオーストラリア人だった。いかなる法律が彼らに適用されるのか？　ジョンが学んだように、アメリカの司法制度の歴史をはるかな過去までさかのぼらないと――インディアン戦争、海賊法――法的に適切な類例は見つからなかった。司法省の職員のなかには、拘束されたアメリカ人にはミランダ警告が適用されるべきと考えた者もいたが、戦場の行為を裁くのはもっと融通のきく法律だということは、この星のあらゆる法廷が認めていた。この男たちを犯罪者としてあつかうことは、彼らの知るものが失われることを意味した。アメリカ人とオーストラリア人の抑留者は、ジュネーヴ条約第三条約のもとで戦争捕虜にあたえられる保護を受けられない、とジョンは論じた。階級、明確に定義される軍、明白な命令系統――第三条約のもとで戦争捕虜の保護の根拠となる必要条件――を欠いているので、この男たちはいかなる法的意味においても戦争捕虜とはみなせない、と。

アルカイダのナンバー3がパキスタンで拘束されたとき、ジョンはＣＩＡに法的な指針をあたえるよう求められた。これには二〇〇二年の夏の大半を要し、ひとつのメモについてこれほど懸命に、これほど徹底的に仕事をした記憶はジョンにはなかった。アメリカ国外でＣＩＡによって用いられた尋問テクニックが、一九八四年の拷問協定の定めるアメリカの義務に違反するかどうかを判断しなければならなかった。そのため、彼はこれらの義務が必然的にともなうものに着目した。まずわかったのは、拷問が「肉体的か精神的かを問わず、ある人物に対して激しい苦痛が意図的に加えられる行為」であるということだった。とすれば「激しい」が法的定義の一部となる。アメリカは批准した協定書に拷問のさらなる定義を付しており、それは「特別な意図をもって激しい肉体的ないし精神的苦痛を加える」行為というものだった。「激しい苦痛」とはなんだろう？　「特別な意図をもって」とは、じっさいにはどういう意味だろう？　ジョンは関連する医療文献を調べた。医師は「激しい痛み」を定義できるのだろうか？　医師にはできない。法律そのものは定義しているのだろうか？　法律はしていない。事実はこうだ――「激しい痛み」の実用的定義を探して法律文書を渉猟しても、定義はけっして見つからない。したがってジョンは、やむなく自前の定義を編みだした――拷問を構成するためには、「激しい苦痛」が「死、臓器不全、体機能の重大な障害といった十二分に深刻な肉体的状況と通常は関連づけられるレベルまで」達していなければならない、と。「長期の精神的障害」に関しては、これまた拷問協定では説明されていない語句であり、アメリカの法律、医療文献、国際的な人権レポートのどこにも見当たらなかった。またしてもジョンは、自前の定義を編みださなければならなかった。純粋に精神的な苦痛が拷問の域にまで高まり、かくして「長期的な精神的障害」の法的必要条件を満たすためには、その最終結果が心的外傷後ストレス障害、ないしは意味のある持続時間、つまり数カ月から数年におよぶ慢性的鬱病《うつびょう》と類似していなければならない、と彼は判断した。ジョンはこれらのガイドラインをＣＩＡにかぎって、そして「価値の高い情報標的」として知られるものにかぎって適用するつもりであり、一般の捕虜、とりわけジュネーヴ条約第三条約が確実に適用されるイラクでの捕虜に適用するつもりはなかった。グアンタナモ収容所のＦＢＩ捜査官たちは――彼らは法廷で示すために捕虜から洗いざらい聞きだしたがり、この男たちのだれひとりとして軍事法廷以外では裁かれないということを忘れ（あるいは、わざと忘れて）こう主張していた――尋問に制限があるせいで、強制的と思われずには捕虜に手が出せず、これでは蛇の生殺しだ、と。ジョンのメモまでは。その指針が広まった直後、ジョンにとっては予想外の結果だったが、ＦＢＩの首席顧問が、自分の部下がグアンタナモでおこなっている尋問は非合法だと主張する自分なりのメモを書いた。ジョンのメモが機密あつかいを解かれた日、ゴンザレスは記者会見でそれらについては関知しないと述べ、「政府の方針を反映するものではない」と主張した。このせいでジョンは彼をけっして許さないだろう。

イルヴィの紹介――ジョンが彼女に送っておいた履歴書の丸写し――のあと、聴衆はすくなくとも拍手した。彼は演壇まで歩き、マイクのほうに身を乗りだすと、背後のスクリーンにちらっと目をやり、マイクのほうに身を乗りだし、もういちど背後のスクリーンにちらっと目をやった。最後にもういちどマイクのほうに身を乗りだし、念には念を入れてすでにやわらかな声を子供用アスピリンなみにマイルドにすると、まずなにから話せばいいのかよくわからないといった。クスクス笑いがまばらにあがり、ついで本物の笑い声があがった。ジョンは最後にもういちどスクリーンに向きなおり、講演の翻訳テキストの最初の段落がちゃんと映されているのを確認した。よし、と彼は思った。これでいい。

草稿の最初のページを平らにのばす。何度もしてきたことだ。そして顔面点描画法のような聴衆のほうを向いた。三百人ほどか？　その表情は敵意よりは好奇心が勝っている、と彼は思った。そのとき、なにかが心にポンと飛びこんできた。背後のスクリーンに言葉があらわれるのと同じくらい唐突に――はるばるこんな遠くまでやってきたとは。自分はアメリカの一流大学の終身法学教授だ。なぜこれほどむきになって自己弁護しようとするのか、とまたしても疑問が湧く。自分がそれほど重要な人間かもしれないと知れば、慰めになるのだろうか？

二〇〇一年九月初旬、ジョンは三十四歳で、法的に肝心要となる係争点に北極熊が含まれる条約を検討していた。

自分の席にもどる前、ジョンはふたつのことを試みた。鋼鉄のエア・コンプレッサーで五十回ほど操縦室のドアをたたいた。それから機尾に引きかえし、乗務員用コントロール・パネルの機内放送ボタンをひねって音を絞り、絶叫した。ヒステリーを起こしても、なにも解決しなかった。いまは前より落ちついて、すわりこんだ彼は、なにが起きているのか、合理的な説明をひねり出そうとした。薬を盛られたとは思えない。この日はなにも食べておらず、搭乗直後に缶入りのダイエット・コークを飲んだだけ。その缶を乗務員がジョンに渡し、ジョンが自分で缶をあけた。

彼はさまざまな短期記憶の断片を再生した。タリンからの朝のフライト。ヘルシンキでの四十五分。搭乗という牛歩の試練。できるだけ多くの同乗者を思いだす。おしゃべりなヤニカ、アメリカへの途上のエストニア人。ゲートでジョンのとなりにすわった首のない、牛《うし》蛙《がえる》を思わせる男。オクスフォードのトレーナーを着た、眉毛のふさふさした若い女性。エコノミー席へ行く途中、彼の席を通りかかったとき、にっこりと笑ってくれた（眉毛が太かろうが細かろうが、笑顔を見せてくれた白人の若い女性をアジア人男性は忘れない）。黒人だったから記憶しているにすぎない若い男性。ゆったりした白いブラウスをまとった、ガリ勉タイプの、髪にひもを編みこんだ若い女性。**くたばれ**Tシャツを着た二十代前半の若者。淡青色のパンツスーツ姿の女性客室乗務員たち。ジョンは、この北国でこのフィンランド航空の便に乗っているアジア人という自分の立場を意識していた。そして、カリフォルニアへ、自分の大学のある街へ、その人種の坩《る》堝《つぼ》のような歩道へ、そのミュージック・ストアと軽食堂へ、さまざまな大麻のアンフルラージュ（花の蒸発気に無臭油をあてる香水製法）のもとへ帰ってほっとするのを期待していた――いまそれを思いだした。

だが、iフォンの件がある。だれかが持っていったのは明白だ。自分の席や、ビジネス・クラスのほかの席の下を残らず探した。どうすればいいのだろう？　なにができるだろう？

エア・コンプレッサーはドアにけっこうなダメージを負わせていた。強化された外板をへこませ、把手《とって》をたたき落としていたのだ。あとで修理しなければならない場合にそなえて、その把手はいまジョンのポケットのなかにある。もっとも、どうしたら修理できるのか見当もつかなかったが。機尾の収納キャビネットにいくつか工具が見つかり、それはいま彼のとなりの座席にある。ドアそのものは開く気配もない。

外側の品物を移動させる必要が急に生じて、彼は座席の側面にあるメッシュ・バスケットから雑誌を抜きとった。その厚くラミネート加工された表紙はガラスなみに冷たく、つるつるしていた。フィンランド航空の機内ショッピング雑誌だ。こんな状況であっても、飛行機に乗っているあいだのショッピングの魅力は謎のままだった。にもかかわらず、彼はパリパリと音がする分厚いページをめくった。五十ユーロの真珠のネックレス。二十ユーロのドルチェ&ガッバーナのデオドラントスティック。三十ユーロのロレアル製グラムブロンズ・サンセット&グラムシャイン・ファンデーション。ヨーロッパのチョコレートと製菓のページ。最後のページ――電子機器――にたどり着き、二百四十五ユーロの太陽電池式ブラックベリー・カーヴ八三一〇スマートフォンで止まった。この機に乗った何十人もの乗客が、携帯電話を持っていたのはまずまちがいない。そのうちのいくつかが、まだ彼らの手荷物のなかにあるかもしれない。受信はできそうにないが、ひとたび機の高度が下がったら、保留されていたメールやショートメールを送れるスマートフォンが見つかるかもしれない。

立ちあがったとたん、まるで大気圏再突入に耐えているかのように飛行機が揺れた。彼は着席し、シートベルトを締めた。希望に支配されかけていた恐怖が、新たに凶暴さを増した感じだった。彼は息を吸いこんだ。いま何時かよくわからない。あるいは、この飛行機にどれくらい乗っているのかも。だが、窓の日よけは、ビジネス・クラスのほかのあらゆる窓と同様に、いまはあがっていて、いまいちど彼は対流圏の凍《い》てつくような暗黒をじっと見つめていた。妻、学生たち、彼らの気づかいを思い、もういちど立ちあがる。

ビジネス・クラスの手荷物を自分の席のまわりに集めてしまうと、ジョンは奇妙なほど気分がよくなった。理由は説明できないが、指定された席の近くにとどまることが重要に思えた。バッグをひとつひとつ調べる。その大半は小さかった。ビジネス・クラスの料金を支払う人々は、荷物をあずけることをためらわない。彼らはタクシー待ちの列に並ばなくてもいい。着陸すれば、彼らのラスト・ネームを記した小さな白いお出迎えボードをかかげたヨルダン人が見つかるだろう。ジョンは荷物のジッパーをあけ、つぎからつぎへと開口部に手をすべりこませ、さわったり、押しこんだり、手探りしたりした。他人の持ち物を不必要に乱したくなかった。手ざわりで有望そうに思えたものは、ジッパーのあいだから残らず引っぱりだした。捜索が終わるころには、シェーヴィングキット、デジタルカメラ、iポッド、キリル文字の書かれた免税品のウォッカの瓶、モンブランの万年筆数本、おとなのおもちゃとしか思えない、なめらかなピンクのプラスチック製魚雷に囲まれていた。コンピュータ・

ケースも五つほどあったが、どれもからっぽだった。

彼はエコノミー・クラスへ移動したが、頭上の収納庫をひとつもからにできないうちに、下腹が火のついた排泄物《はいせつぶつ》をまたしても出口のほうへ送りだした。彼はよろよろとトイレまで歩き、ズボンを降ろすと、金属の水盤にはまっている丸いプラスチックの便座にすわる暇もなく、排泄物をぶちまけた。そのにおいは、なんともいえなかった。どういうわけか、オレンジのにおいがしたのだ。内臓の蛇口がまた開き、排泄物が猛烈な勢いで噴出した。彼はいま気分が悪く、めまいがした。彼の脳は何カ月も面会謝絶になるほど病んでいた。排泄を終えると、ジョンは手を洗った。

もはや礼儀作法にかまっていられない。彼は頭上の収納庫をあけ、その中身を乱暴に床へ放りだしながら、最初の通路を歩いていった。まもなく膝の高さまで荷物が積みあがった。本当にこれをすべて調べるのか？　無理だ。彼はいま怒りに呑みこまれようとしており、荷物を調べるのに欠かせない注意深さと観察力をよみがえらせなければならなかった。彼は二本目の通路に移動し、頭上のリリース・ボタンを押しながら進んだ。満足のいくポンという音のあと、ドアがゆっくりとあがって開いた。この飛行機の大部分は、プラスチックの蝶番《ちょうつがい》で所定の位置に固定されている。自分は金属の筒のなかにいて、外宇宙の辺縁のすぐ下を飛んでいる。いっぽう五十フィート離れたところにある巨大なエンジンは、目に見えない千度の炎を吐きだしている。このことは、いま自分が囚われている現実より平凡なのだろうか？

ヤニカが見つかったのは、その通路の最後から三つ目の頭上収納庫のなかだった――もっとも、その頭上収納庫は三つつながっているので、不幸にもぴったりとおさまっているとはいえ、三つすべてを占めているわけだが。打ち身だらけの寄り目の顔と、マスキングテープでふさがれた口を見て、ジョンは一撃をくらったように床に尻餅《しりもち》をついた。ようやくまた顔をあげて彼女を見ると、片腕が収納庫からすべり落ちていた。彼にはもはや感じられない乱気流のせいで、その手はかすかに震えていた。ジョンは注意深く彼女を頭上の収納庫から降ろした。体が完全に収納庫から離れたとき、彼女は一挙に体重が百ポンド増したように思えた。ジョンはヤニカにのしかかられる形でうしろ向きに倒れた。手荷物と、飛びだした中身で作られたベッドの上に。

ヤニカの内斜視の目はジョン自身の目のすぐそばにあったが、視線を合わすことはできなかった。その目は、決定的で求めてもいなかった知識のせいで困惑しているように思えた。乾いてカサカサになった赤い血が鼻に詰まっていた。頰は破れた毛細血管で蜘蛛《くも》の巣のようになっており、額とこめかみの血管は皮膚の下で青黒くなっていた。ジョンは彼女を押しのけ、長く大きな猿のような鳴き声をあげた。ヤニカの口からマスキングテープを剝がそうとしたが、死んだ皮膚が筋肉組織を引っぱる音はあまりにも悪夢じみて気色悪いので、剝がそうとするのをやめ、悲鳴をあげながらビジネス・クラスのほうへ駆けもどった。

いまいちどエア・コンプレッサーで操縦室のドアをたたくことにした。とはいえ、こんどはやめるつもりはなかった。ビジネス・クラスにはいると、離陸前に機内安全ヴィデオを再生したスクリーンが降りているところだった。照明が音もなく消えた。パニックにおちいって、彼はくるっとふり向いた。逃げだして二歩でつまずき、倒れた。なにも見えないので、荷物が作るでこぼこの障害の上をエコノミーのほうへ這いもどる。彼の思考はネアンデルタール人のものになった。もどれ、避難所へもどれ。だが、避難所はない。いままで感じていたものは恐怖ではない。恐怖は液体だ。それは血流に乗って移動する。脳という貯水池を探し求める。いまならわかるが、本物の恐怖は起きるかもしれないことから力を得るのではない。起きるだろうと理解することから力を得るのだ。頭上で小さな、ウィーンという機械音がした。その音には聞き憶えがあり、正体がわかった。エコノミー・クラスじゅうで小型スクリーンが所定の位置へ降りているのだ。ジョンはいちばん近いスクリーンに目をやった。電源はオンだったが、空白だった。スクリーンはビニールのように輝いていた。どういうわけか、本物の暗闇よりも暗かった。

そのとき、鮮明なデジタル・ヴィデオの画質の映像があらわれた。もっとも、底辺はぼんやりとちらついて波打っていたが。遠すぎて、ジョンにはなんの映像なのかわからなかった。彼は立ちあがった。じゅうぶん近づいたとき目に飛びこんできたのは、監視カメラでよくある高い隅からの角度で撮影されたベニヤ板の小部屋だった。この部屋にはふたりの人物がいた。小さな机の向こう、椅子にすわっている――ひとりの女性。彼女のまわりを歩いているのが――ブーツ、だぶだぶの黒いズボン、黒いタンクトップ、黒いスキーマスクというういでたちの男性。音声は小さく、遠い。マイクで拾っていないのは火を見るよりも明らかだ。照明の乏しいデジタル・ヴィデオの暴風雪のような粗い画面のせいで、ジョンにはヤニカだとすぐにはわからなかった。彼女は椅子に縛りつけられているように見え、絶望に沈んだ静かな声で切れ目なく泣いていた。男はカメラを見て、こちらに向かって歩き、しまいに手をのばして、カメラをつかんだ。そのカメラは監視台に固定されているわけではなかった。手持ち式だったのだ。画像が渦を巻いたが、わずかな手ぶれをのぞけば、すぐに安定した。

同じ服装をした第二の男が、それまで気づいていなかったドアを通って部屋へはいってきた。カメラをまともにのぞきこみながら、奇妙にやさしい手つきでドアを閉める。第二の男が近づくにつれ、カメラをまわしている最初の男がズームしたにちがいない。第二の男のスキーマスクをかぶった顔が、スクリーンいっぱいに広がった。ジョンは見つめかえしてくるこの男を見つめた。これもまた時間旅行だ。ヤニカが視界におさまらなくなったいま、その静かな、めそめそした泣き声が前より鋭くなり、号泣になった。あるいは、ひょっとしたら第二の男の入室に反応しているだけかもしれない。

その男自身は無言だった。その目は活気にあふれているとはいえなかった。とうとう目をそらすと、男はテーブルのところで忙しそうになにかをはじめた。その男はなにかを書いているのだ、とジョンは悟った。そしてひとたび書きおえると、男はふたたびカメラに顔を向けた。完璧に近いつながりで記された文字で埋まった薄い白色のボードをさし出す。そこに書かれた文言は予想外だった。にもかかわらず、ジョンはありがたく思った。というのも、なにが、なぜ起きているのかがやっとわかったからだ。男はボードをテーブルに置いてから、いまや絶叫しているヤニカに注意を向けた。ボードについていえば、ジョンにはまだ見えていた――**カテゴリーI**。

講演のあと、自分やほかの数人といっしょに――彼の前の講演者も含めて――旧市街で一杯やりませんか、とイルヴィがジョンを誘った。この女は本当にそれほどまぬけなのだろうか？　ジョンは丁寧《ていねい》にお辞儀し、疲れているという口実を設けて、その申し出を辞退し、何度も礼を述べた。彼はぼんやりすると同時に、ここを厭《いと》わしく感じはじめていた。人間ではなく不愉快な考えになった気分だ。出口へ向かうと、まるで彼が火のついた爆竹を投げているかのように、彼の行く手から人々がちりぢりに逃げていった。こういう人生があとどれくらいつづくのだろう？

彼が受けた質問のうちいくつかは、たしかに敵意のこもったもので、いちばん舌鋒《ぜっぽう》の鋭い質問は、最前列にいた、顔の皮がカヤックなみにピンと張った年配の女性が発したものだった。国際犯罪法廷により戦争犯罪として正式に告発されたら、あなたはどうするのか、と傲《ごう》慢《まん》に尋ねたのだ。そういうことになるとは予想していない、とジョンは彼女に告げ、それから嘘《うそ》をついた――「嘘偽りのないところ、その件に関して心配はしていません」と。

ジョンはタリンでもう一日を過ごす予定だった。最初にこう考えたとき、会議室の外の廊下のはずれにある男子用トイレにはいり、オンラインになるまでiフォンをタップした。会議の主催者がジョンの飛行機代を出してくれていたが、彼の要請で、帰りのチケットはオープンにしてもらっていた。二分ほどで彼はチケットを変更した。魔法だ。魔法らしくないのは、いまや千五百ドル貧乏になったという事実だった。これでは安あがりについたとは考えにくかった。

男子トイレを出ると、ピカピカになるほどきれいに髭を剃った男がジョンを待っていた。その男の服装は技術産業の重役のハロウィーン・ヴァージョンだった――濃紺のスポーツ・コート、ネクタイは締めておらず、ジーンズ、厚底トレーニングシューズ。どこから見てもアメリカ人だ。満面に浮かんでいるのは、ジョンがいまだに慣れない一方的な顔見知りを見る表情。その表情に慣れないのは、おそらく、本人は一方的であることに気づいていないからだろう。自分はジョンが何者か知っている。だから、ジョンは自分に会えてうれしいはずだ、と思うのだろう。だれもが自分自身の物語のスターなのだ。

彼はジョンの名前を口にして、片手をさし出した。大使館の紋章があしらわれた名刺があらわれた。**ラッセル・ギャラハー、文化連絡担当官**。ジョンのかぎられた経験において、

「文化」や「担当官」といった言葉は、諜報活動のカモフラージュに使われがちだった。

ジョンは名刺を返そうとしたが、ギャラハーはとっておけといってゆずらなかった。ジョンは名刺をポケットに突っこみ、「あなたがわたしの外交使節ですか?」と尋ねた。

ギャラハーは子供っぽい、笑わせてくれてありがとうといいたげな声で笑った。もっとも、目のまわりに年齢があらわれはじめており、生え際が後退しはじめていたが。

「あいにくですが、ちがいます。あなたは、大使館ではあまり人気がないんです。おそらくすでにご存じでしょうが、彼らはこの会議にあなたを招くのをやめさせようとしました」

政府に残っている連邦主義者の残党のあいだで、好ましい人物と思われるのは期待できない、とジョンは知っていた。しかし、大使館が彼の国際会議への出席を阻止しようとするのは、驚くべきことに思えた。この連中はもっとましなことができないのだろうか?

「じつをいうと」彼はギャラハーにいった。「それは知りませんでした」

この軽率な言葉を聞いて、ギャラハーはますます笑い声を高くした。彼はやりすぎなほど懸命にやろうとしている、とジョンは思った。

「ご友人のアルマスタス教授は、なめた真似をされるのを好まないようですね。彼女にも友人がいます。大使館が圧力をかければかけるほど、彼らはあなたを招くという決意を固めました。ところで、すばらしい講演でした」

「今夜はじめて彼女に会ったんです。それはともかく、どうもありがとう」

「ええとですね」なにを話したがっているにしろ、いまは通路の段差に足をとられたのに気づいてギャラハーがいった。「わたしは自分の意志でここにいます。われわれの多くがあなたと、あなたのなさったことに感謝しているとお伝えするために」

「重ねてありがとう」

ギャラハーはジョンを見た。その顔はにこやかで、図々しかった。

「わたしの父はヴェトナム帰還兵でした、七一年から七二年です。父がかかわったもののひとつがフェニックス作戦でした。そんなひどい名前がついた理由は、天才が立案し、阿呆《あほう》が実行したからだ、と父は口癖のようにいっていました。しかし、当時でさえ、ヴェトコンに対してこれほど効果的な対抗策はありませんでした。共産主義者どもも、戦後それだけは認めました。親父はサイゴンにいて、一九七二年には、その都市における共産主義者の細胞リーダーの平均余命はおよそ四カ月だったといっていました。そして、あなたが論じたものは、親父がフェニックスでやったのを誇りに思っていたことより悪いわけではありません。あなたを称賛する者が大勢いることを、どうしても知ってもらいたかったんです」

メモを執筆中、ジョンはじっさいにフェニックス作戦を調べたことがあった。ＣＩＡの内規によれば、フェニックスは「通常の戦争法のもとで運用」されることになっていたとわかった。フェニックスにかかわったアメリカ人将校数名が、職務を解いてほしいと願い出たこともわかった。自分たちのしていることは人道に反すると考えたからだ。ジョンはギャラハーを見つめていた。エストニアという標的の乏しい環境に配属されていることが雄弁に語っている。彼の父親は共産主義者を狩りたてた。息子が自分のために用意できるいちばん過激な行為は、大使館に公然と反抗して、気を落とさずにがんばれとジョンに告げることなのだ。ギャラハーが奉じているにちがいない保守主義は、まっとうな哲学ではない。雰囲気が悪くなった。ふたりともしばらく無言だった。

「一杯どうです？」とギャラハーがいった。「つき合ってもらえそうに見えますが」

ジョンは一杯やりたくなかった。とはいえ、つき合うことはできた。ふたりは肩を並べてヴィルから出ると、タリンの夏の夜、まだ明るい午後十時の陽射しのなかにはいった。ここに赴任してどれくらいになるのか、とジョンはギャラハーに尋ねた。

「ここの前はギリシアにいました。十年間。その前は海兵隊。一九九八年に大尉になりました。除隊するのが早すぎて、面白い目にはあえませんでした」

ふたりは旧市街の中心へ向かって歩いた。弱くなりつつある光を浴びて、建物はアニメーションのセル画なみに輝いているようだった。人々は歩道ぞいのカフェで酒を飲んだり、歩きながら飲んだり、ATMが紙幣の舌を突きだすのを待っているあいだに飲んだりしていた。ジョンは、鋭い目をして千鳥足で歩いている若いロシア人、腕をからめて歌っているスコットランド人、パブというパブの外に立ってふらふらしている喫煙者の集団に気づいた。季節はずれのぼろを着こんだ物乞いの小柄な老女たちにも気づいた。彼女たちはひとり残らず、破れないジプシーの呪いを受けているように見えた。ジョンはギャラハーに尋ねた。

「このあたりで、おおむねどういう文化についての連絡をつけるんですか？」

ギャラハーはジョンを見て、

「あなたには意外かもしれません。でも、住むには面白いところですよ、たとえエストニア人がよくわからない人たちであっても。わたしの親友はベースを弾きます。彼によると、世界のどこに住もうが、いつだってオープン・マイク（店のマイクを飛び入り客に開放すること）に出演できたそうです。だれもがベース・プレイヤーを必要とします。タリンに着いたとき、彼はあるオープン・マイクに飛び入りし、そこにはベースをかかえたエストニア人の男が五人立っていて、リード・ギタリストを探していたとか。ここはベース・プレイヤーの国なんです」

ジョンの目は、こちらへ歩いてくるスキニージーンズをはいたハイヒール姿のフロイア（北欧神話。愛と美と豊穣の女神）ふたりに釘づけになった。ふたりは、絶えず軽く冷やかされたいとひそかに思っている女性の、鋼のような気骨という雰囲気をまとっていて、じっさいに冷やかされていた。彼女らが通ったあと、ありとあらゆる懇願がロシア語で叫ばれたのだ。

ギャラハーもその女たちに気づいた。

「もちろん、そっちもあります。タリンでは、不器量な娘でさえかわいいんですよ。かわりに、頭のいい女でさえ愚かしいという事実があるんですが」

ギャラハーは歩きながらしゃべりつづけた。女の話がフィンランドの話になり、ソ連特別軍の話になり、一九九〇年代の凝縮した口承歴史となった。セグエ（断絶なくつぎの楽章に移る指示）は存在しなかった。まもなく独白は彼の父親にもどった。ジョンはもはや聞いていなかった。かわりにギャラハーをしげしげと見ていた。髪は薄く、しなやかで、ライ麦の色をしている。そしてギャラハーはその髪をしばしば前のほうへ撫《な》でつけていた――後退する生え際を隠すために、行儀の悪い学童の癖が中年になって復活したのだ。父親について語るうちに、ギャラハーははっきりしない不平をこぼすようになった。もっとも、あいかわらず三つ目か四つ目の文章ごとに笑うよう強要したが。

「それが親父の口癖でした」とギャラハーは締めくくった。

ジョンは、ギャラハーの最後の言葉の要点をつかみそこなったが（そんなものはなかったのかもしれない）、うなずいた。

ギャラハーもうなずいた。それから――

「親父は去年亡くなりましたよ」

「ご愁傷《しゅうしょう》さま」

「あなたのメモが漏洩したとき、わたしたちはそのことを話しあいさえしました。親父に意見を求めたんです。親父は予言しました――テロリストは、われわれ自身の法廷をわれわれに対して使うだろう、と。『ちくしょう、おれは個人的にジュネーヴ条約の第三条約を破ったんだ。何度もな！』といいました」

精神集中したジョンの眉間《みけん》に浅いしわが刻まれた。これはしくじったぞ。

「ここです」ギャラハーがピック——ジョンがその日の午後にうろうろした、ばかばかしいほどきれいな通り——をはずれてすぐのところにある、半地下式のバーを指さしていた。クリスマスの電飾が地下室の窓にずらりと並んでいた。看板は出ていない。ジョンは飲酒をしない。すくなくとも、人々が「飲酒」という言葉で意味するものに敬意を表すような形では。数夜おきにワインをグラス一杯、つねに食事といっしょに。暑い日曜の午後にときおり輸入品のビール。高価なディナーのあと上等のシングル・モルト。ギャラハーが一杯やらないかといったとき、ジョンはワイン・バーでコニャックのタンブラーをふたりで飲むところを想像した。それは社会の掟《おきて》のひとつを破って、大きなリスクを冒すことだった——よく知らない人間とはどこへも行かないという掟だ。

ジョンはギャラハーのあとについて防空壕《ぼうくうごう》のコンクリート階段をくだった。すでに落ちつかなくなっていた彼は、ギャラハーがドアを押しあけたとき——やあ、いらっしゃい、お久しぶり——ますますそうなり、すぐにカウンターまで行き、そのうしろで働いている派手な恰好のバーテンダーと言葉を交わした。ジョンは自分を相手にささやかなゲームをし、いつまでここにいられるかたしかめることにした。テーブルを見つけ、ギャラハーがやって来るのを待ったが、ふり返ると、ギャラハーは女性バーテンダーの手を握っていた。彼はその手を裏返し、占いに用いる手のひらの精妙な線を人さし指でなぞった。バーテンダーはにっこりしながら手を引っこめ、酒の用意をした。いっぽうギャラハーは気取った仕草であたりを見まわした。彼女はパイント・グラスふたつを渡しながら、ギャラハーにキスをする真似をした。ギャラハーは彼女にグラスをかかげてみせた。ギャラハーが彼女に背中を向けたとたん、彼女の顔から笑みが消えた。

バーのほかの客についていえば——ひとりもいないようだった。ジョンは着陸地点として、部屋に四つあるテーブルのうちもっとも中心に位置しているものを選んでいた。ある壁のお粗末に装飾されたブースにそって、腕組みした若い女性が五人ほどまばらに並んでいて、ハンドバッグを膝に載せ、天井をにらんでいた。部屋の反対端では、ジョンがいまついているテーブルより大きくないステージで、別の女性が踊っていた。ありがたいことに、ストリップをしているのではなく、ストリップに関心があるようにも見えなかった。それよりも、ジョンにはかろうじて聞こえるだけの、音量を絞りに絞った音楽放送に合わせて、もの憂げに、退屈そうに体を動かしているようだった。壁とカーペットは地獄の赤——それとわかる唯一のモチーフだ。これはジョンが想像したとおりの地獄の光景だということは、その印象を弱めなかった。ギャラハーがジョンと向かいあう椅子に腰を降ろし、ビールを彼のほうへ押しだした。

「この辺がにぎわってくるのは、たいてい一時か二時ごろなんです」

ジョンは身ぶりであたりを示し、

「ここはどういうところです？」

ビールに口をつけながら、ギャラハーが眉毛を吊《つ》りあげた。グラスを降ろすと、舌で口髭《くちひげ》から泡を機敏になめとり、

「ちがいのわかる紳士のための場所ですよ。心配ご無用。あなたが望まないような場所ではありません」

それを聞いて踊っていた女がやってきて、ジョンのとなりにすわった。彼女はほれぼれするほど美しく、小銭入れのなかにぴったりおさまりそうな黒いドレスをまとっていた。踊ったせいで汗をかき、輝いていた。ミニチュアの生態系だ。

ジョンは招待主の男を悲しげに見た。

「ギャラハー、お願いですから」

ギャラハーはまた笑い声をあげ、

「一杯やりましょう、先生。その気になれば、リラックスするにはいい場所です」踊っていた女に向かって、「やあ、愛《いと》しの君。ぼくのとなりにすわるといい」彼女はそうした。つぎにやってきた女をギャラハーは手をふって追い払おうとした。とにかく、その女性はジョンのとなりにすわった。

ジョンは彼女と握手した。彼女の脚は棒のように細く、ストレッチパンツは腿にぴったりと巻きついていたが、ふくらはぎの部分はぶかぶかだった。静脈が目立つ首は茎さながら。

悲しげな顔で鼻をすすり、黒髪から二本の銀色の髪留めを引きぬいた。その髪留めは純粋に見せるためのもので、髪が乱れて顔にかかるのを防ぐためのものではなかった。まるで河床から鍋で選《よ》り分けたかのように、彼女はその髪留めをためつすがめつした。ジョンが話しかけてくるのを待っているのだ。髪留めを元にもどし、多くの胃がぶちまけたものを受容してきたかのような赤いカーペットをコツコツとたたきながら、自分の足をしげしげと見る。その足の爪はアルミ箔《はく》の色をしていた。ジョンはあいかわらず彼女になにもいわなかった。いっぽう、ギャラハーは踊っていた娘とうまくやっていた。正直な話。ふたりはかなり真剣な会話をしているように見えた。ジョンのとなりにいる女は煙草《たばこ》に火をつけ、パチパチと音を立てながら長々と一服した。それはじっさいに煙草を魅力的に思わせる仕草だった。彼女の口の両隅から煙がもれる。彼女はもう一分ほどこれをつづけてから立ち去り、ジョンひとりがビールとともに残された。

講演のあと訊かれなかったのは、メモを書いたとき、彼が留保をつけたかどうかだった。ジョンはときおり留保をつけた。だれもがそうした。ジョンがまず心配したのは、尋問者は自分、つまりジョンと同じ道徳的懸念では歯止めがかからないかもしれないという点だった。もうひとつ心配だったのは、「強制操作」と呼ばれるものだった。力をかけてうまくいかなかったら、ふたたび力をかけるしかないが、その場合、もっと強い力になる。けっきょく、尋問の強化は、尋問される人物がなにかを知っているという前提でしか許されない。だからこそ、アルカイダのメンバー以外に適用されるとは想像もしなかったのだ。

　自分の主張が議論の的となるものであり、ときには不愉快でさえあることをジョンは理解していたが、それらは道徳的判断というよりは法的判断だった。ジョンは方針を定めたり、「尋問の強化」がじっさいにどういう形になるかを考案したりしなかった。関連する法規に対して法的整合性をとっただけなのだ。彼のメモは十八の方法に関するもので、それらは三つのカテゴリーに分けられていた。第一のカテゴリーはふたつのテクニックに限定されていた――怒鳴《どな》りつけることと欺くことだ。第二のカテゴリーは十二の方法から成っていた――ストレスのかかる姿勢をとらせる、隔離する、四時間まで強制的に立たせる、恐怖症を活用する、偽の書類を作る、標準的な尋問場所から移動させる、尋問を二十四時間つづける、慣れないものを食べさせる、服を脱がせる、強制的に身繕いさせる、暗闇に置く、大音量の音楽を聞かせる。第三のカテゴリーは、もっとも手強い相手にかぎって使用されるはずだったが、四つのテクニックに分けられた――おだやかな肉体的接触、拘留者やその家族の死をほのめかすシナリオ、極端な暑さや寒さにさらすこと、擬似的な溺死《できし》。第四のカテゴリーもあったが、さいわい、決定を求められずにすんだ。第四のカテゴリーは、孤高の存在でもあった。そのテクニックはひとつだけ――異常な角度からの解釈だ。

　司法省を去ることを考えていたあいだ、外のほうがましだろう、とジョンは自分にいい聞かせていた。秋の中庭を歩けば、彼を敬慕する学生たちがオフィスの外で待っている。金銭がらみの近いものをのぞけば、ワシントンにはけっしてかもし出せない学校ならではの雰囲気だ。司法省は博物館であり、その冷たい大理石の廊下は、知的早老症のようなものに通じている――そこでは若者でさえ早々と老けこむのだ。アディントンは、ジョンがいなくなるのをいちばん悲しんでくれた。きみはプロレタリアの群衆の殺害に美名をつける、甘やかされた金持ちの若造たちを本当に教えたいのか、とアディントンは尋ねたのだった。

ジョンが離脱したあと数カ月以内に、彼の判断の多くが撤回され、つぎに停止された。のちに知ったところだと、大統領はジョンの見解に頼っていたといって、アディントンはこれに抗議したという。その場合、大統領は法律を破っていたのかもしれない、と答えが返ってきた。五カ月後、アブグレイブ刑務所。七カ月後、ジョンのメモは機密あつかいを解かれた。記者会見でゴンザレスは、尋問の強化の過程におけるあらゆる段階で、相当な注意と適切な法的調査があったことをメディアに示したいと主張した。その点が問題になっていると彼は本当に信じていたのだ。

ガラガラ蛇のエネルギーが、戦争評議会の会合で渦巻いていたのをジョンはけっして忘れないだろう。全員が毛沢東《もうたくとう》主義者なみに自信満々だった。ファイト、ヘインズ、アディントン、ゴンザレス、フラニガン――大統領の側近中の側近たち。弁護士の弁護士。国は心臓発作を起こしており、彼らはAEDのパドルをかまえていた。適用する法律がまだ存在しないもののために法的な戦略を即席で立てようと力を合わせていたのだ。彼らはホワイトハウス内のゴンザレスのオフィスで、ときには国防総省で会った。単純で、食事もとらず、記録もとらない会号では、いちばん贅沢《ぜいたく》な必需食料品は数本のダイエット・コークだった。それらの会号のあいだ、ジョンはしばしば自分自身とゴンザレスを熟視した。ジョンは朝鮮系二世のアメリカ人、ゴンザレスは電話さえ持てないほどの貧困にあえいでいた移民の息子。それでも彼はこの場にいる。半世紀ぶりの深刻きわまりない国家安全保障の危機にさいして政策を立案し、世界一権力のある男の個人的な顧問を務めているのだ。これこそ、ジョンが法的な活動をして、守りたいと思ってきたアメリカだった。

それからファイトとアディントンがいた。ほかの人類を興味深い精神的機能不全のコレクションと大差ないとみなすアンドロイドたちが。ファイトのしわくちゃなマペットを思わせる顔のえくぼは、毒を溜めた袋だった。彼は付箋《ふせん》を貼らずにメモをまわすので、だれにまわせばいいのか、あるいはじっさいには受けとらない人々にコピーを渡すのか、確信が持てる者はいなかった。彼はジュネーヴ条約の高潔さについてスピーチしたが、テロリストに汚《けが》されたその神聖な屍《し》衣が現実と合っていないことを誇張するだけだった。彼のスピーチは法実務をはなはだしく混乱させるので、ジュネーヴ条約についてファイトが語るのを聞いた者たちは、アメリカが捕虜にした全員に第三条約が適用されると信じて去っていった。ファイトのある独演会が終わるころには、十八の強化された尋問テクニックすべてが、陸軍の現場マニュアルによって許容されている、と統合参謀のひとりが勘違いしてしまった。じっさいはひとつも許容されていなかった。全情報認知と呼ばれる新たな情報機関を立ちあげるというアイデア。そのシンボルマークは世界を見渡す狂ったフリーメイソンの目だろうか？　ファイトならやりかねない。

アディントンについていえば――ロシアの聖画像《イコン》を思わせる目、リンカーン風の立ち居振舞い、手榴弾《しゅりゅうだん》の気質。攻撃のあと、アディントンはどこへ行くにもポケットに憲法の冊子を忍ばせるようになった。すっかりくたびれて、薄っぺらになっているので、ハンカチかコースターか、その両方として使われているように見えた。だれかが異を唱えるたびに、彼はそれを引っぱりだして朗読をはじめた。じっさいの戦争行為に関する議論が曖昧《あいまい》な婉曲《えんきょく》語法で語られるのに対し、ありとあらゆる法的および道徳的議論を戦争用語でいい表すのがアディントンの特殊な才能だった。もしかしたら、彼ら全員のなかで、アディントンだけが逃げおおせたのはそれが理由かもしれない。彼だけは、あらゆる関連書類に名前を載せずにすませたのだ。

彼らはある雰囲気のなかで法律を制定しようとした。そのなかでは、時限爆弾がチクタクと時を刻んでいるというのが、作戦上の前提であり、遠い冥王星の話ではなかった。いまのジョンにはそれがわかった。だが、それはひとつの考え方にすぎなかった。別の考え方はこういうものだ――知性とは、はいってくる外部の情報の実用性を識別するための能力である。知識の大部分は、忘れていいものを知ることだ。

水責めの対象になったのは三人だった。三人。そのために、彼は戦争犯罪についての質問に答えるはめになったのだ。ジョンが聞いたところだと、彼の後任は身をもって水責めにされたあと、それが一線を越えるかどうかの判断をくだしたという。答えは——一線を越える。だが、それにもかかわらず、討論し、何人かの首を斬《き》ったにもかかわらず、CIAはいまだに疑似的な溺死（じつをいうとジョンは、こちらのより正直な用語のほうを好んだ）の使用を許している、ジョンが最初に論じたとおりに。彼の議論の核心は、依然として的をはずしていないのだ。もちろん、CIAにそのテクニックの使用をやめてほしいと思う者は司法省にいないが、大統領は人身御供を見つけた。彼はかならず見つけるのだ。しかし、それはむごいことだった。ジョンはつらくなかった。ヨーロッパの都市でひとりきりで、ファイトかゴンザレスかアッシュクロフトか、そのうちのだれかと会って、彼らがかつて是認し、いまは恥じている政策についての質問に答えたいところだった。

ジョンは自分のパイント・グラスをのぞきこんだ。いまはからっぽのクリスタルの井戸だ。どういうわけか、ビールを飲み干していた。ひと晩じゅうここでくよくよし、暗い波にさらわれるのかもしれない、と彼にはわかった。

「そろそろお暇《いとま》します」とギャラハーにいう。大使館の男は、あいかわらず踊り子と啓発的な会話をしていた。

ギャラハーがジョンを見て、

「明日、占領歴史博物館を見学する時間を作ってもらえませんか」

「じつは、無理なんです。午前中に発《た》ちますので」ジョンは腕時計に目をやった。すでに午前零時をまわっていた。

ギャラハーが居住まいを正し、

「残念です。タリンは一日を過ごすにはいい場所ですよ」

「ビール、ごちそうさま」ジョンは立ちあがった。「気にせず残ってください。帰り道は見つけられます」

ギャラハーはすわったままだったが、手をさし出した。

「いつかまた会えるといいですね。明日はどうぞ快適なフライトを」

ドアのところで、ジョンはふり返って、見納めにギャラハーを一瞥《いちべつ》した。彼は早くも携帯電話を耳に当て、椅子にすわったまま身をかがめていた。踊り子は立ちあがって去ろうとしていた。ジョンが出入り口でぐずぐずしているのにギャラハーは気づき、気の抜けたような敬礼をした。その男が海兵隊あがりだとは、にわかには信じられなかった。ほんの一瞬だったものの、ギャラハーはだれとしゃべっているのだろうと疑問が湧いた。

ヤニカの尋問のヴィデオが二十分か二時間にわたり上映されていた。暗闇のなかで時間の経過を把握しつづけるのは不可能だ。時間経過の手がかりやしるしになるのは光なのだ。暗闇のなかで過ぎる時間は、トウモロコシ畑を車で抜けるのに似ている——どこまで行っても似たような景色、目に見えないもので満ちている。

その上映が彼の心中になにを誘発しようとしているのか、ジョンにはわからなかった。拷問にかけられるのを彼の手助けがあったから拷問にかけられた者たちへの同情は、それがはじまる前と変わらなかった。彼らはジョンを誤解している。彼が本当に論じたことを理解していない。この飛行機と、いまは彼の命を意のままにできる者たちは、自分たちのサディズムを満たす以外に彼から得られるものはない。逆に彼のほうは、激痛という贈りもの以外に、あたえられるものがない。拷問は意図の問題である、と彼は書いたのだった。暗い知識の交換、隠れた能力の顕現、つながりの消滅。

ふと気がつくと、ジョンは飛行機の天井を、空気を噴きだしている、なんとなく手術室を思わすノズルを見つめていた。明かりがまた灯《とも》っていた。彼は自分で選んだエコノミー席にすわったまま体をひねった。まだ荷物とからまっているヤニカの骨折した体を目にする心がまえは、かならずしもできていなかったのだ。立ちあがると、胸の悪くなるようなスパイスのにおいのする空気が、彼の衣服という布の煙突を風となって吹きぬけていった。

ヤニカの拷問がカテゴリーⅠをひととおりすませ、もっと視覚的に派手なカテゴリーⅡとⅢのテクニックへ移行すると、ほかに数人の男が部屋にはいってきた。つぎに起きたことは、ジョンが目にしたことのあるどんな拷問にも負けず劣らず恐ろしかった。彼はその大半を見ないようにし、彼女のもがく音がやんだあと、ようやく目をあけた。男たちがヤニカの生命徴候の消失を確認しているあいだ、ヴィデオは止まった。

ジョンは自分の席にもどった。その上にウエハースのように白い、彼のiフォンが載っていた。愚かな思考の洪水が、かろうじて残っている低地のほうへそれて行った。そのひとつがギャラハー、つまりジョンが乗る便を変えたのを知っているただひとりの人間だった。ギャラハーの名刺はまだ胸ポケットのなかにあった。彼はそれをとり出し、盛りあがった大使館の紋章を親指でなぞりながら、注視した。自分がその名刺を投げ捨てない、とどうしてギャラハーにわかったのだろう。尋問ヴィデオのなかのヤニカは、この飛行機に乗っているときと同じ服装をしていたが、どうしてそんなことがありえるのだろう。じっさいはどれくらい長く意識を失っていたのだろう。そしてこれは自分が乗った飛行機なのだろうか。自分をこんな目にあわせている連中は、この飛行機のどこに隠れているのだろう。自分のiフォンは使える状態にあるのだろうかと疑問に思ったが、現に電波受信状態を示すアンテナバーが二本立っていた。質問のひとつに答えが出た——ギャラハーはジョンが名刺を捨てないという予測をしたわけではない。ジョンがギャラハーの番号を四つまで打ちこんだとき、認識アプリケーションが作動した。その番号は彼のiフォンに追加されていた。

三度目の呼び出し音のあと、ギャラハーが出た。

「タリンは一日を過ごすにはいい場所です。わたしの言葉に耳を貸すべきでしたね」

ジョンになにがいえるだろう？　彼らは望みのものを手に入れた。

「なにも訊かないんですか？　あなたのせいじゃない。あなたはもっと大きな問題をかかえています、先生。いますぐふり返ったほうがいいですよ」

彼はふり返った。黒いスキーマスクと**くたばれ**Tシャツというでたちの男が、丸みを帯びた硬い金属の道具でジョンの顔をなぐった。カーペットに膝をついたとき、その道具がはっきりと見えた——彼が操縦室のドアをたたくのに使ったエア・コンプレッサーだ。ジョンの頭は痛みのあまり突然変異を起こした。二発目は記憶にないが、食らったにちがいない。なぜなら、またしても不意に目をさましたからだ。ベニヤ板の部屋のなかで、椅子に縛りつけられて。片目はもはや見えていない。歯の何本かはなくなり、舌は蛭《ひる》のように血ぶくれしているような感じがする。彼はシャツを見おろした——肉屋のエプロンのように血まみれだった。飛行機のエンジン音が耳に残っていた。乱気流が部屋をゆすった。すぐ近くのどこかで泣き声がした。ジョンとさし向かいですわっているのはギャラハーで、その手はまた別のボードの上で組まれていた。彼はそのボードをジョンに見せなかったが、ジョンにはそれが読めた。質問はしてもいいと約束できるが、答えることは保証はできない、とギャラハーがジョンに告げた。これは関係者全員にとって新たな領域だ、とも告げた。この先どうなるのか、自分にもよくわからないのだ、と。

「準備はできましたか？」とギャラハーが彼に尋ねた。「あなたの準備ができたかどうか、知らなければならないんです」ジョンはうなずいた。どういうわけか口を満たすほどの血がほしくてたまらなかった。背後のドアが開いた。足音。歯のない狼の鼻面に似た手が、彼をがっちりとつかんだ。カテゴリーVがはじまっていた。

二分四十五秒

ダン・シモンズ ―― 中村融 訳

ダン・シモンズの作品には、受賞歴に輝くSF長篇があり（たとえば『ハイペリオン』）、受賞歴に輝くファンタジー／ホラーの長篇があり（たとえば『殺戮《さつりく》のチェスゲーム』）、その両方の要素を含む短篇小説がある。ここに収録した短篇は、驚くほどの簡潔明瞭さをそなえ、作者の最高傑作のひとつと断じてさしつかえあるまい。シモンズはこの作品で、二分四十五秒とはポップス一曲分の長さであり……ジェットコースター一回分の長さでもあり……人が急速に迫りくる死に思いをめぐらせるのにも充分な時間だ、ということを示している。

（白石 朗 訳）

ロジャー・コルヴィンが目を閉じると、鋼鉄のバーが膝に降りてきて、車輛《しゃりょう》は急勾配を登りはじめた。重い鎖がガラガラ鳴り、鋼鉄の車輪が鋼鉄のレールを嚙《か》んでキーキーときしるなか、ジェットコースターの最初の山をガチャンガチャンと登っていく。背後でだれかが不安げな笑い声をあげた。高所恐怖症に襲われ、心臓が肋骨《ろっこつ》に当たるような勢いで痛いほど搏《う》つが、コルヴィンは広げた指の隙間からのぞき見た。

金属のレールと白い木製のフレームが前方に切り立っている。コルヴィンは先頭車に乗っていた。両手を降ろし、金属の安全バーをぎゅっと握りしめると、先客の手のひらが残していった乾いた汗が感じられた。背後の車内でだれかがクスクス笑った。首をめぐらせたが、レールの側面が見えるところまでしかまわらなかった。

車輛は非常に高いころにあり、依然として登っていた。遊園地の中道と駐車場が小さくなり、ひとりひとりは小さくなりすぎて見えなくなり、群衆は色つきのカーペットにすぎなくなり、街路と照明から成るひとまわり大きな幾何学模様のモザイクに溶けこむいっぽう、市街地全体が見えるようになり、やがて郡全体が見えるようになった。車輛はガチャンガチャンといいながら、ますます高く登っていく。空が暗くなり濃紺となった。コルヴィンには、靄《もや》で青くかすむ遠方に地球の丸みが見てとれた。木の枕木ごしに、数マイル下の波頭にきらめく光を捉えたとたん、いまや湖のへりをはるかに越えているのだと悟った。雲の冷たい息吹をつかのま通りぬけるとき、コルヴィンは目を閉じ、それからパッとあけた。それと同時に鎖のガラガラ鳴る音の調子が変わり、急勾配がゆるやかになって、頂上に着いた。

そして頂上を越えた。

その向こうにはなにもなかった。二本のレールは下向きに曲がり、空中で終わっていた。コルヴィンが安全バーを握りしめると同時に、車体がガクンと前にかたむいた。彼は口をあけて絶叫した。墜落がはじまった。

「おーい、最悪の部分は終わったぞ」コルヴィンが目をあけると、ビル・モンゴメリーが飲み物を渡そうとしていた。頭上の通気筒ノズルから空気がシューシューと流れ出る静かな音にまじって、ガルフストリームのジェット・エンジンの鈍い轟音《ごうおん》が聞こえる。コルヴィンは飲み物を受けとり、空気の流れを弱くすると、窓の外にちらっと目をやった。後方のローガン国際空港はすでに視界から去り、コルヴィンは眼下にナンタスケット海岸を見分けられた。湾とその沖合の外洋に、小さな白い三角形がたくさん散らばっている。ヨットの帆なのだ。機はいまだに上昇していた。

「やれやれ、今回きみが同行を決めてくれてよかった、ロジャー」とモンゴメリーがコルヴィンにいった。「チーム全員がまた顔をそろえるのはいいことだ。むかしみたいに」モンゴメリーはにっこりした。客室《キャビン》にいるほかの三人の男がグラスをかかげた。

　コルヴィンは膝の上の計算機をもてあそび、ウオッカに口をつけた。深呼吸して、目を閉じる。

　高いところが怖い。むかしから怖いのだ。六歳のとき、納屋にいて、二階からころげ落ちた。どこまでも落ちて行くように思え、時間はのびていき、ピッチフォークの鋭い歯が彼のほうへせりあがってきた。着地して、息が体からたたき出され、頰と右目に藁《わら》が当たった。ピッチフォークの鋼鉄の切っ先から三インチのところだった。

「じきに会社の業績は上向く」とラリー・ミラー。「一年半もマスコミにたたかれれば、もうたくさんだ。明日打ち上げが見られてさいわいだよ。新規まき直しだ」

「そうだ、そうだ」とトム・ウェイスコット。まだ正午になっていないが、トムはすでにできあがっていた。

　コルヴィンは目をあけ、口もとをほころばせた。自分も入れて、機内には四人の副社長がいる。ウェイスコットはまだプロジェクト・マネージャーだ。コルヴィンは頰を窓に押しつけ、眼下を過ぎていくケープ・コッド湾を見つめた。察するところ高度は一万一千か一万二千フィート、なおも上昇中だ。

　コルヴィンは高さ九マイルのビルを想像した。最上階のカーペットが敷かれたホールからエレヴェーターに乗りこむ。エレヴェーターの床はガラス張りだ。エレヴェーター・シャフトは四千六百階下までつづいており、各階にハロゲン灯のしるしがついている。並行するライトは、彼の下の九マイルにおよぶ黒い空間のなかで距離がちぢまっていき、やがて眼下のにじみに溶けこんでいく。

顔をあげると、ちょうどケーブルがプッンと切れて、分離するところが目にはいる。彼は落下し、エレヴェーターの内壁をむなしくつかもうとするが、その壁は透明ガラスの床と同じくらいツルツルになっている。ライトがわきをかすめ過ぎるが、シャフトのコンクリート床はすでに数マイル下に見えている——エレヴェーターがまっすぐに落ちるにつれ、ちっぽけな青いコンリートの正方形がみるみる大きくなる。あの青い正方形が迫ってきて、せりあがってぶつかってくるのを三分近く見ることになるのだ、と彼は知っている。コルヴィンは絶叫し、唾が目の前の空中に浮かぶ。同じ速度で落ちているので、そこに浮遊しているのだ。ライトが飛ぶように過ぎていく。青い正方形が大きくなる。

コルヴィンはウォッカを飲み、座席の幅広い肘掛けに設けられた円内にグラスを置き、計算機のキーを軽くたたいた。

重力場内で落下する物体は、厳密な数学的法則にしたがう。コルヴィンが二十年にわたり設計してきた成形爆薬や固体燃料における力のヴェクトルや燃焼率と同じくらい厳密に。だが、酸化燃焼率とまったく同じように、落下する物体の速度は空気に左右される。終端速度は重力と同じくらい気圧、質量分布、表面積しだいとなる。

まどろもうとするかのように、コルヴィンはまぶたを降ろした。すると毎晩眠ろうとするときに見えるものが見えた。もくもくと湧く白雲。濃紺の空を背に花開く、かたむいた層積雲をコマ落としで撮った映画のように、外へ広がっていく。四酸化窒素の炎の赤みがかった茶色い内部。そして——ＳＲＢ（固体燃料補助ロケット）二基の出現しつつある飛行機雲の下にかろうじて見えるだけだが——操縦室《フライト・デッキ》を含む胴体前部の宙返りを打つ、不鮮明な正方形。最大限に拡大した画像でさえ、これ以上の詳細は見せてくれなかった——無傷の圧力容器、つまり乗員室が、分離したＳＲＢに炎を浴びせられて右側を焦がし、宙返りを打ちながら自由落下し、電線やケーブルや胴体の破片をへその緒と後産のように背後になびかせているところは。初期の画像にはこうした細部は映っていなかったが、コルヴィンはそれらを目にし、さわったことがあった。無慈悲な青海原と衝突して砕け散ったあとのそれら。破断した外板の上にちっぽけなフジツボがびっしりと生えていた。その落下の終わりに待っている暗黒と冷気をコルヴィンは想像した——小魚の餌となるところを。

「ロジャー」スティーヴ・キャヒルがいった。「どうして飛ぶのが怖くなったんだ？」

コルヴィンは肩をすくめ、ウオッカを飲みほした。

「わかりません」ヴェトナム——〝ナム〟でも〝勢力圏《イン・カントリー》〟でもない——コルヴィンがいまも状況ではなく場所として考えたがっている場所で、彼は空を飛んだことがあった。すでに成形爆薬と推進剤の専門家であったコルヴィンは、海岸に近いボン・ソン・ヴァレーまで空輸されたり。標準的なC－4プラスチック爆薬が、あるヴェトナム共和国陸軍部隊で爆発しない理由を調べるためだ。そのときろくでもないナットがヒューイからはずれ、ヘリコプターはローターをなくして墜落し、二百八十フィート落ちてジャングルに突っこみ、分厚い葉群を百フィート近く切り裂いたあと、地上から十フィートのところで蔓《つる》植物にからまり、裏返しになって止まった。パイロットは、ヒューイの床を突き抜けた大枝にきれいに串刺しにされた。副操縦士は、頭から風防ガラスを突き破った。機銃士は放りだされ、首と背中の骨を折って、翌日に死んだ。コルヴィンは足首をくじいたものの歩いて脱出することができた。

コルヴィンが下を見ると、ナンタケット島を縦断するところだった。彼の見るところ、高度は一万八千フィートで着実に上昇中。巡航高度はおよそ三万二千フィートだ、と彼は知っていた。四万六千よりははるかに低い。とりわけ、垂直方向の推力のヴェクトルを欠いているから。しかし、飛行状態は表面積に大きく左右される。

少年だった一九五〇年代に、コルヴィンは〝古い〟〈ナショナル・エンクワイアラー〉でエンパイア・ステート・ビルから飛び降りて、車の屋根に落ちた女性の写真を見たことがある。彼女の脚は、さりげないといえそうなほど自然に足首で交差していた。片方のナイロン・ストッキングの爪先に穴があいていた。車の屋根はぺしゃんこになり、内側にたわんで、眠っている人間の重みでへこんでいる鵞鳥《グースダウン》の綿毛の大きなマットレスそっくりだった。女性の頭は、まるでふかふかの枕に深く沈んでいるように見えた。

コルヴィンは計算機のキーを軽くたたいた。エンパイア・ステート・ビルから飛び降りた女性は、街路にたたきつけられるまで、十四秒近く落下する。金属の箱にはいって四万六千フィートから落下する者は、海面にたたきつけられるまで、二分四十五秒落下する。

彼女はなにを思ったのだろう？　彼らはなにを思ったのだろう？

（ポピュラー・ソングやロック・ヴィデオは、たいてい長さが三分ほどだ）とコルヴィンは思った。ちょうどいい長さの時間。退屈するほど長くはなく、ひとつの話を最初から終わりまで語れるほど長い。

「きみが同行してくれてホントによかった」ビル・モンゴメリーがまたいった。

「ちくしょう」二十七カ月前、会社のTV会議室の外でビル・モンゴメリーがコルヴィンに小声でいったのだった。「きみはこの件でわれわれの味方なのか、それとも敵なのか？」

TV会議は降霊会とよく似ていた。出席者は数百、あるいは数千マイル離れた薄暗い部屋にすわり、どこからともなく聞こえてくる声と言葉を交わすのだ。

「さて、これが天気概況だ」とKSC（ケネディ宇宙センター）から声が聞こえてきた。「どうするべきかな？」

「そちらからファックスされてきたデータは見ている」とマーシャル宇宙センターからの声。

「だが、いまだに理解できないのは、これほど小さな異常に基づいて中止を考えなければならない理由だ。このしろものは絶対安全なので、その気になれば、蹴りながら街区《ブロック》を一周できるはずじゃなかったのか」

　コルヴィンのプロジェクト・チームのチーフ・エンジニアであるフィル・マッガイアが席についたまま身をくねらせ、大きすぎる声を出した。四回線のＴＶ会議用電話には、それぞれの椅子の近くにスピーカーがあり、いちばんやわらかな音色《おんしょく》を選ぶことができた。

「わかっておられないようですね」マッガイアは叫んだも同然だった。「問題を引き起こすのは、この低温と、その雲層内で起こりそうな電気活動の組み合わせなのです。過去五回の飛行では、ＳＲＢの線状成形爆薬から射場安全管理指令アンテナへ走る導線に三度の過渡現象が発生し……」

「過渡現象」とＫＳＣからの声。「だが、飛行を保証する変数《パラメーター》内におさまっているのだろう？」

「まあ……そうです」とマッガイア。いまにも泣きだしそうな声だ。「しかし、それがパラメーター内におさまっているのは、われわれが書類にサインしつづけ、ろくでもないパラメーターを改定しつづけたからです。ＳＲＢとＥＴ（外部燃料タンク）のＣ－12射場安全管理成形爆薬が、機能有効化指令が発信されていないとき、なぜ過渡電流の発生を記録するのかは見当もつきません。ロジャーの考えでは、ＬＳＣ（線状成形爆薬）有効化導線か、Ｃ－12爆薬そのものが、偶然、指令信号を模倣する静電放出を起こすのかもしれず……。ああ、ちくしょう、いってやってくれ、ロジャー」

「ミスター・コルヴィン？」とマーシャルからの声。

コルヴィンは咳払いした。

「それは、しばらく前からわれわれが観察してきた現象です。予備的なデータによれば、華氏二十八度を下まわる気温では、C－12B積層内の酸化亜鉛の残渣《ざんさ》が偽の信号を送ることがあります……じゅうぶんな静電放出が起これば……理論上は……」

「しかし、この件に関するしっかりしたデータベースはまだないんだね？」とマーシャルからの声。

「ありません」とコルヴィン。

「そしてきみは、最近の三度の飛行において、飛行準備ができていると保証するクリティカリー・ワン権利放棄証書（否定的判断をしないと宣言する証書）にサインしたのだね？」

「しました」とコルヴィン。

「ところで」とKSCからの声。「ボーネット＝HCSのエンジニアたちにも意見を聞いたんだ。そこの管理部からは勧告を得たのだが、きみの意見は？」

ビル・モンゴメリーが五分休憩を要求し、管理チームは廊下で会った。

「ちくしょう、ロジャー、きみはこの件でわれわれの味方なのか、それとも敵なのか？」

コルヴィンは視線をそらせた。

「本気でいってるんだ」と噛みつくようにモンゴメリー。「LCS部門は今年この会社に二億千五百万ドルの利益をもたらした。そしてきみの仕事はその成功の重要な一部だった、ロジャー。いまのきみは、ろくでもない一時的な遠隔測定《テレメトリー》の数値に基づいてそれを水の泡にしそうだ。われわれがチームとしてなしとげた仕事にくらべたら、そんな数値はなにも意味しない。数カ月以内に副社長の椅子がひとつあくんだ、ロジャー。あのヒステリックなマッガイアみたいに正気を失って、チャンスをふいにするな」

「もういいかな？」と五分が経過したとき、ＫＳＣからの声がいった。

「ゴー」とビル・モンゴメリー副社長。

「ゴー」とラリー・ミラー副社長。

「ゴー」とスティーヴ・キャヒル副社長。

「ゴー」とプロジェクト・マネージャーのトム・ウェイスコット。

「ゴー」とプロジェクト・マネージャーのロジャー・コルヴィン。

「すばらしい」とＫＳＣ。「勧告を伝えることにする。諸君が明日ここで打ち上げを見学できないのは残念だ」

コルヴィンは首をめぐらせた。ビル・モンゴメリーがキャビンの彼の側から声をかけてきたのだ。

「おーい、ロング・アイランドが見える気がする」

「ビル」とコルヴィンはいった。「今年会社はＣ－12Ｂの設計変更でいくら稼いだんですか?」

モンゴメリーは飲み物を手にとり、ガルフストリームの広々とした機内で脚をのばした。

「四億くらいかな、ロジャー。なぜだね?」

「それで、機関はほかのだれかにまかせることを真剣に考慮したんでしょうか、その……あのあとに?」

「おいおい」とトム・ウェイスコット。「ほかのだれにまかせられるんだ? われわれは連中の急所をつかんでいる。連中は何カ月かそのことを考えてから、こそこそともどってきた。きみはこの国で最高の成形爆薬射場安全管理装置と固体燃料自動点火装置の設計者だ、ロジャー」

コルヴィンはうなずき、計算機でちょっとした計算をすると、目を閉じた。

鋼鉄のバーが膝を締めつけ、彼が乗る車輛はガチャガチャと音を立てながらどんどん高く登っていった。空気が薄く冷たくなり、車輪がレールに当たるときの金切り声がだんだん小さくなり、か細い絶叫となるなか、ジェットコースターは六マイルのしるしを越えた。

キャビンの気圧が失われた場合、酸素マスクが天井から降りてきます。口と鼻にしっかりとマスクをかぶせ、いつもどおり呼吸してください。

コルヴィンは前方、つまりジェットコースターの恐ろしい登り勾配の先に目をこらし、登攀の頂点とその向こうの虚空を感じとった。

小型空気タンクとマスクの組み合わせはＰＥＡＰと呼ばれていた——個人用呼気空気パック《パーソナル・イグレス・エア》の略だ。クルー五名のうち四名のＰＥＡＰが海底から回収された。すべて起動していた。それぞれ五分間分の空気のうち二分四十五秒が消費されていた。

コルヴィンの目の前に、ジェットコースターの最初の山の頂があらわれる。

耳ざわりな金属音がひびき、車体が急にかたむいた。ジェットコースターが頂上を乗り越え、レールからはずれたのだ。コルヴィンの背後にいる車内の人々が悲鳴をあげる。あげつづける。コルヴィンはガクンと前のめりになり、安全バーを握りしめた。同時にジェットコースターが九マイルの虚無へまっさかさまに落ちていった。彼は目をあけた。ガルフストリームの窓の外を一瞥《いちべつ》すると、そこに仕掛けておいた成形爆薬の細い線が、左翼をきれいっさっぱり切り離していた。落下率からすると、右翼の付け根はじゅうぶん残っていて、最大の一歩手前の終端速度を維持するのに必要な表面積は確保できているようだ。二分四十五秒、プラスマイナス四秒。

コルヴィンは計算機に手をのばしたが、それはキャビンのなかに勝手に飛んでいってしまっていた。放りだされた瓶やグラスやクッションや、シートベルトをしっかりと締めていなかった人体にぶつかっている。悲鳴は耳を聾《ろう》するほどだった。

二分四十五秒。いろいろなことを考えられる時間だ。そしてひょっとしたら、あくまでもひょっとしたらだが、夢を見ずには眠れなかった二年半のあと、ひょっとしたら、まったく夢を見ずに短いうたた寝ができる時間になるかもしれない。コルヴィンは目を閉じた。

仮面の悪魔

コーディ・グッドフェロー

安野 玲 訳

南アメリカの国から国外へ禁制品を密輸しようとしているときに、税関で身柄を拘束されること以上に悲惨な体験があるだろうか？　それならば、機内持込のバッグに邪悪な性質をもつ活発な盗品を忍ばせたまま、高度一万メートルを飛ぶボーイング七二七型機に閉じこめられるという経験は？　この作品の主人公ライアン・レイバーン三世はその両方の事態に直面する。コーディ・グッドフェロー本人は謎めいた人物だ。本当にカリフォルニア大学ロサンジェルス分校で文学を学んだのか？　ロサンジェルス郊外のバーバンク在住というのは事実なのか？　はたして本当に、〝ポルノビデオのBGMをつくる平凡な作曲家〟として生計を立てていたのか？　その一部は事実かもしれないし、すべてが事実かもしれないし、事実はひとつもないかもしれない。確実にいえることはふたつだけ。まず、コーディ・グッドフェローは読者の血を凍らせる手管を心得ているということ。もうひとつは、読者がライアン・レイバーンとおなじ飛行機に乗りあわせずにすんだことを神に感謝したくなるだろう、ということだ。

（白石　朗　訳）

ライアン・レイバーン三世は、不安を微塵《みじん》も気取られないようにさりげなく、ゆったりと構え、ニコヤ・グアナカステ空港のセキュリティ・チェックと出国審査を首尾よく通過した。余裕綽々《しゃくしゃく》のアメリカ人観光客というわけだ。ただしそれも、抜き打ち検査のために搭乗客の列から引っぱり出されて仕切りの向こうに連れていかれ、バッグをあけるように指示されるまでのことだった。

ライアンは無邪気な笑顔を作ると、申し訳なさそうな顔の職員に搭乗券と税関申告書とパスポートを提示した。**なんてことないですよ、そちらだって仕事だしね。**ぞろぞろ進んでいくほかの搭乗客は誰もこっちを見ていなかった。この手の検査は無作為抽出のはずだ。とはいえ、ライアンは白人男性の一人旅。飛行機を爆破するようなことはないだろうが、禁制品を持っている確率はダントツに高そうだし、ことによるとドラッグの運び屋《ラス・ドロガス》かも……ということか。

ここは〈バナナ共和国〉などと形容される国々とちがって、しょっちゅう観光客が消えたりはしない。コスタリカは文明国といってもいいのだ――いや、それどころか、この国では〝治安警備隊〟が国家警察の代わりをつとめ、いわゆる軍隊も存在しない。とはいえ、賄賂《ラ・モルディダ》がまかり通っているところはあいかわらずだ。ライアンはあたりを見まわして監視員や監視カメラが存在しないことを確かめ、涼しい顔で笑いかけながらマネーベルトの二十ドル紙幣を五枚抜き出した。税関職員はベビーブルーのゴム手袋をはめると、解剖めいた手つきでおもむろにライアンのダッフルバッグのファスナーをあけた。

グアナカステ空港はラテンアメリカの近代的な空港の大半とは少々趣《おもむき》がちがって、未来の刑務所を舞台にした一九七〇年代のチープなSF映画的雰囲気をいまだに漂わせている。旅行客の羞恥心に訴えるつもりなのか、手錠をかけられてフードで顔を隠した囚人の絵に**「おれはどうして密輸なんかしようとしたんだ?」**という悩ましげな吹き出しを添えたポスターがそこらじゅうに貼ってあった。

毅然としていろ。ニヤつくのも馴れなれしく話しかけるのもなしだ。怪《あや》しまれるようなことはするな。こういうところで捕まるバカどもは、たいていカナリアも即死まちがいなしの毒ガスめいた危ない電波を発して、うっかり自分の罪を暴露する羽目になる。ライアンはなにも悪いことはしていない。保安検査場の連中など、自分たちが見ているものがなんなのかもわかっていなかった。たとえこの税関職員に見る目があるとしても、離陸時間を遅らせてまでどうこうする気はないだろう。なにもドラッグや武器を密輸しようというのではない。どこにでもいるふつうの観光客が、観光客らしいものを持ち帰ろうとしているだけのことだ。

税関職員はピクニックの用意をする召使いさながらの恭《うやうや》しさでダッフルバッグの中身を

テーブルに並べていった。衣類、カメラ、洗面用具。ひととおりバッグを掘りかえすと、つづいて内ポケットを裏返し、二重底のファスナーをあけた。

「ただの土産物ですよ」ライアンは濡れタオルごしに呼吸しているかのように大きくあえいだ。「問題ありますか？　土産物屋で買って――」

税関職員は返事をしなかった。擦り傷だらけのステンレススチールのテーブルに両手をついて、ダッフルバッグを覗きこんでいるだけだ。と思うと、口元を押さえて咳きこんだ。

ライアンはあたりを見まわし、手のなかの紙幣をひらひら動かすと、職員に押しつけた。並んだ搭乗客がつぎつぎと金属探知機を通り抜けて搭乗ゲートへと進んでいく。「ぼくの飛行機、あと十分で離陸なんですよ」

税関職員はなおも咳きこみながらライアンの出国手続書類を放り出すと、蚊《か》の群れでも追い払うように「行け」と大きく手を振った。口元を押さえた拳《こぶし》の隙間から飛び散ったものが、ねばつく糸となって滴《したた》った。

ライアンはすばやく紙幣をポケットにもどしてダッフルバッグに荷物を押しこむと、身を翻《ひるがえ》して故障したエスカレーターに向かった。ほとんど明かりのない細長いターミナルをゲートへと急ぐ途中で、遅まきながら気づいた――書類が血の混じった唾でべとべとだった。

なんだよ、なにがセキュリティ・チェックだ――よけいな所持品検査をしたあげく結核を伝染《うつ》す気かよ……。ちっともおかしくなかったが、笑うしかなかった。笑わなければ悲鳴をあげていただろう。おれもここまでか——現行犯で捕まるのか。税関職員が咳の発作に襲われる直前、ダッフルバッグの二重底をあけたときのようすときたら……。顔から血の気《け》が引いて薄緑に変わり、目の玉が飛び出して、よごれた衣類に埋もれたあれのところまで転げ落ちそうだった。あのクソまじめ野郎は、目の前にあるものがなんなのか知っていたのだ。まちがいなく知っていた。なのに、なにもいわず、金《かね》に手を触れようともしなかった。

ライアンに十字を切って祈らせるものがこの世にあるとすれば、ダッフルバッグのなかの代物こそがそうだった。ただし、呪術を信じているからではない。純粋なコロンビア産コカインを密輸すると、混ぜ物なしなら一キロで三万ドル。ダッフルバッグに収まっている木彫りの工芸品はほぼ同じ重さだが、おそらく倍の値がつくだろう。とはいえここで捕まれば、どんなに祈っても待っているのはアメリカへの送還と連邦刑務所への収監だけだ。

ライアン・レイバーン三世は好きこのんでこんな人生を歩むことになったわけではない。糸に餌をつけてぼんやりと垂らしていたら、なんとなくこうなった。もともとは美術史で学士号を取得したのだが、そのために信託財産を使いきったあげく就職もしないで南米をほっつき歩き、残っていた親心を食いつぶす羽目になった。地球の最も暗い片隅での不遇と苦労と発見の三年を経《へ》て、生まれ故郷のパロアルトで両親が叩きこもうとしたたった一つの教えが、ライアンにもやっと理解できた。貧乏は最悪だ。

カリフォルニアにもどると、ライアンは非実用的な学位を仕事に変えてやろうと決心した。

美術業界を漁《あさ》って個人収集家とのコネを作りはじめた矢先、思いがけなく先コロンブス期の工芸品愛好家のブラックマーケットに関わることになった。買付け旅行で北はメキシコから南はティエラ・デル・フエゴまで足を伸ばし、そのあいだに小金持ちを切り捨てて、ついには十人あまりのIT長者を顧客リストにのせられるまでになった。南米の博物館に所蔵されている工芸品の半分は偽物だ。考古学者たちは盗掘者を寄せつけまいと人知れず努力しており、国連およびアメリカの税関・国境取締局がパロアルトやスタンフォードの周辺で活動する窃盗グループをいくつか摘発していた。ただし、ライアンは見せびらかしたがる連中とは距離を置いている。顧客には慈善パーティで盗掘の戦利品をひけらかす類《たぐ》いの人間はいなかったし、自分も『ナショナルジオグラフィック』のような雑誌で見かけるガラクタには手を出さなかった。

そんなわけで、ショロクア族だ。この部族はかつてタラマンカ山脈の奥の谷間《たにあい》に住んでいた。パナマの首都から離れること三百キロあまり、さらに車で行ける地点から徒歩で丸一日かかるような場所である。当初、彼らは石器時代さながらの生活をつづける未接触部族と見られていたが、一九五〇年、スミソニアン博物館の一人のカメラマンが残した詳細な記録写真が公表された。

ショロクア族の収穫祭を撮影した一連の写真から読み取れるのは、奇怪な儀式に埋もれた悲劇のファーストコンタクトの物語だった。不格好な雄牛の衣裳《いしょう》をまとった人物が、集落のみすぼらしい家々のまわりを夜通し暴れまわる。夜が明けるころ、仮面をつけた守護精霊の行列が集落にあらわれ、雄牛が弱って死ぬまで血を吐きかけて退治する。手彫りの仮面をつけた守護精霊たちはさまざまな毒を混ぜたトウモロコシ酒を飲み、みずからの腹中にディアブリトを招喚する。ディアブリトたちは苦痛と殺戮《さつりく》という形でそれに応じ、おおぜいの命を奪って、生き残った者たちをタラマンカの雲霧林の奥深くへと追い立てる……。

ショロクア族はいかなる基準に照らしても原始的で、長い年月にわたって基本的な生命維持がやっとの生活をつづけていたため、手の込んだ文化財を生み出す余裕がなかった。食べ物を乞うときの文言を様式化して、外部の人間に対する挨拶として用いた程度だ。だが、問題の写真に記録されていた収穫祭の仮面は驚くべき大発見だった。

仮面はどれも〝マウスペイント〟――草の茎を使って絵具を吹きつける手法――によって暗めのくすんだ彩色を施され、抽象模様というのか、ルーン文字を思わせる複雑な文様が描かれていた。ショロクア族は外界を頑《かたく》なに拒絶しつづけたにもかかわらず、一九七〇年代になると、この収穫祭の仮面がコレクターたちの欲望に火をつけた。一九八二年、最後のショロクア族がインフルエンザで死んだ。とはいえ、近隣諸部族はいまだにショロクア族の仮面を恐れている。

その地域に類似の工芸品は存在しない。仮面の顔はマヤやアステカの神々とも異質だし、もっと精巧で不気味だった。人間と昆虫と花と動物の造作が融合しているという点では、むしろポリネシア的かもしれない。くわえて、ゴシック建築に見られる最も醜いガーゴイルでさえ愛らしいぬいぐるみのクマちゃんに思えるような、残忍きわまりない悪意がにじみ出ていた。

　写真を見るかぎり、ドゥエンデとして知られる中南米の精霊を禍々《まがまが》しい形に変化させたものだろうと、ライアンは考えている。「ドゥエンデ」の語源はスペイン語の「ドゥエニョ」――「家主」の意味だ。ドゥエンデはあらゆる住居の真の所有者で、人間をそこにいっしょに住まわせてくれているのだという。だが、近隣部族が儀式の仮面と、そして、ショロクア族自体に与えたスペイン語の呼び名は――その呼び名のほうが、めったに姿をあらわさないくせに異様に恐れられている精霊にはふさわしい。ディアブリト、すなわち、「小さな悪魔」だ。

　ライアンはコロンビアとペルーをざっとまわってモチェ文化のすばらしい副葬品をいくつか手に入れていた。それを無事にカリフォルニアの故買屋宛てに送ってしまうと、パナマ市へ飛んでジープでタラマンカ山脈に入り、とりあえず有名なムエルテ山を足の向くまま歩きまわった。名もない山村のお粗末な博物館と観光客向け土産物屋でショロクア族の遺物が見つかるとは思っていなかったが、予想どおり見つからなかった。ライアンのいちばん間抜けな顧客よりもまだショロクア族について無知な混血人《メスティーソ》の田舎者がバルサ材を彫ってアクリル絵の具でぞんざいに彩色した、クズみたいなレプリカや偽物ばかりが目についた。

ライアン・レイバーン三世は無理やり成功をもぎとってここまで来たわけではない。そういうやりかたには狂気と堕落が待っている。ライアン二世とライアン一世に聞いてみるといい。三代目のライアンは、幸運が自分のところへ引き寄せられてくるのをひたすら待っているだけだ。昔からずっとそうしてきた。ぬるいファンタでいっぱいのアイスボックスが置かれた小屋の外に、盲目の老女がいた。ライアンが老女の孫娘にショロクア族について尋ねたとき、老女が奇妙な仕草をしたかと思うと、口元に拳をあてがって咳をした。関節炎で丸まった鉤爪《かぎづめ》みたいな指のあいだに咳をしてから手をひらくと、そこから赤い蝶《ちょう》が一匹、飛び立った。

孫娘のほうは口がきけないふりをした。そこでライアンは、三本目のファンタを飲みながら勝手に集落をうろつくことにした。男たちはみんな狩りだか伐採だかで出払っていて、タマがまだ袋に降りていないような素っ裸の男の子が一人いるだけで、誰にも見咎《みとが》められなかった。粗末な家々は八角形に寄り集まって建てられており、中央には井戸と、その脇に腰くらいの高さのソープストーンの神像があった。神像の顔は風雨にさらされて摩耗していたものの、石に刻んだ浅い凹凸がかろうじて見て取れた。

ライアンは危うく大声をあげてファンタを放り出すところだった。ここはショロクア族の村だ。正確には、ショロクア族の生き残りの村だ。まさかこんなことがあるとは。この地域の多くの部族は、死者が出ると自分の家の下に埋めてから離れたところへ移り住む。消滅した集落の跡地は、石器時代のチェルノブイリみたいなものなのだ。

そのとき盲目の老女があらわれて、例の仮面を二百ドルで売ってくれた——誰かに尋ねられたら、ライアンはそんなふうに話すつもりだった。すでにいやというほどこの話をおさらいしているから、自分でも信じてしまいそうになる。実際になにをしたかは……まあ、これまででいちばん阿漕《あこぎ》な行為というわけでもないし、あらためてほじくりかえしてもまったくなんの意味もない。

仮面は本物だった。重さ五十キロくらいありそうに見えたが、ジャングルのなにかよくわからない紫がかった黒い木を彫ったものだから、水には浮く重さのはずだ。絵具にはこの土地固有の染料が用いられていた。サカティーナの葉を煮出して作る深い藍色、玉ネギの皮から抽出する光沢のある金色、ベニノキ《アチヨテ》の種子に由来する朱色、ムニセと呼ばれる希少な巻貝の鰓下腺《さいかせん》から得られる鮮やかな紫色。仮面の内側に深い暗紅色が飛び散っているのは予想外だったが、これは偶然の産物というよりは野趣あふれる署名のようにも見えて、むしろ仮面の価値を上げてくれそうだった。

いつでもすぐに飛びついてくる買い手が一人いる——いや、実のところ二人。それも、恐ろしく妬《ねた》み深いライバル同士だ。ロサンゼルス国際空港に飛行機が着陸したら、五万、ひょっとするとその倍額で、仮面を処分できるかもしれない。ただし、こっちの手元にあるうちにそれとなく噂の種をまいて入札合戦を引き起こせればの話だ。

ゲートにはくたびれ顔のパーサーがいて、書類の確認もせずに扉をあけて通してくれた。エプロンに踏み出したとたん、獣《けもの》の息めいた突風が吹きつけてきた。滑走路の周囲にはジャングルが迫り、エメラルド色の炎の壁に包囲されているような気分にさせられる。遅れ気味の搭乗客がつぎつぎに移動式タラップをのぼって乗降口へと吸いこまれると、プラビダ航空七二七便はアイドリング状態に入った。

飛行機の座席は半分くらい埋まっていた。数にして五十人ほど、三分の二はアメリカ人だ。大半がすでに読書灯を消して、薄いナイロンブランケットの下にもぐりこみ、リサイクルペーパーをかけた座席によりかかって眠る態勢に入っている。

自分の座席を見つけて、ライアンはうめいた。11E、窓際、主翼の後方、長髪にひげ面の白人男と豊満なアジア系の女の隣。女のほうは、天井に埋め込まれたファンが動かないといって撫《な》でたりつついたりしている。男女はそろって立ち上がり、怖いほどそっくりかえった。ライアンが横歩きで窓際の席にたどりつくと、男のほうがさっそく、自分はダンで妻はローリだと自己紹介した。

「読むものがお入り用では?」そういいながら、ダンがペーパーバックを差し出した。「わたしが書いたものでよければ」

「あなた、ご迷惑でしょ」とローリが小声でたしなめる。

ライアンはかぶりを振ると、またも横歩きで通路を挟んだ空席に移動した。

離陸前恒例のパントマイムによる緊急時の安全確認が始まった。女性客室乗務員が雑音まじりのスペイン語の録音に合わせて無言でマスクや非常口を指さしている最中に、よたよたと狭い通路を近づいてきた最後の乗客が、ライアンのダッフルバッグの上に腰をおろしそうになった。

勢いよく落ちかかる尻の影から、ライアンはきわどいところでバッグを引っぱり出した。

「おい、ちゃんと見ろよ」といいかけて、老女の手に握られた白杖《はくじょう》に気づいた。

ライアンは凍りつき、窓に体を押しつけた。ここが非常口席だったら、すぐさまハンドルをひっつかんで扉をあけて翼の上に逃げ出しているところだ。

身を守るように片腕を上げると、ライアンは慌てて座席から出ようとした。盲目の老女は案内してきた男性客室乗務員にぶつかって跳ね飛ばされ、さらに11Cの座席の肘掛けにぶつかって、体を支えようと手を伸ばしながらライアンの腕のなかに倒れこんだ。

よくよく見れば、老女ではなくて少女だった。十三歳かそこらだろう。馬面にひどいニキビ痕が目立ち、外れかけた電球みたいに両目が飛び出ている。眠たげな重い瞼《まぶた》に半分隠れた瞳がぐるりと天井を向き、突き出された白杖の先端がライアンの足首を鋭くつついた。

呼吸を整えるのに一秒、気持ちを落ち着けるのにさらに一秒。こんなにたくさん空席があるのになんでわざわざおれの隣に連れてくる？　アメリカ人で一人旅の若い男の隣に目の見えない外国人の女の子をすわらせたりしたらまずいだろうに。「空席はほかにもたくさんあるんじゃないのか？」

男性客室乗務員は早くも後部へともどり、緊急時の説明の締めくくりの口パクに加わっていた。

少女は目が見えないだけでなく耳も聞こえないのか――もしくはスペイン語がわからないのか――11Bにそろそろと身を沈めると、膝小僧をきちんとそろえてすわり、手織りのバッグをしっかり胸元に抱えこんだ。

飛行機はゴトゴトとバックしてから、頼りないスピードで酔っ払ったみたいにふらふらと滑走路に入っていった。ライアンは不安になった。いったいどんなやつがこの飛行機を飛ばすんだ？ ここにいる目の見えない娘でもコックピットで手伝えることがありそうだ。

タービンが回転しはじめたとき、ライアンは少女のシートベルトのバックルが外れたままなのに気づいた。「セニョリータ、ベルトを締めないと……」

少女はかすかに身じろいだが、返事をしなかった。小さな十字架付きの蛍光プラスチックのロザリオを両手で握りしめ、ひび割れた分厚い唇に近づけてはしきりにキスしている。

女性客室乗務員はすでに前方のクルーシートについていた。どうやらこれはライアンの仕事らしい。**義理と人情ってやつか**、と心のなかでつぶやきながら、ライアンは少女のシートベルトに手を伸ばした。「手伝ってあげよう……」

少女の両手が汗ばんだ震える万力となってライアンの手をつかんだ。ぐっすり眠っていたらさわられて目が覚めたといわんばかりに、悲鳴がほとばしった。永遠の暗闇のなかにライアンの顔が浮かんで見えるといわんばかりに、虚《うつ》ろな目がにらみつける。

　ライアンは手を振りほどき、こんどは触れずに少女をなだめようとしたが、無駄だった。こっちの声が耳に入らないらしい――いや、やはりことばがわからないのか。飛行機に乗ったことと、そこで知らない男にさわられたことで、少女はすでにパニックに陥っていた。ライアンは気まずい思いを味わいながら助けを求めてあたりを見まわしたが、気づく者は誰もいないようだった。エンジンの咆哮《ほうこう》が高まって、少女の悲鳴がかき消される。と、急にがくんと加速して、ライアンも少女も座席に押しつけられた。

　着陸装置が収納されて機体が水平になると、少女は無言の祈りにもどった。ライアンは顔をそむけ、スウェットシャツを丸めて枕にした。窓に吹きつける雨の向こうに、ちかちか踊る主翼の赤いライトが血のように滲《にじ》んで見えた。海の近くのこぢんまりした町が木にからまった大凧《おおだこ》よろしく、うねる霧のなかに呑《の》みこまれていく。ライアンが逃げだしてきた町が確かに下にあると教えてくれるのは、海にいる船のものらしい二、三の寂しげな明かりだけだった。

　ライアンは旅慣れている。どんな場所でも、どんな状況でも、平気で眠れる。だが、床に置いたダッフルバッグをしっかりと脚で挟んで頭を空《から》っぽにしようとつとめても、なかなか寝つけなかった。まどろみにすべりこみかけるたびに、盲目の少女が口元に拳をあてがってやかましく咳をするのだ。

頭のなかで渦巻く思いは絶えず仮面へと引きもどされた。……税関職員は仮面を見ると咳きこみはじめて血を吐いたくせに、見逃してくれた。あれはおかしな具合にタイミングが合っただけのことなのか？　疫病で全滅したショロクア族。だからこそ守護の精霊だか復讐《ふくしゅう》の精霊だかの伝説が生まれたと考えれば辻褄《つじつま》は合うものの、けっきょくその伝説はクソの役にも立たなかった。ショロクア族はとっくの昔に消え去って、奇怪で悲しい彼らの信仰は文化人類学の教科書の脚注に押しこめられ、ポーカー仲間の代わりに血に飢えた異教の神を欲しがるような金持ち連中の目に留まるのが関の山なのだから。あの仮面がなんらかの媒介になってウイルスを広めているのか？　自分が病気になったらそういう解釈も成り立つだろうが、暑い土地ではお馴染《なじ》みの湿疹と体調不良以外は元気そのものだ。呪いなどあるわけがない。まあ、貧乏を勘定に入れるなら別だが……。

飛行機が高度九千メートルで水平飛行に入ったあたりで、ライアンは眠る努力を放棄して、酔っぱらう仕事に専念することにした。しばらくのあいだ、手の平の付け根で目をこすりながら考える。盲目の少女にあやまってみるべきだろうか。いや、別の座席に移動するほうがいいかもしれない。少女のようすを見ようと向きなおると、ショロクア族の仮面と目が合った。

少女が仮面をつけていた。ジャガー風の斑《まだら》模様がある秀でた額《ひたい》に刻まれた細い穴の奥で、うつろな目が白く光っている。角張った顔の平らな部分は、それぞれちがう動物の特徴を捉えて彩色されていた。なんだかジャングルの生き物すべてを合体させて復讐に燃える顔つきを生み出そうとしたかのようだ。今そうやって盲目の少女が顔につけたことで、仮面には命が宿った。

下顎の両脇から突き出す様式化された枝角。ガスの炎に似たコバルトブルーに光る側頭部。うなるように半開きになった口と、食いしばったぎざぎざの歯。その歯が、錠前のタンブラーめいたなめらかな動きでぱっくりあいたかと思うと、めくれ上がった唇越しに真っ黒な臭い血が勢いよく噴き出して、ライアンのシャツの胸にびしゃっと撥《は》ねかかった。

ライアンは跳び上がり、天井の手荷物入れに思い切り頭をぶつけてから座席にどすんと腰を落とした。浴びせられた血は冷たくねばついていて、なにかが無数にぴくぴく、ざわざわうごめいていた。払いのけようと思う間もなく、そいつらがシャツの下にもぐりこんでくる。ライアンは悲鳴をあげたが、ほかの乗客には聞こえていないらしい。逃げようとすると、盲目の少女の痩《や》せ細った腕に阻まれた。少女は汚染された血の塊をなおもごぼごぼ吐き散らし、こんどは体を押しつけてきた。ライアンは全身ずぶ濡れになりながらも、なんとか両手を伸ばして少女の仮面をむしり取った。

腐った木から錆《さ》び釘《くぎ》が抜けるような音をたてて、仮面が顔ごと剝がれた。くずおれた少女をかかえたまま、ライアンは壁に押しつけられた。胸元に固くて冷たい頬骨がぬるりとぶつかる……。

　目を覚ましたとき、ライアンは悲鳴をあげていたかもしれない。顔が冷たい窓に押しつけられ、顔以外は全身汗まみれだった。睡眠薬のアンビエンを二錠飲んだ上にテキーラを何杯かひっかけたみたいに、頭がくらくらした。

　ライアンはのろのろと、恐るおそる、盲目の少女のほうを見やった。少女は背筋をのばして座席におさまり、固いヘッドレストに頭をもたせかけていた。規則正しい息づかいは、詰まりかけた配水管を水が流れる音そっくりだ。

　座席テーブルが引き出してあって、中身が半分ほど残ったスチロールカップがのっていた。脇に置いたアルミ袋からはドライフルーツのようなものがこぼれ出ていて、闇のなかでプラスチックのロザリオがプルトニウムじみた青い光を放っている。ライアンが眠っているあいだに飲み物の機内サービスが来たらしい。

　少女のコットンドレスは手織りのようで、けばけばしい蝶や鳥の刺繍《ししゅう》がふんだんにあしらわれていた。自分をつねりたい衝動を抑えながら眺めていると、少女が咳をしはじめた。湿った、激しい、ゴロゴロいう咳。勘弁してくれ、とライアンは心のなかでつぶやきながら、急いでダッフルバッグを引き寄せた。少女のテーブルのゴミをそっとどかすと、たたんで10Bの背もたれにもどしてから、自分のシートベルトを外した。

　機内はろくでもないユカタン半島よりもさらに暑かった。飛行機に乗ると毎度のことながら耳の奥がドクドクうずくが、今回は高層大気をひとっ飛びというより、深海にいるような気がした。唯一の光源は通路に点々と灯る光ファイバーのストリップライトと、ラップトップの前で居眠りするかiＰｏｄのイヤホンをつけてキンドルを読むかしている乗客を照らす二、三の読書灯だけだ。

　通路に出ようと、ライアンは全神経を集中して手足を順繰りに動かし、そっと立ち上がって少女の膝越しに片脚を伸ばした。名案に思えた。が、細心の注意を払ったにもかかわらず、通路に伸ばした足がなにかを踏んづけてすべった。股が裂けそうになって、思わずくぐもった悲鳴を放つ。

　尻が少女の膝にこづかれた。ライアンは殴りかかってくる拳と悲鳴を覚悟したが、なにも起きなかった。と、少女が咳をしはじめた。吐き出す息の湿り気をシャツ越しに感じるほどの激しい咳だ。ライアンはパニックと戦いながら少女をまたいで通路に出ると、ダッフルバッグに手を伸ばし、こっくりこっくりしている10Ｂの搭乗客（口ひげの生えた太った女と、女の膝でもぞもぞしている手のかかりそうな子供二人）の頭越しに引き寄せた。

　座席を離れて二時間ほどたっただろうか。明かり一つないメキシコ内陸部のどのあたりかで、飛行機が乱気流に入って揺れはじめた。通路には誰もいない。カップが二、三個、飛行機の上下動に合わせてふらふらと円を描いて転がっている。客室乗務員の姿は見えなかった。

　座席から投げ出されたほかの搭乗客の手や足にぶつからないようにしながら、ライアンは後部めざして通路を急いだ。トイレの手前の最後尾座席があいていた。船酔いのような感覚に促されるままにそちらへ突進する。

最後尾にたどりつくと同時に飛行機がすとんと降下して、ライアンは座席に転げこんだ。無駄にアドレナリンが放出されたせいで心拍数が上がり、筋肉が張りつめている。窓際の座席に放り出されたダッフルバッグは、重さがないように感じられた。くそッ、ビビった——。一杯やるしかなさそうだ。強い酒を買っても、あの女性客室乗務員はたぶん文句をいわないだろう。それどころか、酒の相手をしてくれるかもしれない。そのくらいのご褒美《ほうび》があってもいいはずだ、ここまでいろいろ大変だったのだから。

ライアンはダッフルバッグを抱えて膝にのせた。やはり重さが感じられなかった。それもそのはず——中身が入っていない。

ショックが全身を駆けめぐる。ライアンはファスナーを引きあけてバッグに手を突っこみ、つぎの瞬間、底にあいたぎざぎざの穴から飛び出した自分の手を見つめていた。残っていたのはまるめたスポーツソックス二足とボクサーショーツ数枚だけ。どれも黒い粘液まみれでべっとり濡れて、バッグの内側に貼りついている。穴といっても、二重になったナイロン生地がちょっと破れたというレベルではなかった。ぽっかりとまるい大きな穴。まるで生地が溶けたような……というより、齧《かじ》り取られたような。

「くそッ」ライアンは歯を食いしばってうめいた。通路を見ると、前の座席まで点々とガレージセールみたいに荷物がちらばっていた。慌てて通路に出て、そこここで足を止めてはべとべとの衣類を拾い集めていく。ついに手がずっしりしたものをさぐりあて、安堵《あんど》の吐息を漏らしながら急いで拾い上げた。シェービングキットだった。

ライアンの動きを追う視線を感じた。まちがいない、この苦境を笑っているやつがいる。だが、みんな隣席の人間の肩に顔をうずめるか、座席にもたれて口をあけているかで、こっちを向いている顔はひとつもなかった。

エンジンのうなりが低くなり、飛行機が横揺れしているような気がした。通路のカップが機首めがけて転がっていく。もう着陸態勢に入るのだろうか。

やっと以前の座席にたどりついた。ダンとローリはぐっすり眠っていた。盲目の少女がすわっている11Bのあたりは、なにかの液体の池ができていてカーペットがびしょ濡れだった。きっとゲロだと、ゾッとしながらライアンは思った。いや、漏らしたのかも。仮面は通路のどこにもなかった。ということは、避難したとき座席の下に落ちたにちがいない。乱気流でそこから転がっていった可能性もある。つまり、機内のどこにあってもおかしくなかった。とにかくさがしてみるしかない。

盲目の少女の脇に膝をつこうとしたとき、急に飛行機の機首が下がり、ライアンはつんのめりそうになった。とっさに手を上げて頭をかばったのはいいが、アームレストに目をぶつけた。おのれの不器用さに苦笑しながら床に倒れこんだ瞬間、なにかが刺さった。

右膝に激痛が走る。そこに刺さったなにかは、倒れこんだライアンの体重で押されて、膝裏の腱と筋肉のあいだのやわらかい肉まで貫いた。

これまでに経験したことのないような痛みだった。なんとか脚を伸ばそうとすると、膝関節の繊細な構造に押し入ったものが音をたてて折れた。とたんに、全世界が痛みと化した。

ライアンは吼《ほ》えながら膝をかかえて床にうずくまった。何度も何度も悲鳴をあげた。しばらくしてから、ようやく気づいた。なんだかおかしい。こんなに悲鳴をあげているのに、機内の誰からもなんの反応もない。

11Cと11Dの夫婦のほうに手を伸ばしてブランケットを引っぱると、ダンの小説が通路に落ちた。二人の頭がぶつかりあって、ダンが座席テーブルに突っ伏した。左の鼻孔から深紅の筋が流れ出ている。よく見ると、コーヒーマドラーの端っこが突き出していた。ローリがゲップをしたかと思うと、半びらきの口からなにか這い出してきた。赤い影、いや、真っ赤な鮮血だ。

ライアンのゆるんでわななく唇から呻《うめ》きが漏れる。その拍子に右脚に体重がかかって、またしても跳び上がりそうな激痛が走った。右膝に刺さっていたのはナイフだった。ジーンズをそっと引っぱってみると、膝蓋骨《しつがいこつ》のすぐ下の窪みのあたりから白いプラスチックの柄が突き出ているのがわかった。

わかったとたんに吐き気の波にさらわれかけたが、信じがたい気持ちのほうが勝《まさ》り、目を逸らすことができなかった。突き立ったプラスチックのナイフ。膝裏に突き抜けている先端部は、削ったか齧ったかして外科用メスのように尖らせてある。

　ライアンは盲目の少女に向きなおり、祈るような気持ちで揺さぶった。頼むから火災報知器みたいに悲鳴をあげてくれ――。だが、少女はぐらりとアームレストに倒れかかってきただけだった。細長い虚ろな頭がライアンの額にぶつかる。口がぽっかりあいていた。唇をよごす真っ赤な染みは、ライアンがすわりこんでいる床の染みと辻褄が合う。大理石そこのけに冷たい肌。人形みたいにぐったりと力ない四肢。それなのに、少女の震えが伝わってきた。死後もなお咳の発作に苛《さいな》まれているのだ。

　そのとき、少女の口からそいつらが出てきた。苦しげな咳に乗って唇の土手を越え、両膝のあいだに広がるコットンドレスの野原を渡り、横目でこっちを見ながらアームレストをのぼって近づいてきた。

　カミキリムシ、いや、むしろナナフシに近い。細長い胸部に骨張った先細りの脚という作りは、昆虫と爬虫類《はちゅうるい》と両生類からごたまぜに借りてきたみたいに見えた。そして、その体にくっついたおぞましい顔は――いや、顔を覆っているものは……ショロクア族の儀式用仮面のミニチュア版だった。

　いちばんでかいやつでも体高は二十センチもない。だが、アームレストにちょこんと止まってこっちを見下ろすそいつらこそが、ライアンを支配していた。

ライアンは尻をついたままコックピットめざして通路を後ずさった。どこを見てもそいつらがいた。死体の上を這いまわっているやつ。ヘッドレストの向こうから見下ろしているやつ。母親と子供二人——窒息して顔がどす黒く膨れあがっている——の脇を通り過ぎる。ラップトップに突っ伏したビジネスマン——両目の残骸にボールペンが刺さっている——の脇を通り過ぎる。女性客室乗務員——インペリアル・ビールのボトルの首の部分だけが首にできた新しい口から突き出ている——の脇を通り過ぎる。そうやって後ろ向きに移動しつづけるうちに、やっとコックピットの大きくて頑丈な扉に背中がぶつかった。

キャビンの人間は一人残らず死んでしまった。とはいえ、昨今のコックピットの扉は銀行の金庫室にも劣らぬ頑丈さだ。ライアンは扉を両手で思い切り叩きながら叫んだ。殺される前にあけてくれ、みんななにかに殺された、犯人はおれじゃない、おれは無実だ、殺されるような目に遭ういわれはないんだ——

「**みなさま、プラビダ航空をご利用いただきありがとうございました。飛行機が完全に停止するまで、通信用電波を発する電子機器のご利用や、物入れからの手荷物の取り出しは、お控えください……**」

眠たげといってもいいような、なだめるような、安心できる声……録音の声だった。予定ではロサンゼルスに到着するのは一時間後のはずだ。

扉は閉ざされたままだった。扉の向こう側のクルーも死んでしまったのか、それとも、こっち側で起きていることにまったく気づいていないのか。インターホンをさがそうと、ライアンは振り向いた。

座席の下から闇が飛び出して、群れなす軍隊アリみたいにこっちに押し寄せてきた。ライアンはコックピットの扉に飛びついて、ことばにならない悲鳴をあげた。だが、やつらは襲いにきたわけではなかった。

ライアンに仮面を渡そうとしている。仮面が目の前まで運ばれてきて、床に置かれた。

仮面をつけろといっている。

甲高く吼える風のなかで着陸装置が下ろされて、機体が小刻みに揺れた。キャビンはあいかわらず光のない洞窟だったが、ナトリウム灯の薄気味悪いオレンジ色がかったティファナの街の光が、公衆トイレの便器からあふれる水みたいに窓から流れこんできた。

扉に体を押しつけてうずくまっていたライアンの頭に、死ななくていいんだという思いがゆっくりと染みこんでいった。のろのろと仮面を手に取り、今さらのようにこれまでとはちがう目で眺める。こいつは装身具でもお宝でもない。仮面ですらない。

扉だ。

ライアンのせいで流された血が、扉をあけた。ここにいる虫そっくりのやつらに出ていってもらうなら、ふたたび扉をあけるだけのことだ。単純そのもの。受け入れる以外、選択肢はない。

ライアンは仮面を顔に押し当てた。ざらざらと固い裏面に生えた棘《とげ》が、顔を愛撫《あいぶ》する。棘が伸びはじめ、皮膚の下に潜りこんで絡みあう。

やつらがライアンの唇めざして競うように這いのぼってきた。尖った歯の生えた口の狭い隙間から入れるのは一度に一匹。やつらは無数にいた。ライアンの震える体をカサカサとのぼってきては尖った歯の門からするりと入りこんだ。災厄を渇望し、満ち足りることを知らぬやつらが、ぽとぽとと腹のなかに落ちてうずたかく積み重なっていくのが感じられる。冷たく、黒く、無限の新しい世界が内側に広がっていくのが感じられる。

最後の一匹がまだ口のなかに消えないうちに、七二七便は、石だらけの荒野に着陸したのかと思うようなひどい跳ねかたをしてから滑走路で横すべりを始めた。

ようやく機体が回転しながら停止する。キャビンのライトが灯《とも》ったが、搭乗客は誰一人身じろぎもせず、携帯電話の電源を入れる者も頭上の物入れから手荷物を取り出す者もいなかった。ライアンはふらつく脚を踏みしめて立ち上がると、もう一度コックピットの扉を叩いてみた。だが、扉の向こう側で誰がどうなっているにせよ、そちらに閉じこもったままで充分満足しているようだった。

ライアンは乗降扉のラッチを外してハンドルをまわした。地上係員が二人、不審そうな顔を覗き穴に押しつけてガラスを叩いた。ライアンは仮面をつけているのを忘れて二人にほほえみかけ、扉を押しあけた。

事情を説明しようとしたが、係員はライアンが目に入らなかった。二人とも膝をつき、赤い痰《たん》にむせている。ライアンは二人のかたわらをすり抜け、跳ねるようにタラップを駆けおりてひざまずくと、二叉《ふたまた》に裂けた黒い舌で黒い舗装にキスをした。

長い長い放浪だった。……ただいま。

誘拐作戦

ジョン・ヴァーリイ

伊藤典夫 訳

ジョン・ヴァーリイはテキサス州に生まれたのち、全国育英奨学金を与えられてミシガン州立大学に進んだが、巷間つたえられる話によれば、自分が入学できる大学のなかでテキサスからもっとも遠いのがこのミシガン州立大学だったからだという。SF作家のなかにはすばらしいアイデアに恵まれた者もいれば、見事な散文のスタイルをそなえた者もいる。ヴァーリイは両者を兼ねそなえた幸運な作家だ。「誘拐作戦」の初出は一九七七年（それもハーブ・ボームというペンネームでの発表だった。ちなみにこの変名はヴァーリイのミドルネームと母親の旧姓のアナグラムであり、ペンネームをつかったのはアシモフズSF誌のおなじ号に別の作品がヴァーリイ名義で掲載されていたからだ）。この作品はヒューゴー賞とネビュラ賞の両方にノミネートされ、一九八三年には長篇化されて『ミレニアム』となり、一九八九年には映画化された。ひとたび読みはじめたら途中でやめられなくなる中篇だ。さあ、サンセットベルト航空一二八便にご搭乗あそばされよ。この飛行機はマイアミ発ニューヨーク行き。しかし、乗客は意想外の別の目的地へ連れていかれるかもしれない。

（白石 朗 訳）

頭骸骨をビリビリさせる無音の非常信号で、あたしは目をさました。起きなければ信号は止まない。なので起きた。暗い営舎を見まわすと、誘拐チームの隊員がシングルやペアでみんな眠っている。あたしは欠伸《あくび》をし、胸板をかき、ジーンの毛深いわき腹をたたいた。彼はごろんと背中をむけた。ロマンチックな別れのひとときなんて、こんなもの。

目をこすって眠けをふきとばすと、フロアにころがる足を拾い、ストラップでとめ、さしこんだ。つぎの瞬間には、寝台の列のあいだを作戦室へかけだしていた。

薄闇の中に、状況ディスプレイが光っている。サンベルト航空、フライト一二八、マイアミ発ニューヨーク行、一九七九年九月十五日。こういうのを三年間さがしていたのだ。浮かれていいはずだった。けれど起きぬけで、そこまで体力に余裕のある人間がどこにいるだろう？

ライザ・ボストンが声をかけて通りすぎ、メイクへむかった。あたしも声を返し、あとに続いた。並んだ鏡の周囲に明りがついたところで、ものにつかまりながら鏡の一つにたどりつく。うしろから、また三人がよたよたと入ってきた。すわってプラグをさしこむと、やっとよりかかり、目をつむることができた。

それも長くは続かなかった。シャキン！といって上半身が起きたのは、血液のかわりに体内をめぐっているヘドロが、高純度の活力液《ゴー・ジュース》といれかわったためだ。見まわすと、痴呆的な笑いがつぎつぎと返ってきた。ライザがいる、ピンキーがいる、デイヴがいる。奥の壁ぎわでは、クリスタベルがもうエアブラシの前でゆっくりと体をまわし、コーカソイドの上塗りにとりかかっていた。今度もいいチームみたい。

あたしは引出しをあけ、顔の下ごしらえを始めた。メイクのスケールは毎回大きくなってくる。輸血をしてもしなくても、顔は死神のようだった。右の耳は今では完全に欠け落ちている。もう唇も満足にしまらない。歯ぐきがまる見えだ。一週間前には、眠っているうちに指を一本落してしまった。そういえば、あんたなんかどう？

ぺたぺたやっていると、鏡をとりまくスクリーンの一つが明るくなった。笑顔の若い女が現われた。ブロンド、秀でた額、丸顔。けっこう似ている。虫のはったような文字はこう読めた。メアリ・カトリーナ・ソンダーガード、出生地ニュージャージー州トレントン、一九七九年の年齢二十五歳。ベイビ、きょうはツイてるじゃない。

コンピューターが彼女の顔から肉を溶かして骨格構造を見せ、四分の一回転させて、断面図を映しだした。あたしは自分の頭骨と似ている個所を検討し、違いを記憶にとどめた。わるくない。今までの何人かに比べれば、はるかにマシ。

部分義歯のセットを見つくろって、上顎《じょうがく》門歯のところにある小さな隙間を埋める。頰はパテでふくらませた。コンタクトレンズがディスペンサーからころがり出たので、目にはめこむ。鼻栓が鼻孔を押しひろげた。耳のことは考えなくていい。かつらが隠してくれる。無表情な人工皮膚マスクを顔にかぶったところで、しばらく休憩。マスクを顔になじませた。型にぴったり流れこむのに一分しかかからなかった。鏡の中のあたしにほほえむ。唇があるってすばらしい。

　機械の受渡し口からカタンと音がして、ブロンドのかつらとピンクの服装一式が膝の上にころがった。かつらは整髪機から出てきたばかりでまだ熱い。かつらをかぶり、つぎにパンティストッキングをはく。

「マンディ？　ソンダーガードのプロフィールはのみこんだ？」あたしは目を上げなかった。聞いただけで声はわかる。

「完了《ロジャー》」

「空港近くで見つけたわ。離陸の前に送りこむからね。今度はあなたがジョーカー」

　あたしはひと声うめいて、スクリーンの顔を見上げた。作戦チーム指揮官エルフリーダ・ボルティモア＝ルイヴィル。生気のない顔、目にあたるところには二つの細い切れ目。筋肉の萎《な》えた顔をほかにどんなふうにできると思う？

「オーケイ」与えられたものは受けいれる。

　エルフリーダはスイッチを切った。それから二分間は、いくつものスクリーンに目をやりながら、服を着るのに忙殺された。乗員メンバーの顔と名前、その他彼らについてわかっている事実をいくつか頭にたたきこむ。そして部屋からとびだすと、仲間に追いついた。最初の信号がはいってからの経過時間、十二分と七秒。そろそろ動きだしたほうがいい。

「くたばれサンベルト」クリスタベルが口の中でののしり、ブラをずりあげる。
「でもハイヒールが廃《すた》れただけいいさ」デイヴがなぐさめる。一年前なら、三インチのプラットフォームにのっかって通路をぐらぐら歩いていたところだろう。全員が丈の短いピンクのシフトドレス。ドレスの前は、ブルーと白のぶっちがいのストライプで、おそろいのショルダーバッグをさげている。不格好な縁なしのキャップをピンで留めるのに、あたしはひと苦労した。

照明をおとした作戦統制室へかけ足ではいり、ゲートの前に整列する。もう事態はあたしたちの手から離れている。ゲートの準備ができるまで、ただひたすら待つだけだ。

あたしが先頭だった。転移口まで歩いて二、三歩のところ。顔をそむけたのは、のぞくとめまいがするからだ。かわりに、コンソールの前にすわる小鬼たちに目をこらした。みんな、スクリーンが投げる黄色い光に染まっている。ふりかえって、こちらを見る者はなかった。あたしたちがあまり好きではないのだ。あたしだって連中は好きではない。やせ細り、しなびた体、ひとり残らず。あたしたちのふっくらした足や胸や尻は、彼らをいっそうみじめにさせるだけ。仮装パーティでドジをふまないためとはいえ、誘拐部隊員が彼らの五倍もの糧食にありついている事実を思い知らせるだけなのだ。そのあいだも、あたしたちは腐ってゆく。いつかある日、あたしもあのコンソールの前にすわるだろう。コンソールに作りつけにされる日が来るだろう。はらわたはみんなおもてに並び、悪臭のほかには、あたしの体は何も残らない。くそくらえ。

ティッシュや口紅がごちゃごちゃ入ったバッグの奥に、あたしは銃を押しこんだ。エルフリーダがこちらを見ていた。

「ソンダーガードはどこですか？」と、あたし。

「モテルの部屋だよ。夜の十時から、フライトの日の正午までひとりだった」

出発時刻は一時十五分。ぎりぎりに時間を見積っているので急ぐだろう。けっこう。

「バスルームでおさえることができますか？　浴槽にいるときが最高なんだけど」

「そのつもりでやってるよ」エルフリーダは死んだ唇のあいだに指先を入れ、口角を上げて微笑をこしらえた。あたしが仕事に目がないのは知っている。ただ、その場になったら、状況をあるがままに受けいれるしかないと言っているのだ。といっても、たずねて損はしない。人間は水から首だけ出して体をのばしているときが、いちばん無防備なのだから。

「よし、行け！」というエルフリーダの叫びを合図に、通りぬける。とたんに何もかもが狂いだした。

あたしは逆方向を向いていた。バスルームのドアから踏みだし、ベッドルームを見ていたのだ。ふりかえり、ゲートの靄《もや》のむこうにメアリ・カトリーナ・ソンダーガードを見つけた。ゲートをもう一度通りぬける以外に、彼女のところに行く方法はない。銃を撃てば、むこう側のだれかにあたってしまう。

ソンダーガードは鏡の前にいた。考えられる最悪の場所だ。自分をすぐさま見分けられる人間はほんとに少ない。けれどソンダーガードが見ているのは、鏡の中の自分だった。彼女はあたしに気づいて目をむいた。あたしは横に身をすべらせ、あちらさんの視界から消えた。「どうしてここに……ねえ、ちょっと？　だれなの、いったい――？」その声を頭に刻みつける。ちゃんと覚えておかないと、いちばんヤバいところ。

恐怖よりも好奇心が先に立つはずだった。予想はあたった。ソンダーガードはバスルームを出ると、ゲートなどまるで存在しないかのように、そこを通りぬけた。もちろん、ゲートは存在しない。それが機能するのは片面だけなのだから、彼女は体にタオルを巻いていた。「どういうことなのよ、これ！　あたしの部屋で何を――」こういうときには言葉は得てして続かなくなる。なにか言ったほうがよいとはわかっているのだけれど、何と言えばよいのか？（あの、失礼ですけど、いまあなたを鏡の中で見かけなかったかしら？）

あたしは取っておきのスチュワーデスの笑みをうかべ、手をさしだした。

「お邪魔してごめんなさい。説明すれば何ということないんです。ほら、あたしね――」頭を横からはりとばす。ソンダーガードはよろめき、したたかに体を打ちつけた。タオルがフロアに落ちた。「――バイトしないと大学に通えないものだから」起きあがろうとするので、人工膝であごに一撃を入れる。それで、おとなしくなった。

「スタンダードくそったれオイル！」息だけでつぶやき、痛めた拳《こぶし》をさする。けれど、そんなことをしている時間はないのだった。彼女のそばに膝をつき、脈を調べる。べつに異状はなさそう。前歯を二、三本ゆるめたぐらい。つかのま、あたしは見とれていた。ああ、メーキャップも充塡物《じゅうてんぶつ》もなしに、こんな顔かたちをしてられるなんて！　胸がはりさけそうだった。

女の両膝をうしろから持ちあげて、組んずほぐれつゲートへ運ぶ。ぐんにゃりしたヌードルの大袋をかかえているみたい。だれかの手がのびて女の足をつかまえ、引きずりこんだ。

（じゃあね、いい子ちゃん！　これからの長い旅はお気に召すかしら？）

モテルのベッドにすわって息をととのえる。彼女のバッグをのぞくと、車のキーとタバコがあった。本物のタバコだ。同じ重さの血の値打に等しい。自分の時間がまだ五分あることを考えて、あたしは六本に火をつけた。あまい煙が部屋の中に満ちわたる。あたしの世界では、こんなふうにはもう誰も作らない。

ハーツのセダンのレンタカーが、モテルの駐車場にとまっていた。あたしは乗りこみ、空港をめざした。炭化水素をたっぷり含んだ空気を思いきり吸いこむ。何百ヤードもの彼方《かなた》まで見通せる。めまいがするくらいのパースペクティブ。けれど、この瞬間のためにあたしは生きているのだ。前メカ時代がどんなふうか、説明するのは不可能。太陽は、靄のむこうにある強烈な黄色の光球だ。

ほかのスチュワーデスたちも乗りこむところだった。ソンダーガードと顔見知りのものもいそうなので、宿酔《ふつかよ》いのふりをして口数を減らした。首尾は上々。訳知りな笑いと皮肉なささやき声がおこる。どうやらそんなに外れた役まわりでもないらしい。スチュワーデスの707への乗りこみが終り、あとは身代りの到着を待つばかりとなった。

ことは調子よく運んでいる。むこう側の遊撃隊員四人は、今のあたしの同僚とみんな瓜《うり》二つに変装している。出発の時間までスチュワーデスでいる以外にすることはない。小さなミスがこれ以上ありませんように。ジョーカーがモテルの部屋にとびこむとき、ゲートが逆向きになっているぐらいなら、まだいい。けれど高度二万フィートの707では……

ピンキーと入れかわる女が前部ドアをしめるころには、機内はほぼ満員だった。機は滑走路の終りまで走って宙に浮かんだ。あたしはまず飲物のオーダーをとりはじめた。

獲物は、一九七九年としては例のとおりの顔ぶれだった。太っちょで厚かましく、みんな、海にいる魚みたいに自分たちが楽園に生きていることに気づいてもいない。（みなさん、未来への旅はいかがですか？　え、いやだ？　それはそうでしょう。でも、こうお話したらどうかしら？　この機があと――）

巡航高度にのぼったあたりで、あたしの腕がピコピコ鳴りだした。女もののブローバの下に隠れた表示器をチェックして、トイレのドアの一つに目をやる。機体に震動が走った。

（何やってんだろ、早すぎる）

ゲートはその中だ。あたしはあわてて走りでると、ダイアナ・グリースン――デイヴの身代り――に、前部に来いと合図した。

「ちょっとこれ見てよ」と、うんざりした顔であたし。彼女はトイレにはいりかけ、緑の光に気づいて動きをとめた。そのお尻にブーツの片足をつきつけて、ひと押し。お見事。デイヴはとびこむ前、彼女の声を聞くチャンスがあるだろう。もっとも、まわりを見たら最後、悲鳴しか出てこないだろうけれど……

デイヴが、頭にのせたおかしなキャップを整えながら、ゲートを抜けて現われた。ダイアナが抵抗したにちがいない。

「うんざりした顔をして」と、あたしがささやく。

「ひどいもんだわね」と彼はいってトイレを出た。アクセントが抜けているけれど、ダイアナの口調をうまくまねている。それもすぐに問題ではなくなる。

「どうしたの？」エコノミー・クラスのスチュワーデスのひとりだ。両わきにさがって彼女に中を見せ、デイヴが押しこむ。とたんにピンキーがぴょんととびだした。

「分単位でマイナスよ」とピンキー。「むこうで五分ロスがあったの」

「五分？」デイヴ／ダイアナが金切り声をあげる。あたしも同じ気持だった。乗客百三人を処理しなければならないのだ。

「そうなの。あたしの身代りがころがりこんだあとで、コンタクトが切れちゃったのよ。再調節するのにかかった時間がちょうどそれだけ」

これはだんだん慣れる。ゲートの両側では、時間の流れは、過去から未来へ連続してというところまでは同じだけれど、速さがちがうのだ。いったんあたしがソンダーガードの部屋にはいって誘拐作戦が動きだしたら、どちら側もそれ以前の時間にもどることはできない。ここ一九七九年では、あたしたちはかっきり九十四分ですべてを終えなければならない。むこう側では、ゲートを維持できるのは三時間までなのだ。

「あなたが出たとき、非常信号が鳴ってから何分たっていた？」

「二十八分」

いい感じとはいえない。ウインプ連中の用意をすませるだけで最低二時間はかかるだろう。七九年時間にこれ以上ずれこみがないと仮定すれば、なんとか成功するかも。けれど、ずれこみは必ずあるものだ。巻きこまれたらと思ったとたん、ぞくっと身震いが走った。

「じゃ、もうゲームをしてる余裕はないわね」と、あたし。「ピンク、エコノミーへ行って、あと二人の女の子を呼んできて。一度にひとりずつ来るようにって、ちょっと問題があるからって。いつもの手よ」

「涙を必死にこらえてというやつね。わかった」ピンキーが後部に走る。たいした時間をおかず、第一号が現われた。サンベルト航空仕込みの愛想笑いが顔に焼きつけられている。けれど胃袋のほうはでんぐりかえっているだろう。（そう、待ってました！）

相手の腕をとり、前部のカーテンのうしろに引きずりこむ。荒い息をしている。

「ミステリー・ゾーンにようこそ」いうなり、銃を頭にたたきつける。ぐんにゃりするところを、あたしが抱きとめた。ピンキーとデイヴの手を借りてゲートに放りこむ。

「くそっ！　チカチカが始まってる」

ピンキーのいうとおりだった。不吉な前兆。けれど見守るうちに緑の光はまた安定した。むこう側のずれこみ具合はどれくらいだろう？　クリスタベルがひょいとすりぬけてきた。

「あちら、プラス三十三分よ」と彼女。みんな考えていることは同じだけれど、しゃべって時間をつぶしているひまはない。事態は悪化しているのだ。

「エコノミーへもどって」と、あたし。「気丈そうに、みんなにほほえみかけて。ただ、ちょっとオーバーにやること、いいわね？」

「チェック」とクリスタベル。

残ったひとりは、騒ぎもなく、すぐにけりがついた。そのときには、おしゃべりの時間はなくなっていた。今から八十九分後には、こちらの仕事がすんでいるかどうかに関わりなく、フライト一二八はばらばらになって山腹にちらばっているのだ。

残りのフライト・クルーに邪魔をさせないため、デイヴがコックピットにはいった。あたしとピンキーの受持ちはファースト・クラスで、終りしだいエコノミーにいるクリスタベルとライザの応援にかけつけるという仕組み。こちらのスピードと客の鈍さを信頼して、あたしたちはありきたりの「コーヒー、紅茶、それともミルク」方式をとることにした。

左側、最初の二つのシートにかがみこむ。

「フライトお楽しみいただいてますか？」プシュ、プシュ。引金を二回しぼって、ほかの客からは見えないところ、頭の近くへ。

「ハーイ。あたしマンディです。何でもどうぞ」プシュ、プシュ。

調理室のほうに少し行ったあたりで、ふしぎそうにこちらを見ている顔が二つ三つ。けれど人間というのは、ことがかなり進んでからでないと騒ぎださないものだ。うしろの列にいた客がひとり立ちあがったので、一発くらわせた。これで目ざめているのは、残り八人。あたしは笑顔を消し、手早く四人をしとめた。残りはピンキーがかたづけた。急いでカーテンをくぐったときには、危いところだった。

ツーリスト・クラスの乗客は、もう六十パーセントがかたづいて、うしろのほうではひと騒動が始まっていた。クリスタベルの目くばせに、あたしはうなずいた。

「ようし、みんな」クリスタベルがどなる。「静かにするんだよ。おとなしく聞きな。そこのおまえだよ、低能、あたしにケツをぶっとばされないうちに黙ったほうが身のためだよ」

スチュワーデスがそんなふうにしゃべるのを聞いたショックだけで、ちょっとした時間稼ぎにはなる。あたしたちは機体の幅いっぱいに散兵線を作り、シートで体を支え、うろたえ固まりあう三十人の乗客に銃の狙いをつけた。

銃を見せれば、よほどの向こう見ずでないかぎり、人はみんな震えあがる。標準タイプの麻痺銃《まひじゅう》は、本体だけをとれば、プラスチックの棒の両側に六インチ離れて二つのグリッドがついているだけだ。金属部分はごく少ないのでハイジャック警報は作動しない。また石器時代の人間が二一九〇年ごろの武器に対するようなもので、見た目には、それはボールペンほどの危険性もない。だから器材部では、そいつにプラスチックの外装をほどこして、バック・ロジャース風の本物のブラスターに見せかけていた。豚の鼻づらみたいな銃身のまわりに、つまみやチカチカひかる電球が十かそこらついている。これに立ちむかうバカはいない。

「この機は今ものすごく危険な状態にあるのよ。時間はないの。みんな、こちらのいうとおりに動くこと。でなければ命の保証はしないからね」

考える時間を与えてはダメ。天の声としての自分の地位に、絶対の信頼をおかなくてはならない。いくら説明しようと、この状況は連中の理解を絶したことなのだから。

「ちょっと待ってください、きみたちは義務として――」

どの機にもひとりぐらいは有識者ぶったお節介やきがいる。とっさの判断で、あたしは銃の花火スイッチを押し、発射した。

痔《じ》持ちの空飛ぶ円盤みたいな音がして、銃口から火花と小さな噴射炎がとび、グリーンのレーザー光が男のひたいを射た。男が昏倒する。

もちろん、はったり。けれど見た目は強烈だ。

またリスクも大きい。いまの低能が客をあおりたてて起すパニックと、銃の閃光《せんこう》を見て起るかもしれないパニックとの二者択一に賭けたのだ。ただし、客が二十人ぐらいも「権利」とか「義務」とかわめきだしたら、もうあたしたちの手には負えない。こういうものは伝染しやすいのだ。

　賭けはよいほうに出た。悲鳴があがり、客たちはシートのかげに伏せる。けれど混乱はない。あたしたちだけで、なんとかできそう。だが誘拐作戦を最後までやりとげるとすれば、何人か起きている客が必要だった。

「立ちなさい。立つんだよ、ぐうたらども！」クリスタベルが叫ぶ。「こいつは気を失ってるだけさ、死んじゃいない。だけど、こんど問題をおこすのがいたら殺すからね。さあ、みんな、ちゃんと立って、あたしの言うとおりにしな。子供が最初だよ！　早く、できるだけ急いで、飛行機の前のほうに。スチュワーデスのお姉さんのいうとおりにするんだよ。ほら、チビども、動いて！」

　子供たちの先頭に立ってファースト・クラスにかけもどる。ひらいたトイレの前でふりむくと、あたしは膝をついた。

　みんな、すくみあがっている。子供は五人。ファースト・クラスの失神した客を右、左に見てつまずき、パニックにおちいりかけている。泣いているのもいた。これがあたしはヨワい。いつも胸がつまってしまうのだ。

「おいでなさい、みんな」とっておきの微笑をうかべて呼びかける。「お父さんお母さんもすぐに追いつくわ。なんにも恐いことなんかないのよ。だいじょうぶ。さあ、早く」

三人が通りぬけた。四人目の女の子がしりごみした。ドアから入らないと決心をかためたらしい。両手両足をひろげるので、押しこむことができない。あたしは子供は絶対にながらないことにしている。おかげで顔を爪で引っ掻《か》かれてしまった。かつらがとれ、下から出てきたつるっ禿《ぱげ》の頭を見て、子供はポカンと口をあけた。その隙に押しこんだ。

五人目は通路にうずくまり、わめいていた。としは七つぐらいだろう。かけもどり、男の子をつまみあげると、抱きかかえ、キスを一つして放りこんだ。ああ、ちょっと休んだほうがいい。けれどエコノミーには、まだ仕事が残っている。

「あんた、あんた、あんた、それからあんた。そうね、あんたも。その男に手を貸してやって」ピンキーは、生きていて何のためにも――自分自身のためにも――ならない人間を見分ける熟練した目を持っている。あたしたちは選んだ客を前のほうに誘導すると、つぎに機の左側に散開して、作業の監視についた。こづいて仕事につかせるのに大して時間はかからなかった。失神した客たちをなるべく早く前部に運ぶのだ。あたしとクリスタベルがエコノミーのほうで見張り、残りが前のほうに立った。

アドレナリンが体内でどんどん分解されてゆく。あくせくした行動がいったんおさまると、疲れがどっと襲った。そこには、何も知らないバカな犠牲《いけにえ》たちへの同情の念もまじっていた。作戦がこの段階にさしかかると、いつもそうなのだ。それはもちろん、連中は今までおもしろおかしく暮してきた。この機から脱出しないかぎり、死ぬこともたしかなのだ。けれど、むこう側で見る世界は、彼らにとって信じることもできない過酷なものだろう。

運び屋が二回目の荷上げにもどってきた。変てこな光景をみて呆然《ぼうぜん》としている。空いているときでも狭い小部屋に、何人もの人間が送りこまれるのだ。学生がひとり、みぞおちに一発くらわされたような顔をしていた。彼は立ちどまると、懇願する目つきになった。

「あのう、ぼくはお手伝いはしますよ。お手伝いしたいんです。ただ……どういうことなんですか？　これは新式の救助法か何かなんですか？　もし、ぼくらが墜落——」

あたしは銃のスイッチを軽い打撲に切りかえ、相手の頬をひと払いした。学生はうめき、のけぞった。

「よけいな口はきかないこと。動きな。でないと殺すよ」顎をがたがたにしてやったので、これであと何時間かはバカな質問をしなくなる。

エコノミーをきれいに片づけ、前に移動する。そのころには、運び屋のうち二人はへとへとになっていた。みんな筋肉は馬みたいだけれど、とても階段をかけあがる体力はない。あたしたちは一部をむこう側に送った。解放した中には、少なくとも五十にはなっていると思われる夫婦が一組まじっていた。それにしてもだよ。五十だって！　残るは頑丈そうな男四人と女二人。これはぶっ倒れるまでこき使った。が、二十五分後には、客の処理はみんな終っていた。

回復パックがとどいたのは、服を脱ぎ捨てているときだった。クリスタベルがコックピットのドアをたたくと、デイヴが現われた。もう裸になっている。不吉な予感。

「眠らせたよ」とデイヴ。「血だらけの機長が、機内を総点検するといっておさまらないんだ。手は尽したんだが」

それもやむをえないときもある。今ごろには機はふつう自動パイロットになっている。けれど、もし誰かが機体によけいなちょっかいを出し、定められた事件の経過をわずかでも狂わせるようなことがあったら、それで終り。すべては無駄になって、フライト一二八はあたしたちの手のとどかないところに永久に消えてしまうのだ。あたしは時間理論のむずかしいことは知らない。ただ実務面は知っている。あたしたちが過去のできごとに介入できるのは、介入して何の変化も生じない時間と場所だけに限られる。証拠が残ってはならないからだ。ただし、これには多少の柔軟性があって、あるとき隊員が銃をおき忘れ、機といっしょに落ちたことがあった。けっきょく誰にも見つからなかったが、かりに見つかったとしても、過去の人間にはその用途はちんぷんかんぷんだったろう。だから、その点で何の心配もないわけだ。

フライト一二八の墜落は機械の故障によるものだった。こういうのが最高。つまり、地上レベルまでパイロットに機内の状況を気づかせないでおくという手間が省ける、ということ。気絶させ、そのまま機を飛ばしておいてもよい。機体と乗客を救おうにも、最初からすべてが手遅れだからだ。これがパイロットの失策による墜落となると、誘拐はほぼ不可能になる。あたしたちの仕事は、爆弾とか構造的欠陥とか、高空の事故のときに多い。もし生存者がひとりでもいたら、もう手は出せない。時空構造にぴったりおさまらなくなるからで、この修復は不可能（多少の伸び縮みはきくけれど）。こういうときには、あたしたちはただ姿を消し、待機室に再集合する。

頭がひどく痛い。無性に回復パックがほしいだけだった。

「707の経験がいちばんあるのは誰？」ピンキーだった。あたしはピンキーをコックピットに送り、デイヴをいっしょに行かせた。彼ならコントロール・タワー向けのパイロットの声をまねられるからだ。フライト・レコーダーにも疑いの持たれない記録を残さなければならない。二人はパックから長いチューブを引きずっている。残りはパックのそばに体をつないだ。そのまま、あたしたちは立っていた。みんな、口にはタバコをひとつかみもくわえている。残らず吸ってしまいたいのだが、その時間がないことをも願っている。着ていたものとフライト・クルーを送りこむとまもなく、ゲートが消失してしまったからだ。

けれど心配もそう長くは続かなかった。誘拐作戦にはいろいろ楽しいことがあるが、回復パックにさしこんだときの快感に匹敵するものはない。目がさめたときの輸血は、酸素と糖をたっぷり含んだ、新鮮な血液以外の何ものでもない。ところが、今あたしたちが取りこんでいるのは、濃縮アドレナリン、過飽和ヘモグロビン、メシドリン、安ウイスキー、TNT、キカプー天国水《ジョイ・ジュース》の気ちがいじみた混合物なのだ。心臓に爆竹がとびこんだみたい。カリカリしているところへ一発うちこまれたみたい。

「胸毛が生えてきたよ」クリスタベルが厳粛にいう。みんな、くすくす笑い。

「ちょっと、あたしの目玉ひろってくれない？」

「赤いのかい、青いのかい？」

「あたし、ケツが落っこっちゃった」

むかし聞いた台詞《せりふ》ばかり。でも、みんな笑いころげた。あたしたちはたくましいのだ。強い、いのだ。その黄金のひととき、あたしたちには不安も心配もなかった。目にはいる何もかもが、おかしくてたまらない。まつげのひとはたきでシート・メタルも引き裂けそうだった。

けれど翔《と》んでいるのはクスリのせいだ。それでもゲートが現われず、まだ現われず、いつまで待っても現われないとなると、あたしたちはうろたえはじめた。機もこれから先そんなに長くは飛んでいない。

と、ゲートが現われ、あたしたちは生き返った。ウインプ第一号が運びこまれた。姿かたちを似せるため、乗客からはぎとった服を着ている。

「上では二時間三十五分経過」クリスタベルが告げる。

「たいへん」

気の滅入る単純労働が始まる。ウインプが肩にかける固定枠をつかみ、通路を引きずってゆくのだ。そのときウインプのおでこに塗ったシートナンバーの確認を忘れない。ペンキは三分たつと消える。ウインプをシートにすわらせ、ベルトをしめると、固定枠をはずし、持って帰ってゲートに投げこみ、つぎのウインプを受けとる。偽装に手抜かりがないかは、あちらの仕事を信頼するしかない。歯はちゃんと埋めこんだだろうか、指紋は、身長と体重は、そして髪の色は？　こういったことは、たいていそれほど問題にはならない。フライト一二八の場合には特にそうで、これは墜落炎上のケースなのだ。肉や着衣のかけらはとぶが、それもみんなカリカリに焼けこげている。けれど危険はおかせない。救助隊員の捜索は徹底的なものだろう。歯と指紋はことに重要だ。

あたしはウインプが嫌い。見るのもいやだ。固定枠をつかむたびに、もしそれが子供なら、アリスだろうかと考えてしまう。（あんた、あたしの生んだ子かしら？　このナメクジ、芋《いも》虫《むし》、植物人間）自分の生んだ赤んぼうが病毒に脳を食い荒されているとわかったとき、あたしは誘拐部隊にはいった。アリスが最後の世代になると考えることに耐えられなかったのだ。最後の人類は、頭がからっぽのまま生き残る。といっても、一九七九年にすでに一般化していた医学基準からすれば、死んでいるも同然で、コンピューターのおかげで筋肉が発達しているだけ。かりに自分は満足に成長したとする。受胎能力を持って思春期に達し――それも千に一つの確率だけれど――恋心の芽ばえと同時に、あわてて妊娠する。ところが、そこで気づくのは、パパ、ママいずれかの慢性疾患が遺伝子に受けつがれていたという事実だ。生まれる子供にも免疫はない。擬似レプラぐらいは、あたしだって知っていた。大きくなるにつれて、足の先がどんどん腐ってゆくのだから。けれど、このショックはあたしには大きすぎた。あなたならどうする？

ウインプのうち、人並みの顔を持って生まれるのは十人に一人。専門家の検視に耐える新しい顔を作るには、時間とかなりの熟練が要る。あとはみんな、どこかしら崩れて生まれてくる。そんなのが何百万もいるのだ。似合いの体を見つけるのに苦労はなかった。かつぎこまれるとき、ウインプたちはまだたいてい息をしている。とめることも知らないのだ、墜落するまでは。

機が激しく震動した。腕時計を見る。インパクトまであと五分。なんとか切り抜けられそう。あたしは最後のウインプにとりかかっていた。デイヴが興奮した声で地上を呼んでいる。ゲートから爆弾が運びこまれた。コックピットに投げこむ。ピンキーが爆弾の気圧センターのスイッチを入れ、とびだしてきた。デイヴがあとに続いている。ライザはもうむこう側だ。あたしはスチュワーデス姿のぐんにゃりしたウインプをつかむと、フロアにころがした。エンジンが落下し、かけらの一つがキャビンをつきぬけた。気圧がさがりはじめる。爆弾がコックピットの一部を吹きとばしたところで（調査団は、エンジンの一部が機体をつきぬけたので、フライト・クルーが死んだと解釈するだろう——そう願いたい。フライト・レコーダーに以後パイロットの声がないのも、それが理由になる）、あたしたちはゆっくり左に曲った。機の横腹にあいた穴に体が引きよせられそうになる。あたしはかろうじてシートにつかまった。クリスタベルはそれほど運がよくなかった。後部に吹きとばされてゆく。

スピードがゆるむにつれて、機体がわずかに浮かびはじめた。ふいにフロアが傾き、クリスタベルの寝ている方向が上になった。ひたいには血がにじんでいる。あたしはふりかえった。だれもいない。ピンクの服を着たウインプ三人が、フロアに折り重なっているだけ。機が失速し、落下を始めると、足がフロアから離れた。

「おいで、ベル！」と叫ぶ。ゲートはうしろ、わずか三フィートのところにある。けれど、あたしはクリスタベルの浮かんでいるところにじりじりと這い進んだ。ドカンと衝撃があり、彼女がフロアにぶつかる。信じられないことに、それで気がついたらしい。クリスタベルはこちらに泳ぎだした。その手をつかんだ直後、フロアがまた持ちあがって、あたしたちをはねとばした。死の苦悶《くもん》にのたうつ旅客機の中で、あたしたちは這った。ようやくドアにたどりつく。ゲートは消えていた。

何をいっても仕方がない。あたしたちは墜落するのだ。一直線に飛ぶ機の中にゲートを作るのだって、十分にむずかしい。ましてや、きりもみ状態にはいり、分解を始めたら、計算は途方もないものになる。少なくとも、そう聞いている。

あたしはクリスタベルを抱き、血の流れる彼女の頭を両手で支えた。クリスタベルはふらふらだったけれど、ほほえみ、肩をすくめた。物事はあるがままに受けいれる。急いでトイレに泳ぎいると、二人の体をフロアにおろした。そこから前の方の隔壁へ。クリスタベルを両足のあいだにはさみ、じりじりと前部に這ってゆく。ちょうど訓練のときと同じように。もう一方の壁に二人の両足がついた。あたしはクリスタベルをしっかりと抱きしめ、その肩で泣いた。

　すると、そこにあったのだ。左側にグリーンの光が。その光めざして身を投げる。クリスタベルを引きずりながら、体を低くして。するとゲートから二人のウインプがさかさまに投げこまれ、あたしたちの頭の上を通りすぎた。手がのびて、あたしたちを引っぱりこむ。フロアをたっぷり五ヤードはひっかいてきたようだった。なんなら片足ぐらい置いてきてもいいんだけれど、あいにく余分な足はない。

　起きあがるころには、クリスタベルを医務室へ運ぶ用意ができていた。ストレッチャーに乗せられている。励まそうとその腕をたたいたけれど、もう気を失っていた。あたしだって気を失って少しもおかしくないだろう。

　しばらくのあいだ、今までのできごとがまるで夢のようだった。ときには、ほんとに夢になってしまうことがある。帰ったとたん、保護区画にいる乗客たちが、みんな空気に溶けこむようにふっと消えてしまうのだ。いちどきに生じる歴史改変とパラドックスを、時空世界が受けいれきれないらしい。あれだけ骨を折って救出した人間たちは、カロライナかどこかの山腹にトマト・ケチャップ料理みたいにぶちまけられ、あとに残るのは用なしのウインプ集団と、へとへとの誘拐チームだけ。けれど、こんどは違った。保護区画には、かたまりあう乗客たちの姿が見えた。みんな裸。すっかり途方に暮れている。おそろしさをやっと感じはじめたようす。

エルフリーダの手がのびて、通りすぎるあたしにふれた。エルフリーダがうなずく。限られた仕草のレパートリイの一つで、よくやったという意味だ。あたしは肩をすくめた。どうでもいい気分だったけれど、余分なアドレナリンが体内に残っていたのだろう、気がつくと笑顔になっていた。あたしはうなずき返した。

ジーンは保護区画のそばで待っていた。かけより、抱きつく。血の中にまた活力がよみがえってくる。(いいや、配給を少しちょろまかして、ここは二人で楽しもう)

だれかが保護区画の殺菌ガラス壁をたたいている。女は叫び、怒りのことばをあたしたちに投げつける。(なぜ? これはどういうことなの?) メアリ・ソンダーガードだ。禿頭、片足の双子のかたわれに泣きつき、なんとか事情を察してもらいたい表情。悩みがあるとでもいわんばかりに。それにしても、なんてきれいなんだろう。あたしは心の底からこの女が憎らしいと思った。

ジーンがあたしを壁からひきはなした。両手が痛い。壁をひっかきもしないうちに、模造爪を握りつぶしていたのだ。彼女は今フロアにうずくまり、泣きじゃくっている。おもてのスピーカーから、説明係将校の声が聞えてくる。

「……ケンタウリ3は居住に適した環境で、気候は地球と似ております。ということは、みなさんの地球の意味。変化をこうむった後世の地球ではありません。こちらは後ほどごらんに入れましょう。旅にかかる年月は、船時間で五年。惑星の重力圏内に到達のさい、各人に馬一頭、鋤《すき》一本、斧《おの》三丁、穀類の種二百キロが……」

あたしはジーンの肩にもたれかかった。今この瞬間、連中は不幸のどん底にいるのかもしれない。でも、あたしたちよりどれだけマシなことか。あたしは、あと生きて十年。そのうち半分は、身動きならない状態で過す。彼らはあたしたちの最良の、そしてもっとも輝かしい希望なのだ。未来は彼らの肩にかかっている。

「……強制はされません。くりかえし申し上げたいのは、われわれの干渉がなかったなら、みなさん全員が即死であったということです。しかしながら、これだけはお話しておきます。みなさんには、こちらの空気は呼吸できません。地球に残っても、この建物から出ることはできません。みなさんの体質はわれわれとは異なるからです。われわれは遺伝子操作の乱用、たび重なった突然変異の産物です。われわれはたしかに生き残りましたが、敵も同時に進化してきたのです。今では敵側が優位に立っています。しかしながら、われわれのかかっている病気が、みなさんに感染することは……」

あたしは耐えきれず、背をむけた。

「……反面、移住を希望されるなら、みなさんには新しい人生のチャンスが与えられます。

もちろん、容易なことではないでしょう。しかし、みなさんはアメリカ人として、ご自分の血の中に流れるパイオニア精神を忘れてはいないはずです。みなさんの祖先は生きのびてきました。みなさんも生きのびると信じます。これはかけがえない体験となって、みなさんの……」

そのとおり。ジーンとあたしは顔を見あわせて笑った。(こういうのはどうかな、みんな。あと二、三日のうちに、あんたたちの五パーセントは神経衰弱で倒れ、出発できなくなるんだよ。それと同じくらいの数が、ここや旅の途中で自殺もするだろう。むこうに着いたとしても、最初の三年で六十から七十パーセントが死亡。お産で死に、動物に食われ、赤んぼう三人のうち二人は、生まれてすぐ葬式。雨が降らなければ、飢え死がゆっくり迫ってくる。かりに命あったとしても、夜明けから日暮れまで畑を耕して、背中の痛みにのたうつことになるのさ。新しい地球は天国だよ、みんな!)

ああ、あたしもいっしょに行けたら。

解放

ジョー・ヒル

白石朗 訳

ジョー・ヒルはおおよそ二十年前に、短篇「うちよりここのほうが」で小説家としてデビューし、二〇〇七年には長篇第一作『ハートシェイプト・ボックス』を刊行した。それ以来、いずれも高く評価された三冊の長篇と中篇集（『怪奇日和』）、数十篇の短篇（その多くは短篇集『20世紀の幽霊たち』に収録されている）を発表、さらにその道の賞を受賞したグラフィックノヴェル・シリーズ『ロック&キー』の原作も手がけている。そしてジョー・ヒルは本アンソロジーの編者の息子であり、当編者は両者の関係にこのうえない誇りを感じている。ここに収録した作品は当アンソロジーのための書きおろしであり、ジョー・ヒルの作品中でも屈指の不気味さをはらんでいる。この作品が現実にならないことをみんなで祈ろうではないか。

（白石　朗　訳）

グレッグ・ホルダー（ビジネスクラス）

　ホルダーが三杯めのスコッチを飲み、隣席に有名人の女性がすわっているにもかかわらず冷静にふるまっているそのとき、キャビン内の全スクリーンがいったん暗くなり、つづいて白い大文字でメッセージが表示される——**《まもなく大事なご案内があります》**。

　機内スピーカーから雑音が出てくる。パイロットは若者の声——それも、葬儀で列席者に挨拶をする心もとなげなティーンエイジャーの声をしている。

「ご搭乗のみなさま、機長のウォーターズです。地上チームからメッセージを受けとりました。さまざまな事情を考えた結果、このメッセージをみなさまにもお伝えするのが適切だろうという結論にいたりました。メッセージによれば、グアムのアンダーセン空軍基地においてある種の事象が発生——」

　機内放送がいきなり途切れ、不安をかきたてる長い静寂がつづく。

「——したとのことです」ウォーターズは唐突につづける。「またアメリカ戦略軍は、グアム駐留のわが国の軍関係者やグアムの知事室と、いっさい連絡がとれなくなっています。さらに海上からの目撃者による報告では——閃光《せんこう》が見えたということです。ある種の閃光が」

　ホルダーは乱気流に見舞われてぎくりとしたときのように、意識しないまま背中をシートの背もたれに押しつける。どういう意味だ、〝閃光が見えた〟とは？　なんの閃光が見えたのか？　世界には閃光なみに一瞬だけ見えるものが掃いて捨てるほどある。若い娘は一瞬だけちらっと足を見せる。大金もちは札びらをわざと一瞬だけのぞかせる。稲妻も一瞬の閃光だ。これまでの一生が目の前を一瞬でよぎっていくこともある。グアムが閃光になる？　島のすべてが一瞬で？

「とにかく、核攻撃だったかどうかを教えて」左隣にすわっている有名人女性が、毛並みのいい声、金《かね》と蜂蜜をたっぷりとかけた声でそう低くつぶやく。

ウォーターズ機長がつづける。「申しわけございませんが、これ以上のことはわかりませんし、いまわかっている事実は……なんというか……あまりにも……」そこまでで機長の声が尻すぼみに消える。

「あまりにも……馬鹿馬鹿しい？」有名人女性がその先につづくべき言葉を提案していく。「それとも、人を落胆させる？　心をかき乱す？　あるいは衝撃的？」

「……不穏なものです」ウォーターズ機長がしめくくる。

「まずまずね」有名人女性はあからさまに不満をにじませる。

「ともあれ、現時点でわたしが把握しているのはこれだけです」ウォーターズ機長はいう。「さらに情報が入手できましたら、随時みなさまにお伝えします。現在この飛行機は高度一万一千三百メートルを飛行中で、予定のコースをほぼ半分飛んだところです。ボストン到着は定刻よりも若干早まる見通しです」

　なにかをひっかくような音と鋭い〝かちり〟という音がして、スクリーンにふたたび映画が写されはじめる。ビジネスクラスの乗客の約半数が、おなじスーパーヒーローものの映画を見ている。映画ではキャプテン・アメリカが自身の楯《たて》を――周囲にスチールの刃をつけたフリスビーのように――投げて、いましがたベッドの下から這いだしてきたように見えるグロテスクな怪物を一刀両断したところだ。

　ホルダーと通路をはさんで反対側の座席に、九歳か十歳ほどに見える黒人の少女がすわっている。少女は母親に目をむけ、よく通る声でこうたずねる。「グアムというのは、正確にいうとどこにあるの？」

　少女が〝正確にいうと〟という言葉を口にしたことが、ホルダーには愉快に思える――まるで教師のようであり、子供らしくない言葉づかいだ。

　少女の母親が答える。「知らないの。たしかハワイの近くだったと思うけど」

　母親は娘を見ていない。困惑の表情であちらこちらを見まわしているばかりだ――まるで中空に透明な文字で書きつけられた手引きを――題名は『お子さんと核戦争のことを話すには』といったあたり――読んでいるかのようだ。

「台湾の近くだね」ホルダーは通路に身を乗りだして少女に話しかける。

「韓国のすぐ南」有名人女性がいいそえる。

「あの島には何人の人が住んでいるんだろうな」ホルダーはいう。

有名人女性はぴくりと片眉を吊《つ》りあげる。「いまこの瞬間の話？　さっきの報告が正しければ、もう無人島同然になってると思うけど」

アーノルド・フィデルマン（エコノミークラス）

ヴァイオリニストのフィデルマンは、すこぶる愛らしくて、いまはすこぶる気分がわるそうな顔つきを見せている隣席の若い女が韓国人ではないか、と思っている。女がイヤフォンをはずすたびに――客室乗務員と話をするため、あるいはつい先ほどの機内アナウンスをきくために――女のサムスンからKポップらしき音楽が流れているのがきこえるからだ。フィデルマン自身、かつて韓国人の男と恋愛関係にあった――十歳年下でコミックスが大好き、ヴァイオリンはいささか荒けずりだが演奏の腕はすばらしく、ある日ボストンの地下鉄、レッドラインに飛びこんで自殺した。恋人の男の名前はソー――〝そういうものだ《ソー・イット・ゴーズ》〟や〝かくしてこうなった《ソー・ゼア・ウィ・アー》〟とか〝かわいいだれそれさん《リトル・ミス・ソー・アンド・ソー》〟とか〝それでわたしはなにをすればいい？《ソー・ホワット・ドゥー・アイ・ドゥー・ナウ》〟といった言いまわしにつかわれる英語の〝ソー〟という単語とおんなじ。ソーの吐息はいつでもアーモンドミルクのように甘い香りで目はいつも恥ずかしげ、おまけにいつも幸せな自分にとまどっていた。フィデルマンは同性の恋人のソーが幸せだとずっと思いこんでいた――それこそソーがバレエダンサーのように、五十二トンの重量をもつ地下鉄の先頭車輛《しゃりょう》の前にひらりと飛びこんだその日まで。

フィデルマンは若い女を落ち着かせてやりたかったが、同時に不安を感じているところを邪魔したくはない。ひとしきり、言葉をかけるとすればなにを話すべきかを内心で思案したあげく、そっと女の肘を小突く。女がイヤフォンを耳から外すと、フィデルマンはこう話しかける。

「飲み物でもどうかなと思って。コークがまだ半分残っているんだ——いや、口はつけてない。大丈夫、汚くないよ。ぼくはずっとグラスに注いで飲んでいたからね」

女は怯《おび》えたような淡い笑みを見せる。「じゃ、遠慮なく。胃がぎゅっと固まってしまったみたいで」

女は缶を手にとると、ひと口飲む。

「胃の調子がわるいときには炭酸が効くんだよ」フィデルマンはいう。「前々からのぼくの口癖があるんだ——ぼくが死の床《とこ》についたら、この世界を去る前に最後に飲みたいのは冷えたコカコーラだってね」

他人にむかって数えきれないくらい披露してきた言葉だが、いまばかりは口にしたとたん撤回したい気持ちになる。いまの情況を思うなら、不適切そのものの発言だ。

「あっちに家族がいるの」女はいう。

「グアムに？」

「朝鮮半島に」女はいい、また神経質な笑みをフィデルマンにむける。機長は先ほどのアナウンスで韓国についてはまったく触れなかったが、過去三週間ＣＮＮを見ていた人なら、なにがどうなったかはわかる。

「家族がいるのはどっちの国なんだ？」通路をはさんで反対にすわっている大柄な男がたずねる。「善玉の国か？　それとも悪玉か？」

大柄な男は見るだけで不愉快になる赤のタートルネックを着ていて、それがハネデューメロンのような顔の白っぽい色あいを引き立たせている。贅肉《ぜいにく》が座席からはみでて垂れているほどの大柄な男だ。隣にすわっている女性——黒髪で、たとえていうなら近親繁殖などを過剰にくりかえした結果生まれたグレイハウンドのように張りつめた雰囲気をただよわせている——は、窓のほうに体を押しつけられる結果になっている。男が着ているスーツの襟にはエナメル製のアメリカ国旗のバッジがある。すでにフィデルマンは、自分がこの男とは友人になれないとわかっている。

若い女は大男に驚いた顔をむけ、スカートの腿《もも》のあたりの皺《しわ》を伸ばしながら、「南の韓国よ」と答え、善と悪の対立という男の構図には乗らない。「つい先日、兄が済州島《チェジュとう》で結婚式をあげたの。で、わたしはいま学校にもどろうとしているところ」

「どこに通っているのかな？」フィデルマンはたずねる。

「ＭＩＴ」女はマサチューセッツ工科大学の略称を口にする。

「あの難関にきみが入学できたなんて驚きだ」大男はいう。「あの学校は入学者の割当て枠を埋めるのに、市街中心部のスラム街あたりから、本来なら入学資格のない若者をあつめて入学させてるんだ。つまり、あんたみたいな連中の居場所はどんどん減っているわけだ」

「〝あんたみたいな連中〟だって？」フェデルマンはたずねる——意図的に言葉を区切り、ゆっくりとした口調で。あんた・みたいな・連中？　ゲイとして生きてきてかれこれ五十年という歳月で、フィデルマンが教えられたことがある——この手の発言を黙って受け流すのはまちがいだ、ということだ。

大男は恬《てん》として恥じないようすだ。「入学資格のある人たちという意味だよ。努力して資格を得た人たち。計算がきっちりできる人たち。数学というのは、安物のバッグを買うときの釣り銭の計算とは比較にならないほどむずかしいぞ。模範的な移民社会は、こうした入学者割当て枠の皺寄せを食らってる。とりわけ東洋系はね」

フィデルマンは笑い声をあげる——張りつめた鋭い笑い声、相手の話をまったく信じていない気持ちもあらわな笑い声だ。しかしＭＩＴの学生である女は目をつぶって静かにしている。フィデルマンは大男に黙れと一喝してやろうと口をひらき、またその口を閉じる。派手な諍《いさか》いを起こすのは女のためにならない。

「さっきの話はグアムだよ。ソウルじゃない」フィデルマンは女にいう。「それに、向こうでなにがあったのかはまだわからない。発電所の爆発事故とかかもしれないぞ。それなら通常の事故の範囲で、いわゆる——大惨事のレベルじゃないよね」大惨事と口にする前にまず頭に浮かんだ単語は〝ホロコースト〟だ。

「放射性物質をまき散らす〝汚い爆弾《ダーティ・ボム》〟だ」大男がいう。「百ドル賭けてもいい。おれたちがロシアであいつを間一髪で仕留めそこなった件で、あいつが怒り狂ったんだろうよ」

〝あいつ〟というのは、北朝鮮こと朝鮮民主主義人民共和国の最高指導者のことだ。少し前に最高指導者が、北朝鮮とロシアの国境にあるハサン湖のロシア側を国賓として訪問したさい、何者かが狙撃による暗殺をたくらんだという噂が流れている。そればかりか、いずれも裏づけはとれていないが、肩に被弾したという噂や膝に被弾したという噂があり、弾丸は狙いをそれたという噂もある。隣に立っていた外交官が撃たれて死亡したという噂もある。最高指導者の替え玉のひとりが射殺されたという噂もある。インターネットを信じるなら、暗殺の実行犯は反プーチンの無政府主義者《アナーキスト》か、AP通信の取材記者をよそおったCIAの工作員か、はたまたエクストラ・バリュー・ミールという〈マクドナルド〉のメニューめいた名前のKポップスターらしい。アメリカ合衆国の国務省と北朝鮮のメディアはいずれも、最高指導者のロシア訪問中は一発の発砲もなかったし、暗殺のくわだてもいっさいなかった、と発表した――きわめて珍しいことに両者の見解が一致したのだ。そしてこの事件の経緯を追いつづけていた人々の例に洩《も》れず、フィデルマンもこの発表は、じっさいには最高指導者に死の危険が間近まで迫ったという意味だろうと解釈していた。

また、いまから八日前に日本海を哨戒中のアメリカ軍潜水艦が、北朝鮮がテスト発射したミサイルを北朝鮮の領空で撃ち落とすという事件も起こっていた。北朝鮮政府のスポークスマンはこれを戦争行為だと非難し、報復を確約した。いや、そうではない。スポークスマンはあらゆるアメリカ人の口に灰を詰めこむと誓ったのだ。最高指導者その人は沈黙したままだった。起こらなかったとされている暗殺未遂事件以降、最高指導者は人前にいっさい姿をあらわしていない。

「彼らだってそこまで愚かなはずはないな」フィデルマンは韓国人の女をあいだにはさんだまま、大男にそう声をかける。「どんな結果を招くかを考えるといい」

小柄で黒髪、針金のように痩《や》せた例の女性は、忠実な臣民のような誇りのこもった目で大男を見つめている――それを見てフィデルマンはふいに、女性がなぜ自分の個人空間《パーソナルスペース》に大男の贅肉《ぜいにく》の侵入を許しているのかを理解する。ふたりは連れあいだ。あの女性はこの男を愛している。崇拝さえしているのかもしれない。

大男は落ち着き払った声で答える。「百ドル賭けるよ」

レナード・ウォーターズ（操縦席《コックピット》）

旅客機はいまノースダコタ州上空を飛行中だが、機長のウォーターズに見えているのは起伏をくりかえして地平線まで広がる広大な雲海だけだ。ウォーターズはノースダコタに行ったことがないし、どんな土地かを想像しても、頭に浮かぶのは古くなって錆《さび》ついた農器具や、俳優でミュージシャンのビリー・ボブ・ソーントン、穀物貯蔵用サイロの物陰でこそこそとおこなわれる男色行為などばかり。無線ではミネアポリスの管制官が一機の七三七型機にむけ、高度を一万一千メートルに、速度をマッハ〇・七八にあげるよう指示している。

「グアムに行ったことはある？」副操縦士が無理をして明るい声を出す。

ウォーターズが女性の副操縦士と組んだのは今回が初めてで、まともに顔を見ることもできない――とにかく、この世の人とも思えないくらいの美女だ。雑誌の表紙モデルになってもおかしくないほどのルックスだ。顔をあわせたのはフライトの二時間前、場所はロサンジェルス国際空港の会議室だったが、その瞬間までウォーターズに知らされていたのは副操縦士のブロンソンという苗字だけだった。そこでてっきり、昔の映画〈狼《おおかみ》よさらば〉の主演男優めいた男を想像していたのだ。

「香港には行ったことがあるよ」ウォーターズは内心、ブロンソン副操縦士がこれほどの美人でなければよかったと思いつつ答える。

ウォーターズは四十代なかばだが、見た目はまるで十九歳。ほっそりした体格で赤毛を短く刈りこみ、顔にはそばかすがつくる地図がある。つい先日結婚したばかりで、まもなく父親になる予定――大きなお腹をした妻の写真が、いまも計器盤にとめてある。妻以外の人に心を惹《ひ》かれてしまいたくはない。それどころか、つい視線が美しい女性にむいただけでも恥ずかしくなる。その一方、美しい女性に冷淡に接したり、堅苦しく接したり、あるいはよそよそしく接したくはない。自分の航空会社が前よりも女性パイロットを増やしていることには社員として誇りを感じていたし、その方針に賛意を表して支援もしたい。美女はひとりの例外もなく、ウォーターズの魂にとって試練そのものだ。

「あとはシドニー。台湾。でもグアムは行ったことがないな」

「以前はよく、グアムのファイファイビーチで友人たちとフリーダイビングをしてたの。いっぺん、ツマグロっていう小型の鮫《さめ》に触れそうなほど近づいたこともある。こうやって飛行機を飛ばすこと以上に楽しいのは、裸でのフリーダイビングだけね」

〝裸〟の一語が、いたずらブザーを隠した相手とうっかり握手したときのような電撃めいたショックをウォーターズの体に走らせた。それが最初の反応。つづく二番めの反応は――この女性パイロットがグアムを知っているのも当然だ、という思いだ――ブロンソンは海軍出身者、飛行機の操縦も軍で身につけた。横目でブロンソンをちらりと見たウォーターズはショックをうける。副操縦士の睫毛《まつげ》に涙がのぞいているからだ。

ケイト・ブロンソンはウォーターズの視線に気がつき、気恥ずかしげにいびつな笑みを浮かべる――口もとがほころんで、二本の前歯のあいだの細い隙間がのぞく。ウォーターズは、丸刈りで首から認識票を下げているブロンソンを想像しようとする。そうむずかしくはない。雑誌の表紙モデルになれそうなルックスのよさだが、その下にはわずかながら野性的な雰囲気があるばかりか、しなやかな強靱《きょうじん》さや無鉄砲な性格を思わせるところがある。

「わたしったら、なんで泣いてるんだろ。グアムにはもう十年も行ってないし、そもそもあの島には友だちだってひとりもいないのに」

ウォーターズはこんな場合に口にできそうな慰めの言葉をいろいろ考え、考えつくたびに頭のなかで却下する。きみが思っているほど悲惨じゃないかもしれないぞ――そんな言葉をかけるのは気配りでもなんでもない。なんといっても、おそらく想像以上に悲惨な現実になっているはずのいまは。

ドアにノックの音がした。ブロンソンがさっと立ちあがって手の甲で目もとをぬぐい、ドアスコープから外をのぞいて解錠する。

はいってきたのはヴォーステンボッシュ――ぽっちゃりした体形で女性的なところのある主任客室乗務員の男だ。波打つブロンドの髪と小うるさい性格のもちぬしで、レンズのぶあつい金縁眼鏡《めがね》の奥には金壺眼《かなつぼまなこ》。しらふのときには冷静でプロ意識旺盛、くわえて知識をひけらかすところがあり、酒に酔うと毒舌全開のゲイっぽさで周囲を楽しませる。

「で、だれかがグアムに核爆弾を落としたのかな？」ヴォーステンボッシュは前置きぬきでたずねる。

「地上クルーからは現地といっさい連絡がつかないこと以外、なにも知らされてないよ」ウォーターズは答える。

「で、それを具体的にいうとどうなる？」ヴォーステンボッシュはたずねる。「こっちは飛行機まるまる一機分の不安でいっぱいの乗客の相手をしなくちゃいけないのに、話してきかせる材料がひとつもないんだぞ」

　首をひょいとすくめて天井の操作盤をやりすごそうとしたブロンソンが頭をごつんとぶつけ、席にもどる。ウォーターズは見なかったふりをする。同時にブロンソンの両手がふるえていることも見えなかったふりをする。

「具体的にいえば——」ウォーターズは話しはじめるが、そこで警告音が鳴り、ZMP——ミネアポリス航空路管制センターの管理空域——を飛行中の全航空機へむけて、管制官のメッセージが流れはじめる。ミネアポリスからの声は妙に淡々としていてなめらか、かつよどみない。どの地方が高気圧かということ以上に重要な話はないとでもいいたげな口調。彼らはそのような口ぶりで話す訓練をうけている。

「こちらはミネアポリス航空路管制センター。この周波数を受信中の全航空機に、これより最高優先度の指示を伝える。アメリカ戦略軍よりわれわれに、サウスダコタ州エルズワース空港からの作戦行動の都合上、この空域をあけわたすようにという指示が寄せられた。これより当管制センターはすべての航空機にあてて、最寄りの空港への着陸を指示する。くりかえす、当管制センターはＺＭＰを飛行中の商用航空機、および娯楽用航空機すべての着陸誘導を開始する。どうか今後も注意を絶やさず、当方の指示がありしだい即座に反応できるよう準備をととのえておいていただきたい」ここでいったん雑音が混じる。ついで心底からの後悔がにじんでいるようにきこえる声で、ミネアポリスがこういい添える。「みなさんにはご迷惑をかけて申しわけない。ただしきょうの午後、アメリカ《アンクル・トム》政府はまったく想定外の世界大戦のために空を必要としているんだ」

「エルズワース空港？」ヴォーステンボッシュがいう。「いったいエルズワース空港になにがあるというんだ？」

「アメリカ空軍第二八爆撃航空団」ブロンソンが頭をさすりながら答える。

ヴェロニカ・ダーシー（ビジネスクラス）

飛行機が方向転換のため、かなりの急角度にまで機体を傾ける。ヴェロニカ・ダーシーがまっすぐ下を見下ろすと、窓の真下に皺だらけになった羽根ぶとんのような雲が見える。キャビンの反対側の窓から、まばゆい日光が何本もの柱になって機内に突き刺さってくる。隣席にすわる顔だちのととのった酒飲み男——ひたいに黒髪がひと房だけ、まるではぐれたように垂れているところがケイリー・グラントやクラーク・ケントを思わせる——が、おそらく無意識にだろう、座席の肘掛けを力いっぱい握っている。飛行機ぎらいの乗客なのか、ただ酔っているだけか。なにせ、旅客機が巡航高度に達するなり、最初のスコッチに口をつけていたほどだ——それがいまから三時間前、午前十時を少しすぎたころだった。

スクリーンが暗くなり、また《**まもなく大事なご案内があります**》とのメッセージが表示される。ヴェロニカは目を閉じ、集中して言葉を耳に入れるようにする——ちょうど最初の読み合わせの席で、役者たちが初めて台本を声に出して読むところを真剣にきいているように。

ウォーターズ機長（ボイスオーバー）

ご搭乗のみなさまに、ここであらためて機長のウォーターズよりご案内いたします。さきほど航空路管制センターより予期せぬ要請がありました。進路を変更してノースダコタ州ファーゴへむかい、ヘクター国際空港に着陸せよというものです。わたしたちはこの空域を明けわたすように要請されています。それも即座に——

（不穏な間をはさんで）

——というのも、軍事行動がおこなわれるからです。グアムで起こったとされるある種の事象が、その……きょう、空を飛んでいる人々すべてに……影響をおよぼしているようです。いたずらに不安になる必要はありませんが、当機は着陸を余儀なくされます。ファーゴ着陸は四十分後を予定しています。さらなる情報を入手し次第、みなさまにお知らせいたします。

（間）

わたしからも遺憾の意を表明いたします。こんな午後を迎えることを、わたしたちのだれひとり望んでいませんでした。

映画なら、機長がこれから思春期最悪の事態をくぐりぬけようとしている十代の少年のような声であるはずはない。もっと声が渋く、いかにも権威を感じさせる声音の役者をあてるはずだ。ヒュー・ジャックマンあたりか。あるいは博識な人物の雰囲気が欲しければ——そして学識をオックスフォードあたりで得たとほのめかしたければ――イギリス人の役者を起用するところだ。デレク・ジャコビあたりがいい。

ヴェロニカはもうかれこれ四十年、おりおりにデレクと共演してきた。実の母親が亡くなった日の夜、デレクはヴェロニカを舞台裏で抱きしめて、心を落ち着かせる穏やかな話しぶりで、その日も舞台に立てとヴェロニカを説得してくれた。四十分後、ふたりはともにローマ人の扮装で四百八十人の観客の前に立った。その晩のデレクの演技はすばらしく、ヴェロニカの演技も秀逸そのものだった。その夜ヴェロニカは、自分はなにがあっても演技をやりぬけるということを学んだ――だから、いまの事態にあっても最後まで演技をやりぬけるはずだ。すでに内面はずいぶん冷静になっているし、あらゆる懸念や憂慮はすでに手放した。あらかじめ決めて演技するのではない感情をおぼえるのは何年ぶりだろうか。

「わたくしね、あなたがずいぶん早くからお酒を口にしはじめたなと思っていたの」ヴェロニカは隣席の男性客にいう。「でも結局、わたくしが飲みはじめたのが遅すぎたみたいね」

そういうとヴェロニカは昼食といっしょに出された小さなプラスティックのコップを手にとり、「乾杯」といってワインをあける。

隣席の男はくつろいだ雰囲気の愛らしい笑みをヴェロニカへむけ、「ファーゴに行ったことはないんです――ドラマのほうの〈ファーゴ〉は見てましたが」といってから、いぶかしげに目を細める。「そういえば〈ファーゴ〉に出演していませんでしたか？　お見かけしたような気がするな。ドラマのあなたは法医学関係者で、ユアン・マクレガーに絞め殺される役だったのでは？」

「いいえ、あなたの勘ちがい。そのドラマは〈殺人契約〉。道具をつかってわたくしの首を絞めたのはジェイムズ・マカヴォイよ」

「ああ、そうでした。あなたがドラマで死んだことは覚えてたんですが。役の上では何度も死んだのではないですか？」

「ええ、それはもうしょっちゅう。前に映画でリチャード・ハリスと共演したことがある——そのときリチャードったら、わたくしを蠟燭《ろうそく》立てで殴り殺すシーンを撮影するのに丸一日もかかってしまって。セットを五回も組みなおして四十テイクも撮影したのよ。かわいそうなリチャード、撮影がおわったら息も絶えだえだったっけ」

隣席の男がぎょろりと目を剝いたので、この男があの映画を見ているばかりか、ヴェロニカの役柄を覚えていることもわかる。あの映画に出たのは二十二歳のときで、大げさではなく、ほぼすべてのシーンで裸だった。ヴェロニカは娘からこんな質問をされたことがある。

「ねえ。ママが服を発見したのは、正確にいうといつ？」

ヴェロニカはこう答えた。「おまえが生まれた直後よ、ダーリン」

娘は映画に出てもおかしくないほどの美形だが、映画には出ずに帽子づくりをなりわいにしている。娘のことを思うと、ヴェロニカの胸は喜びにきゅっと痛む。あれほど正気そのもの、あそこまで陽気で、しっかり地に足をつけた娘は、ヴェロニカにはもったいないくらいだ。わが身をふりかえると――自分自身の身勝手さや母親としての子育てへの無関心さ、そして女優の仕事を最優先していたことを考えなおすと――人生で自分のもとにあんなにすばらしい人間がやってきたのは不可能事だったとしか思えない。

「ぼくはグレッグ」隣席の男がいう。「グレッグ・ホルダーです」

「ヴェロニカ・ダーシーよ」

「どんな用向きでロサンジェルスにいらしたんです？　お仕事で？　それともご自宅があるとか？」

「世界の終末を迎えるためにロサンジェルスに行く必要ができたの。わたくしが演じるのは荒野に住む老賢者。ええ、たぶん荒野になるのでしょうね。わたくしに見えているのは特撮合成用の緑のスクリーンだけ。できたら本物の世界の終末は、この映画が完成して世に出るまででいいから待っていてもらいたい。待っていてくれると思う？」

グレッグは窓外の雲の景色に目をやる。「ええ、もちろん。北朝鮮ですよね――中国ではなく。だいたいあの国に、アメリカ本土を攻撃できる武器があるんですか？　ぼくたちに世界の終末は来ない。連中のところには来るかもしれませんが」

「北朝鮮には何人の人が住んでるの？」その声は通路の反対側の席にすわっている少女、こっけいなほど大きな眼鏡をかけている少女のものだ。少女はこれまでふたりの会話に真剣にきいっていて、いまは大人を思わせるしぐさで通路に乗りだしている。

母親はグレッグとヴェロニカに引き攣《つ》った笑みをむけ、娘の腕をそっとたたく。「ほかのお客さまの邪魔をしてはいけませんよ」

「邪魔なものですか」グレッグはいう。「ぼくもほんとの答えは知らない。でもたくさんの人たちが農場に住んでいたり、田園地帯に広く散らばって住んでるんじゃないかな。大きな街はひとつしかなかったはずだ。なにがあっても、あっちに住んでいる大多数の人は無事だと思うよ」

少女は自分の座席にすわりなおし、いまの答えに考えをめぐらせ、すわったまま体をひねって母親に耳打ちをする。母親はぎゅっと目をつぶって頭を左右にふる。あのお母さんは自分がいまも娘さんの腕を軽く叩きつづけているのを意識しているのだろうか——そうヴェロニカはいぶかる。

「おなじ年ごろの娘がいるんですよ」グレッグはいう。

「わたくしには、あなたとおなじ年ごろの娘がいるわ」ヴェロニカはそう教える。「娘は世界でもわたくしがいちばん好きなものなの」

「ええ。ぼくもおなじです。あ、自分の娘のことですよ——あなたの娘さんではなく。さぞやすばらしい娘さんなのでしょうね」

「では、あなたは娘さんの待つご自宅へむかっているの？」

「ええ。妻から電話で、出張を予定よりも早く切りあげてくれといわれましてね。妻はフェイスブックで出会った男にすっかり熱をあげていて、その男に会うためにトロントまで車を走らせていきたいから、ぼくには早く帰って娘の世話をしろといってよこしたんです」

「まあ、そんなことを。本当に？　兆しのようなものはなかった？」

「妻が妙に長いことネットを見ているなと思ったことはありますが、公平を期していっておくなら、向こうは向こうでぼくが飲んだくれるのに時間を割きすぎだと思ってましたね。たぶん、ぼくはアルコール依存症でしょう。だったら、なにか手を打つべきなのかもしれません。まあ、とりあえず第一歩としてこいつを片づけましょう」そういってグレッグは残っていたスコッチを飲み干す。

ヴェロニカは離婚を――二回――経験しているし、これまでずっと自分こそが家庭破壊の第一の原因であることを痛いほど意識してもきた。自分の素行のわるさや、ロバートとフランソワーズを自分がどれだけ悪用したかを思うと、いたたまれない気分と自分への怒りを感じる。そのため妻から不当なあつかいをうけた隣席の男性に、いま心の底から同情と連帯の気持ちをさしのべたい。どれほど些細《ささい》でも、かつての罪ほろぼしができるいい機会ではないか。

「本当にお気の毒。そんな恐ろしい爆弾をいきなり落とされるなんて」

「ね、いまなんていったんです？」通路をはさんだ席の少女が、ふたたびふたりにむかって身を乗りだしてたずねる。眼鏡の奥の深みのある鳶色《とびいろ》の目はまばたきをすることがないようだ。「わたしたち、あっちの国の人たちに核爆弾を落とすんですか？」

少女の口調からは恐怖よりも好奇心が感じられるが、母親のほうはとり乱したように、ひゅっと鋭く息を吸いこむ。

グレッグは今回も少女にむかって身を乗りだし、いかにも親切そうでありながら皮肉っぽい感じもどこかにある笑みを顔に貼りつけていて、それを見てヴェロニカは唐突に自分が二十歳若ければよかったと思う。二十歳若ければ、こんな男にお似あいの女だったかもしれない。「ぼくは軍隊がどういう手をつかえるのか、くわしくは知らないんだ。だからはっきりしたことはいえない。でも――」

グレッグが言葉をしめくくる前に、神経をずたずたに切り裂かんばかりの音波の雄叫《おたけ》びが旅客機のキャビンに響きわたる。

すぐ近くを一機の飛行機がすさまじいスピードで飛び去っていく。さらにおなじ飛行機が二機、縦にならんで飛んでいく。そのうち一機は左主翼と目と鼻の先を通過していく――あまりの近さに、コックピットの男の姿がヴェロニカにもちらりと見えるほどだ。男はヘルメットをかぶり、呼吸を補助する道具らしきものを顔に貼りつけている。飛び去っていった三機は、いま一同を東へ運んでいる七七七型機とは似ても似つかない……三機はいわば堂々たる鉄の鷲《わし》、灰色に艶光《つやびか》りする鉛の弾丸の先端だ。至近距離を通過していく三機の余波で、旅客機の機体がふるえる。乗客がてんでに悲鳴をあげ、おたがいの体にしがみつく。乗客たちは、旅客機の進路を横切った爆撃機三機が発する強烈な打撃めいたエンジン音を自身のはらわたや下腹部で感じる。ついで三機は、まばゆい青空に純白の飛行機雲の筋を引きながら飛び去っていく。

あとに残されたのは、衝撃と動揺がもたらす静寂だ。

ヴェロニカ・ダーシーがグレッグ・ホルダーに目をむけると、グレッグがプラスティックのコップを壊してしまったことがわかる——強く握りしめて粉々に砕いてしまったのだ。グレッグもほぼ同時に自分がなにをしたかに気づいて笑い声をあげ、コップの残骸を肘かけに置く。

それからグレッグはまた少女に顔をむけると、発言が中断されたこともなかったかのように答える。「でもいろんな兆候を見ると、どうやら答えは〝イエス〟のようだね」

ジェニー・スレイト（エコノミークラス）

「B−1だ」愛する夫がゆったりとくつろいだ口調、まるで楽しんでいるような口調で教えてくれる。「超音速爆撃機で愛称はランサー。以前は搭載量いっぱいの核爆弾を積んでいたが、〝黒人イエスさま〟ことだれかさんが片づけさせた。それでも、平壌《ピョンヤン》にいる犬を一頭残らずこんがり焼けるだけの爆弾は積んでる。考えれば笑える話だな——北朝鮮で犬をこんがり焼いてほしければ、ふつうはレストランに予約をしないといけないはずなのに」

「国民が立ちあがるべきだったのよ」ジェニーはいう。「チャンスはあったのに、なぜ立ちあがらなかったの？　まさか、あの人たちが強制収容所を望んでいた？　あの人たちが飢えたがっていたの？」

「それこそ、われわれ欧米人の精神構造と東洋人の世界観のちがいだね」ボビーはまたアジア人とはいわずに、古い言い方をする。「向こうでは個人主義が異常だとみなされるんだ」声を殺して、こういい添える。「彼らの考え方には蟻《あり》の集団を思わせるところがあるね」

「お話し中失礼」東洋人の若い娘の隣、三つならんだ座席のまんなかにすわっているユダヤ人が声をかけてくる。ひげもたくわえていないし、耳の脇に長い巻毛を垂らしてもいないし、礼拝時に男子がつかう肩衣《タリース》をかけてもいないが、ユダヤ人であることは一目瞭然だ。「恐縮だが、もう少し声を落として話をしてもらえないかな。わたしの隣の人が心穏やかでないのでね」

ビリーは声を落としていたが、たとえ静かにしようとしているときでも大声になりがちだ。そのことで夫婦がトラブルに引きこまれるのも、これが初めてではない。

ボビーがいう。「その子が不安に思う道理などありゃせん。あしたの朝になれば、韓国はようやく非武装地域の先にいるサイコパス連中のことを心配しなくてもよくなるんだ。ばらばらになっていた家族もまたひとつになれる。まあ、ひとつになれる家族もいるって話だ。あいにく大型高性能爆弾《クッキー・カッター・ボム》には、軍人と民間人を区別する能力はそなわってないしな」

ボビーは二十年にもわたってニュース番組内でいくつものコーナーを放送局に提供してきた人間ならではの、さりげなく断言する口調で話しつづける。ちなみにその放送局は地方テレビ局を七十社ばかり所有し、主流派マスコミの偏向報道から解き放たれ、人の心を騒がせるようなコンテンツに特化している。ボビー本人はイラクとアフガニスタンに行ったことがある。エボラ出血熱の大流行のさなかにリベリアにおもむき、この病気のウイルスをＩＳＩＳが武器として利用する計画を立てているというニュースの取材にたずさわりもした。ボビーはなにごとも恐れない。どんなことにも動揺しない。

かつてジェニーは未婚の妊婦だった。両親に家を追いだされてガソリンスタンドでアルバイトをしながら、シフトの合間に商品倉庫で眠っていた。そんなある日、ボビーが〈マクドナルド〉のエクストラ・バリュー・ミールを奢《おご》ってくれ、お腹のなかの子の父親がだれであろうと自分は気にしないといった。いざ生まれたら、わが子同然にかわいがるだろうと。ジェニーはすでに中絶手術の予約を入れていた。ボビーは静かで落ち着いた口調でジェニーを説得した——自分といっしょに来てくれるなら、きみとお腹の子供の両方に不自由のない楽しい暮らしを提供する、しかし中絶クリニックへ予定どおり車で行くのなら、きみは子供を殺すだけにとどまらず、自分の魂もうしなうんだぞ、と。そこでジェニーはボビーとともに行き、そのあとはなにもかもがボビーの話していたとおりになった。ボビーはジェニーを誠心誠意愛し、最初からジェニーを敬慕した——ボビーはジェニーにとって奇跡だった。聖書のいう〝パンと魚〟のような現世の利益がなくてもボビーを信じるには充分だった。ボビーだけがいればよかった。ときおりジェニーはこんな幻想に耽《ふけ》った——ある日、女性平和団体のコードピンクのメンバーとか、あるいはバーニー・サンダーズ支持者のようなリベラルがボビーを暗殺しようとしたら、ボビーと銃のあいだに立ちはだかり、みずからの体で銃弾を受けとめよう。ボビーのために身をなげうって死ぬことが、ジェニーのかねてからの夢だった。自分の口にあふれる自分の血の味を感じながら、ボビーにキスをすることが。

「電話があればいいのに」美しい東洋人の女性客が藪《やぶ》から棒にいいだす。「電話のついている飛行機もあるでしょ？　とにかく——だれかに電話をかける手だてがあればいいのに。さっきの爆撃機はいつごろあっちに着くの？」

「たとえ飛行中の航空機から電話をかけられたとしても――」ボビーがいう。「相手と話すのは至難のわざだろうね。アメリカ政府がまずまっさきにとるはずの対応は、あの地域との通信の遮断だ――遮断するのは朝鮮民主主義人民共和国だけじゃない。アメリカ政府としては、韓国にいる工作員たちの組織が――いわゆる〝潜入《スリーパー》工作員政府〟が――北と足なみをそろえて反撃してくる危険な可能性を無視できないからね。さらに、いまこの瞬間は朝鮮半島に家族や親戚のいる人々がいっせいに電話をかけているはずだ。9・11同時多発テロ当日にマンハッタンに電話をかけるようなものだな。まあ、今回やられるのは連中の番だが」

「連中の番？」ユダヤ人男がいう。「連中の？　ひょっとして、ワールドトレードセンターの南北のタワーが崩落した原因が北朝鮮にあるという報告が出たのに、わたしが読みのがしたのかな？　てっきり、あれはアルカイーダのしわざだと思っていたが」

「北朝鮮はアルカイーダに何年も前から武器や情報を売っていたんだよ」ボビーは男に教えてやる。「すべてがつながっているんだ。北朝鮮はもう何十年も前から、〈打倒アメリカ熱〉とかいう疫病のナンバーワンの輸出大国だからね」

ジェニーは肩をボビーに押しつけて口をひらく。「あるいは〝輸出大国だった〟というべきかも。だっていまその役目は、〈黒人の命も大事《ブラック・ライヴズ・マター》〉をお題目にしているあの連中が引き継いだんだし」

ジェニーのこの言葉は、数日前の夜にボビーが友人たちを前にして口にした発言のくりかえしにすぎない。ジェニーにはこれが気のきいた発言に思えたし、自分の自信作といえる発言が他人の口からくりかえされると、ボビーがご満悦になることも知っていた。

「わーお。わーお！」ユダヤ人男がいう。「リアルな場所で、そこまでレイシスト丸出しの発言を耳にしたのは生まれて初めてだ。いままさに数百万人の人間が死のうとしているとすれば、その原因は、あんたみたいな連中が数百万人もあつまって、ヘイトまみれの愚かな不適格者をわれらが政府の責任者に押しあげたからだね」

若い女は目を閉じてすわりなおし、背もたれに体を押しつける。

「うちの妻がどんな連中だというんだ？」ボビーが片眉をびくんと吊りあげてたずねる。

「ボビー」ジェニーが夫に注意する。「わたしなら大丈夫。気にしてないし」

「おまえが気にしているかどうかはたずねちゃいない。おれが知りたいのは、こちらの紳士がどのような人々のことを話題にしているのか、っていうことだ」

ユダヤ人の頬が病的なまでに紅潮している。「どういう連中かというと――冷酷で独善的、おまけに――無知蒙昧《むちもうまい》な連中さ」

ユダヤ人はふるえながら顔をそむける。

ボビーは妻のこめかみにキスをしてから、シートベルトのバックルをはずす。

マーク・ヴォーステンボッシュ（操縦席《コックピット》）

ヴォーステンボッシュは十分を費やしてエコノミークラスの乗客を落ち着かせてまわり、さらに五分を費やしてアーノルド・フィデルマンの頭からビールを拭きとって、セーターを着替えるのに手を貸す。それからフィデルマンと喧嘩《けんか》相手のボビーことロバート・スレイトのふたりに、これから着陸までのあいだにふたりのいずれかが座席から離れたら、到着後に空港で即刻ふたりとも逮捕させるからそのつもりで、と申しわたす。スレイトという大柄な男はおとなしく受け入れてシートベルトを締め、両手を膝に置き、落ち着いた顔でじっと前を見ている。フィデルマンのほうは抗議したいようすだ。フィデルマンはなすすべもなく体をふるわせているうえ、顔色もかなりわるい。ヴォーステンボッシュが両足を毛布できっちりつつんでやると、ようやく少しは人心地がついたようだ。フィデルマンの座席にむかって体を乗りだしながら、ヴォーステンボッシュはこの男にささやきかける。飛行機が着陸したら自分といっしょに報告書を作成し、そのなかでスレイトが言葉による攻撃と実力による攻撃をおこなったむねを記載しよう。フィデルマンは驚きと感謝の目をヴォーステンボッシュにむける——ロバート・スレイトの同類がうようよいる世界で、仲間を気づかいあうふたりのゲイだ。

ついでヴォーステンボッシュは自分もむかつきを感じて洗面所にこもり、気持ちを落ち着ける。機首から尾部にいたるまで、キャビンには反吐《へど》と恐怖のにおいが立ちこめている。子供たちは慰めようもないほど泣きわめいている。祈りを捧《ささ》げている女性をふたりばかり見かけてもいる。

髪をととのえ、手を洗い、深呼吸をくりかえす。ヴォーステンボッシュがかねてから模範としているのは、映画〈日の名残り〉でアンソニー・ホプキンスが演じた執事だ。あの映画を悲劇だと思ったことはない――むしろ規律を重んじて他者に奉仕しつづけたひとりの人物の生涯を賛美した映画だと思っている。ときおり自分がイギリス人だったらよかったと思うこともある。ビジネスクラスにヴェロニカ・ダーシーが搭乗していることにはすぐ気づいたが、ヴォーステンボッシュのプロ意識は、有名人に気づいたことをあからさまに態度に出すべからずと本人に要求する。

落ち着きをとりもどすと、ヴォーステンボッシュは洗面所から出て操縦席へむかう。途中ウォーターズ機長に、着陸に先立って空港の警備課への連絡が必要だと伝えるためだ。途中ビジネスクラスで足をとめ、過呼吸を起こしている女性客の手当にあたる。女性の手をとるなり、ヴォーステンボッシュは最後に祖母の手を握ったときのことを思い起こす――そのとき祖母は柩《ひつぎ》に横たわり、指はこの女性客とおなじように冷えきっていて、命を感じさせなかった。先ほど旅客機のすぐ近くを轟然《ごうぜん》と飛びすぎていった爆撃機のことを思うと――あの勇ましいだけの薄ら馬鹿どものことを思うと——ヴォーステンボッシュはわなわなとふるえるような憤りをおぼえる。人間として当たり前の気配りの欠如を前にすると胸がわるくなる。ヴォーステンボッシュは女性客といっしょに深呼吸をくりかえしながら、あと少しでこの飛行機は着陸する、と話して女性をなだめる。

操縦室は日ざしと平穏な雰囲気に満たされている。それも意外ではない。この仕事は一時が万事、危機的事態が発生しても——過去のフライトシミュレイターでもだれひとり予測できなかった種類の事態だが、これこそまさに危機的事態だ——通常の定例業務に、つまりチェックリストと適切な手順の問題に落としこめるよう設計されている。

副操縦士は、この飛行機に乗りこむのにランチを入れた茶色い紙袋を持参してきた茶目っけあふれる女だ。副操縦士の左の袖がずりあがった拍子に、ヴォーステンボッシュの目はそこにタトゥーの片鱗《へんりん》をとらえる——手首のわずか上に白いライオンのタトゥー。あらためて副操縦士に目をむけると、その姿のさらに先に見えてきたのはトレーラーハウス団地や麻薬性鎮痛薬《オピオイド》中毒になった兄、離婚した両親、最初の勤め先であるスーパー〈ウォルマート〉、藁《わら》をもつかむ思いで必死に逃げだした先が軍隊だったという現実だ。この副操縦士を好きにならずにいられない——それも当たり前だ。ヴォーステンボッシュ自身も五十歩百歩の子供時代を過ごした——ただし逃げだした先は軍隊ではなく、ゲイとして生きるためのニューヨークだった。先ほど操縦席のドアをあけてくれたとき、この副操縦士は涙を隠そうとした。それに気づいてヴォーステンボッシュは心臓をねじられる思いだった。他人の深い悲しみを目の当たりにすることほど、ヴォーステンボッシュに深い悲しみを味わわせるものはない。

「いまはどんな情況かな?」ヴォーステンボッシュはたずねる。

「十分後に着陸の予定」ブロンソンが答える。

「十分後かもしれない、だ」機長のウォーターズがいう。「ぼくたちの前に半ダースばかりの旅客機が順番待ちをしてるしね」

「世界の反対側からなにか連絡は?」ヴォーステンボッシュは知りたがる。

ひととき、機長も副操縦士も黙っている。ついでウォーターズ機長が当惑もあらわなこわばった口調でいう。「連邦地質調査部は、リヒタースケールでマグニチュード六・三の地震活動がグアムで観測された、と発表したよ」

「二百五十キロトン相当ね」ブロンソンがいう。

「核弾頭か」ヴォーステンボッシュはいう。質問でもなんでもない。

「平壌でもなんらかの事象が発生したみたいね」ブロンソンがつづける。「グアムでの事象発生の一時間前、北朝鮮国営テレビの映像がテストパターンに切り替わったって。それから政府高官たちがひとり残らず、わずか数分間でまとめて殺されたという情報もはいってる。つまりいま話題にしているのは宮殿で発生したクーデターなのか、わたしたちの側が思いきった外科手術的な暗殺を複数おこなうことで現体制を倒そうとし、それを相手側がこころよく思っていないという情況なのか、ということね」

「で、ぼくたちになにができるのかな?」ウォーターズ機長がたずねる。

「エコノミーで乗客同士の喧嘩騒ぎがあった。ひとりの男が別の男の客の頭にビールをかけて――」

「どうしようもない馬鹿だな」とウォーターズ。

「――とりあえず両者に警告しておいた。それでも、着陸後にファーゴ警察を呼んだほうがいいかもしれない。被害者が正式な刑事告訴を望んでいるようなのでね」

「ファーゴには無線で連絡しておくが、その先は確約できないな。空港が上を下への大騒ぎになるような予感がするんだ。警備の担当者も手一杯だろうし」

「それからビジネスクラスの女性客のひとりがパニック発作を起こしてた。娘を怖がらせまいとしていたけれど、呼吸困難におちいっていてね。そこでエチケット袋を口にあてがって、そのまま深呼吸をするようにと教えてきた。ただ、着陸後には救急隊に酸素タンクを用意させて女性を迎えてほしい」

「了解。ほかには?」

「それ以外に十件以上のミニ事件が発生中だが、乗務員チームが手分けして当たってる。それとまったく別件がひとつあるみたいだね。どうだろう、ありとあらゆる規則をまっこうから踏みにじることになるが、おふたりはビールかワインを一杯も欲しくはないかな?」機長と副操縦士がともにちらりとヴォーステンボッシュをふりかえる。ブロンソンがにやりと笑う。

「あなたの子供が欲しくなっちゃうわ、ヴォーステンボッシュ」ブロンソンはいう。「わたしとなら、とってもかわいい子が生まれるはずよ」

ウォーターズがいう。「賛成」

「つまり、質問の答えはイエスかな?」

ウォーターズとブロンソンは顔を見あわせる。

「やめておく」ブロンソンが結論を出し、ウォーターズもうなずいて同意する。

つづいてウォーターズ機長がこういい添える。「ただ、こいつを駐機させたら、すぐにでもきんきんに冷えたドスエキス・ビールを飲みたいね」

「飛行機で空を飛ぶことのうち、わたしがいちばん好きなのはなんだかわかる?」ブロンソンがたずねる。「これくらい高いところまであがると、いつも晴れて日ざしが降りそそいでいること。こんなに晴れわたっているんだから、忌まわしいことなんかぜったいに起こりっこないと思えるほどにね」

そうして三人が雲海の光景をうっとりとながめているそのとき、一同の下に広がっている純白のふわふわした雲がつくる床がいきなり、百カ所ばかりで床下から槍(やり)で刺し貫かれる。

飛行機の周囲のいたるところで、下方の雲から百本もの白い煙の柱がぐんぐん立ちのぼってくる。まるでマジックを見ているかのよう――雲のなかに棘《とげ》が隠されていて、それが突如いっせいに起きあがったようだ。一拍おいて雷鳴が、同時に乱気流が襲いかかってくる。機体が蹴りつけられ、上へ叩き飛ばされて片側に傾く。たちまち計器盤に何十という赤い警告ライトが光りはじめる。金切り声めいたアラーム音が響く。体がふわりと床から浮いたその一瞬、ヴォーステンボッシュはすべてを見てとる。つかのま、パラシュートになったかのように――体がシルクになって空気をいっぱいに孕《はら》んでいるかのように――宙に浮かんだままになる。頭ががつんと壁にぶつかる。つぎの瞬間、叩きつけられるように床に落ちる――操縦室の床のトラップドアがいきなりひらき、飛行機の下に広がるまばゆい深みへヴォーステンボッシュを落としてしまうかのように。

ジャニス・マンフォード（ビジネスクラス）

「ママ！」ジャニスは叫ぶ。「ママ、あれ見て！　あれはなに？」

　いま大空で起こりつつある事態は、キャビンで発生している事態とくらべても、恐ろしさはいささかもひけをとらない。だれかが悲鳴をあげている――その悲鳴がまばゆい銀の糸になってジャニスの脳味噌に刺さって、くねくねと縫うように突き進む。大人たちのあげるうめき声に、ジャニスは亡霊を連想する。

　七七七型機は左に傾いたかと思うと、突如激しく反対の右に傾く。旅客機は途方もなく巨大な柱がつくる迷宮のなかを、滑るように飛んでいるところだ――たとえるなら、ありえないほど大規模な大聖堂の中庭を囲む柱の多い歩廊《クロイスター》。ジャニスはイングルウッドの地区大会で、〝歩廊《クロイスター》〟という単語のスペルを答えなくてはならなかった（簡単な部類のスペルだ）。

　母親のミリーはなにも答えない。白い紙袋を口にあて、一定の間隔で息を吸っては吐いている。母ミリーはこれまで飛行機に乗ったことはなく、それをいうならカリフォルニア州外へ出たのも初めてだ。そのあたりはジャニスもおなじだが、母親とちがって両方を楽しみに待ちこがれていた。大きな飛行機に乗って空高くへ舞いあがるのが、かねてからの夢だった。いつの日か潜水艦で海中にもぐってみたくもあったが、これについては透明なガラスの船底をもつカヤックで妥協してもいい。

絶望と恐怖のオーケストラが沈んでいって、低い漸次弱声《デイミニユエンド》になる（州の決勝大会ではこの“漸次弱声《デイミニユエンド》”のスペルを口にしなくてはならず、本当にあとすこぉぉしでまちがった答えを口にして、早々に敗退する屈辱を味わいかけた）。ジャニスは、飛行機の旅がはじまってからずっとアイスティーを飲んでいる、顔だちのととのった男のほうへ身を乗りだす。

「さっきのはロケットですか？」ジャニスはたずねる。

答えたのは映画に出ている女性だ。女性はすばらしいイギリス英語で話す。これまでは映画でしかイギリス英語を耳にしたことがないが、とにかく大好きだ。

「ＩＣＢＭよ」映画スターはいう。「いまは世界の反対側を目指して飛んでいるところ」

ジャニスはこの映画スターが、自分よりもずっと若くてアイスティーばかり飲んでいる男に手を握らせていることに気づく。女優の顔に浮かんでいるのは氷を思わせるほど冷静な表情。一方その隣にいる男はいまにも吐きそうな顔を見せている。そして男は関節が白くなるほどの力で、年上の女優の手を握っている。

「おふたりは家族とかですか？」ジャニスはたずねる。それ以外にこの男女が手を握りあっている理由がわからない。

「ちがうよ」ととのった顔だちの男が答える。

「だったら、どうして手を握りあってるんですか？」

「それはね、わたくしたちが怖がっているから」映画スターはそう答えるが、顔には恐怖の色はみじんもない。「手を握りあっていると気持ちが落ち着くの」

「そうなんですね」ジャニスはいい、急いで母親の手を握る。母親は紙でできた肺のようにくりかえし膨らんでは萎《しぼ》んでいる白い紙袋の縁の向こうから、娘ジャニスに感謝の目をむけてくる。ジャニスはととのった顔だちの男に視線をもどす。「わたしの手を握ってくれますか？」

「ああ、喜んで」男はいい、ふたりは通路をはさんで手を握りあう。

「ICBMというのは、なんの略ですか？」

「大陸間弾道ミサイル《インターコンチネンタル・バリスティック・ミサイル》だよ」男はいう。

「あ、それってわたしがスペルを答えさせられた単語だ！　ええ、〝大陸間《インターコンチネンタル》〟という単語が地区大会で出たんです」

「ほんとに？　ぼくだったら、いきなり〝大陸間《インターコンチネンタル》〟のつづりを答えろといわれても無理だと思うな」

「簡単ですよ」ジャニスはいい、つづりをすらすら口にして簡単だと証明する。

「きみの言葉を信じるよ。なんといっても、きみのほうが専門家だ」

「これからボストンへ行くのもスペリングコンテストに出るためです。世界大会の準決勝がおこなわれるんです。もしそこで勝てば、そのあとワシントンでの大会に出られてテレビでも放送されます。自分がボストンやワシントンの大会にまで進めるかもしれないなんて、思ってもいませんでした。でも、それをいうならファーゴにだって行くとは思ってもいなかった。いまもまだファーゴに着陸の予定なんですか？」

「そうする以外に道があるのかどうかも、ぼくにはわからないな」顔だちのととのった男がいう。

「さっきのＩＣＢＭ、何発だったんですか？」ジャニスは質問を口にしつつ、首を伸ばして立ちならぶ煙の柱に目をむける。

「とにかくありったけよ」映画スターがいう。

ジャニスはいう。「これじゃ、もうスペリングコンテストには出られないのかな……」

今回、少女の質問に答えるのは母親だ。母親の声はしわがれている――のどに痛みを感じているのか、さもなければずっと泣いていたかのよう。「ええ、やっぱり出られないかもしれないわね」

「そんな」ジャニスはいう。「そんなの……いや」

いまジャニスは、昨年暮れにみんなで〝秘密のサンタ《シークレットサンタ》〟ゲームで、おたがいこっそりプレゼントのやりとりをしたときのような気分になっていた。あのときプレゼントをもらえなかったのはジャニスだけだった。ジャニスの〝秘密のサンタ《シークレットサンタ》〟になるはずだったマーティン・コハッシーが、伝染性単核球症のせいで欠席したからだ。

「出場していれば、おまえが勝ったはずよ」母親はそういって目を閉じる。「それも準決勝だけではなく」

「でもコンテストはあしたの夜よ」ジャニスはいう。「あしたの朝になれば、ほかの飛行機に乗り継ぎができるかも」

「あしたの朝になったら、はたして飛ぶ飛行機があるかどうかは疑わしいな」ととのった顔だちの男が、さも申しわけなさそうな口調でいう。

「北朝鮮での出来事のせいで？」

「そうじゃない」通路をはさんで反対の席にすわるジャニスの友人が答える。「それに、向こうでこれから起こるはずの出来事も理由じゃない」

ミリーが目をひらいていった。「しいっ。この子が怖がってるのに」

しかしジャニスは怖がっていない。話が理解できないだけだ。そして通路の反対側の男は、握ったジャニスの手を前へうしろへ、前へうしろへと振り動かしつづけている。

「これまでのスペリングコンテストでいちばんむずかしかった単語はなにかな？」男がたずねる。

「人新世《アンスロポシーン》」ジャニスは即座に答える。「去年、準決勝で負けたときにまちがえた単語です。どこかに〝I《アイ》〟があると思いこんじゃって。〝人類の時代〟という意味の地質学の新語です。たとえば『人新世《アンスロポシーン》はほかの地質年代と比較するときわめて短い』というふうにつかうんです」

男はひとしきりジャニスをぽかんと見つめてから、笑い声をあげる。「お見事だね、お嬢さん」

映画スターは自分の横の窓の外に目をむけて、巨大な白い柱が林立している光景に見入っている。「こんな空を見た人はひとりもいないはずよ。雲があんなにたくさんの塔をつくってる。どこまでも広がる明るい昼間の空なのに、雲のつくる檻《おり》に閉じこめられてる。雲の檻が天国を閉じこめてるみたい。なんてきれいな午後の空。あなたももうじき、わたくしが懲りずにまた死を演じるところを見るはずよ、ミスター・ホルダー。いつもみたいに堂々と演じきれるかどうかは心もとないのだけれど」そういって目を閉じる。「娘が恋しくてならないわ。たぶん、あの子にはもう二度と——」そこでスターは瞼《まぶた》をひらいてジャニスの姿を目にとめ、口を閉じる。

「ぼくも自分の娘のことではおなじように考えてました」ミスター・ホルダーはそう答えてから顔をめぐらせ、ジャニスの先にいるその母親に目をむけて話しかける。「ご自分がどれほど幸運かはおわかりですよね？」

そういってミリーから娘ジャニスにいったん目を移したのち、視線をミリーにもどす。ジャニスが目をむけると、ミリーは肯定の返事代わりにごく小さくうなずいてみせる。

「どうしてママは幸運なの？」ジャニスがたずねる。

ミリーはジャニスを抱き寄せて、こめかみにキスをする。「馬鹿ね、きょうという日にこうしていっしょにいられるからよ」

「ふうん」ジャニスはいう。それがなぜそんなに幸運なのかがわからない。自分たちは毎日いっしょにいるではないか。

そのあとふとジャニスが気づくと、ととのった顔だちの男はジャニスの手を離して映画スターの体を両腕で抱き、映画スターは男を抱きかえしている。そればかりかふたりは情愛たっぷりにキスを交わしている。ジャニスはショックを、ひたすらショックを受ける。映画スターは隣席のミスター・ホルダーよりもずっとずっと年上だからだ。それなのにふたりは、映画のエンドロールがはじまり、観客が帰りはじめる直前の恋人たちのようにキスをかわしている。このあまりにも突飛《とっぴ》な光景に、ジャニスは笑いをこらえることができない。

ア・ラ・リー（エコノミークラス）

済州島での兄の結婚式の途中、ほんの一瞬だったが、ア・ラは七年前に世を去った父親の姿を目にした。結婚式と披露パーティーがおこなわれたのは広大で美しいプライベートガーデンで、冷たい水が流れるかなり深い人工川が敷地を二分していた。子供たちは手のひらに握りしめたペレット状の餌を川に投げこみ、水面が錦鯉《にしきごい》たちで沸き立つようすを楽しんでいた——跳ねまわる百尾もの鯉たちはあざやかな色あいで、あらゆる宝物に通じる色がそろっていた。薔薇色《ばらいろ》を帯びた黄金の色、プラチナの色、鋳造されたばかりの銅の色。そしてア・ラの視線は子供たちを離れ、小川にかかる装飾用の石橋にむかい……そこに安物のスーツを着た父がいた。父は欄干にもたれ、大きくて不細工な顔に深い皺を寄せて、ア・ラににやにやと笑いかけていた。父を目にした驚きで思わず顔をそむけたア・ラは、ひとときショックで息もできなかった。あらためて目をむけたときには、もう父はいなかった。そのあと結婚式の席につくころには、自分が目にしたのは父の実弟で、髪型が似ているジョムだったという結論を出していた。こんなふうにただでさえ感情を揺さぶられる一日なら、父と叔父を見まちがえても不思議はない……なんといっても、結婚式には眼鏡をかけないと決めていたのだから。

地上にいるときなら、ア・ラはマサチューセッツ工科大学で進化言語学を学ぶ学生として、立証できるものや記録できるもの、知識となりうるもの、研究できるものだけを信じている。しかし空に浮かんでいるいまは、もっと心がひらかれたような感じだ。七七七型機――三百数十トンもの重さがある機体のすべて――は、いま目に見えない強大な力で浮いたまま大空を突き進んでいる。すべてを背負って運べるものは存在しない。だからいまここにあるのは死者と生者、過去と現在。いまが翼なら、歴史はその下で折り畳まれる。ア・ラの父は楽しむことを愛していた――四十年もノヴェルティグッズの工場を経営していた父にとって、楽しみはビジネスだった。こうして大空にいるいま、父なら自分自身とあれほど幸せな夕暮れのあいだを死などに邪魔させないはずだと、進んでそう信じることもできる。

「いまぼくは、まじでちびりそうなほど怯えてるよ」アーノルド・フィデルマンがいった。

ア・ラはうなずく。おなじ心境。

「おまけに腹が立ってならない。めちゃくちゃ怒ってる」

ア・ラはうなずくのをやめる。怒ってはいないし、怒るまいと決めてもいるからだ。いまこの瞬間、ほかのどんなことにもまして、とにかく怒るまいと決めている。

フィデルマンはいう。「あのクソ野郎……あっちにいる〝メイク・アメリカ・クソったれ・グレイト〟をスローガンにした男だ。ほんとに一日だけでいいから、罪人の晒《さら》し台を復活させてほしいな。そうすれば、みんなであいつに泥だのキャベツだのを投げつけてやれる。

どうかな、もしオバマがずっとあの執務室にいたら、こんなことになっていたと思うかい？こんな――こんな――いかれた事態が少しでも現実になっていたと思うか？　話をきいてほしい。飛行機が着陸したら……もしも着陸したら、そのときはいっしょに搭乗ブリッジにとどまってくれるかい？　さっきの件を警官に通報するためにね。関係者のなかで、きみは公平な立場だ。警察もきみの話なら耳を傾けるだろう。そのうえで、ぼくの頭にビールをかけたあのでぶの変態を逮捕する――逮捕されたら、やつはわめき散らすばかりの酔っ払い連中とともども狭苦しい牢屋に押しこめられて、世界のおわりを堪能するわけだ」

ア・ラはもう目をつぶって、結婚式がおこなわれたプライベートガーデンにいままた自分を置こうと努めている。もう一度あの人工川のほとりに立って頭をめぐらせ、石橋の上にいる父の姿を目にしたい。今度こそ父を見ても怖がらずにいたい。父とちゃんと目をあわせて微笑《ほほえ》みかけたい。

しかしア・ラは、結婚式が挙行された庭――心のなかだけに永遠に存在するプライベートガーデン――にはいられそうもない。ヒステリー状態の高まりにあわせて、フィデルマンの声がどんどん大きくなっている。通路をはさんだ席にすわる大男ボビーは、フィデルマンの発言の最後の部分を小耳にはさむ。

「警察相手に供述をするときにはな――」ボビーはいう。「――おまえが妻を独善的だの無知蒙昧だのと中傷したことも忘れずに話してもらおうか」

「ボビー」隣席にすわっている大男の妻——崇拝の目つきを夫にむける小柄な女性——がいう。「もうよして」

ア・ラは長くゆっくりと息を吐いてからいう。「だれもファーゴの警察になにかを供述するようなことにはならないわ」

「思いちがいだね」フィデルマンはふるえる声でいう。両足もふるえている。

「いいえ」ア・ラはいう。「思いちがいなんかじゃない。確信してる」

「どうしてそう断言できるの？」ボビーの妻がいう。鳥のようなきらきら輝く目と、鳥のようなせわしないしぐさの女性だ。

「この飛行機はファーゴに着陸しないから。さっきのミサイル発射の数分後に、飛行機は空港上空での旋回をやめてる。みんな気がつかなかった？　少し前から着陸待機モードじゃなくなってる。この飛行機はいま北へむかって飛んでるの」

「どうして北だとわかるの？」ボビーの妻の小柄な女がたずねる。

「太陽が飛行機の左側にある。だから機首は北をむいてるってこと」

ボビーと妻は窓の外へ目をむける。妻は関心と賞賛のこもった低い声を洩らす。

「ファーゴの北にはなにがあるの？」妻はたずねる。「どうしてそっちへ行くのかしら？」

ボビーはゆっくりと片手をもちあげて口もとにあてがう。この問題に自分なりの考察をめぐらせているところとも考えられるが、ア・ラはこのしぐさをフロイト流に解釈する。すなわちボビーはこの機がファーゴには着陸しない理由をすでに見抜いていて、しかもそれを口に出すつもりはないのだ。

ア・ラは目を閉じるだけで、いまごろ核弾頭がどこを飛んでいるのかを脳裡《のうり》に思いえがくことができる。ミサイルは地球の大気圏をはるかに超えて、すでに死の放物線の頂点を過ぎ、いまは重力井戸のなかへ落ちているところだろう。地球の反対側の攻撃目標まで、あと十分もかからないかもしれない。ア・ラが見ただけでも、打ちあげられたミサイルは少なくとも三十発。ニューイングランド地方よりも面積の小さい国家を破壊するのに必要な数を、それだけで二十発もうわまっている。しかもア・ラたち乗客が目撃した三十発は、この国が解き放った兵器のごく一部にすぎないはずだ。これほどの猛攻撃を仕掛ければ、当然これに見あう反撃を覚悟しなくてはならないし、アメリカ発のＩＣＢＭの進路は、反対方向から飛んでくる数百発のミサイルの進路と交差するだろう。どこかで事態の歯車が大幅に狂ってしまった——地政学というひとつらなりの爆竹の導火線に火をつけたが最後、こういう展開になることは避けがたい。

しかしア・ラは、わざわざ攻撃と反撃のようすを思いえがくために目を閉じたのではない。済州島にもどりたかったからだ。川での鯉たちの大騒ぎ。元気に咲きほこっている花々と刈られたばかりの芝生がつくる、かぐわしい夕方の香り。父親は石橋の欄干に両肘をつき、いたずらっぽい笑みをのぞかせている。

「この男は――」フィデルマンがいう。「この男といまいましい女房め。アジア人といえばいいものを、わざわざ古めかしく東洋人呼ばわりしやがった。きみの同郷の人たちを蟻にたとえたりもした。他人にビールをぶっかけて、いやがらせをした。この男といまいましい女房が自分たちの同類を……そう、無鉄砲で愚かしい同類の男を国の責任者の椅子にすわらせたせいで、いまぼくたちはこんな目にあってるんだよ。ミサイルが空を飛び交って……」

そう話す声が張りつめて途切れ、ア・ラはフィデルマンがいまにも泣きそうになっていることを察しとる。

ア・ラはふたたび瞼をひらく。「あなたのいう〝この男〟も〝いまいましい女房〟も、わたしたちとおなじ飛行機に乗ってる。わたしたちみんながひとつの飛行機に乗ってるのよ」いいながらボビーとその妻に目をむけると、ふたりともア・ラの言葉に耳をすませている。「それぞれどんないきさつであれ、とにかくわたしたち全員がこの飛行機に乗ってる。こうして空を飛んでる。トラブルに直面してる。精いっぱい早く逃げようとしているわけ」ア・ラは微笑む。父親の笑みのように感じられる。「この次だれかにビールをかけたくなったら、代わりにわたしにちょうだい。飲みたい気分だから」

ボビーは考えこんでいるような、そして魅せられてもいるような目でしばしア・ラを見つめ――声をあげて笑う。

妻が夫のボビーを見あげてたずねる。「どうしてこの飛行機は北へ飛んでるの？　まさか本気でファーゴが攻撃されるかもしれないと思ってる？　ここにいるわたしたちも攻撃されかねない？　アメリカ合衆国のまんなかへんの上空なのに？」

しかし夫のボビーはなにも答えず、妻はア・ラに目をむける。

ア・ラは頭のなかで、真実を口にすることが慈悲のおこないなのか、それとも新たな打撃になるのかを思案する。とはいえ、こうして黙っていること自体が雄弁な答えになってもいる。

妻の口もとがぎゅっとすぼまる。妻は夫ボビーに目をむける。「わたしたちが死ぬのなら、あなたに知っておいてほしいことがある――いざ死ぬときにあなたの隣にいられるはずだということが、わたしにはうれしいの。あなたはわたしにはもったいないような人よ、ロバート・ジェレミー・スレイト」

ボビーは妻にむきなおってキスをすると、いったん体を離してこういう。「からかってるのか？　こっちこそ、おれみたいなでぶ男がきみみたいなノックアウト級の美人と結婚できたことが、いまもまだ信じられないね。きみとの結婚に比べたら、宝くじで百万ドル当てるほうが簡単だろうよ」

フィデルマンはふたりを見つめて顔をそらし、「ったく、勘弁してくれ。いまさらぼくの前で人間っぽい面を見せないでほしいな」といいながら、ビールを吸いこんだペーパータオルをくしゃくしゃに丸め、ボビー・スレイトに投げつける。

ペーパータオルの球がボビーのこめかみに命中して跳ね返る。ボビーは顔をめぐらせてフィデルマンを見つめ……笑いはじめる。なごやかに。

ア・ラは目を閉じ、頭を座席の背もたれに押しつける。

シルクを思わせる春の夜のなか、橋に近づくア・ラを父親が見つめている。

そしてアーチ状の石橋にア・ラが足を踏みだすと、父親が手を伸ばしてア・ラの手をとり、人々が踊っている果樹園へと導いていく。

ケイト・ブロンソン（操縦席《コックピット》）

ケイトがヴォーステンボッシュの頭部の傷の応急処置をおえるころ、この主任客室乗務員は操縦室の床に横たわって、うめき声をあげている。ケイトはヴォーステンボッシュの眼鏡をシャツのポケットに入れてやる。先ほど体が落下したときに眼鏡の左のレンズがひび割れてしまった。

「転んだことなんか一度もなかったんだ」ヴォーステンボッシュはそう話している。「この仕事を二十年もつづけていてね。そう、わたしは大空のフレッド・アステアだ。いや、ちがう。グレース・すっごい・ケリーだ。ほかの客室乗務員がやるような仕事はひとつ残らずこなせるよ——ハイヒールを履いて、うしろむきに歩くこと以外はね」

ケイトはいう。「フレッド・アステアの映画は一本も見てないな。わたしって、ずっとシルヴェスター・スタローン贔屓《びいき》だったし」

「信者だな」ヴォーステンボッシュはいう。

「ええ、骨の髄まで」ケイトは同意し、ヴォーステンボッシュの手を握る。「だめ、起きあがっては。いまはまだ」

ケイトは身軽に立ちあがると、ウォーターズ機長の隣の席に腰をおろす。先刻ミサイルが発射されたときには、操縦席のディスプレイがたくさんの亡霊の光で明るくなった――ピンの先で刺したような赤い輝点が百以上もいっせいに表示されたのだ。しかしいまはもう、付近の空域を飛行中のほかの航空機が表示されているだけだ。しかもその航空機の大半はこの飛行機よりも後方にいて、いまなおファーゴ空港の上空で旋回をつづけている。ケイトがヴォーステンボッシュの手当をしているあいだに、ウォーターズ機長が新しい目的地を設定したらしい。

「どうなってるの？」ケイトはたずねる。

機長の表情を見るなり不安が高まる。青白くなったその顔は、血色をほぼ完全になくしている。

「なにもかもがいっせいに起こってる」ウォーターズはいう。「大統領は安全が確保できる場所に移動した。ニュース専門のケーブルテレビ局によれば、ロシアがミサイルを発射したそうだ」

「どうして？」ケイトはたずねる――理由が重要であるかのように。

ウォーターズはお手あげだといいたげに肩をすくめてから答える。「まずロシアか中国、あるいはその両国が上空に防衛線を設置した――アメリカの爆撃機が朝鮮半島に達する前に追い返そうとしたんだ。これに応じて、南太平洋にいたアメリカの潜水艦がロシアの航空母艦を攻撃した。あとは……ドミノ倒しだよ」

「つまり」ケイトはいう。

「ファーゴは無理だ」

「どこへ？」いまケイトは一度に一語しか口にできないかのようだ。胸骨の奥で、なにかが息苦しいほどに張りつめている。

「とにかく北へ行けば、着陸できる場所があるはずだ。遠く離れた場所——ぼくたちの背後で空から降ってきているものから遠く離れた場所にね。だれにとっても脅威にならないような場所がどこかにあるはずだ。カナダ北部のヌナヴト準州はどうかな？　去年、州都のイカルイトにある空港に七七七型機が着陸した。世界の果てにある空港の狭くて短い滑走路だが、理論上は着陸可能だし、そこまで飛べるだけの燃料もあるはずだよ」

「失敗した」ケイトはいった。「スーツケースに冬用のコートを入れてくるのを忘れちゃった」

ウォーターズはいう。「おやおや、これまで長時間フライトになじみがなかったと見えるね。この手のフライトではどこへ連れていかれるかわかったものじゃない。だから荷物にはいつでも、水着と手袋の両方を忘れずに詰めておかなくてはね」

たしかに長時間フライトになじみがないのは事実だ——七七七型機の操縦レベルに達したのはつい半年前だ。しかしウォーターズのいまのアドバイスは、わざわざ胆《きも》に銘じるだけの価値があるとは思えない。この先、別の旅客機を飛ばす機会があるとは思えないからだ。それはウォーターズもおなじだろう。もう飛行機を飛ばしても、目的地がひとつもなくなるのだ。

〝ペンシルタッキー〟などと揶揄《やゆ》されるペンシルヴェニア州の辺鄙《へんぴ》な田舎に住んでいる母親とは、もう二度と会えまい。しかし、悲しみはない。母親は再婚相手の男――ケイトにとっては義父――といっしょに、こんがり焼け焦げて死ぬことになる。そして義父は、かつてケイトが十四歳のときにラングラーのジーンズの前に手を突っこもうとしてきた。義父がなにをしようとしたかを母親に訴えたが、母親は淫売《いんばい》のような服を着ていたおまえの自業自得だ、といっただけだった。

十二歳の義弟とも二度と会えないだろうが、こちらは心から悲しく思える。義弟の名前はリアム、心やさしく穏やかな性格の自閉症者だ。クリスマスにはリアムにドローンをプレゼントした。リアムがいま世界でいちばん好きなのは、ドローンを飛ばして空中写真を撮影することだ。ケイトにはその楽しさが理解できる。ほかならぬケイト自身も飛行機に乗っていていちばん楽しいのは、地上の家々が鉄道模型のジオラマのサイズにまで縮んでいくあの瞬間にほかならなかったからだ。てんとう虫のサイズになったトラックが何台も車体をきらめかせ、日光をきらりと反射しながら、摩擦など存在しないかのように幹線道路に沿って滑るように移動していく。高度がぐんぐんあがれば、湖は手鏡ほどのサイズにまで縮小される。千五、六百メートル上空から見れば、ひとつの町全体が手のひらに載ってしまいそうだ。リアムは、ドローン撮影の写真に写った人々のように小さな体になりたがっている。そのくらいまで小さくなれば――リアムはいう――ケイトにポケットに入れてもらって、いっしょに連れていってもらえるからだ、と。

一行を乗せた旅客機は、ノースダコタ州最北端部の上空を飛び越えて進んでいく――かつてケイトがグアムのファイファイビーチ沖で、バスタブの湯のような温かさの海水のなかを、ガラスのようにきらめく緑の太平洋を突っ切って進んだように。海底世界を眼下に見ながら無重力状態にあるように水中を滑って進んでいくのが、どれほど気持ちよかったか。重力から解放されれば――ケイトは思う――肉体から逃げだして純粋に精神だけの存在になったときのような感覚を味わえるのではないか。

ミネアポリスの管制センターが呼びかけてくる。「デルタ航空二三六便、飛行コースをはずれているぞ。そちら、まもなく当方の管制空域外へ出ようとしているが、どこを目指しているんだ？」

「ミネアポリス」ウォーターズ機長が答える。「現在の磁針路は〇六〇度、空港コードＹＦＢ《ヤンキー・フォックストロット・ブラヴォー》のイカルイト空港への目的地変更を了承ねがいたい」

「デルタ二三六、なぜファーゴに着陸できない？」

ウォーターズは長いあいだ操縦盤にじっと顔を近づけたままだ。ダッシュボードにぽとりと汗がひとしずく落ちる。視線がちらりと揺れる――機長が妻の写真に目をむけたことをケイトは見てとる。

「ミネアポリス、ファーゴは第一核攻撃地点だ。われわれの生存確率は北へ行く方が高くなる。当機には乗客乗員あわせて二百四十七人が乗っているんだ」

無線からばちばちという雑音だけが出てくる。ミネアポリスは考えをめぐらせている。

目もくらみそうな強烈な光が空を満たす――太陽とおなじ大きさのフラッシュが大空のどこか、この飛行機よりも後方で閃《ひらめ》いたかのようだ。ケイトは窓から顔をそむけて目を閉じる。深みのある重低音が襲いかかる――耳できくというよりも体で感じるような衝撃は、飛行機の機体という実存そのものが震動させられているかのよう。ふたたび目をあけると、目のすぐ前に、ふわふわと緑のしみめいた残像が浮かんでいる。いきなりファイファイビーチでのダイビングが再現されたようだ――発光する海草と、身をくねらせながら蛍光を発するクラゲの群れに囲まれたあのときが。

ケイトは身を乗りだし、首を伸ばす。雲の覆いの下でなにかが光っている――おそらく機の後方、百五、六十キロ程度の場所だろう。ついで雲そのものが変形して広がり、上方へむかって膨張しはじめる。

ケイトがまた副操縦士席に腰を落ち着けると同時に、ふるえるような衝撃をともなった、なにかが砕け散るようなくぐもった重低音がふたたび襲いかかり、まぶしい光があふれる操縦室内が一瞬だけ、また明暗が逆転した陰画《ネガ》に変わる。今回ケイトが熱気を感じたのは顔の右側だけだ——まるで、だれかが太陽灯のスイッチを入れて、すぐに切ったかのように。

ミネアポリスがいう。「了解した、デルタ二三六。一二七・三メガヘルツでカナダ・ウィニペグ管制センターに連絡をとるように」航空管制官はろくに関心もないような無造作そのものの口調だ。

ヴォーステンボッシュが起きあがる。「まぶしい光が見えたぞ」

「ええ、わたしたちも見たわ」ケイトは答える。

「ああ、まいったな……」ウォーターズがいう。声はひび割れている。「せめて妻に電話をかけるべきだった。なんでぼくは妻に電話をかけようともしなかった？　妊娠五カ月で、家にたったひとりでいるのに」

「無理よ」ケイトはいう。「電話は無理だった」

「でも、なんでぼくは妻に電話で教えなかったんだろう？」ウォーターズはケイトの言葉も耳にはいっていないようにつづける。

「奥さんは知ってるはず」ケイトはウォーターズにいう。「伝えなくても知ってるはずよ」

ただし伝えるのが夫婦の愛なのか世界の終末なのか、ケイトにも判然としない。

またもや閃光。またもや腹の底を揺るがす意味深な重低音の衝撃。

「いますぐウィニペグ飛行情報区に連絡をとるんだ」ミネアポリスがいう。「ただちに、カナダ民間航空管制《NAV CANADA》に連絡をとりたまえ。デルタ二三六、これよりそちらの機は当センターの管制下より解放される」
「了解、ミネアポリス」ケイトはそう答える——ウォーターズが両手で顔を覆って悲嘆の声を洩らすばかりで、とても会話できる状態ではないからだ。「ありがとう。そちらの無事を祈る。こちらデルタ二三六。交信終了」

ジョー・ヒル
於・ニューハンプシャー州エクセター
二〇一七年十二月三日

〔作者付記〕
操縦室内の一般的な行動手順についてご教示くださった元パイロットのブルース・ブラックに感謝する。ただし専門分野での描写にミスがあれば、いかなるものでも、作者の——作者ひとりの——責任である。

戦争鳥《ウオーバード》

デイヴィッド・J・スカウ

——白石 朗 訳

デイヴィッド・スカウといえば、いちばん有名なのは〝スプラッターパンク〟というサブジャンルの作品だろう（スカウはこのジャンル名の発案者とされている）。しかしスカウは、ほかにもストレート・フィクションやクライム・ストーリー、『クロウ／飛翔《ひしょう》伝説』やリブート版〈悪魔のいけにえ〉シリーズの最上の作品の脚本にたずさわっている（きっちり記録したいあなたのような人々のために申し添えれば、『テキサス・チェーンソー ビギニング』のことだ）。ここに収録した「戦争鳥《ウォーバード》」は、第二次世界大戦中におこなわれたドイツへの爆撃任務を驚くほど詳細に再現して語った作品だ。同時に本作は人間が戦争におもむくとき、どのような力が解き放たれるのかをパワフルに描きだした作品でもある。

「あのころおれたちは、あれだけたくさんの戦いでなにかを目覚めさせちまったらしい」と、本作で老ジョーゲンセンは語る。「あれだけ多くの憎しみ。あれだけ多くの命……」

この言葉こそ、弾丸が飛び交い、周囲のいたるところで空気が爆発しているさなかに〈わけあり女《シェイディ・レイディ》〉の搭乗員たちが見たものの説明になっているかもしれない（し、なっていないかもしれない）。

（白石 朗 訳）

「戦争鳥《ウォーバード》は実在してるよ」テーブルのさしむかいにすわる老人は、軍用機とその搭乗員をさす俗語を、まるで本当の生き物であるかのように語りはじめた。「この目で見た。ああ、グレムリンよりはずっとリアルさ——ただ、手にした拳銃の重みのほうがリアルに感じられるがね」

わたしが数百キロにも及ぶ長い旅をしてここへ来たのは、亡父にまつわる回想をこの老人の口からきくためだった。そしていま老人は、蜘蛛《くも》の糸を思わせる白い眉毛でもって、わたしがたわごとをどこまで鵜呑《うの》みにするかを見さだめつつ、空飛ぶモンスターの話をわたしにきかせていた。顔をあわせるのはきょうが初めてで、わたしと老人のあいだには信頼が存在するという建前だが、そんなものは儀礼にすぎず、もっと根本的ななにかが場に出現するまでの当座の代用品としておけばいい。

いまの発言の拳銃にまつわる部分を、わたしはもっと真剣に受けとめるべきだった。

「いいやつだったよ、あんたの親父《おやじ》さんは」当時、上部旋回銃座の銃手をつとめていたジョーゲンセンはいった。B－24D爆撃機に装備されていたマーティン製の銃座のことだ。忌ま忌ましい下調べ。わたしは搭乗員たちをそれぞれの持ち場で記憶していた。わたしの推測の大部分は、一九四三年に撮影された一枚の写真を土台にしていた——チームの中心メンバー全員がスナップショット撮影で一堂に会するという数少ない機会のひとつの写真。わたしは写真の人物それぞれに苗字を書き入れた——わたしが入手した勤務当番表には、フルネームやニックネームが掲載されていなかったからだが、当時は全員にヽヽニックネームがあった。おおむねボビーやウィリーやフランキーといった本名の省略形で、どこのご近所にもいる子供たちと変わるところはない。おまけに写真の男たちはみんな子供同然だった。ここにすわって、ジョーゲンセンの姉のケイティーが出してくれたコーヒーを飲んでいるいま、ピントのあっていない白黒写真が撮影されてから六十五年が経過し、写真のなかの若々しい顔はいずれも十代を抜けたか抜けないかという年齢だ。しかも、搭乗員の少なくともふたりは入隊したい一心で年齢をごまかしていた。いまジョーゲンセンは、齢《よわい》八十に近づきつつあるどころではない――八十歳を過ぎ、そこから遠ざかりつつあった。ほかにも重荷がある。関節リウマチのせいで両手の指が曲がって、引き攣《つ》った鉤爪《かぎづめ》を思わせる形になっていた。自分では聴力が若干落ちていることを認めないだろうが、補聴器をつけているのは丸わかりだった（耳の裏側から装着する旧式の大きな補聴器で、いわゆる〝肌と変わらない色〟の組紐《くみひも》被覆のケーブルが伸び、シャツのポケットにおさめてある箱につながっていた）。ブルーの瞳は、長年のあいだに黄ばんだ鞏膜《きょうまく》のせいで色がくすんでいる。レンズが磨かれた眼鏡《めがね》。腰が曲がってはいるが歳月には屈しておらず、自分の話をわたしが信じることを求めている。なぜかといえば、つまるところ自分が年長者だからだ……ふん、若造どもがなにを知っているというのか？

ブレット・ジョーゲンセンは、おおかたの第二次大戦中の爆撃機乗務員の例に洩《も》れず、訓練過程をおえると、軍曹としてヨーロッパに送りこまれた。ノルマンジー進攻作戦までは、墜落した軍用機に乗っていた数千人ものアメリカ人軍曹たちがドイツの戦時捕虜収容所に無理やり詰めこまれていたものだ、とジョーゲンセンは冗談を飛ばした。この手の話をもちだすのは、わたしを試すためだ――さあ、おれは本物で、ちゃんと知っていることを話しているのか、それとも先の大戦は歴史と記憶の両方から消せばいいと思っている珍しくもない歩兵にすぎないのか、当ててみるといい。

「軍曹と中尉ですね」わたしはいいながら、ぬるくなったコーヒーに化学物質の粉末を落としこんだ。ジョーゲンセンはコーヒーをブラックのまま、なにも入れずに飲んでいた。こんなふうに聞き手が話し手の発言をおうむ返しにすれば、ふつう話し手は説明するものだ。

ジョーゲンセンはいったんテーブルを押して体をうしろへ反らし、すぐ身を乗りだした。手をつかう動作に時間がかかっていた――両手がともに退化し、単純になにかをつかむだけの道具になっていたからだ。同情がちくりと胸を刺してくるのも、これが初めてではなかった。

「親父さんも軍曹だったな。シカゴから来てた。AT‐6で練習しようとしてたが、それほど腕のいいパイロットじゃなくてね。結局引き当てたのは〝バスの最後列席〟だよ――五〇口径のブローニングM2重機関銃が二挺《ちょう》だ」ジャーゲンセンは鼻を鳴らして笑い声を洩らし、ナプキンをさがした。「そういやあいつは一度、機体をつらぬいた対空砲火の弾丸にケツをやられたことがあったな……弾丸がフライトスーツの布地を切り裂いて、ケツのあたりをじゅうじゅう焦がしたんだ」

「ええ、その話は父からききました。当時、ベルリン防衛のために街を囲むようにつくられた基地のひとつ、ベルンベルク飛行場でのことですね。三度めの飛行任務、一九四四年三月です」

「おや、ちゃんと注意を払って話をきいていたな」ジョーゲンセンはいった。「だとしたらおまえさん、これからきかせる話もそう奇妙には感じないかも。戦争映画は見たことがあるだろう？　だったら、現実の戦闘を見たことは？」

「ありません」ヴェトナム戦争のための選抜徴兵制がはじまったとき、わたしはハイスクール在学中だった。最初の選抜時にわたしが引き当てたのは、ずいぶんうしろのほうの番号だった。

「とにかく映画と現実は大ちがいだし、空中戦となれば一から十までまったくちがう。実際の現場はといえば、大半がやかましい騒音とパニックだ——首尾よく生き延びられたら、自分がどうして死なずにすんだのかと首をひねることになる。いざその瞬間は、ひたすらアドレナリンの大放出とクソをひりそうなほどの恐怖につきる。まわりでは飛行機がばらばらになり、爆弾がばかすか落とされ、十挺もの五〇口径の重機関銃が耳もつぶれそうな銃声をあげつづけ、敵の戦闘機が二十ミリ砲をこっちの鼻づらに浴びせ、まわりでは——文字どおりまわりのいたるところでは――ほかの飛行機が落っこちていくのが見える。ああ、顔見知りが飛ばしてる飛行機が煙を引いて落ちたり空中でどかんと爆発したりすれば、思わず緊急脱出用の落下傘があるかどうかを確かめたくなるが、そんな時間はない。ときにヘヴィーメタルをきいたことはあるか？」

ジョーゲンセンの言葉のスケッチがあまりにも真に迫っていたので、わたしはひととき完全に話に引きこまれ、地表にいることも忘れていた。「なんですって？　ええと……はい……あります。それなりに」

「どうにも好きになれん」

ジョーゲンセンはそういって口をつぐんだ。ブラック・サバスのベスト盤のCDを手にして満足顔ですわるジョーゲンセンの姿を、わたしが脳裡《のうり》に思い描くだけの時間を与えてくれたのだろう。マッドハニー流スラッシュメタルの風味も追加。さらにノルウェイのスピードメタル・バンド流儀のメルトダウンをほんの一滴。

「理由を教えてやろうか？　戦闘とそっくりの音だからだ――それが理由だよ」

機首部分に描きこまれた絵にちなんだ〈トルコ人《ターク》〉という愛称をもつB－24リベレーターは、地面にがっちり食らいつき、燃えあがる部品を滑走路の路肩一帯に吐きちらしていた。その一方、生き残った搭乗員たちは散り散りに逃げていた。防寒飛行服姿のままの搭乗員ふたりが爆風で地面に叩きつけられた。そのひとりは二度と立ちあがって走りだすことはなかった。消火チームの面々が、半分消し止められた火災現場からこちらの新しい火災現場へ急行している一方、機体に損傷を負っているほかの重爆撃機が吹き飛ばされる破片を避けながら着陸しようと四苦八苦していた。何機ものリベレーター——それぞれの空虚重量は十九トン——が寄りあつまり、数珠つなぎも同然に着陸してくる。それも、文字どおり空からどすんと落ちてくるように。管制塔上の監視員たちは帰還してくる機を確認しては、死者の数を数えあげるのに大わらわだった。

イギリス本土の典型的な気候だった——うっとうしい霧と空一面に垂れこめた雲。炎上している軍用機が、いかにも苦労しながら光り輝くのぞき穴を霧に穿《うが》つ。穿たれたホットスポットから、黒々とした煙の筋が螺旋《らせん》をえがいて空に立ちのぼっていた。

オクラホマシティからこの地に到着したばかりの下部銃座の銃手、ウィートロウ——ブロンドで、小麦《ウィート》のつく苗字からもわかるようにトウモロコシで育った男だった——がハリー・マーズに駆け寄ってきた。マーズは中尉で、〈わけあり女《シェイディ・レイディ》〉の副操縦士だ。そのマーズはいま、スラックスの尻ポケットに両手を突っこんで立っていた——なにから手をつけていいかが皆目わからないときの、この男の定番ポーズだった。

「こりゃたまげた!」ウィートロウがいった。「なににやられたんです?」

「前輪を出さずに着陸したうえに、訓練で墜落事故の映像を見ていなかったんだろうな」

マーズはいった。「ようこそシップダムへ、元気な青二才くん」

ノーフォーク州シップダムはロンドンの北東、北海に突きだした半島の小さな村で、いまはアメリカ陸軍航空軍の第44爆撃航空群の本拠地として、ヨーロッパでの作戦任務につく軍用機の集合地になっている。パブとコテージだけの絵葉書のようなイギリスらしい景色は、いま高射砲で囲まれたかまぼこ型組立兵舎《ニッセン・ハット》と滑走路で台なしにされたうえ、本当のところなにが起こっているのかを知りたがる傍若無人なアメリカ人の飛行機乗りたちの大群が町に押し寄せてもいた。いつも騒々しく、無神経さがやけに目立つ連中——それもカルチャー・ショックと大書されている状態だ。

　腹部を撃たれたB－24が滑るように帰還してくる光景は、途方もない恐怖を呼び覚ますという点でオペラなみとさえいえた。リベレーターという愛称で呼ばれるこの爆撃機は、飛行中以外は不格好そのものの姿をさらしている。失速速度が大きいので、不時着水ともなれば、より荒っぽく〝ばしゃん〟と水面に激しくぶつかりがちで、〈空飛ぶ要塞《フライング・フォート》〉ことB－17の不時着水とくらべると、搭乗員の生存率は十分の一ほどだった。〈ターク〉の機長はお話にならないひどい情況をみずから引き受け、手引書《マニュアル》どおりの対応をしてきた——動いていた二基のエンジンを切り、フラップをめいっぱい降ろして、機首がタールマカダム舗装の滑走路に触れる瞬間を少しでも先延ばしにするべく奮闘したのである。降ろしてあった右車輪が着地の衝撃でへし折れ、機体がぬかるみに突っこむと同時に、右主翼が——巨大なプラット＆ホイットニー製の二基のエンジンにはさまれた部分が――ざっくりと折れた。つづいて、なにかが燃えあがった。爆弾はもう搭載されていなかったし、弾薬もごくわずか、燃料もわずかしかなかったが、機内のなにかが燃えはじめるとビール瓶のなかで花火に点火したようになり、この怪物は爆発の衝撃で腰を引きちぎられた。

いずれにしても、この手の軍用機では機内のあらゆる物質が可燃性であり、燃えあがった炎は、イギリスならどこにでもある冷たい灰色の泥と水分をたっぷりはらんだ空気でも消し止められなかった。

そののち全員が食堂で、マドセンからさらなる不穏なニュースをきかされた――ちなみに食堂は要旨説明《ブリーフィング》用ホールとして二倍に拡張されていた。ウィートロウは任務割当表で〈シェイディ・レイディ〉の欄をチェックした。しかし、あいかわらず空白のままだった。マドセンはサムブラウン・ベルトをきっちりと締めている、イギリス男の見本のような堅物で、革覆いのついた短いステッキを地図をぴしゃりと叩くための指示棒として活用しつつ、トタン板づくりの手狭な兵舎にあつまった落ち着かないようすの士官と下士官の全員にこう説明していた。

「……着弾後、十分の一秒で起爆する弾頭信管、および着弾後四分の一秒で起爆する弾底信管を装着した五百ポンド爆弾と一千ポンド爆弾を百九・二トン分、高度一万八千フィートから二万フィートのあいだの上空より投下することに成功した。レーゲンスブルクのメッサーシュミット工場ばかりか——」

　マドセンのステッキが地図を叩いてぴしゃりと音をたてると、これに応じて室内からいっせいに歓声があがった。

「そう、そのとおり」マドセンは騒ぎが静まるのを待った。「さらに近隣の二カ所の目標の爆撃にも成功、空気と水と電力の供給線を断つことができた。ネジ工場とゴム工場だ。もちろん機械部品はいまも回収可能だろうが、つかうのなら大々的な検査や補修が必要になるね」

　火のついた九百本近いタバコが、兵舎のドーム状の天井に煙の逆転層をつくりだしていた。ウィートロウは、ワイオミング州キャスパーの訓練施設からいっしょに当地へ来たばかりの見知った顔を目にとめた——ここまでひとまとめに運ばれてきた男たち、記憶に残らない名前をもつ男たち。しかしいまウィートロウは、新しい搭乗員仲間のところに押しこめられていた——彼らの皿に載った新しい肉だ。隣にすわっているジョーゲンセン軍曹はパイプ椅子を前後に揺らしていた。

「あのイギリス野郎、口をひらけば——」ジョーゲンセンはいった。「ネジこむ話とゴム製品の話ばかりだな」

　カリフォルニア出身のカウボーイ男、アルヴィン・テュークスがジョーゲンセンの反対側からわざわざ身を乗りだし、ぐいっと突き立てた親指で〈シェイディ・レイディ〉の航法士をさし示した。「あのマックス中尉どのはね、こっちの海岸に到着するなり、イギリス女と結婚したんだぞ。どっかーん！」

たちまちテュークスは、爆撃手であり機首銃座の銃手をつとめるキース・スタックポール中尉のきびしい視線をむけられて身をすくめた。無理もない――将校の噂話をしていたのだから。

「くそ」テュークスはいった。「すいません」

二十二歳だが、この男たちのなかでは年長者のスタックポールは広げた手のひらをかかげた――《馬鹿な話はやめろ》。彼らが枢軸国を攻撃している一方、負けないくらい好戦的なイギリス女性たちの分遣隊が、ホームシックに苦しむヤンキーたちに襲いかかっていた――物資窮乏と間近に迫る死がつくる、人を酔わせる雰囲気のなかで。ただし、緑の瞳をもつ航法士のマックス・ジェントリー中尉は、自分だけはちがうと主張していた。自分は恋に落ちたのだ、と。それも当然。ジェントリーは同時にトラック二台分もの馬鹿話と嘘《うそ》っぱちを運びこんできた男だし、スタックポールがそんなジェントリーを褒めてやまないのは、同時に静かなる敬意の雰囲気を身にまとっていたからだ――それも、自分はこのイギリス土着の不屈の精神にいま順応しつつあるところだ、と示唆しつつ。ジェントリーが血迷って飛行スカーフを首に巻いたり、イギリス流の鼻にかかった発音で話したりしないかぎり、スタックポールは〈シェイディ・レイディ〉の航法士に異をとなえるつもりは毛頭なかった。

スタックポールは一本の紙巻きタバコを、無線通信士のジョーンズ軍曹にまわした。ジョーンズはタバコを半分に折って、航空機関士であり、右胴体銃座の銃手でもあるいちばんの親友、スミス軍曹にわたした。スミスとジョーンズ。ときに人は涙をこらえるために笑うしかない場合がある。

「その手の数字はもうどうでもいい」ジョーンズがぶつぶついった。「で、何機だった？」

「四十とか五十とか、そんなあたりだな」スミスがいい、ふたりは一本のマッチでそれぞれのタバコに火をつけた。

ウィートロウの顔がこわばった。「もともとは何機だった？」

「二百とか、そんなあたりだな」もう空席がなかったため、彼らの背後に立っていたジミー・ベックがいった。この尾部銃座の銃手は軍支給のサングラスをかけ、タバコを片手から反対の手へともちかえながら、マーズ中尉と操縦士のコギンズ中尉が割りこめる隙間をつくった。どんな事実や統計であっても、どれだけ明確な数字でも、そこにはいつも〝そんなあたり〟のひとことがつきまとった。

ウィートロウは息をのんだ。「二百……!?」

「全体で百七十七機のB‐24のうち――」食堂の正面に配されたステージで、マドセンが大声を張りあげた。「少なくとも百二十七機、おそらくは最大に見積って百三十三機が目標に到達し、爆撃に成功した。また四十二機が途上《アン・ルート》において撃墜されたか墜落し――」

「ン・ルート？」テュークスがいった――イギリス人が英語以外の単語を発言に混ぜこみたがることに、いまもこの国への新参者らしい驚きをたもちつづけている。

「――そのうち十五機が、目標上空でうしなわれたものと推測されている」

「今度もまた、おれたちの機は任務割当表に載っていなかったぞ」コギンズがスタックポールにいった。

「さらにつづければ――」マドセンがいった。「八機が中立国であるトルコ国内に着陸し、目下抑留されている。百四機が基地に帰還、くわえて二十三機が味方の別基地に着陸。当方の損失は全部で五十機だ。現在までに戦闘中死亡、もしくは戦闘中行方不明とされている死傷者数は四百四十人。また枢軸国側から、行方不明の搭乗員のうち二十人の身柄を押さえているとの通告があった」

ウィートロウは胃がすとんと落ちていく感覚に襲われた。一回の飛行任務で四百五十人近い兵士の命がうしなわれた。うしなわれた四十五機の搭乗員たち。そんなあたりだ。

「忌ま忌ましいザウアークラウト食らいどもめ」ジョーゲンセンがぶつぶついった。

マドセンが、要旨説明のなかでも心なごむ冷徹な部分を口にした。「当方が撃墜した敵の戦闘機は五十一機だ」

「そりゃよかった」テュークスがいった。「総員搭乗の爆撃機一機につき、敵戦闘機を一機やっつけたんだから」

ちらほら拍手する者がいた。

マーズ中尉はもうこの件を乗り越え、ベックのあばらのあたりをつついた。「おい、ジミー。戦闘中の尾部銃座の銃手の平均余命を知ってるかい？」

ここにいる若者たちにとっては古典的なジョークだった。少なくとも三人が声をあわせて答えた。「九秒！」

「ありがとう、諸君」ベックがタバコの煙を吐きだしながらいった。「ずいぶん気分が楽になった。心が温められたね」

コギンズは部下である搭乗員たちの反応を無言で見さだめていた。良好だった。戦死者数が多ければ、あしたには彼らの総統《フユーラー》への憎しみがわずかでも増しているかもしれないし、その憎しみの念は彼ら全員を生還させるのに役立つかもしれない――〈ターク〉に搭乗していた哀れな連中のように大破した爆撃機内でバーベキューにされたりもせずに、だ。その〈ターク〉の機長はいま病院のベッドで、休息時間を延長していた――たっぷりの油で左腕をミディアムレアに揚げられ、片足が四カ所でへし折れた姿で。

これが戦争だ。これが重大事だ。一九四一年、真珠湾に先立つこと約半年、それまでのアメリカ陸軍航空隊は、ハップ・アーノルド少将のもとでアメリカ陸軍航空軍と改名した。いま兵舎にぎっしり詰めこまれた好戦的なアメリカ人たちには、当時立ちあがるべき理由が多々あった。身をもって示したいことが山ほどあった。しかしいま、彼らの自尊心は日々ちくちく刺されていた。彼ら天空の戦士たちは、正当性でも組織としての独立性でも、海軍の面々や戦車乗りにあと一歩およばなかった。アメリカ合衆国が世界大戦という大騒動に飛びこんでから、陸軍省は陸軍地上部隊と陸軍航空軍をそれぞれ同等の命令体系をもつ組織に改編したが、この改編が実を結んで合衆国空軍が誕生するのは、この戦争がおわったあとのことだ。この当時、ベテラン飛行機乗りの多くは、すでに新しくつくられた陸軍航空軍の一員だったにもかかわらず陸軍航空隊の記章を身につけたままだったが、こうした自尊心は理解できなくもない。

こうした自尊心も、夜中の一時に寝棚から叩き起こされるときにはあまり大きな意味をもたない。侵入者が持参した懐中電灯のスイッチを入れもしないうちから、兵舎の半分がその存在に気づいていた。おおかた部隊長のカーライルだろう——となると、肌寒い暗闇のなか、きれいに禿《は》げあがったコギンズの頭皮にあたって反射しているのは、当人の懐中電灯の光だ。

「コギンズ」カーライルがささやいた。「さあさ・起きろや・起きろ・起きてくれ」

「起きてます」コギンズはしゃがれ声で答えながら寝返りをうった。

カーライルはコギンズの寝棚のへりに腰かけた。「おれだって、こんなことをしたくはないんだが——」

「いま何時ですか?」このときには、テュークス以外の全員が目を覚ましていた。

「一時十五分だ。それで……任務だ。やってくれるな?」

「もちろん」コギンズはいった——自分にできないことはないといいたげに。

「けさ、おれたちは第八航空軍の先導をすることになっていて、そのためには全航空群が総力をあげる必要に迫られてる」

「なにを話してる？」ウィートロウが眠気を払おうと顔をこすりながらいった。

「しいいっ」ベックが応じた。「びっくりだぞ」

「簡単にはいかないぞ」カーライルは全員にきこえるように、前よりも大きな声を出していた。「激しい高射砲火を浴びせられ、そのあと戦闘機がお出ましだ。目標は石油精製工場。きみの機の搭乗員たちの戦闘準備がまだ万全ではないことは知っているが、もっと経験を積んでいる搭乗員をそちらに副操縦士としてつけるわけにもいかなくてね。というのも——」

「サー、うちの搭乗員の戦闘準備は万全です」コギンズはそういい、だれも異論をとなえなかった。

　つまりはそういうことで決まり。あとでコギンズはこの件を、〝大虐殺〟と形容することになる。

　コギンズが自分の機に〈シェイディ・レイディ〉の絵を描かせたのは、北アフリカに駐留していたときだ。ここにいる経験の浅い搭乗員たちが眠っている兵舎は、つい数日前までまったく顔ぶれの異なる搭乗員たちがつかっていた——いまその兵士たちは戦闘中行方不明《MIA》とされている。あしたのことはだれにもわからない。数字の上だけでいえば、規定では二十五回の飛行任務を満了すれば帰国できるが、彼らはまだ四回しか出撃していなかった――しかし毎回決まって呼びもどされるか任務そのものが中止されるかして、英仏海峡をわたって大陸へ行ったことが一度もなかった。彼らが大げさに自慢した最初の飛行任務は、最終的には惨憺《さんたん》たる惨《みじ》めな失敗におわった――高度一万二千フィートで過給機がいかれたため、やむなく引き返し、爆弾を北大西洋に投下してくるしかなかった。当時、右胴体銃座の銃手だったマッカードルというテキサス出身の男は配置がえになり、〈故郷の町の娘《ホームタウン・ギャル》〉の十二回めの飛行任務で戦闘搭乗員になった。その結果できた空席を、ウィートロウが埋めたのだ。

〈ダブル・ダイヤモンド〉という愛称の機に搭乗している下部銃座の銃手が、そのときの任務についてコギンズに説明した。「見たんだよ、〈ラットパッカー〉が敵の八十八ミリ砲弾をまともにコックピットに食らうのを。〈ラットパッカー〉は爆弾をフルに積んだまま機体を傾かせて、〈ホームタウン・ギャル〉をまっぷたつにぶった切っちまった。いっておけば、脱出者のパラシュートはひとつも見なかったね」

マッカードルは生き延びたのか、それとも死んでいるのか？　だれも事実を知らなかった。最低限の心配をするのはいいが、それ以上考えすぎることはおすすめできない。

かくして一行はいまここにいる――火傷《やけど》しそうな熱いコーヒー、イギリスの忌まわしい湿気のせいで関節がぎしぎしきしむなか、苦労しながら装備をととのえ、おまけにまだ残る眠気で目がかすみ、だんだん着ぶくれでずんぐりむっくりの姿になりつつあった。電熱服、防弾ベスト、パイロットたちならバックパック式パラシュート、それ以外の搭乗員にはチェストパック式パラシュート、非常時に膨らませる救命胴衣、飛行帽、ゴーグル、そして酸素マスク。どれもこれも濡れた羊革や牛革のにおいがした。

「うっとうしい霧だな」飛行場へむかうトラックで、テュークスがいった。「噛《か》んで食べるには水っぽいくせに、ごくごく飲むにはねっとりしすぎてやがる」

視界はゼロだった。

「滑走路まで行くのにもジープのあとをくっついていくしかないな」スタックポールがいった。「うちの機は編隊のどの位置につく？」

「コフィンコーナー」コギンズはあえてさりげなく、アメリカンフットボールのポジションにたとえた。

「おっと、そりゃいうことなしだ」尾部銃座の銃手、ベックがいった。

「なんだって？」ウィートロウが口をはさんだ。飛行帽の内側ではブロンドの髪が濡れて、頭にぺったり貼りついている。

マーズ中尉が評決をくりかえした。「梯団《ていだん》隊形の外周部、それもいちばんしんがりだ」

「つまり、あっさり高射砲で殺されかねない位置だ」ベックがいった。

ジョーゲンセンが、ウィートロウの着ぶくれしている腕をぴしゃりと叩いた。「新米用の位置だよ。ま、童貞にはお似合いだ」

「引き返す機が出てくるまで、こちらの機は編隊のあとについていく予定だ」コギンズがいった。「穴を埋められるようにね」

少なくとも引き返す段階は卒業したということだ。コギンズはペンチで軍帽のふちから芯材の針金を抜きとっていた――ヘッドフォンを装着したとき、帽子が通称〝任務《ミッション》クラッシュ〟の形にうまく歪むようにだ。

スタックポールは〈今宵《こよい》の君は〉を口笛で吹いていた。

そして突然〈シェイディ・レイディ〉が一行の前にぬうっと巨体をあらわし、彼らの世界を埋めつくした。くすんだ緑の機体、性悪なおふくろさん、天空の恋人、彼らの子宮、彼らの運命。

第四十四爆撃航空群は別名〈空飛ぶエイトボール〉として知られ、陸軍航空隊では最初のB－24リベレーターによる飛行隊だったが、あいにくヨーロッパへの初乗り隊ではなかった。その名誉は第九航空軍所属の第九十八爆撃航空群〈ピラミッダーズ〉のものだった。〈エイトボール〉の最初の小旅行は一九四二年十一月で、B－17のサポート役だった。ほかの航空群が夜間作戦のために改編されるなか、エイトボールだけは日中の爆撃任務を割り当てられる唯一のリベレーター隊という、羨《うらや》ましがられない地位に甘んじていた。そのころさかんに語られていたのは、十月九日におこなわれたフランスのリールへの爆撃任務に出た第九十三爆撃航空群のうちの一機、〈ブーメラン〉と名づけられたリベレーターにまつわる逸話だった。基地に帰ってきた〈ブーメラン〉の機体には合計数千もの弾丸の穴があいていて、スクラップにされるのは必至と思われた。しかしパイロットと機付長が愛機を守るために抵抗し、弾丸が穿った多くの穴をアルミニウムで補修した結果、〈ブーメラン〉は第八航空軍において最初に五十回の任務を達成したB－24になった。搭乗員たちが〈ブーメラン〉の名誉を守り、〈ブーメラン〉は返礼として彼らの命を守りぬいた。冷笑はともかくも、率直にいえばリール爆撃作戦がその後の作戦立案を変える転回点になった。〝グラマラス・ガール〟の愛称をもつB－17のほうがセクシーだが、だれが見てもB－24のほうが爆撃任務にずっとふさわしい航空機だということを、争う余地なき事実として司令部に断固示すことになったのだ。そう、リベレーターのほうが速度でまさり、航続距離も長く、爆弾搭載量も多く、そのうえ搭載武器もすぐれている、と。要約すれば、〈エイトボール〉の歴史は戦時中のリベレーターの歴史そのものだった。航空戦の要求から生まれたリベレーターは、一九四五年の対日戦勝の日にはすでに事実上時代おくれの機種になっていた。シップダム基地のB－24の大半は、装甲を改良され、自動防漏式燃料タンクやターボ過給機、機体に格納できるスペリー式旋回銃座をそなえた状態で配備されたものだった。

その旋回銃座こそ、きょうの朝ウィートロウがむかっている先だった。

「でっかい太鼓腹のあばずれだよ」マーズは、かつてキース・スカイラーという機長が口にした文句を借用してこの爆撃機をそうたとえた。

「おれは大女が大好きだ」テュークスがいった。「むんずとつかめるところが多いし」

「体がでかい割りにすばしっこいんだ」コギンズがいった。ひょっとしてコギンズは、自分の爆撃機じゃなく、アメリカにいる女房のことを話してるのかもしれないな――ジョーゲンセンは思った。どっちだっていい。もしかするとコギンズの女房は、機体の全長よりも両翼ふくめた全幅のほうが大きいのかも。

搭乗員たちは〈レイディ〉の爆弾倉に五百ポンド爆弾を積みこむ作業をおえていた。機に搭載された十挺のブローニングM2重機関銃には、分離式弾帯がたっぷり合計一万一千発の充分な弾薬を供給する。コギンズの部下たちは爆撃機の下側から機内にはいっていった。これからの十二時間は機内で過ごすことになる――耐えがたいほどの狭苦しさのなか、排泄《はいせつ》チューブに小便を垂れ、人工の空気を吸い、生き延びるために戦う。任務途中で下痢にでもなったら……神に助けを乞うだけだ。

マーズはコギンズの右隣のバケットシートに身を落ち着けながら、いつものように機長が可動式シートをいちばん前に出していることに気がついた。小柄なほうが戦闘機乗りにふさわしいと人は思うかもしれない。しかしサンディエゴやフォートワースの工場にいる冗談好きな連中は、平均的な身長の人間の足ではあと少しで届かない場所にわざとペダルを設置するのが好きときている。

「どうせ牛乳配達《ミルク・ラン》だろうな」マーズは体を落ち着かせながら、比較的安全な早朝におこなわれる爆撃飛行を指すスラングを口にした。

「悪夢になってもおかしくないぞ――戦闘機どもがおれたちを集中攻撃の的に決めたらね」

コギンズはマーズには目をむけないままいった。それから（いまでは芯材の針金を抜かれた）帽子を引きさげてヘッドフォンとなじむようにした。

それからふたりは航空機関士といっしょに飛行前点検をひとつずつこなしていった。マーズは操縦系統の固定ストラップを天井に格納すると（あとでストラップに顔をひっぱたかれないための用心）、ハッチから身を乗りだして補助翼や昇降舵《しょうこうかじ》や方向舵の動きを確認した。

エンジン始動にはバッテリーカートをつかうので、マーズはバッテリーセレクターを切った。

機関士はそれぞれのプロペラを手で六枚分ずつ回転させる――つまり三枚羽根のプロペラを二回転させる――作業を第三プロペラからはじめ、胴体近くのプロペラから外側へ作業を進めていった。退屈で杓子《しゃくし》定規そのもの、おまけに機械的な作業手順だったが、この段階でミスをおかせば――インタークーラーのシャッターが閉じていたり、過給機のスイッチを切り忘れたりすれば――エンジンの爆発事故につながりかねない。油圧系統を動かすため、いよいよエンジンを――まず第三エンジンから――始動させる段階になると、地上整備員が車輪止めをセットし、携帯型消火器を手にして機体のかたわらに控えた。毎分一千回転で、計器類は正常な数値を示していた。

油圧は四十五から五十ポンド、真空圧計は四と二分の一インチ、蓄圧器にはブレーキ用としておおむね九百七十五ポンドの圧力。コギンズが三分の一の出力でエンジンを動かすあいだ、マーズはミクスチャー・レバーを動かして燃料混合比を〝自動《オート》・薄め《リーン》〟に調節した。地上走行で滑走路へ出たら、マーズは四基あるエンジンすべての回転数をあげ、プロペラのピッチ調節機構が正常に機能するかどうかを点検するつもりだった。

コギンズは無線をつかって話した。「インターフォンのチェック中」

「まいったな、機首のすぐ先もろくに見えないぞ」搭乗員たちそれぞれが持ち場での点検をしはじめるなか、マーズもコックピットに引き返した。いつもどおり、離陸して上空に出ていって初めて霧が晴れるのだろう。

スタックポールの声がいった。「爆撃手、了解」

この男がいるのはコックピットの下方で、無線士室にいるジョーンズのそばだ。そのジョーンズがいった。「通信士、チェック完了」

ジョーンズと来れば、つづくのはスミスと決まっている。「了解、こちらは左胴体銃座の銃手」

「がってん承知、了解の介」そうふざけたのはテュークス――スミスとは反対側の右胴体銃座の銃手だ。

「こちらは上部銃座のジョーゲンセン」マーズなりコギンズなりがうしろをむけば、フットレストにかかっている上部銃座のジョーゲンセンの足が見えたはずだ。

「ウィートロウ。下部銃座は異状なし」かわいそうなこの若者は、パラシュートを着けないまま狭苦しい下の銃座に押しこめられていた。銃座にはパラシュートを入れる余裕はない。パラシュートをつかいたければ、理屈の上では銃座から――他人の手を借りて――這いのぼったのちにハーネスでパラシュートを装着すればいい。そのときには爆撃機は火だるまになり、錐《きり》もみ状態で地表めがけて落下中のはずだが……なに、朝飯前さ。

ジェントリー中尉が持ち場からぴょこんと顔を出して、親指を突きあげてきた。規定では声を出して応答することになっているので、それに従う。

「ジミー、応答しろ」コギンズがいった。

「尾部銃座は準備完了だ、機長」ベックは、ジョーゲンセンが〝バスの最後列席〟と形容した場所から答えた。

つかのまコギンズは操縦桿《そうじゅうかん》にかかっているとしか思えない重みで、自分が縮んだように感じた。マーズが眉を吊《つ》りあげた。コギンズはなんとか半笑いをのぞかせて答えた。「このクソなシートが短すぎるんだよ」

やたらにかさばる装備や武器にくわえて、だれもが睡眠不足だったが、それでも〈シェイディ・レイディ〉がぐんぐん上昇していくと、リムジンにでも乗っているような気分になってきた。やがて一同はようやく、多少の日光と青空を目にできるようになった。わずかなご褒美《ほうび》の味は、そのどれもが大切なものだった。

高度が三千フィートに達すると、全員がタバコに火をつけた。一万フィートに達したら、酸素マスクをはずせないからだ。そのあとは機内の爆弾を残らず落として方向転換し、大陸に尻尾《しっぽ》をむけて引き返すそのときまで、彼らを駆り立てるのは玉袋にかく汗だけになる。

「そんなおれたちに、フォッケ・ウルフが雲霞《うんか》のごとく襲いかかってきた」ジョーゲンセンがいった。「いたるところに一九〇型が飛んでいやがった。対空砲火のあとは決まって戦闘機のお出ましさ。気がつくとどうなってたかって。マーズがインターコムに叫んでた――こっちの左主翼のすぐ先を飛んでた〈ヴァーガス・ドール〉が燃えてる、ってな。おれがいた銃座からはまったく見えなかった。それから対空砲火の弾丸がジョーンズの頭のすぐ横の酸素タンクに当たって、無線機をばらばらにぶっ壊した。ウィートロウの電熱防寒服がショートして、やつを燃やしてた。だれもが悲鳴をあげ、銃という銃がやかましく音をたてていて、フォッケ・ウルフの戦闘機が唾《つば》をひっかけられそうなほど近くをびゅんびゅん飛んでやがった。テユークスは機関銃を吊ってるケーブルを力まかせに引きちぎって、クソ野郎に一発お見舞いしようとしたはいいが、うっかりおれたちの機の右垂直尾翼を撃ち抜いちまってね。おかげで機が酔っぱらった老いぼれ売女《ばいた》みたいにふらふら揺れはじめた。あれが初めて見えたのは、ああ、そんときさ」

「戦争鳥《ウォーバード》」わたしはいった。ケイティーは丁寧《ていねい》にも、わたしたちのコーヒーのお代わりを注いでくれた。ジョーゲンセンの姉もおなじく八十代だ。最後のミセス・ジョーゲンセンは十年前に他界していた。

「最初はスツーカだと思ったよ」ジョーゲンセンはいった。「あの爆撃機は、急降下するときにちょっと不気味なうなりを立ててるんだ。でも、次に翼がはばたくのが見えたんで、こう思った――《ありゃ飛行機じゃないぞ》って。それこそ戦闘機にも負けないくらいの大きさだった。翼は蝙蝠《こうもり》に似てて、鴫《しぎ》みたいに鋭くて長い嘴《くちばし》があったな。目は縞瑪瑙《しまめのう》と白鑞《ピューター》みたいだった」そういって咳払《せきばら》いをする。「ああ、いまごろこんなふうに考えてるんだろう？　この耄碌《もうろく》じじいはすっかりボケてるにちがいないってな」もじゃもじゃの眉毛が両方とも吊りあがって、わたしを告発していた。

「いや、そんなことはありません。あいにく父からは戦争の話をあまりきけずにおわりましたが、何年もかけて探した元〈シェイディ・レイディ〉搭乗員のなかには、話をきかせてくれた人もいました。もっと突拍子もない話も耳にしましたよ」

ジョーゲンセンは内面で、なにやら重大な決断の瞬間にたどりついたようだった。「だったら、ああ、かまわんな――ケイティーがキッチンにいるか、テレビのソープオペラでも見てるか、手すきの時間にやるようなことをしてるかぎりはね」

この言葉にも家の裏のほうから抗議の声はあがらず、それでジョーゲンセンもここでならふたりで内密に話ができると満足したらしい。

「おれだって、いまあんたが頭のなかで考えてるようなことを思ったさ」と、話をつづける。「これは幻覚なんじゃないかとね。でも幻覚だったとは思えない。とにかく、馬鹿でかくて、この世のものとも思えないあれが、鉤爪を前へ突きだした格好でぐんぐん迫ってくるのが見えた。で、つぎに気がついたときには銃座の強化ガラスが消え失《う》せてて、おれは頭にざっくり切り傷をつくってデッキに寝かされてた。いまも傷痕が残ってる」そういって髪をうしろへ撫でつけると、白いジグザグの筋が左眉からはじまって頭皮までつづいていた。ナイフの傷に似ていた。「あやうく目玉をなくしかけた。そのあと帰ってくるまでのことは、ろくに覚えてない。あとから、着陸したときには下部銃座が消えてなくなってたときかされた――そこを持ち場にしてた新人のウィートロウもろともだ」

「飛行機から銃座ひとつが完全に消え失せていたんですか？」

「ああ、そうだ――でも機関砲だの機関銃だので銃座だけをふっ飛ばすのは大仕事だぞ。だいたいそんなことになったら、ほかの面々もみんな対空砲火の弾丸をくらったはずだ。ドイツ兵どもは対空砲火に百二十八ミリ高射砲をつかってた。砲弾が爆発してウィートロウが銃座から吹き飛ばされたのなら、おれたちが気づかないわけはない――そんなことになれば、機体の半分が燃えてたはずだからね。機内には合計で七千ポンドの焼夷弾《しょういだん》があり、左右の主翼には引火しやすいガソリンが満杯だったんだぞ」

「あなたの考えでは――」

ジョーゲンセンはわたしの言葉を押しつぶした。「おれは考えたりしてない。推測してるだけだ。事実として知ってることもある。で、哀れなウィートロウの身になにがあったかについては推測もないわけじゃない。でも、あんたにはおれの考えを話そう。なにを考えてるかといえば、あれくらい規模のでかい戦争になると、関係者が握手をして書類にサインをしただけじゃ、あっさりおわってくれない、ということさ」

「あるいは……核爆弾でひとつふたつの都市を日本風味の蒸気に変えても、戦争はおわらない……」軽薄にまぜっかえすつもりで口にしたわけではないが、ジョーゲンセンの話はわき道に逸れなかった――わたしの言葉を無視していたか、礼儀を重んじて黙っていたのだろう。

「考えてもみろ――世界じゅうが戦争してる。戦争が何年もつづいてる。誕生日が何度来てクリスマスが何回めぐってきても、戦争がつづいてる。それなのに、いきなりおれたちのだれもが文明人になり、戦争はおわったという建前をみんなで守ろうと異口同音にいいだす。おれはたまに考える……なにを考えるかといえば……」

その言葉がだんだん小さくなって途切れた。どうしてわざわざ話す？　ジョーゲンセンはわたしのことをろくに知らない。しょせん、昔の搭乗員仲間の小せがれにすぎない。その搭乗員仲間のジミー・ベックは五年前に死んでいるし、生きているときにもクリスマスカード一枚よこさなかった。

「英雄的な行為だの栄光だの、そんなこととは関係ないね」ふたたび口をひらいたジョーゲンセンは、別方向からのアプローチに転じて話しはじめた。「大空の高いところにまであがって、四方八方で弾丸が飛び交い、男たちが血を流し、男たちがわめきたて、爆発が起こっているときには、とにかく命あっての物種としか思えなくなる。生き延びること、それだけになる。神を信じていれば、胸の奥でずっと神に祈る――《お願いです、神さま、どうかこの任務でわたしが死ぬことのないようにしてください》ってな。幸運のお守りのたぐいを信じてれば、その手の品をもち歩く。スタックポールは、かみさんが靴下でつくった小さなキルロイ人形を肌身はなさずもち歩いてたし、信じちゃくれないかもしれないが、おれたちも人形を搭乗員のひとりとしてあつかい、どの任務でもきちんと役割をふるように気をくばってた。ジェントリーがもってたのは、旅や航海に出る連中の守護聖人として名高い聖クリストフォロスのメダルだ。ウィートロウは兎《うさぎ》の足のお守りだった――ただし本人にも兎にも、あいにくの不幸だったがな。あんたの親父さんには決まった験担《げんかつ》ぎがあった。自分の銃を点検するときに、かならず弾帯から最初の一発を抜きとって日付を書きこみ、心臓にいちばん近い胸ポケットにしまいこむんだよ」

五〇口径の重機関銃の弾薬となれば十五センチ近い長さがあり、二十五セント硬貨のロールよりも重い。父が敵地上空から生還した飛行任務は少なくとも八回。弾薬コレクションはその後どうなったのだろうか。

「だれもがおなじようなことをしますね」父の奇癖の話は初耳だったが、わたしはそういった。「戦闘の場に出なくても、人はその手のちょっとした儀式や験担ぎを信じます。害があるわけじゃなし」

「おまえさんには肝心なことがわかってない」ジョーゲンセンは話にならないといいたげに手をさっとふった。

自分がもっと大きな絵の一部になった気分だった。絵はすぐ背後にあり、ジョーゲンセンの目がとらえている眺望の一部だが、あいにくその光景はわたしには見えていなかった。そしてジョーゲンセンはいまその光景を見ていた。

「あの気持ち……戦闘での気持ち……あれがよみがえってくるんだ」ジョーゲンセンはいった。「毎日毎日ね。最初はほんの少しだ。でも、回を重ねるごとに大きくなりやがる。フラッシュバックじゃない。不安の発作でもない。いっておくが、おれはボケちゃいないぞ。こいつは、おまえさんの髪の分け目とおなじで、現実そのものだ。さて、これからおれは自分が信じてることを話す。もしおまえさんが他人に話したりしたら、おれはおまえさんを嘘つきだと罵《ののし》るぞ。それでもこれを話すのは、親父さんに敬意を表してのことだ」

ジョーゲンセンはわたしになにかを託そうとしていた――わたしの予想をはるかに超える重さをそなえたものを。途中で口をはさみたくなる気持ちをこらえるためには、現代人としての理性のありったけを呼び起こす必要があった。

「おれたちはあれだけたくさんの戦いでなにかを目覚めさせちまったらしい。あれだけ多くの憎しみ。あれだけ多くの命を戦争が貪《むさぼ》り食らった。あんなにでかいものが、あっさり消えるわけはない――きょうはあったのに、次の日には消えてるなんてことがあるか。おれの考えだと、あいつはたらふく食らって肥え太り、しばらく眠ってたんだろうな。あのあともあちこちで戦争があった。でも、あとの戦争はようすがちがう。いま話してる戦争は子供を産んだ。なにやら忌まわしいものを産み落とした。で、そいつは昼寝から目を覚まして、そうとも、腹がぺこぺこだと気づいたんだ。あいつが餌を食らうのは大空だが、その大空でおれたち全員を食らいつくしたわけじゃなかったからな」

「戦争鳥《ウォーバード》。でも、なぜあなたを狙うんです？　これだけの歳月がたったあとで、なぜ？」

「おれから筋道立った話がききたいか？　あいにく、そんなものはない。おれの頭にあるのは考えだけだ――本当なら、おれたち全員があそこで死ぬはずだったのに死ななかった、それが理由だという考えだ。おまけにやつはだれが生き残ってるのかを知ってて、ちょっとしたチェックリストみたいなものを……メニューみたいなものをもってる。おれたちはちょろい標的だよ――あいつはじっと機をうかがっていたし、いまじゃおれたちは、もう精力びんびん元気いっぱいな体じゃない。走って逃げることも、銃で反撃することもできない。戦争鳥《ウォーバード》がまた翼をはばたかせて飛び、前の戦争の残り物を食べてる……でも、そんなことはどうでもいい。おれみたいな干からびた老いぼれの話なんぞ、はたして信じるやつがいるか？」

「ミスター・ジョーゲンセン、父は心臓発作で死にました。心筋梗塞です。厳密には、本当に死ぬ前に四回も死んだも同然の目にあいました。心臓の四重バイパス手術を受けたこともあります。血管形成手術も受けました。いよいよ死んだときには、胸部にふたつのペースメーカーが埋めこまれていました。死ぬことにかけては、父はほかのだれよりもしぶとかったんです。それに、恐怖や苦痛を感じながら死んだのでもなかった。父は死を受け入れていました。死にさいしての父は決して……」ここで適切な言葉をさがさなくてはならないことが疎ましかった。「……なにかに憑《つ》かれてはいませんでした」

「そうだな」ジョーゲンセンはいった。その目には《わかるぞ》といいたげな光が浮かんでいた——男らしくこぼすまいとしている涙のさらに奥に。この世代の男たちは決して涙を流さないものとされているのだ。「でも、ついさっきおまえさんは、親父さんから戦争の話をほとんどきかなかったといってなかったかい？」

「でも、あなたは戦争鳥《ウォーバード》のことを話してくれました」わたしはいった。ジョーゲンセンは、決して孫をからかう変わり者の祖父の流儀でわたしをからかっていたのではない。この老人は真剣そのものだったし、今回の告白には、感情のはらわたを腹から引きずりだし、見栄えに頓着せずに広げて検分することが必要だったにちがいない。信頼に足る人間かどうかはともかく、わたしはいっぷう変わった隙間にはいりこんでいた——人が愛する人々にも決してきかせないような内密の話を打ち明けてしまう赤の他人というニッチな分類に。わたしは説明の言葉をきかされた。いまになって、あと出しじゃんけんのように前提条件を押しつけるのは不公平だろう。

「ああ、話したんじゃなかったかな」ジョーゲンセンは我に返ったようすだった。「そりゃ馬鹿な真似をしたもんだ。わるかったね、お若いの。あんたの親父さんのことは気の毒だし、こんな話をおまえさんにきかせたのはすまなかった。おまえさんが信用できる男に思えたんでね。おまえさんとなら、誇りをもっていっしょに軍務につけただろうよ。だが、くれぐれもこんな馬鹿な話で怖気《おじけ》づいたりするなよ。おれはもうそんな段階を通りすぎた。いまじゃ寿命というロープの端っこにいるし、たまにありもしない声や音がきこえる。笑えるのは、もう耳がろくにきこえないってことだ。老衰というのは、いろんなことから解放されることかもしれん。どうだ、おれが老衰なんて単語を知ってるとは思わなかっただろう？　調べたんだよ」

その日の夜遅く、ブレット・ジョーゲンセンは年代物のルガーの銃口をあごの下に押しつけ、九ミリのホローポイント弾でみずからの後頭部を吹き飛ばした。

わたしが立ち去り、ひとりになってからの行為だった。わたしは辞去を申しでて、別れの挨拶をし、また連絡すると本心から述べた。わたしは、自分がジョーゲンセンを見捨ててきたことに気づかされた。

あとあと手に入れた情報の断片を組み合わせた結果、ジョーゲンセンがその拳銃を半世紀前から所持していたことがわかった。

わたしが話をしたばかりだったブレット・ジョーゲンセンは、ノルウェイのオスロからやってきた移民の息子だった。ミドルネームはエリック。戦後は復員兵援護法の助けで学費援助を受け、ミズーリ大学の政治学専攻を卒業した。結婚は二回、子供は三人。新聞のお悔やみ欄の略歴は、通りいっぺんのものになりそうだ。ジョーゲンセンは証券会社に勤め、そこそこの退職金とともに退職した。粗野な田舎風の口調はおおむね演技だった。かつてはほぼ毎日、枢軸国の戦争機械に爆弾を落としていたという過去を知る者はほとんどいない。一九三九年以来ラッキーストライクを毎日二箱吸いつづけていたが、ほんの小さな癌ひとつできなかった。

ジョーゲンセンは数通りの遺書をしたためたようだが、どれも自己憐憫《れんびん》のたわごとだと切り捨てたのか、パンチボウルなみに大きな灰皿ですべて燃やしていた。灰皿とタバコの吸殻のそばに白鑞《ピューター》製のフォトフレームがあり、最初の妻にして戦時中の最愛の女性、故郷に残した恋人テレサの写真が飾ってあった。一九八一年、ジョーゲンセンは病理学者が空気の抜けたバレーボール大の腫瘍を剔出《てきしゅつ》したテレサのなきがらを埋葬した。一般的な確率の法則にさからって、ジョーゲンセンはふたたび恋に落ち、最終的にふたりめの妻ミリセントを、前妻が眠るニュージャージーの墓地に埋葬した。

ルガーは敵からとりあげた戦利品ではなかった。ジョーゲンセンは概念としてのドイツを敵として戦ったが、本人は生身のナチを目にしたことはなかった——一度きりの例外といえるかもしれないのは、高度一万フィートで異国の雲のなかで迷っていたとき、ジョーゲンセンの脳天へむけて二十ミリ機関砲で弾丸を雨あられと撃ってきた男、ゴーグルと革の飛行帽の奥で顔をしかめていたあの男を見たと誓っていえるあのときだけだ。あれは六回めの飛行任務、ブレーメンの鉄道操車場への爆撃。いや、ハンブルクの軍需工場だったか。いや、また別の種類の工場だかなんだかへの爆撃だったかもしれない。

ジョーゲンセンは自分が生き延びて年老いるとは信じていなかった。しかし、シップダムに縛りつけられているあいだも飛行任務のあいだも、彼らが話すのはそんなことばかりだった。故郷に帰ったら恋人と結婚しよう。家庭をつくろう。国旗の赤白青の三色をあしらったケーキを切り分けよう。そのすべてを実現させるために生き延びよう。

ジョーゲンセンはケネディ後の政治家をひとりも信用しなかった。あのわずか一件の暗殺が世界に巻き起こした怒りをジョーゲンセンは覚えていたし、暗殺のニュースをきいたとき自分がどこにいて、なにをしていたのかも覚えていた。こんにちでは、ジョン・F・ケネディが好色で淫《みだ》らな物笑いの種同然の人物だったことはだれもが知っている。そんなのは下世話な暴露、有名人のスキャンダル漁りだ。ジョン・F・ケネディはだれがなんといおうと戦争の英雄だった。修正主義の中身が正しいのなら、あのころジョーゲンセンはなにを守ろうとして戦ったというのか？　以前ジョーゲンセンは、《ぼくたちは敵と出会った……敵はぼくたちだ》というキャプションのついた有名な漫画を見て、《その出会いとやらがどこでの出来事かを知りたいもんだ、おれには無縁の出会いだったんでね》と思った。祖国の国旗はいまも変わらないが、ジョーゲンセンはあまりにも多くの男女が──偽善者か否かはともかく──その国旗の前で真っ赤な嘘をつく場面を目にしてしまった。政治学を専攻して学位を取得したことさえ、あまりにも多くのことを受けとめる下地になったという意味では残酷な冗談に思え、この国にはもう自分のいるべき場所がなくなったとしか思えなくなり、そんな国家のために戦うという考えを捨てた。

そして夜中の三時半、ジョーゲンセンは拳銃に実弾をこめた──たったひとり、わたしといっしょにコーヒーを飲んだところから五メートルと離れていない書斎で。ジョーゲンセンは飛行中の戦闘機の音なら、味方だろうと敵だろうとききわけることができた。あのときジョーゲンセンにきこえていたのは、警察のヘリコプターの音でもなければ、州間高速道路を走っているセミトレーラーの音でもなかった。ジョーゲンセンは念には念を入れて補聴器を耳から引き抜いた──それでもきこえていた金属のきしむような音は、スツーカ爆撃機をもふくむ、いかなる飛行機の音でもなかった。

わかっている……これはすべて推測だが、わたしには高価な脚つきグラスのように一点の曇りもなく、すべてがくっきり見えている。ひとりの老人が補聴器を引き抜くと、世界が静まりかえる。炉棚の時計が秒を刻む音が消え、戸外の世界が遠ざかり、夜になると自宅の材木が句読点のように出していたきしみ音も消え……老人はひとり、戦争鳥《ウォーバード》の音とともに残される。老人はバーボンを飲みおわり、ラッキーストライクを揉《も》み消し、涙の涸《か》れた目を閉じると、姉なら自分を理解して許してくれるだろうと思いながら引金を引く。大きな銃声が響きわたり、同時に戦争が頭から外へあふれだす。

どこにでもいる老いぼれがまたひとり、みずから死を選んだだけ。

ただし、いまではわたしの耳にもあの音がきこえている。断じてほかのなにかと混同することのない音。そしていよいよ、夜空に奇怪な黒い影が見えてくる。食い足りないまま、いまも腹をすかせていて、さらなる餌食を求めて帰ってきたあれが。

【訳者付記】本篇の翻訳にあたっては畏友、村上和久氏に貴重なご示唆を多々たまわりました。ここに記して感謝します。

空飛ぶ機械

レイ・ブラッドベリ

中村融 訳

若くして、たとえば「小さな暗殺者」や「使者」といった一読忘れがたい（ときには身の毛もよだつ）短篇ホラー作品をものして作家活動をはじめたレイ・ブラッドベリは、やがて二十世紀のファンタジー小説の巨匠のひとりになった。長篇『何かが道をやってくる』はこの分野のクラシックだし、イリノイ州の架空の街、グリーンタウンを舞台にした短篇群は、オハイオ州ワインズバーグを舞台にしたシャーウッド・アンダースン作品のライバルといえる。しかし、ここに収録した作品でブラッドベリがわたしたちを連れていくのは古代中国であり、作者はわずか千五百語ほどで〝空を飛ぶこと〟の暗黒面をくっきりと浮かびあがらせている。「この男はある種の機械を作りおった」と皇帝は述べる。「それなのに、自分はなにを作ったのだと尋ねおる。こやつは自分のしたことがわかっておらぬ」

アンブローズ・ビアスの飛行機にまつわる小品は皮肉《アイロニー》だ。ブラッドベリの本作は寓意であり、一見しただけでは単純だと欺《あざむ》かれかねない疑問をわたしたちに投げかけてくる——わたしたち人間は自分たちの創造物を理解しているのだろうか？　この疑問の下に、こんな別の疑問もひそんでいる——ひとたびなにかを創ったら、人はそれを取り消して〝創らなかったこと〟にできるのか？

（白石　朗　訳）

西暦でいえば四百年のこと、皇帝元《ユエン》は万里の長城のわきに玉座をかまえ、雨に潤う土地は緑をしたたらせ、収穫に向けて準備に勤《いそ》しみ、領民はしあわせすぎもせず悲しすぎもせず、平和に暮らしていた。

新年ふた月目、最初の週の最初の日、朝まだきである。皇帝元はお茶を飲みながら、扇をあおいで暖かなそよ風に身をなぶらせていた。そのときひとりの侍従が真紅と青の庭石づたいに走ってきて、声をはりあげた。

「おお、皇帝陛下、皇帝陛下、奇跡でございます！」

「さよう」皇帝がいった。「今朝の空気は甘やかである」

「いえ、いえ、奇跡なのです！」と、あわててお辞儀しながら侍従がいう。

「そしてこの茶は口のなかでまろやかだ。たしかにそれは奇跡である」

「いえ、いえ、皇帝陛下」

「ならばこういうことか――陽は昇り、新たな一日がはじまろうとしておる。あるいは、海は青い。いまはそれが奇跡中の奇跡であろう」

「陛下、人が飛んでおるのでございます！」

「なんだと？」皇帝は扇であおぐのをやめた。

「空中に見えたのです、翼を生やして飛んでおる男が。空から呼ぶ声が降って参りましたので、顔をあげると、そやつがおったのです。男をくわえた天界の龍《りゅう》、紙と竹でできた龍が。太陽と草のような色をしておりました」

「まだ朝も早い」と皇帝。「そちは夢からさめたばかりだ」

「朝も早いのは仰せのとおり。しかし、わたくしはこの目で見たものを見たのです！ おいでください。さすれば、陛下もご覧になれるでしょう」

「まあ、ここへすわれ」と皇帝。「茶を飲むがよい。真《まこと》であれば、飛んでいる男を目にするのは、不可思議なことにちがいあるまい。そちはじっくり考えねばならぬぞ。朕《ちん》もその光景に対してじっくりと心がまえをせねばならん」

ふたりはお茶を飲んだ。

「お願いでございます」痺《しび》れを切らして侍従がいった。「さもなければ、あの男は行ってしまいます」

皇帝は考えこんだ顔で立ちあがった。

「では、そちが目にしたものを見せてもらおうか」

ふたりは庭に出て、草地を横切り、小さな橋を渡り、木立を抜けて、小高い丘に登った。

「あそこでございます！」と侍従。

皇帝は空を仰いだ。

するとと空に、あまりにも高い声なので聞こえるか聞こえないかだが、高笑いをつづける男がいた。その男は翼と美しい黄色い尾となった色あざやかな紙と竹をまとっており、鳥の宇宙で最大の鳥のように、いにしえの龍の国にあらわれた新たな龍のように飛びまわっていた。

男が朝の涼風に乗って高みから声をかけてきた。

「飛んでる、飛んでるぞ！」

侍従は彼に手をふった。

「そうだ、飛んでるんだ！」

皇帝元は身動きしなかった。代わりに、緑の山々にかかる最遠の霞《かすみ》から、いま形をあらわしつつある万里の長城に目をやった。その壮麗な石造りの蛇は、威厳たっぷりに身をくねらせながら地の果てまでのびている。このすばらしい城壁が、悠久のむかしから国を外敵より守り、数えきれない歳月にわたり、平和を保ってきたのである。川岸や路傍《ろぼう》や丘のふもとにうずくまり、めざめはじめている街が見えた。

「ひとつ尋ねるが」と皇帝が侍従にいった。「あの空飛ぶ男を見た者はほかにおるのか？」

「わたくしひとりでございます、陛下」と空に向かって笑いかけ、手をふりながら侍従。

皇帝はもうしばらく天空を眺めていたが、やがて「朕のもとまで降りてくるよう、あの者に伝えよ」といった。

「おーい、降りてこい、降りてこーい！　皇帝陛下がおまえに会われたいそうだ！」両手で杯を作って口に当て、侍従が叫んだ。

　空飛ぶ男が朝風に乗って舞い降りてくるあいだ、皇帝は四方に視線を走らせた。朝早く野良に出て、空を眺めている農夫が目にはいり、その農夫が立っている場所を心にとどめる。

　空飛ぶ男は紙をざわめかせ、竹をきしませて降り立った。装具を着けているのでぎこちないが、誇らしげに皇帝のもとまでやってくると、ついに老人の前でお辞儀した。

「そちはなにをした？」と語気を強めて皇帝が訊《き》く。

「空を飛びました、皇帝陛下」と男が答えた。

「そちはなにをした？」もういちど皇帝がいった。

「いま申しあげたとおりでございます！」と飛ぶ男が叫ぶ。

「そちはなにひとつ語っておらぬ」皇帝はほっそりした手をのばし、装具の美しい紙や、鳥を思わせる骨組みにさわった。それは涼しげな風のにおいがした。

「美しくはありませぬか、陛下？」

「さよう、美しすぎる」

「世界にただひとつです！」男が莞爾《かんじ》とほほえんだ。「そしてわたくしが発明いたしました」

「世界にただひとつとな？」

「断言いたします！」

「ほかにだれがこのことを知っておる？」

「だれも知りません。わたしの妻でさえ。妻はわたしの頭がおかしいと思っております。わたしが凧《たこ》を作っておると思っておりました。わたしは夜中に起きて、遠く離れた崖まで歩いていきました。そして朝風が起こり、陽が昇ると、勇気をかき集めまして、陛下、その崖から飛びだしたのです。飛びました！　しかし、妻はそのことを知りません」

「ならば、妻にとってはさいわいだ」と皇帝。「ついて参れ」

三人は宮殿へ歩いてもどった。太陽はいまや中天にかかり、草のにおいが清々しかった。皇帝、侍従、飛ぶ男は広大な庭にはいったところで足を止めた。

皇帝がパンと両手を打ち鳴らし、

「衛士、衛士はおらぬか！」

衛士たちが走ってきた。

「この男を捕らえよ」衛士たちが飛ぶ男をつかまえた。「首斬《くびき》り役人を呼べ」と皇帝。

「どういうことです！」飛ぶ男がとまどい顔で叫んだ。「わたくしがなにをしました？」彼はさめざめと泣きはじめた。そのため美しい紙の装具がざわめいた。

「この男はある種の機械を作りおった」と皇帝。「それなのに、自分はなにを作ったのだと尋ねおる。こやつは自分のしたことがわかっておらぬ。わけもわからず、あるいは、このしろものがなにをするかもわからずに、作らずにはおられなかったのだ」

鋭い銀の斧《おの》をさげた首斬り役人が走ってきた。彼はむきだしになった筋骨隆々の腕をかまえて立った。その顔はおだやかな白い仮面で覆われていた。

「しばし待て」と皇帝。そばにある卓に向きなおる。その上には皇帝が手ずから作りあげた機械が鎮座していた。皇帝は首にかけた小さな黄金の鍵をはずした。その鍵を小さいながらも繊細な機械にさしこみ、ねじを巻く。それから機械を始動させた。

その機械は金属と宝石でできた庭園だった。動きだすと、小さな金属の木々で鳥が歌い、極小の森を狼《おおかみ》が徘徊《はいかい》し、小さな人々が日向と日陰を走って出入りし、極小の扇であおいだり、小さな翠玉《すいぎょく》の鳥の声に耳をかたむけたり、ありえないほど小さいが、チリンチリンと鳴る泉のかたわらに立ったりした。

「美しくはないか？」と皇帝。「朕がここでなにをしたのかと問われれば、はっきりと答えられる。朕は鳥に歌わせ、森をつぶやかせ、人々にこの森を歩かせて、木《こ》の葉と影と歌を楽しませたのだ。それが朕のなしたことだ」

「しかし、おお、皇帝陛下！」と、飛ぶ男がひざまずいて哀願した。その顔を涙が伝っている。「わたしも似たようなことをしました！　美を見つけたのです。朝風に乗って飛びました。眠れる家々や庭園をすべて見おろしました。海の香りを嗅ぎ、高みから、山々の向こうに、その姿を目《ま》のあたりにしさえしました。そして鳥のように舞いました。ああ、上が、空がどれほど美しいか、筆舌にはつくせません。風にとり巻かれています。こちらでは羽毛のように吹き、あちらでは扇のように吹く風に。朝の空のにおいがどんなものか！　自由であることがどんな気分か！　それは美しいのです、皇帝陛下、それもまた美しいのです」

「さよう」と悲しげに皇帝がいった。「それが真に相違ないのはわかっておる。朕の心もそちとともに宙にあるのを感じ、こう思ったのだから——どんなふうだろう？　どんな心持ちだろう？　それほどの高みから遠くの池はどう見えるのであろう？　そして朕の宮殿や従者たちはどう見えるのであろう？　蟻《あり》のようであろうか？　そして、まだめざめぬ遠い街はどう見えるのであろう、と」

「ならば、お助けください！」

「だが、いずれ時が来る」と、ますます悲しげに皇帝。「すでに持っているささやかな美を手放すまいとして、人がわずかな美を失わねばならぬ時が。朕はそちを、そち自身を恐れはせぬ。だが、別の男を恐れるのだ」

「どんな男を？」

「そちを見て、このような色あざやかな紙と竹でできたものを作る別の男だ。しかし、その別の男には邪悪な顔と邪悪な心がそなわっていて、美は消えてしまうであろう。朕が恐れるのはこの男だ」

「なぜ？　なぜです？」

「いつの日か、そのような男が、まさにこのような紙と竹でできた装具をまとい、空を飛んで、万里の長城に巨大な石を落とさないとだれにいえよう？」と皇帝。

だれひとり身動きせず、言葉も発しなかった。

「そやつの首をはねよ」と皇帝。

首斬り役人の銀の斧が一閃《いっせん》した。

「凧と発明者の亡骸《なきがら》を燃やし、灰はまとめて埋めよ」と皇帝。

命令にしたがおうと、衛士たちがさがった。

皇帝は近習に向きなおった。飛んでいる男を目にした者である。

「その口を閉じておけ。すべては夢、この上なく悲しく美しい夢であったのだ。そして飛ぶ男をやはり目にした遠くの畑のあの農夫、ただの幻であったと思えば金子《きんす》をあたえると彼《か》の者に伝えよ。噂が広まるようなことがあれば、そちも農夫も半刻《はんとき》以内に命がないものと思え」

「陛下は慈悲深くあらせられます」

「いや、慈悲深いのではない」と老人。庭の塀の向こうに見えるのは、朝風のにおいを放つ紙と竹でできた美しい機械を衛士たちが燃やしているところだった。黒ずんだ煙が空に立ち昇るところも見えた。「そう、大いにとまどい、恐れておるにすぎぬ」衛士たちが小さな穴を掘り、そこに灰を埋めている。「百万の人間の命に対してひとりの男の命がなんであろう？　そう考えて慰めを得るしかない」

皇帝は首にかけた鎖から鍵をとりはずし、美しい庭園の小型模型のねじをいまいちど巻いた。大地を見渡し、万里の長城、平和な街、緑なす畑、川とせせらぎを目におさめる。彼はため息をついた。小さな庭園の隠れた繊細な機構がかん高い音を発し、ひとりでに動きはじめた。小さな人々が森を歩き、小さな狼の顔が美しい毛皮を艶々《つやつや》と光らせて、木漏れ陽《び》の射す林間の空き地をはずむように駆けぬけ、高い声で歌う、あざやかな青と黄色の小さなものが小さな木々のあいだを飛ぶ。飛んで、飛んで、その小さな空を飛びまわる。

「おお」と皇帝が目を閉じた。「あの鳥を見よ、あの鳥を見るがよい！」

機上のゾンビ

ベヴ・ヴィンセント

——中村融 訳

当機の副操縦士をつとめるベヴ・ヴィンセントはこれまでに八十篇をゆうに越える短篇や数冊のノンフィクションを発表しているが、飛行機についての小説はいまのところ本作が初めてだ。題名はサミュエル・L・ジャクソンが出演した某映画にインスパイアされたものだが、本作には有名な十三文字の罵倒の文句は一回も出てこない。イピーカイエー!

（白石 朗 訳）

フィッシュ（アメリカのロックバンド）のロゴ入りTシャツを着ている男が、自分はなんでも飛ばせる、とマイルズにいった。もしその言葉が嘘《うそ》だったら、ひとり残らずあの世行きだ。単純明快。その男――バリーだ、見たところ三十歳にはなっていない――によれば、なにもかもがはじまった〝あっち〟でパイロットになる訓練を受けたという。しかし、細かい点はあやふやで、大言壮語のように聞こえる。深夜のバーで女を感心させるために見栄をはっているように。もし女がまだバーにたむろしていればの話だが。

「戦争はよくない考えだって大勢がいった。おれも最初は同じ意見だった」とバリーが肩をすくめていう。「こんなふうになるなんて、思いもしなかった」マイルズに聞こえたとおりだとしたら、控え目ないい方にもほどがある。

マイルズがこの生存者の小さなグループ――彼自身を含めて、全部で十九人――に出会ったのは、ある中心市街地の学校の講堂だった。頑丈なドアと頑強な錠のおかげで一時的な避難所になってくれた場所だ。自分はみんなを飛行機で運べる、とバリーがひとたび宣言すると、マイルズは大雑把《おおざっぱ》な計画を提示した。こういう経緯《いきさつ》で、彼がリーダーになったのだった。

「どこか遠くへ行こう」と周囲に集まった者たちにいう。どうやら三十年におよぶセールスと中間管理職で培った自信たっぷりのオーラが人を惹《ひ》きつけるらしい。「これが終わるまで、安全でいられるところへ」〝これ〟が終わらなかったらどうするか、と訊《き》く者はいない。

空港へ向かうのが最良の選択肢のようだ。市街地は蹂躙《じゅうりん》され、どこも炎上しているし、通りでは人々が殺されている。襲撃者に貪《むさぼ》り食われない者たちは、数秒後にまた起きあがり、貪欲な生ける死者の大群に加わるのだ。自分の計画の成否が、生まれてから一日も働いたことがないように見える男の怪《あや》しげな技能にかかっていなければいいのに、とマイルズは思う。だが、ほかの者たちが自分をリーダーのようにあつかいたいのなら、導《リードし》いてやろうじゃないか。マイルズの指示のもと、彼らは食料を求めてカフェテリアを、道具と武器を求めて物置を掠奪《りゃくだつ》する。バリーはこうも主張する——キーが見つからなくても、荷物の積み降ろしプラットフォームのそばに駐《と》まっているバスのエンジンをかけられる、と。その技も〝あっち〟で習ったのか、とマイルズは訊かないが、バリーは言葉どおりのことができるとわかる。もしかしたら、やはり希望があるのかもしれない。

年代ものスクール・バスの燃料計は、タンクの四分の一を下まわるあたりを指している。郡で営業していた最後のガソリン・スタンドは、六日前に燃料が底をつき、約束された補給用のタンクローリーは姿を見せずじまいだった。おそらく今後も姿を見せることはないだろう。空港へたどり着くだけのガソリンは——かろうじて——ある。だが、飛行機のどれかの飛ばし方がバリーにわからなかったら、それでおしまいだ。十七人が、ハーメルンの笛吹きのあとを追うネズミのように、彼とバリーのあとについてバスに乗りこむ。

　バスはポンコツだが、ちゃんと走る。無理をしないかぎりは。時速五十キロを超えるたびに、エンジンの警告灯がつくので、バリーはアクセルをゆるめる。故障したら代わりはない。ハリファックスの郊外であの忌まわしい連中をたくさん目にすることはなかったが、安全な場所はないのだ。あの悪鬼たちは、いつでもどこでも飛びだしてくる。そしてマイルズのグループには、ナイフと斧《おの》しか武器がない。ガソリンと同様に、銃弾は貴重で稀少《きしょう》な物資なのだ。

　もっとも、時速五十キロはじゅうぶんに速い。どこであれ行くと決めたところまで行けるだけのジェット燃料を積んだ飛行機があるとすれば、幹線道路をガタガタと進む自分たちを待たせておけばいい。無理やりデスクワークにつかされる前、セールスで外まわりをしていたころ、マイルズはスタンフィールド国際空港までの長い道のりが大嫌いだった。だが、今日は自分と市街地のあいだに距離を置けるのがうれしい。

　目路のかぎり、どちらの方向にも走っている車はほかにない。道ばたで立ち往生している車を通り過ぎるが、助けが必要な者が乗っているかどうかたしかめようと減速すると、バスはゼーゼーいい、しゃっくりして、立ち往生しそうになる。バリーはゆるやかに時速五十キロまでもどす。バスが満足するように思える唯一のスピードに。一台の車を通り過ぎたあと、そのステアリングのうしろに頭がひょいと飛びだすのが見えたような気がしたが、マイルズにははっきりしない。それに本物の人間の代わりに連中のひとりであってもなんの不思議もないのだ。

そのちらっと見えたものを心から押しやる。けっきょく、光のいたずらかもしれないし、たとえそうでなくても、だれも彼も救えるわけではない——自分たち自身を救えるかどうかさえ怪しいのだ。もっとも、あきらめるな——それが彼のモットーだ。満足感がいちばん大きかった商談は、商売敵《がたき》から買おうと思っていた客を相手に、マイルズが粘り強さを発揮し、情熱をかたむけて説得したときのものだった。

ゾンビがほぼすべての人間を殺したあとはどうなるのだろう。連中はバラバラになり、電池の切れた子供のおもちゃのように、地面の上でのたくるまで、食料を探してむなしく惑星をさまようのだろうか？　七十億のゾンビが、ほんのひと握りしかいない人類の生き残りを探し求めるのだろうか？

それに、このグループが逃げられたとしても、永遠には生きられないという事実がある。最後には全員が死ぬだろう。そうなれば、ウイルス——だかなんだか——が、あの化け物たちの一体として彼らをひとりずつよみがえらせるだろう。自分たちにできるのは、避けられない事態を先のばしにし、どこかに解決策を編みだしている人々がいると願うことだけだ。

（人類は何千年ものあいだ生きのびてきた。この災いでおれたちが絶滅することはない）とマイルズは思う。（だれかがこの疫病を治す方法を見つけるだろう。いつだって見つけるのだ）この信念が彼を突き動かすものだ。そうでなければ、自分に火をつけて、片をつけていたかもしれない。

空港にたどり着くと、しっかりつかまれ、とマイルズがみんなに告げ、駐車場と滑走路をへだてているフェンスをバスで突きぬけろ、とバリーに命じる。フェンスが鎖帷子《くさりかたびら》のようにバンパーとフロントガラスに巻きついたとたん、バスが急にかたむき、片側へ引っぱられるが、なんとか通りぬけ、アスファルト舗装の上に出る。

エアバスとボーイングが何機かターミナルに駐まっているが、バリーはコミューター・ジェットを選ぶ。全員を乗せられるほど大きいが、どこであれ望む場所へ――自家用機用に設計された僻地《へきち》の仮設滑走路でも――着陸できるほど小さい機体だ。エンブラエルＥＲＪ－１４５。バリーによれば、航続距離はすくなくとも四千キロ。軽量で飛ぶから、もうすこし長く飛べるかもしれない。ここから遠く離れるにはじゅうぶんだ。

しかし、そこに落とし穴がある――いったいどこへ行けばいいのか？　バリーはジェット機のドアを解放する。それが下がると階段があらわれる。彼は機内にもぐりこみ、数分後、航法マップをひとそろい持って出てくる。マイルズがバスの座席の上にマップを広げるあいだ、バリーと、ギルバートという名前の元タクシー運転手が燃料トラックのエンジンをイグニッション直結でかけ、エンブラエルの主翼のとなりまで寄せる。

こんなことになる前はフィナンシャル・アナリストだったアルフィーが、座席の背もたれ

ごしに身を乗りだし、

「アラスカはどうだ？」

「そんな遠くまでは行けない。ラブラドルかオンタリオ北部へなら行けるだろう」

「寒すぎるわ」と元ヨガ・インストラクターのテリが、自分の体を抱きしめながらいう。マイルズは驚かない。彼女はこのグループに加わって以来、あらゆることに文句をいっているのだ。

「雪で連中の足が鈍る」とフィルという名前の理髪師。

たとえそうであっても、生きのびられる場所、ひょっとしたら穀物を育てられさえする場所へ行かなければならない。しかも、自分たち以外の世界と接触を保っていられる場所でなければならない。そうでないと、状況が改善してもわからないだろう。もっとも、マイルズはこの思考過程を胸の内に秘めておく。ほかの者たちと同じくらい自分も自信がないのだと悟られたくないのだ。

「見て」エミリーが叫ぶ。彼女はグループのなかで最年少。市街地を離れてから、ずっと黙りこくっていたティーンエイジャーだ。携帯でだれか――だれでもいい――と連絡をとろうとして、両手の親指でひたすらキーをカチカチやっていた。

彼女が腕をのばした方向にマイルズは目をやる。原始の本能かなにかに導かれた数体のゾンビが、空港ターミナルからあらわれ出て、アスファルト舗装の上をよたよたとこちらへやって来る。

バリーとギルバートは燃料トラックにホースをしまっている。とすれば、作業は終わったにちがいない。マイルズはマップの束をつかみ、滑走路へ飛びだす。

「行くしかない」と彼は叫ぶ。「いますぐ」

ふたりの男が顔をあげると、こちらへ向かってくるゾンビたちが目にはいる。ギルバートがトラックのステアリングを握り、トラックを主翼から遠ざける。

「飛行機に乗れ、みんな」マイルズが叫ぶ。すると、それ以上急《せ》かさなくとも、ほかの者たちが彼を押しのけていく。食料や日用品の詰まったバックパックを背負い、武器を握りしめて。ゾンビは動きがのろいかもしれない。だが、容赦がないし、ターミナルとバスとの距離のほぼ半分をすでに踏破している。あと数分で襲ってくるだろう。人類が生き残る最後にして最良の希望を引き裂き、ズタズタにするだろう。

マイルズは最後にジェット機に乗りこむ。ハーハーと息を切らし、左腕を駆けぬける痛みを無視しようとしながら。ふたりの男――たしか名前はマットとチェットだ――がドアを閉め、いっぽうバリーは操縦室《コクピット》へ向かう。ギルバートが副操縦士役を買って出る。たとえこれまで飛行機を飛ばしたことがなくても。いまこそ、真実が明らかになる。もしバリーがこのしろもののエンジンを始動させ、地面から離れさせられなかったら、一巻の終わりだ。ブリキ缶のなかのイワシのように閉じこめられることになる。

マイルズは座席にもたれかかり、息をととのえようとする。目を閉じて集中すると、胸の痛みがおさまる。前ポケットのなかの小さなプラスチック・ケースに残っているのは三錠だけ。そして補充の薬が見つかる確率は、ほんのわずかとゼロのあいだ。したがって、いまその一錠を無駄にするわけにはいかない。（そのうちおさまる。そのうちおさまる）これまた彼のモットーだ。

窓の外に目をやる。ゾンビどもがバスにたどり着き、開いているドアのまわりでにおいを嗅いでいる。と、つぎの瞬間、やつらはふたたびジェット機に向かってよろよろと歩きだす。（おれたちがここにいると知っているんだ）とマイルズは思う。小さな楕円形の窓から身を引く。射抜くようなやつらの凝視にさらされたくない。

ほかの乗客たちは窓にはりつき、ゆっくりだが着実に進む行列を眺めている。客室《キャビン》のドアが閉じているので、いまのところは安全だ。しかし、地上走行がはじまる前に、化け物どもがタイヤを噛《か》みちぎったとしたら？　それとも、機内にはいる方法を見つけられるほど頭がよかったとしたら――ひょっとして貨物室を通るのでは？

その考えが脳裏に浮かぶや否や、飛行機の下からドシンという音が聞こえてくる。作業員が貨物室のドアをあけ閉めするときの音をマイルズは連想する。

「出発しないと」彼は叫ぶ。パイロットを自称する男に聞こえるようにと願いながら。バリーがコクピットのなかで、表示装置やダイアルやスイッチのめまいがするような列を見つめながら、どれがイグニッション・キーだろうと首をひねっていませんように。

またドシンという音。こんどは胴体が揺れるほど強い。

「やつらはもう見えない」とアルフィー。「飛行機の下にいるんだ」

「何人くらい？」とテリが尋ねる。その声はささやきと大差ない。

「八人、もしかしたら十人」とアルフィー。「新手がやって来る」

マイルズはもういちど円窓の外を見る。ゾンビの第二集団がアスファルト舗装の上を進んでくるところだ。すくなくとも四十か五十体あまり。

「あいつはなにを手間どってるんだ？」とマイルズはつぶやく。深呼吸して、胸の締めつけの強さを見きわめ、動いても死にはしないと判断する。おまけに、いますぐ空中へあがらなければ、心臓発作の心配なんてどうでもよくなるだろう。

彼は座席から飛びだし、コクピットへ向かう。ドアを抜けると、バリーがスイッチをパチパチやっているいっぽう、ギルバートはクリップボードにはさんだ紙から指示を読みあげている。

「こいつを飛ばせるのか、飛ばせないのか？」とマイルズは語気を強めて訊く。答えを恐れながら。

「もちろん飛ばせるさ」とバリー。ギルバートがチェックリストから顔をあげ、肩をすくめる。

マイルズの足もとから、さらにドシンという音がいくつも聞こえてくる。

「いまなら間に合う。援軍がやって来るところだ――おれたちのじゃないが」

バリーはうなずき、手をふってギルバートをさがらせ、二、三のスイッチを入れる。

「チェックリストなんか知ったことか」と彼はいう。「これでいい」小型ジェット機が小刻みに震えるなか、片方のエンジンが轟音《ごうおん》をあげてよみがえり、ついでもう片方も。パワーが溜まっていくのがマイルズには感じられる。彼らを地上から飛び立たせる力を秘めたエネルギー。そして向かうのだ……どこへ？　パニックと混乱のなか、彼はまだ目的地を選んでいない。ほかの者たちは、自分たちに代わって彼が決めてくれると思っている。

「とりあえず、ここから連れだしてくれ」と彼はバリーにいう。

バリーがレバーを押しこむと、ジェット機が前進をはじめる。

「あいつらの一匹がエンジンに吸いこまれないといいが」とバリーがつぶやく。

飛行機の下のドシンという音はいまやひっきりなしだ。それについてはどうしようもないので、マイルズは気に病むのをやめる。もし連中の一体が貨物室にはいりこんだら、空中にあがったところで対処しよう。まだ斧とナイフがある。自分たちが生き残ってこのグループの一員でいるのは、大半の者があの化け物どもを撃退する方法を知っているからだ。

ジェット機がスピードをあげるにつれ、ドシンという音がまばらになり、やがて止まる。マイルズは飛行機のうしろを見ようとするが、小さな窓の外の視界はかぎられている。見えるのは、アスファルト舗装の上に立っているゾンビの第二集団だけ。「お気をつけて」といっている見送り客の集団のようにこちらを見つめている。

彼はひとつ深呼吸する。

「みんな、シートベルトは締めたか？」と尋ね、「もうじき離陸するぞ」そのとおりであればいい、いまにも滑走路の端から飛びだし、その向こうの木立へ突っこむのでなければいいのに、と彼は思う。そういうことになれば、最良のシナリオは、飛行機が火だるまになって、自分たちを焼きつくすことだろう。それなら、すくなくとも悲惨な状態に終止符が打たれる。ほかの者たちが座席に着き、シートベルトを締める。重量配分に気を配るべきだろうか、とマイルズは思うが、バリーはそれについてなにもいわなかったし、これまでのところ、彼は自分のしていることを心得ているようだ。マイルズは航法用マップをとりあげる。もうじき決断をくださなければならない。

ジェット機が左へぐいっと動いて、一旦停止する。滑走路の先端にたどり着いたのだ。エンジンが咆哮《ほうこう》し、ジェット機がみるみる加速しながら突進する。木々が側面の窓を飛ぶように過ぎていく。マイルズは椅子にもたれかかり、機首が上向きになるのを待つ。そして数秒後、まさにそうなる。重力が彼を座席に押しこむなか、小型ジェット機は空中へ飛びだし、翼の下の目に見えない空気圧で震動する。世界じゅうの問題が、ひとつ残らず眼下へ遠ざかっていく。もし永久に空中にいられるなら、申し分ないのだが。

数分後、ジェット機が水平飛行に移る。習慣から、マイルズの目はシートベルト・サインに向くが、おそらくバリーは商業的な空の旅の快適さには頓着しないだろう。マイルズはシートベルトをはずし、注意をマップにもどす。目をつむって、適当に一点を指さすのもありかもしれない。決断を助けてくれる情報はなにもないのだ。疫病がまだ広まっていない場所があるのだろうか？　ひょっとしてアイスランドのような島はどうだろう？　そこなら余裕綽々《しゃくしゃく》で航続距離内におさまるのではないか？　もしかしたら、バリーが無線でなにか情報を拾えるかもしれない。

　正しい決断をくだすチャンスはいちどしかない。燃料を消費しすぎないうちに目的地を選ばなければならない――その重責で体が麻痺《まひ》する。（なんでおれがすべての決断をくだすことになるんだ？　眠りたいだけなのに）と彼は思う。（もうくたくただ）

　重りがまた胸を押してくる。離陸のあいだにおぼえたのと同じ感覚だ。しかし、いまは加速の圧力を感じているはずがない――周囲の空気との摩擦を最小にし、航続距離を最大にするほど高い高度で巡航しているのだから。空気を吸いこもうとするが、胸が締めつけられる。不意に息ができなくなる――重りがあまりにも重すぎて、肺がふくらもうとしない。

　ほかの者たちは窓の外を見つめている。ゾンビのように。見るべきものはない。雲と、ときおりちらっと見える眼下の大地だけ。（たぶん行く手に待つもののことを考えているんだろう）と彼は思う。（着陸したらなにが見つかるだろうか、と）

マイルズはもはや気にしない。彼は行く手に待つものを知っているし、それについてはどうしようもない。激しい痛みで動けなくなる。ズボンのポケットのなかにあるプラスチック・ケースに手が届かない。だれかの注意を惹く音も立てられない。呼吸が短く荒くなる。胸のなかの圧力が高まる、ちょうどいまにも決壊しそうなダムを押す水の壁のように。

彼は思う――自分に追いかけられたとき、ほかの者たちの準備ができていればいいのだが。ゾンビは痛みを感じるのだろうか。（これよりひどい痛みはありっこない。いや、あるんだろうか）

彼らは歳を取るまい

ロアルド・ダール

田口 俊樹 訳

ダールのいちばん人気のある作品は児童書だろうが――たとえば『チャーリーとチョコレート工場』や『おばけ桃の冒険』といった作品だ――ダールは才能あふれる短篇作家でもある。なかでももっとも有名な短篇は「おとなしい凶器」だろう。この短篇ではひとりの女性が冷凍の羊《ひつじ》の腿肉《ももにく》で夫を殺害したのち、この羊肉でこしらえた料理を警官たちにふるまう。ダールは第二次世界大戦の撃墜王のひとりで、一度は墜落事故にあって一命をとりとめ、また多くの敵機を撃墜した――そのなかには少なくとも二機のユンカース88型機がある。ダールが飛ばしていたのはホーカー・ハリケーン――この短篇で主人公フィンが飛ばしている戦闘機だ。本篇の初出は、大戦末期のレディース・ホーム・ジャーナル誌である。

（白石 朗 訳）

私たちふたりは格納庫の外に置かれた木箱に坐《すわ》っていた。

正午、太陽は高く昇り、その熱はまるで近くで燃えている炎のようだった。格納庫のそばの戸外は地獄よりも熱かった。熱い外気が肺の内側に触れているのが感じられ、口をほとんど閉じて、すばやく息を吸ったほうがましなのに気づいてからは、ふたりともそうやって息をしていた。それで熱さを少しは和らげられた。太陽は肩にあり、背中にもあり、われわれの皮膚からはたえまなく汗が滲《にじ》み出し、首すじを伝い、胸から腹に垂れていた。汗はズボンの一番上――ベルトを締めているところ――に集まると、そのあとはきつく締めたベルトの下に滲み込んだ。濡れるとことさら不快に感じられ、汗疹《あせも》ができやすいところに。

われわれふたりの戦闘機、ハリケーンは数ヤード離れたところに駐機していた。二機ともにエンジンがかかっていないときの戦闘機が見せる、忍耐強くどこか気取った顔をしていた。その向こうに細くて黒い滑走路があり、それはゆるやかに傾斜しながら浜辺のほうに――海のほうに――延びていた。滑走路の黒い路面も、その両脇の草の生えた白い砂地も、陽射しを受けてゆらゆらときらめいていた。陽炎《かげろう》が飛行場に垂れ込める蒸気のように揺れていた。

スタッグが腕時計を見て言った。

「もう帰ってきてもいい頃だ」

私たちふたりは準備を整え、出撃命令を待っていた。スタッグは熱い地面の上で足を動かしながら繰り返した。

「もう帰ってきてもいい頃だ」

フィンが飛び立って二時間半が過ぎており、どう考えてももう戻っていなくてはならない時間だった。私は空を見上げて眼を凝らし、耳をすました。燃料補給車のそばで立ち話をしている航空兵の話し声と、浜辺に寄せる波のかすかな音がしていたが、飛行機の音はどこからも聞こえなかった。私たちはそのあとはしばらく無言で過ごした。

「どうやらやられたみたいだな」と私は言った。

「ああ、そのようだな」とスタッグも言った。

そう言って立ち上がると、カーキ色の半ズボンのポケットに手を突っ込んだ。私も立ち上がり、ふたりで立ったまま澄んだ北の空をじっと見つめた。溶けそうなほどのタールの軟らかさと熱のために足の踏み場を何度も換えながら。

「あの女の名前、なんていったっけ？」とスタッグが私のほうに顔を向けることなく言った。

「ニッキだ」と私は答えた。

スタッグは木箱にまた坐ると、手をポケットに突っ込んだまま足のあいだの地面を見つめた。彼は中隊で一番年かさのパイロットだった。二十七歳。決してブラシをかけようとしないごわごわした豊かな赤毛の髪。そばかすに覆われた——これほど陽にあたっているのに——青白い顔。口は大きく、たいていきつく結ばれている。背は高くはなかったが、カーキ色のシャツの下の肩はレスラーのように広くてぶ厚かった。そして、なにより物静かな男だった。

「たぶん大丈夫だよ」と彼は空を見上げたまま言った。「そもそもフィンをやっつけられるような人間がヴィシー派のフランス人の中にいたら、お目にかかりたいもんだ」

われわれはパレスティナにいて、シリアにいるヴィシー政権のフランス軍と戦っていた。スタッグとフィンと私はパレスティナのハイファで三時間まえに出撃命令を受けたのだが、そのあと海軍の緊急要請に応じてフィンだけが飛び立ったのだ。ベイルートの港を出航したフランスの駆逐艦二隻の行き先を至急出勤して確かめてほしい――沿岸まで北上し、偵察を終えたらただちに帰還し、艦の進路を報告してほしい――というのが海軍の要請だった。

それでフィンがハリケーンで飛び立ったのだが、そのあとかなり時間が経《た》っているのに、戻ってこないのだった。もはや希望がないのはわかっていた。たとえ撃墜されていなくても、とっくに燃料を使い果たしているはずだったからだ。

私は地面に眼を向け、英国空軍のフィンのブルーの制帽を見た。彼が自分の飛行機に向かって走りだしたときに放り投げたまま、地面に落ちていた。帽子のてっぺんとすり切れて折れ曲がったまびさしに油のしみがついていた。彼が死んでしまったとは、今はまだ信じられなかった。エジプト、リビア、ギリシアと転戦して、われわれは飛行場でも食堂でもいつも彼と一緒だった。明るくて、背が高くて、よく笑うやつだった、このフィンという男は。髪は黒くて、まっすぐに長く伸びた鼻を指先で上下にこする癖があった。また、人の話を聞くときには、椅子の背にもたれて顔は天井に向け、眼は床に向ける。ついゆうべのことだ。そんな彼が夕食のときにいきなりこんなことを言いだした。「なあ、おれはニッキと結婚してもいいな。あの娘《こ》はいい娘《こ》だと思うよ」

　そのとき彼と向かい合って坐っていたスタッグが豆料理を食べながら言った。

「それって時々だったら結婚してもいいって意味だよな？」

　ニッキというのはハイファのキャバレーの女だ。

「いや」とフィンは言った。「キャバレーの女はいい女房になるんだよ。彼女たちは絶対に不貞を働かない。だって彼女らにしてみれば不貞を働くなんてなんの新味もないんだから。そんなことをしたら昔の仕事にまた舞い戻りしてしまうようなものなんだから」

　スタッグは豆料理から顔を起こして言った。「フィン、そんなくそ馬鹿野郎にだけはならないでくれ。ニッキと本気で結婚するつもりじゃないよな」

「ニッキは」とフィンはいたって真面目な口調で応じた。「いい家の出なんだよ。ほんとにいい娘《こ》だ。寝るときには枕を使わないんだ。なんで寝るときに枕を使わないかわかるか？」

「いや」

　同じテーブルのほかの連中もそのときには耳を傾けていた。フィンがニッキについて語ることばに誰もが聞き入っていた。

「そう、まだすごく若いとき、ニッキはフランス海軍の士官と婚約していて、その男を心から愛してた。で、ふたりが浜辺で一緒に日光浴をしてたとき、その男が彼女にこんなことを言った、自分は寝るときに決して枕を使わないって。ただ会話を続けるために人が互いに持ち出す類いのどうでもいい話題だった。だけど、ニッキはそのことを決して忘れなかった。そのときから彼女も枕なしで寝る練習を始めた。ところが、ある日、その男はトラックにはねられて死んじまった。なのに彼女は、彼女自身はすごく寝心地が悪いのに、枕なしで寝つづけた。愛する男の思い出を大切にしたくて」

そう言って、フィンは口いっぱいに豆を頰張った。そして、ゆっくりと嚙《か》みながら続けた。

「悲しい話だよ。だけど、この話で彼女がどれほどいい娘《こ》かわかるだろ？　おれはそんな彼女と結婚したいんだよ」

それがゆうべ夕食のときにフィンが言ったことだ。私は思った――そのフィンももう死んでしまった。ニッキはフィンの思い出のためにはどんな他愛もないことをするんだろう？

太陽に背中を焼かれていた。それで今度は正面から熱を受けようと本能的に思ったのだろう、私は体の向きを変えた。そのときカルメル山とハイファの町が見えた。山の淡いグリーンの急な斜面が海へと延びていた。山の麓《ふもと》に町が見え、家々が陽射しを受けて色とりどりに輝いていた。白い漆喰《しっくい》を塗った壁の家々が山腹を覆い、その家々の屋根が山の顔にできた吹き出物のように見えた。

灰色の波型のトタン板を張った格納庫の中から、私たちの次に待機に就く三人のクルーが私たちのほうにやってきた。黄色い救命胴着を肩に掛け、飛行帽を手に持って、ゆっくりと私たちのほうに歩いてきた。

彼らが近くまで来るとスタッグが言った。「フィンがやられた」彼らは答えた。「ああ、知ってる」私たちが坐っていた木の箱に三人も坐った。坐るなり、肩と背中を太陽に照らされ、彼らも汗をかきはじめた。スタッグと私はその場を離れた。

翌日は日曜日で、私たちは朝からレバノンの峡谷を北上し、リヤークという飛行場を攻撃した。頂に雪の白い帽子をかぶっているヘルモン山の尾根をかすめ、太陽の中から飛び出してリヤークに——飛行場内のフランスの爆撃機に——襲いかかり、機銃掃射を開始した。地上すれすれを飛んだとき、フランスの爆撃機のドアが開けられたのを見たのを覚えている。何人もの白いドレスの女たちが爆撃機の中から飛び出し、飛行場を走るのを見たのも。女たちの白いドレスのことはとりわけよく覚えている。

そう、その日は日曜日だったので、ヴィシー派のフランスのパイロットは自分たちの飛行機を見せようと、ベイルートから女たちを呼んでいたのだろう。日曜の朝に飛行場に来たら、おれたちの飛行機を見せてやる、とでも言って誘ったのだろう。いかにもヴィシー派のフランス人のやりそうなことだ。

ということで、われわれが機銃掃射を始めると、女たちは慌てて飛行機から飛び出し、白の晴れ着姿で空港を走りだしたというわけだ。

無線を通じてモンキーの声を聞いたのを覚えている。「逃がしてやれ、逃がしてやれ」女たちが草の上を四方八方に逃げるあいだ、われわれ中隊は全機向きを変えて、飛行場の上空を一度旋回した。女のひとりがつまずき、二度転ぶのが見えた。片足を引きずり、男に抱えられている女もひとりいた。が、われわれは時間を与えてやった。そのとき地上の機関砲の小さな明るい閃光《せんこう》が見えたのを覚えている。白いドレスの女たちが逃げるのをわれわれが待っているあいだぐらいは、少なくとも敵も応戦するのをやめるべきではないかと思ったのも覚えている。

それがフィンの死んだ翌日のことで、さらにその翌日、私とスタッグはまた格納庫の外に置かれた木箱に腰かけ、待機していた。パディというブロンドの大男がフィンの後釜《あとがま》で、そいつも私たちと一緒に木箱に坐っていた。

正午。陽はすでに空高く、まるですぐそばで火が焚《た》かれているような暑さだった。三人とも汗が首からシャツの中を伝い、胸から腹へと垂れていた。灼熱地獄から解放されるときをわれわれはそんなふうにして待っていた。スタッグは針と木綿の糸で顎ひもを飛行帽に縫い付けていた。縫い付けながら、ゆうべハイファでニッキに会って、フィンのことをニッキに伝えたことを話していた。

そのときいきなり飛行機のエンジン音が聞こえた。スタッグは話すのをやめ、われわれは三人とも上空を見上げた。その音は北のほうから聞こえており、飛行機が近づくにつれて、徐々に大きくなった。スタッグがだしぬけに言った。「ハリケーンだ」

次の瞬間にはもう飛行場の上空を旋回していた。着陸するのに車輪をおろしていた。

「誰だ？」とブロンドのパディが言った。「今朝は誰も出撃してないのに」

その飛行機が滑走路に降りるのに、われわれのまえを滑空したところで、機体の尾部に記された記号が見えた。Ｈ－４４２７。フィンの飛行機だった。

われわれはもう立ち上がっていた。その飛行機がわれわれのほうにタキシングをして、駐機するのに向きを変えたところで、操縦席にフィンがいるのが見えた。フィンはわれわれに手を振ってにやりと笑い、降りてきた。われわれは彼に走り寄り、大声で口々に尋ねた。

「今までどこにいた？」「いったいぜんたいどこにいたんだ？」「強制着陸させられたのか？それでもうまく逃げだせたのか？」「ベイルートでいい女でも見つけたのか？」「なあ、フィン、いったいどこにいたんだ？」

ほかの連中もフィンのまわりに続々と集まってきた。エンジンの整備係も装備係も消防車に乗っていたやつらもみんな集まってきて、フィンが何を言うか、待った。フィンはというと、その場に突っ立って飛行帽を取り、黒い髪を手でうしろに撫《な》でつけ、われわれの振る舞いにひどく戸惑っていた。だからわれわれをただ見まわすばかりで、すぐには何も言おうとしなかった。それからいきなり笑いだして言った。「いったいどうした？　いったいみんなどうしたっていうんだい？」

「どこにいたんだ?」とみんなが言った。「二日間もいったいどこにいたんだ?」

フィンは心底驚き、とことん戸惑ったような表情を顔に浮かべると、腕時計をすばやく見て言った。

「十二時五分。おれが出動したのは十一時。まだ一時間五分しか経ってない。そろいもそろってみんなで馬鹿づらしてるんじゃないよ。こっちはすぐに報告に行かなきゃならないんだからな。二隻の駆逐艦はまだベイルートの港にいたよ。海軍はそのことを早く知りたいはずだ」

そう言って、歩き去りかけた。私はそんな彼の腕をつかむと、心を落ち着かせて言った。

「フィン、おまえは一昨日《おととい》からどこかへいなくなってた。何があったんだ?」

彼は私の顔を見て笑った。

「これまではもっとずっと面白いおふざけをやらかしてくれてたのに。今のは面白くないね。ちっとも面白くない」それだけ言って歩き去った。

われわれは――スタッグとパディ、それに私、整備係も装備係も消防車に乗っていたやつらも――その場に突っ立って、フィンが歩き去るのをただ見つめた。そのあと互いに顔を見合わせた。なんと言えばいいのかも、どう考えればいいのかもわからなかった。何も理解できなかった。ただ、彼が真面目に話していたことだけはわかった。彼自身は事実をきちんと話していると信じていることだけは。なぜわかったのかと言えば、それはみんなフィンという男を知っていたからだ。われわれみたいにずっと一緒にいると、誰かが自分の飛行に関して話しているときに、そいつのことばを疑うなどありえない。だからわかるのだ。そういうときに何かを疑うとすれば自分自身しかありえない。だからみんな自分を疑っていた。陽射しの中に突っ立って自分を疑っていた。フィンの飛行機の翼の近くに立っていたスタッグは、陽にさらされて乾いてめくれた飛行機の塗料の小さなかけらを指で剝がしていた。

誰かが言った。「たまげたね」そのあとはみんなそれぞれ自分の仕事に無言で戻った。次の当番の三人のパイロットが、灰色の波型鋼板を張った格納庫の中からわれわれのほうにゆっくりと歩いてやってきた。暑い陽射しの中、手にした飛行帽を振りながらゆっくりと歩いてきた。スタッグとパディと私は何か飲みものと昼食をとりにパイロット用の食堂に向かった。

食堂はヴェランダのある木造の白い小さな建物の中にあった。その中はふたつの部屋に分かれていて、ひとつは肘掛け椅子や雑誌が置かれたラウンジで、壁に穴があけられ、そこから飲みものを買うことができた。もうひとつの部屋が食堂で、木の長テーブルが一卓置かれていた。ラウンジではフィンがわれわれの部隊長、モンキーと話していた。ほかのパイロットたちはそのまわりに坐って、ふたりの話に耳を傾けていた。みんなビールを飲んでいた。モンキーはやらなければならない仕事をしていた。考えうる唯一の方法でそれをこなしていた。それはいたって重要なことだった。肘掛け椅子に坐っていようと、ビールを飲んでいようと、そのことは全員わかっていた。モンキーというのはそんじょそこらにはいない男だ。ハンサムで背が高く、脚にイタリアで負った弾傷がある、気さくで、親切で、有能な男だ。大声で笑うことは決してなく、笑うときには息をつまらせたみたいに、咽喉《のど》の奥からうなるような声を出す。

フィンが言っていた。「勘弁してくださいよ、モンキー。そんなふうに言われると、おれは頭がいかれちまったんじゃないかって思っちまうじゃないですか」

フィンは真面目に言っていた。言っていることもすじが通っていた。それでも、とことんうろたえていた。

「知ってることはもうみんな話しました」と彼は言った。「十一時に出動して、高高度でベイルートまで飛んで、二隻のフランスの駆逐艦を確認して、戻ってきて、十二時五分に着陸しました。おれにわかってるのはそれだけです。それは誓って言えます」

そう言って、彼はまわりにいるわれわれを見まわした。部屋にいるスタッグと私、パディとジョニー、それにあと六人ほどのパイロットを。われわれは彼に向かって笑みを向け、うなずき、自分たちが彼の側にいることを伝えた。彼の言っていることに異を唱えるつもりなどないことを。彼のことばを信じていることを。

モンキーが言った。「おれはいったいエルサレムの本部になんて報告すればいい？　おまえが行方不明になったことはもう報告してあるんだ。今度はおまえが帰還したことを報告しなきゃならない。当然、本部はおまえがこの間どこにいたか知りたがるだろう（明確な説明がないと敵前逃亡になる）」

すべてがフィンの手に余るようになっていた。背すじを伸ばして坐っていたが、左手の指で坐っている椅子の革張りの肘掛けをこつこつと叩いていた。鋭くすばやく叩いていた。前屈みになり、考えに考えていた。懸命に考えていた。指で肘掛けを叩いているだけではなく、靴で床も叩きはじめた。スタッグがそれに耐えられなくなった。

「モンキー」と彼は声をかけた。「モンキー、しばらく様子を見ましょうよ。しばらく様子を見て、そのうちフィンが何かを思い出すのを待ちましょうよ」

スタッグが坐っている椅子の肘掛けに腰かけていたパディも言った。「そうですよ。本部にはとりあえず、フィンはシリアの原っぱに不時着して、飛行機を修理するのに二日かかってまた戻ってきたって、そう言っておけばいいんじゃないですか」

誰もがフィンを助けようとしていた。パイロットは全員でフィンを助けようとしていた。口にこそ出さなくてもみんなそれぞれ心の中では、このことがわれわれ自身に大いに関わる問題であることがわかっていたからだ。それはフィンにもわかっていた。彼にわかっているのはそれだけだとしても。みんながわかっているのは、お互いの顔を見れば容易にわかった。部屋には微妙な空気がぴんと張りつめていた。なぜなら、これは銃弾の話でもなければ砲火の話でもない、調子の悪いエンジン音の話でもなければタイヤのパンクの話でもない、操縦席の血の話でもなければ、昨日の話でも今日の話でも明日の話でさえない、われわれが初めて経験することだったからだ。その緊張感はもちろんモンキーも感じていた。「そうだな。今はもう一杯ビールを飲んで、しばらく様子を見ることにしよう。本部にはおまえはシリアに不時着して、どうにかそのあと機を飛ばして帰ってきたと報告しておこう」と彼は言った。

われわれはもう少しビールを飲んでから、昼食をとりに食堂にはいった。モンキーが料理と一緒にフィンの帰還を祝してパレスティナ産の白ワインを注文した。

それ以降は誰もそのことを話題にしようとはしなかった。フィンがいない場所でもわれわれはそのことを話そうとはしなかった。ただ、それぞれひそかに考えつづけはした。言うまでもなく、これはきわめて重大な問題で、その問題が解決したわけでないことはみんなよくわかっていたから。その緊張感はあっというまに飛行中隊全体に広がり、パイロット全員がその緊張感を共有した。

そうこうするあいだにも日は過ぎて、太陽は飛行場と飛行機に照りつけ、フィンも通常の形で任務に就き、われわれと一緒に飛ぶようになった。

そんなある日のこと――一週間後ぐらいのことだったと思う――われわれはまたレバノンのリヤーク飛行場を機銃掃射した。総勢七機で、モンキーが先頭を飛び、フィンは彼の右側にいた。低空飛行でリヤークにはいると、軽高射砲による対空砲火をしこたま食らい、最初の攻撃でパディの機がやられた。二度目の攻撃に向けて旋回したとき、彼のハリケーンがゆっくりと飛行場の上空を滑空し、そのあと飛行場の隅の地面まで真っ逆さまに落ちていくのが見えた。地面に墜落すると、白い煙のものすごい渦が巻き起こり、続いて炎が見え、その炎が広がると、煙が白から黒に変わった。パディはその中にいた。そのとき突然、無線にひび割れた雑音がはいり、フィンの声がした。とても興奮し、叫んでいた。マイクに向かって怒鳴っていた。「思い出したぞ。聞こえますか、モンキー。何もかも思い出した！」モンキーは落ち着いた声でおもむろに答えた。「わかった、フィン。わかったから、思い出したら忘れるな」

二度目の攻撃が終わると、モンキーの先導でわれわれはすぐさま帰途に就いた。灰色がかった茶色い山肌が剝き出しの高い山々を両脇に見ながら、峡谷を縫うようにして飛行場まで戻った。ほぼ三十分の飛行だったが、その間フィンは無線機に叫びつづけるのを一度もやめなかった。最初はモンキーに何度も言いつづけた。「聞こえますか、モンキー、思い出したんです。全部。何もかも」次にスタッグにも何度も言いつづけた。「聞こえるか、スタッグ。思い出したんだ、何もかも。もう忘れるなんてありえない」彼は私にもジョニーにもウィッシュフルにも叫びつづけた。われわれひとりひとり別々に何度も何度も。あまりに興奮して大声でマイクに叫びかけるものだから、何を言っているのか、時々聞き取れなくなることもあった。

着陸すると、われわれは各々《おのおの》分散して駐機した。どういうわけか、フィンは飛行場の遠い隅に駐機しなければならなかったようで、彼以外はみんな彼よりさきに作戦室にはいった。

格納庫の脇にある作戦室は殺風景な部屋だ。周辺地域の地図が広げられた大きなテーブルが部屋の真ん中に据えられ、それより小さなもうひとつのテーブルには、電話が二台置かれ、木の椅子とベンチが数脚置かれている。部屋の一隅には救命胴着とパラシュート、それに飛行帽が積み重ねられている。そこに立って飛行服を脱ぎ、部屋の隅の床に放り出していると、フィンがやってきた。急いで中にはいり、そこで立ち止まった。黒い髪が乱れ、まっすぐに立っていた。飛行帽を慌てて取ったせいだろう。その顔は汗で光り、カーキ色のシャツは濡れて黒ずんでいた。口を開けて、忙《せわ》しなく息をしていた。ずっと走ってきたようだった。猫が子供部屋で子猫を産んだことを伝えようと、慌てて階段を降りてきたまではいいものの、部屋いっぱいの大人をまえにして、なんと切り出せばいいものやら急にわからなくなった、まるで子供のようだった。

彼がやってきた足音はみんなが聞いていた。そのためにこそわれわれは待っていたのだ。誰もがそれまでしていたことをやめ、じっと佇《たたず》み、フィンを見た。

モンキーがまず声をかけた。「フィン」フィンは答えた。「モンキー、信じてください。これこそほんとうにあったことなんだから」

モンキーは電話を置いたテーブルのそばに立っていた。そのそばにはスタッグ——ずんぐりとした赤毛の小男——が背すじを伸ばして立ち、救命胴着を手にフィンを見ていた。ほかの者は部屋の奥にいた。フィンが口を開くと、みんな無言で彼のそばに近づいた。地図を広げた大きなテーブルのところまで移動し、テーブルに手をついてフィンを見つめ、彼が話しだすのを待った。

彼はすぐに息せき切って話しはじめた。それでも、話が進むにつれて落ち着きを取り戻し、話し方もゆっくりになった。黄色い救命胴着をまだ身に着けたまま、飛行帽と酸素マスクを手に持って作戦室の戸口に立って話した。ほかの連中も立ったままその場を動くことなく、じっと彼の話に聞き入った。私は聞くうち、話しているのがフィンで、自分たちがいるのがハイファの作戦室であることを忘れた。すべてを忘れ、彼と一緒に旅をした。彼が話しおえてようやく現実に引き戻された。

「飛んでたのはだいたい二万フィート上空だ」と彼は言った。「テュロスを過ぎ、シドンも過ぎ、ダムール川も越えて、内陸にはいり、レバノンの山々も越えた。東からベイルートに近づくつもりだったんだ。すると、いきなり雲の中にはいっちまった。白くてぶ厚い雲で、あまりに濃くてぶ厚いものだから、操縦席の中以外何も見えなくなった。わけがわからなかった。だってそのすぐまえまではどこまでも青く晴れ渡っていて、雲なんてどこにもなかったんだから。

そんな雲の中から出ようと、おれは高度を落とした。ところが、落としても落としてもまだ雲の中なんだ。山岳地帯を飛んでるんで、あまり低くなるわけにはいかないことはわかっていた。だけど、高度六千フィートまで降りてもまだ抜け出せなかった。とにかく濃い雲で、何も見えない。機体の鼻づらも、翼さえ見えない。雲は風防ガラスのところで凝固して水になり、ガラスの表面はちょっとした川みたいになってて、それをプロペラ後流が吹き飛ばしていた。あんな雲は見たことがないよ。操縦席のすぐ外までびっしり白く迫ってくる雲なんて。まるで魔法の絨毯《じゅうたん》に乗った男になったみたいな気分だった。翼もなければ、尾部もない、エンジンもない、そもそも機体すらないガラス屋根の操縦席にただひとり坐ってるんだから。

その雲から抜け出さなきゃならないことはわかっていた。だから西に方向転換をして山脈を離れて海に出たんだ。そこで高度計を見て高度を下げた。五百、四百、三百、二百、百フィートまで下げた。それでもまだ雲の中なんだ。いっときおれは考えた。さらに高度を下げるのは危険だった。すると、そこでまるで疾風が吹いたみたいに、いきなり感覚としてわかったんだ、下には何もないことが。海も陸地もほかのどんなものも。おれはゆっくりと慎重にスロットル弁を開くと、操縦桿《そうじゅうかん》を強くまえに倒して急降下した。

高度計はもう見なかった。風防ガラス越しにまっすぐまえを、雲の白さを見ながら、急下降しつづけた。操縦席に坐って操縦桿をまえに倒し、機体を下降させつづけた。まとわりつく雲の白さをただ見つめて、自分がどこに向かってるかなんて一度も考えなかった。ひたすら下降しつづけた。

どれぐらいそうしてたかはわからない。数分だったかもしれないし、数時間だったかもしれない。わかってるのは、操縦席に坐って機体を下降させつづけたことだけだ。下にあるのは山でも川でも陸でも海でもないことだけははっきりとわかってたんで、少しも怖くはなかった。

そこで眼が見えなくなった。夜中ベッドでうつらうつらしていて、誰かにいきなり明かりをつけられたみたいな感じだった。

雲の中からあっというまに外に出て、それで眼がくらんだんだ。雲の中にいたときと外に出たときのあいだにはまるで時間差がなかった。濃い白さの中にいたかと思ったら、同時にその外にもいるといった感じで、外の光はとても明るく、それで眼がくらんだんだ。おれは顔をしかめて、数秒ぎゅっと眼を閉じた。

で、眼を開けたら、すべてが青かった。それまでに見たどんなものより青かった。濃い青でもなければ、淡い青でもない。それはもうただ青としか言えないような青さだった。それまでに見たこともないような、とても説明できないような純粋な色で、輝いていた。まわりを見まわした。上も背後も。上体を伸ばして操縦席のガラス越しに下も見た。どこもかしこも青かった。明るくて澄んでいた。心地よい陽射しみたいに。でも、太陽はどこにもなかった。

そのときそれが見えたんだ。

前方のはるか遠く上方の空を一列になって飛んでいく飛行機の細い線が見えたんだ。黒い一本の線になって、全機が同じ速度で、同じ方向に向かってまえに進んでいた。どの機もそれぞれまえの機のすぐうしろについて。その線は見える範囲内のどこまでも続いていた。そうやってまえに進んでた。ただ、それがすごく急いでるみたいで、まえに、まえに、まえに急き立てられてるみたいに飛んでた。大風を受けた帆船みたいに。でも、その差し迫った感じで、おれにはすべてがわかった。なんでわかったのか、どうやってわかったのかはわからない。だけど、見ているうち、その飛行機に乗ってるのはみんな戦争で死んだパイロットとクルーだってわかったんだ。そんな彼らが自分の愛機で最後の飛行を、最後の旅をしてるんだって。

上昇してさらに近づくと、機種までわかるようになった。その長い列にはほぼすべての機種がそろってた。ランカスターにドルニエ、ハリファックスにハリケーン、それにメッサーシュミットもスピットファイアもスターリングもサヴォイア79もユンカース88もグラディエーターもハンプデンもマッキ200もブレニムもフォッケウルフもボーファイターもソードフィッシュもハインケルも。これ以外にももっといた。で、その列は青空のひとつの端からもう一方の端まで延びていた。視界から消えてしまうところまで続いていた。

いつのまにかおれはそんな列のすぐ近くまで来ていて、自分が何を望もうと関係なく、彼らに吸い込まれそうな感じになっていた。おれの機は風に捕らえられていて、木の葉みたいに翻弄《ほんろう》されてて、まるで巨大な渦巻きに巻き込まれてたみたいだった。どんどんほかの飛行機のほうに吸い寄せられていくんだよ。そんな渦巻きと風の手につかまれちまって、もうどうすることもできなかった。それがみんな一瞬の出来事なんだけど、それでも鮮明に覚えてる。おれの機を引っぱる力はどんどん強くなって、どんどんまえのほうに引っぱられて、気づいたらもういきなりその列に加わって飛んでいた。ほかの飛行機と一緒にまえに向かってた。同じ速度で同じコースを飛んでたんだ。ソードフィッシュが――海軍航空隊の旧式のあのソードフィッシュだ――おれのすぐまえを飛んでいた。翼の塗料の色がわかるくらいすぐ近くを。飛行帽をかぶって操縦席に前後に坐ってる偵察員とパイロットの頭も見えた。ソードフィッシュのまえには〝空飛ぶ鉛筆〟ドルニエがいた。ドルニエのまえのほかの飛行機はおれのいた位置からはわからなかった。

そんなふうにどこまでも飛びつづけた。望んだところで、方向転換することもその列から離れることもできなかっただろう。どうしてかはわからない。それは渦巻きと風に関係があったのかもしれないけど。ただ、そういうことができないことだけはわかった。それに実のところ、おれは自分の機を飛ばしていなかった。飛行機のほうが勝手に飛んでたんだ。操縦するのに考えなきゃならないようなことは何もなかった。速度も、高度も、出力も、操縦桿も何もなかった。一度ちらっと計器類を見たんだけど、全部止まってた。飛行機が地上でただ駐機しているときみたいに。

とにかくそうやって飛びつづけた。どれぐらいの速度だったかなんて見当もつかない。スピードの感覚がなかったんだ。でも、たぶん時速百万マイルぐらいだったんじゃないかな。今にして思うと、その間暑さも寒さも空腹も咽喉の渇きも一度たりと覚えなかった。そういう感覚がまるでなかったんだ。恐怖もなかった。だって、何を恐れればいいのかもわからなかったんだから。心配もなかった。だって心配しなきゃならないことなんて何ひとつ思い出すことも考えつくこともできなかったんだから。欲望もなかった。何か今やってないことをやりたいとも思わなかったし、何か今持ってないものが欲しいとも思わなかった。だって、したいことも手に入れたいものも何もなかったんだから。ただひたすらそこにいることが嬉しかった。自分のまわりのすばらしい光とすばらしい色を見てるだけで嬉しかった。一度操縦席の鏡に映ってる自分が眼にはいったんだけれど、自分が笑ってるのがわかった。眼元も口元も笑ってるのが。鏡から眼をそらしてもわかったよ、まだ笑ってるのが。そうとしか感じられないのさ。まだ笑ってるとしか。一度、まえを飛んでるソードフィッシュの偵察員が振り向いて手を振ってきた。おれも操縦席の風防を開けて手を振り返した。そうやってキャノピーを開けても外気がはいり込んでくることも、冷気や熱気に打たれることも、プロペラ後流の風圧を手に感じることもなかった。それは今でも思い出せる。そこで気づいたんだ、みんなが互いに手を振り合ってることに。ジェットコースターに乗った子供みたいに。だからおれも振り返って、うしろにいるマッキのやつに手を振ってやった。

ところが、その列では何かが起きていた。はるか前方で飛行機がコースを変えているのが見えた。左のほうに旋回して、高度を落としていた。ある地点に達すると、列全体がゆるやかな大きな円を描いてバンクして降下してるんだ。反射的におれは操縦席から下を見た。だだっ広い緑の平原が広がっているのが見えた。色は緑で、地形はなだらかで、実に美しい平原だった。それがはるか地平線まで続いていて、そこで空から降りてきた青とそこまで延びている緑が合わさって、溶け合っていた。

それと光が見えた。左手の遠くに明るく白い光が。色はなくて、ただ輝いていた。太陽のようでもあったけれど、太陽より大きな何かだった。形も輪郭もなくて、光だけがあって、明るいんだけれど、まぶしくはない。そんなものが緑の平原の端っこに横たわってたんだ。その明るさの中心から外に向けて光が放たれていて、それが遠く空まで、遠く平原の向こうまで広がっていた。それを見るなり、最初のうちおれは眼が離せなくなった。そっちのほうへ、その何かの中に行きたいとは思わなかった。なのに同時に、行きたいという思い、それこそ渇望のような強い思いがあって、それがどんどん強くなって、おれは何度か飛行機の列から自分の機を引き離して、それに向かって真っすぐに飛ぼうとした。でも、それができないんだ。ほかの機と一緒に飛ぶしかないんだよ。

ほかの飛行機がバンクして高度を下げると、おれもそれに従って、それからあとは下の緑の平原に向かって滑空しはじめた。そうやって地面に近づいたところでわかったんだが、平原そのものにも途方もない数の飛行機の群れがいた。文字どおりいたるところに散らばっていた。まるで緑の絨毯にぶちまけられた干しブドウみたいだった。何百何千といて、おれのまえにいる飛行機が着陸して停止すると、その数は一分ごとに、いや、ほぼ一秒ごとに増えていた。

高度は急激に落ちていて、おれのすぐまえにいる数機が車輪を出して、着陸態勢にはいったのが見えた。おれの二機まえにいたドルニエが水平飛行になったあと着陸した。それに旧式のソードフィッシュが続いた。ソードフィッシュのパイロットはドルニエにぶつからないよう、少し左にそれてドルニエの横に着陸した。おれはソードフィッシュのさらに左にまわって水平飛行にはいると、操縦席から地面を見下ろして高度を目測した。おれの下を、おれのすぐ近くを、地面の緑が飛ぶように過ぎて、それがぼやけてみえた。

自分の機がさらに高度を下げて着地するのを待った。それがけっこう長いことかかるんで、おれは愛機に呼びかけた、〝さあ、さあ、さあ〟って。地面からほんの六フィートほどのところを飛んでるのに、それ以上下がらないんだよ。〝降りるんだ〟っておれは叫んだ、〝頼むから降りてくれ〟って。そうしたら、そこでパニックになった。怖くなった。自分が逆にスピードを上げてることに急に気づいたんだ。おれはスウィッチをすべて切った。それでも何も変わらなかった。おれの機はどんどんスピードを上げて、どんどん速くなっていた。まわりを見まわすと、飛行機の長い列が空から下に向かって弧を描きながら着地しているのがうしろに見えた。地上の飛行機の群れも見えた。平原の上に散らばっているのが。そんな平原の一方の彼方《かなた》に光が見えた。さっき言った輝く白い光だ。広大な平原を明るく照らしていた。おれはその光のほうに行きたかった。着陸できていたら、機から降りるなり、おれはその光に向かって走りだしていただろう。それはまちがいないね。

なのに、そのときにはもうその光からどんどん離れていた。恐怖が強まった。どんどん勢いを増して、どんどん光から遠ざかるにつれて、恐怖に心臓を鷲《わし》づかみにされたようになって、いつしか狂ったみたいに操縦桿を引っぱってた。機体と格闘していた。引き返そうとして。光のほうに戻ろうとして。でもって、それが不可能とわかると、自殺したくなった。そのときにはほんとうに自分を殺したくなったんだ。愛機を頭から地面に突っ込ませようとした。でも、飛行機はまえにまっすぐにしか飛んでくれない。おれは操縦席から飛び降りようとした。ところが、おれの肩のところに誰かの手が置かれていて、それがおれを押さえつけてるんだ。おれは頭を操縦席の側面にぶつけようとした。だけど、そんなことをしてもなんにもならなかった。操縦席に坐ったまま、おれは飛行機やらなにやらすべてとの格闘を続けた。で、ふと気づいたらまた雲の中にいた。そのまえと同じぶ厚くて白い雲の中にいて、今度は上昇しているようだった。うしろを見てみたが、雲に四方を囲まれていた。何もなかった、貫通不能の白さ以外何も。めまいがして気分も悪くなって、もうどうなろうとどうでもよくなってきた。飛行機が勝手に飛ぶまま、おれはげんなりとなって、ただ操縦席に坐ってた。

そんな状態でかなりの時間が経ったはずだ。少なくとも、そんなふうに何時間も坐ってたことはまちがいない。ただ、眠ってしまったのにちがいない。というのも、夢を見たんだ。たった今見たものの夢じゃなくて、おれの普通の生活における普通のものの夢だった。中隊の夢とかニッキの夢とかここハイファの飛行場の夢とか。ほかのふたりと格納庫のまえに坐って待機してる夢とか。海軍がベイルートの簡単な偵察を要請してきた夢も見た。おれが最初に飛ぶ順番だったんで、ハリケーンに飛び乗って飛び立った。高度二万フィートまで上がって、テュロスとシドンの上空を飛んで、ダムール川も越えた。そこで針路を内陸に向けて、レバノンの丘陵《きゅうりょう》地帯を越して、そこから方向転換して東からベイルートにはいった。そうやって市の上空を飛びながら、操縦席から下をのぞき込むようにして、港と二隻のフランスの駆逐艦を探した。そうしたらすぐに見えてきた。二隻くっつき合って埠頭《ふとう》に停泊してるのがはっきりと見えた。そのあとは旋回して、できるだけ早く帰投できるようにした。

戻りながら思ったよ、海軍はまちがってたって。駆逐艦はまだ港にいたわけだからね。時計を見たら実際は一時間半しか経ってなかったんで、自分につぶやいた、〝早かったな。みんな喜んでくれるだろう〟って。無線で知らせようともしたんだが、どうしてもつながらなかった。

それでとにかく帰投したわけだ。そうして着陸したら、みんなに集まってこられて、二日間どこにいたんだなんて訊《き》かれた。だけど、おれは何も覚えてなかった。ベイルートまで飛んだってこと以外は何も。ついさっきまでは何も。パディが撃ち落とされたのを見て、やっと思い出したんだ。あいつの飛行機が地面に叩きつけられるのを見て、気づいたらこんなことをつぶやいてたんだ。〝おまえってほんと、くそラッキーなクソ野郎だよ〟って。そう言って、わかったんだ、なんで自分がそんなことを言ってるのか。でもって、そのとき全部思い出したんだ。無線でみんなに叫んだのもそのときだ。そのときになってやっと思い出したんだよ」

フィンは話を終えた。彼が話しているあいだ、誰ひとり身動きひとつしようとせず、誰ひとりことも発さなかった。ようやくモンキーだけが口を開いた。床の上でぎこちなく足をもぞもぞさせてうしろを向くと、窓の外を見ながらほとんど囁《ささや》くようにぼそっと言った。「おったまげた」ほかのみんなは飛行服を脱いで、部屋の隅に重ねる作業に戻った。スタッグ以外はみんな。背が低くずんぐりした体型のスタッグだけは突っ立ったまま、ただフィンを見ていた。フィンが部屋を横切り、自分の飛行服を片づけるのをじっと見ていた。

フィンの話のあと、中隊は平常に戻った。一週間以上張りつめていた緊張感もようやく解けた。おかげで飛行場はそれまでより居心地のいい場所になった。それでも、フィンの〝旅〟のことを蒸し返す者はひとりもいなかった。みんなで集まったときに話したことは一度もなかった。ハイファの〈エクセルシオール〉で夜中に酔っぱらったときでさえ。

シリアの作戦も終わりに近づいていた。ベイルートの南ではヴィシー派がまだ死に物狂いで戦っていたが、戦闘終結は誰の眼にも明らかだった。それでもわれわれはまだ飛んでいた。沿岸部を艦砲射撃していた艦隊の上空を何度も飛んでいた。ロードス島からやってくるユンカース88爆撃機から艦隊を守るのがわれわれの仕事だったからだ。フィンが死んだのはそんな艦隊上空飛行のさなか、最後の任務のひとつでのことだった。

艦隊のかなり上空を飛んでいると、ユンカース88が大挙して押し寄せてきて、そのあと戦闘になった。そのとき飛んでいたわがほうの戦力はハリケーンたったの六機。ユンカースは何機もいたが、われわれは善戦した。そのときどういうことが起きていたのかはあまり覚えていない。そんなことは誰も覚えていられないだろう。ただ、追いつ追われつのすさまじい攻防だったことは覚えている。ユンカースが艦船めがけて急降下すると、艦船は吠《ほ》え立て、艦にあるすべてのものを宙に撃ち出した。一瞬の白い閃光とともにドイツ機が宙で炸裂《さくれつ》したのを覚えている。空が埋め尽くされた。咲いたと思ったらすぐに風に吹き消される白い花で、空が埋め尽くされた。一瞬の白い閃光とともにドイツ機が宙で炸裂したのを覚えている。その爆撃機がいたところにはそのあと何も残らなかった。小さな小さな破片がゆっくりと下に落ちていっただけだった。後部銃座を吹き飛ばされた機を見たのも覚えている。その機はシートベルトにつかまる射撃手をうしろにたなびかせて飛んでいた。その射撃手はストラップを伝ってなんとか機内に戻ろうとしていた。もう一機覚えている機がある。勇敢なやつで、急降下爆撃をするためにそいつの僚機は下に向かっていたのだが、そいつはずっと上にいて、われわれの上空から攻撃してきた。みんなで乱射してそいつを迎撃したのを覚えている。そいつがゆっくりと腹を上に向けたのも。そいつは死んだ魚のように淡い緑の腹を見せると、最後には錐揉《きりも》みしながら落ちていった。

フィンのことも覚えている。

彼の機が火を噴いたとき、そばにいたのだ。火はまず彼の機の鼻づらから出て、エンジンカヴァーの上で派手に踊りはじめた。彼のハリケーンの排気口からは黒い煙が噴き出していた。

私は近づくと、無線で彼に声をかけた。「おい、フィン。脱出したほうがよさそうだ」彼の声が返ってきた。ゆっくりとした落ち着いた声だった。「それがむずかしいんだ」「飛び出せ」と私は叫んだ。「すぐ飛び出せ」彼がコックピットのガラスの天蓋《てんがい》の下に坐っているのが見えた。私のほうに顔を向け、彼は首を振った。

「脱出はむずかしい」彼の声がした。「ちょっと撃たれちまったんだよ。腕を両方とも。だからシートベルトがはずせないんだ」

「脱出するんだ」と私は叫んだ。「頼むから脱出してくれ」すぐには答が返ってこなかった。彼の機はしばらく飛びつづけた。まっすぐに水平に。そこでゆっくりと、死んでいく鷲のように翼を下げ、海に向かって落ちていった。私はそのさまを見つづけた。細く黒い煙が空にたなびくのを見つめた。そうして見ていると、無線からまたフィンの声が聞こえてきた。

ゆっくりとして、はっきりとした声だった。「おれってくそラッキーなクソ野郎だよ」と彼は言っていた。「おれってほんと、くそくそラッキーなクソ野郎だ」

プライベートな殺人

ピーター・トレメイン

安野玲 訳

飛行機をテーマにしたアンソロジーなら、密室殺人もののミステリが少なくとも一篇はないことには不完全のそしりをまぬがれまい（なにせ飛行機は窮極《きゅうきょく》の密室だ）。しかしこの作品で読者はふたつの密室とめぐりあう。さあ、グローバル航空のジャンボジェット機へようこそ――まもなく当機では不幸な旅客の遺体が発見されます。一六二便のクルーにとって幸運だったのは、乗客のなかに犯罪心理学者のジェリー・フェインがいて、この事件の捜査に取り組んでくれたことだ。ピーター・トレメインはピーター・エリスのペンネームである。エリスは百冊近い長篇とゆうに百篇を越える短篇の作者であり、さらにはケルト研究で修士号を取得してもいる。イングランド中部のコヴェントリーに生まれ、記者として働いたのち、七〇年代中期にフルタイムの作家になった。本篇は珠玉の一作である。

（白石 朗 訳）

グローバル航空の747型機、GA一六二便のファーストクラスにある調理室《ギャレー》にスチュワーデスのサリー・ビーチがあらわれたとき、チーフ・パーサーのジェフ・ライダーは、その顔に浮かんでいる気遣わしげな表情を見逃さなかった。ライダーはちょっと驚いた。ベテランのサリーがこれほど不安そうなようすを見せるのは初めてだ。

「サリー、どうした？」いつものサリーのいたずらっぽい笑顔をよみがえらせようと、ライダーは声をかけた。「なにをお悩みかな？　ファーストクラスの搭乗客にオオカミでも交じっていた？」

サリーはかぶりを振ったが、心配そうな表情は変わらなかった。「お客さま《パックス》が化粧室《ラバトリー》に閉じこめられたみたいなの」と説明を始める。

ジェフ・ライダーはにやりとして、下ネタで応じようとした。

「やめて」ライダーの意図を読んだように、サリーはそれをさえぎった。「まじめな話よ。なにかあったのかもしれない。しばらく出てこないから確認してほしいとお連れの方に頼まれて、ノックしてみたのよ。でも、返事がなくて」

ライアンは溜息を呑《の》みこんだ。機内ラバトリーにパックスが閉じこめられたという話はそうそうないが、まったくないわけでもない。前に一度、体重百二十キロ近いテキサス男をラバから救出したことがある。あんな経験は思い出すのもごめんだった。

「その運のないパックスというのは？」

「搭乗者名簿によると、ヘンリー・キンロッホ・グレイという方ね」

ライダーは思わず呻《うめ》き声をたてた。「この機のラバのドアが動かないというなら、動かなくしたのはキンロッホ・グレイしかいないだろうね。どういう人物か知ってるか？　キンロッホ・グレイ&ブローディの社長だよ、ほら、あの多国籍メディア企業の。自分の会社の役員の肉を食らい血を啜《すす》るとかって話だが、きみやぼくみたいに、人生の大海原を漂う哀れな雑魚については……」ライダーは大げさに天を仰いだ。「ま、とにかく、見にいくとするか」

サリーを後ろに従えて、ライダーはファーストクラスのラバトリー・エリアへと向かった。そのあたりには誰もおらず、二つあるうちどちらの個室に〝使用中〟の表示が出ているかはすぐ見て取れた。そちらへ近づいてそっと声をかける。「ミスター・キンロッホ・グレイ？　なにか問題はございませんか？」

ライダーはしばらく待ってから、恭《うやうや》しくドアをノックした。

やはり返事はない。

ライダーはサリーを見やった。「入ってからどれくらいだって？」

「三十分くらい前にラバに入ったと、お連れの方が」

ライダーは片眉を上げ、ドアに向きなおった。こんどは一オクターブほど声を高める。

「お客さま？　ミスター・キンロッホ・グレイ？　なにかお困りなのではございませんか？　これから鍵を壊しますので、ドアから離れていただけるでしょうか」

ライダーはぐいっと身を引き、片脚を上げ、錠のあたりを狙って蹴りつけた。個室のちゃちな錠が取付けネジから外れて、ドアがわずかに内側にひらいた。

「お客さま……？」

ライダーはドアに肩を押し当てた。すんなりとあかない。なにかが邪魔をしている。かなりがんばって、なんとかこじあけた隙間から頭だけねじこんだ。と思うと、すぐに引き抜いた。顔が真っ青だ。ライダーは一瞬、ものもいわずにサリーを見つめてから、やっとのことでことばを見つけてささやいた。

「撃たれてる——と思う」

ラバトリー・エリアにはカーテンがかけられた。グローバル航空のベテラン・パイロットであるモス・エヴァンズ機長にもお呼びがかかった。インターホンで簡単な状況説明を受けると、銀髪でがっしりした体格の機長はコックピットを離れ、動揺を押し隠して乗客に愛想よく笑いかけたりうなずきかけたりしながらファーストクラスを通り抜けた。苛立《いらだ》ちが募っていく。一六二便はついさっきフライトの中間点、いわゆる〝帰還不能点《ポイント・オブ・ノー・リターン》〟を越えたばかりだった。目的地まであと四時間。現時点で別の空港に代替着陸《ダイバート》すればいったいどれくらい遅れが出るかわからないし、できればそれは避けたいところだ。なにしろ今回は大事なデートの約束が待っている。

トイレで機械的故障が起きました、お客さまの安全と快適のため機内中央のトイレをご利用くださいと、ファーストクラスのパックスに向けたライダーのアナウンスが終わったところだった。なんともお粗末な言い訳だが、こういう場合にこういう言いまわしを使うのは航空会社の常套《じょうとう》手段だ。

ジェフ・ライダーはサリー・ビーチと二人でエヴァンズを待っていた。ジェフとは二年もいっしょに飛んでいるのでエヴァンズはよく知っているが、さすがにいつもの陽気さは微塵《みじん》もなかった。スチュワーデスもすっかり血の気《け》の失《う》せた顔で震えている。

エヴァンズはいたわるようにサリーを見やってから、ラバトリーのドアの壊れた錠に向きなおった。「問題のラバはここか？」

「そうです」

エヴァンズは全体重をかけてドアを押して、狭い個室にどうにかこうにか頭をねじこんだ。

男が便座の上に仰向《あおむ》けに倒れていた。着衣に乱れはない。両脇にだらりと垂れた腕。投げ出された脚。どうりでドアが完全にあかないはずだ。ぐったりした体は今にもずり落ちそうだった。口から胸にかけて大量の血。頬が裂けてところどころ肉がぶら下がっていた。個室の壁にも血が飛び散っている。エヴァンズは込み上げる吐き気をこらえた。

ライダーから聞いていたとおり、どうやらこの人物は口に銃を突っこんで撃ったらしい。エヴァンズは無意識に視線を下げた。なにを探しているのか自分でもよくわからなかったが、やがて思い当たった。そうだ、銃。不思議なことに銃が見当たらない。ふたたび床を見わたす。両脇に垂れた手はなにも持っていなかった。銃があるなら個室の床に落ちているはずなのに、影も形もない。エヴァンズは眉をひそめて頭を引き抜いた。たった今目にした状況にどことなく引っかかるものを感じたが、理由ははっきりしなかった。

「こんなこと、うちの運航マニュアルの緊急対策にはなかったな」状況に多少なりとも笑いを持ちこもうというのか、ライダーがつぶやいた。

「このエリアにパックスが近づかないようにしてくれたんだな」エヴァンズはいった。

「ええ。ファーストクラスのパックスはすべてこの付近から移動していただいて、とりあえずカーテンをかけました。つぎの仕事はここから遺体を出すことでしょうか」

「お連れは仕事関係の人間か？　伝えたのか？」

「事故があったとだけ。詳しいことはなにも」

「それでいい。確かこのパックスはどこかの大企業の社長だったな」

「あのキンロッホ・グレイです。ヘンリー・キンロッホ・グレイ」

エヴァンズは口笛を吹くように唇をすぼめた。「つまり、この人物は巨万の富を持つ有力者ってことか」

「これほどの大金持ちはなかなかいませんよ」

「搭乗者名簿にドクターは？　よりによって最悪の時に最悪の場所で自殺してくれたとしかいいようがないな。とにかくだ、しかるべき人間に見てもらうまでなにも動かさないほうがいいだろう。うちの医学的緊急事態発生時のガイドラインに沿って対処する。本社にも報告を」

ライダーはうなずいた。「乗客にドクターがいるかどうかは、サリーがすでに確認済みです。運よくファーストクラスに二人いらっしゃいました。並び席です。C1とC2」

「よし。どちらか一人、サリーにここへ案内してもらおう。そうだ、ミスター・グレイのお連れの席は？」

「B3です。名前はフランク・ティリー。ミスター・グレイの個人秘書のようですね」

「身元確認に立ち合ってもらわないといけないな。厳密に社の規定どおり対処する」エヴァンズは念を押すようにくりかえした。

サリー・ビーチはC1とC2の乗客に歩み寄った。年齢は二人とも同じ四十代半ばといったところか。一人はカジュアルな服装、燃えるような赤毛はぼさぼさのマッシュルームカットで、いわゆるドクターらしいイメージとは程遠い。もう一人は見るからに上品で、りゅうとした出で立ちだ。サリーは足を止めて身をかがめた。

「ドクター・フェインでいらっしゃいますか？」サリーが先に覚えた名前がこれだった。

りゅうとしたほうの人物が顔を上げ、問いかけるようにほほえんだ。「ええ、ジェリー・フェインですが。なんでしょう？」

「ドクター・フェイン、恐れ入りますが、救急処置が必要なお客さまがおられまして、お差し支えなければ、おいでいただいて診ていただけると大変ありがたいと、機長が申しております」

さんざんいい古された決まり文句のように響いた。実際、グローバル航空の運航マニュアルに記載された定型文そのままだった。もっともサリーとしては、叩きこまれている堅苦しい台詞《せりふ》以外になにをどう伝えればいいのか見当もつかなかった。

フェインが苦笑した。「残念ながら、ぼくの学位は同じドクターでも犯罪学でしてね。たいして力にはなれないな。ふさわしいのはこちら、友人のヘクター・ロスだと思いますよ。医学博士だから」

サリーが申し訳なさそうに隣席を見やると、赤毛のドクターはすでに立ち上がりかけていた。さっきの台詞をくりかえさずにすんでありがたかった。

「ご心配なく、お嬢さん。診てみよう。ただ、医療器具を持っていなくてね。学会の帰りだから。それに、じつはわたし、病理学者なんだよ。開業医《GP》じゃなくて」

「機内に救急キットがございます、ドクター。ですが、おそらく必要ないかと」

ロスは訝《いぶ》かしげに眉をひそめてサリーを見やったが、彼女は早くも背を向けて、先に立って通路を歩きだしていた。


ヘクター・ロスは後ずさりでラバトリーから出てくると、エヴァンズ機長とジェフ・ライダーのほうを向き、腕時計を見やった。「十三時十五分、死亡を確認」

エヴァンズが不安げに身じろいだ。「死因は？」

ロスは唇を噛《か》んだ。「遺体を運び出してからくわしく調べないと」そこでまたロスはためらった。「その前に、連れのドクター・フェインにも視《み》てもらいたいな。ドクター・フェインは犯罪心理学者だから。あの男の意見は一聴に値する」

エヴァンズはロスを見つめ、今のことばの裏にある意味を読み取ろうとした。「この件で犯罪心理学者の力をお借りするということは、もしや――？」

「とにかく、そのほうがわたしも助かるんだ。ちょっと視てもらうだけでいいから」説き伏せるようにロスは声を強めた。

ややあって、こんどはジェリー・フェインが同じラバトリーからやはり後ずさりで出てくると、いささか深刻な顔で旅の連れを見やった。

「興味深い」ゆっくり、重々しく、フェインはことばを押し出した。「どういうことですか？」

「つまり？」エヴァンズ機長がもどかしげに問いかけた。「どういうことかというと、状況は思わしくないということですよ」ごくかすかに皮肉っぽい響きが聞き取れた。「まず遺体を運び出しましょうか。それから、こちらにおいでのドクター・ロスに死因を特定してもらいます。そのうえで初めてこの人物がいかなる経緯で死に至ったのか判断できる」

苛立ちを鎮めようというのか、エヴァンズが鼻から大きく息を吸いこんだ。「うちの社長が無線連絡を待っていましてね、ドクター。もっとはっきりしたことを伝えられるとありがたいんですが。社長がたまたまミスター・グレイと知りあいだといえば、わかっていただけるでしょうか。ゴルフクラブが同じだかなにかで」

フェインは皮肉った。「そこは〝知りあいだった〟ではないでしょうか、過去形で。まあ、そういうことなら、おたくの社長にはこう伝えていただいてけっこう――ゴルフ友だちはどうやら殺されたようだ、と」

エヴァンズ機長はショックを受けたようだ。「そんな、まさか。自殺に決まってる」

ヘクター・ロスが咳払いして、友人に気遣わしげな視線を向けた。「なあ、そこまではっきりいっていいのか？」とささやきかける。「だいいち――」

フェインは動じることなく、穏やかながらも断固たる口調でそれをさえぎった。「致命傷を負わせた正確な方法がどうであれ、ほぼ即死らしいという点はきみも否定しないはずですよ。顔の前側、目と鼻の下がほとんど吹き飛んでいる。ひどいものだ。口を狙った銃創のように見えますね」

エヴァンズ機長は口をきく気力を取りもどしていた。考えてみるに、さっきから引っかかっていたのはまさにそこだった。こんどは機長が皮肉る番だった。「仮に個室で銃を撃ったとしてですよ、たとえ小口径の銃で、銃弾の衝撃が体に吸収されたとしても、機体の側面を貫通する程度の威力はあって、機内の急減圧が起きるはずだ。三万六千フィートの上空で航空機の胴体に銃弾が穴をあけたらどうなるかは、おわかりですよね?」

「はっきり銃でとはいっていません」フェインはあいかわらず穏やかな笑みを浮かべたままだ。「銃創のように見えると申し上げた」

「その銃創だかなんだかが原因で亡くなったとして、どうして自殺じゃないといえるんです?」と、チーフ・パーサーのライダーが割りこんだ。「だって、鍵のかかった個室にいたんですよ。なかから鍵がかかっていたじゃないですか」

フェインは慰めるような視線をライダーに向けた。「傷から見てほぼ即死だといいましたよね。自殺に成功してから死体が起き上がって凶器を隠すという事例は、寡聞にして知りません。被害者は個室内で死んだ。傷は致命傷でほぼ即死。そして、凶器は影も形もない。……興味深いとは思いませんか?」

エヴァンズは呆然《ぼうぜん》とフェインを見つめた。「バカな……」声に力がない。「そんなはずはない。凶器はきっとドアの後ろかどこかに隠れているんだ」

フェインは答えようともしなかった。

「しかしですね」エヴァンズはいいつのった。そうだ、今フェインが指摘したこと、そもそもそこに引っかかっるものを感じたのではなかったか。消えた凶器。「グレイは殺されたあとラバに――トイレに押しこめられたということですか？」

フェインは大きくかぶりを振った。「そう単純な話ではないでしょうね。傷から飛び散った血が壁に付着していることから見て、殺されたときはすでにトイレのなかだった。そしてチーフ・パーサーくんによると、ドアは内側から鍵がかかっていた」

チーフ・パーサーのジェフ・ライダーは居心地悪そうに身じろいだ。「ドアは内側から鍵がかけてありました、ええ」と弁解するようにくりかえす。

「だったらどうやって――？」とエヴァンズ。

「それをこれから突き止めようというのです。機長、そちらの権限を侵害するつもりはないが、一つ提案させていただいても……？」

エヴァンズは返事をしなかった。さっきフェインが指摘したこと、あれにまだ納得がいかなかった。

「機長……？」

「え？　ああ、失礼、なんです？」

「一つ提案させていただきたい。死因が特定できるかどうかヘクターに検案してもらうあいだに、ぼくがミスター・グレイのお連れに話を聞いてもかまわないでしょうか？　そうすれば手口はもちろん、動機も判明するかもしれない」

エヴァンズは考えこむように唇を引きむすんだ。「わたしはそれを決める立場にはありません。社長に相談してみないと」

「一刻も早くお願いします。ここで待っていますから」フェインは穏やかに答えた。「待ちがてら、ドクター・ロスとぼくとで遺体をトイレから出しておきましょう」


モス・エヴァンズ機長はいくらもたたないうちにもどってきた。そのときにはキンロッホ・グレイの遺体はロスとフェインの手でラバトリーから運び出され、隔壁とファーストクラス最前列の座席とのあいだに安置されていた。

エヴァンズは仰々しく咳払いした。「ドクター・フェイン。この件に関してあなたが適切と判断した行動をとる旨、当社の社長が全面的に許可しました……といっても、当機が着陸するまでのあいだですよ。その後はいうまでもなく、現地の警察当局が捜査を引き継ぐ」さらに説明が必要だと思ったのか、機長は肩をすくめてつけくわえた。「社長はあなたの――犯罪心理学者でしたか？　とにかく、あなたのお噂を聞いたことがあるようです。この件については喜んでドクター・ロスとあなたに一任すると」

フェインは恭しくうなずいた。「ルート変更はするんでしょうか？」

「このまま目的地へ直行するよう社長から指示が出ています。もう亡くなっていますからね、代替空港に着陸して救急処置を要請する意味はない」

「なるほど。そういうことなら、あと三時間ほどで事件を解決すればいいわけだ。グレイの連れと話せる場所が欲しいのですが、パーサーくんに手配を頼めるでしょうか。スチュワーデスくんに聞いたところでは、個人秘書だとか。話をするときは、ほかの乗客の目を引きたくない」

「――ということだ。頼んだよ、ジェフ」チーフ・パーサーに指示してから、エヴァンズ機長はフェインに向きなおった。「殺人事件の犯人は、たいてい被害者の顔見知りだといいますね。その秘書が第一容疑者ということになるんですか？　それとも、グレイとなにかつながりがあるかどうか、乗客全員を調べるとか？」

フェインはにっこりした。「この手のことに普遍的なルールはありません」

エヴァンズは肩をすくめた。「お役に立つなら、座席にもどってシートベルトをしめるように機内アナウンスしましょうか。乱気流に突入する見込みだとでもいって。物見高い乗客がこのエリアに入るのを防げるでしょう」

ヘクター・ロスが死体のそばで機長を見上げた。「それは助かる。ぜひお願いしたいな」

エヴァンズはまだその場でぐずぐずしていた。「そろそろコックピットにもどりますが、なにか進展があったらいつでも知らせてください」

エヴァンズが立ち去って何分もたたないうちに、なにやら騒ぐ声が聞こえてきた。フェインは顔を上げた。スチュワーデスのサリー・ビーチが、こちらに突進してくる青年を必死で引き止めようとしている。

青年は諦めなかった。「だから、ぼくはあの人の下で働いているんですよ」と、抗議の声を張り上げる。「入ってもかまわないでしょう?」

「お客さまのお席はエコノミークラスです。ファーストクラスにはお入りになれません」

「ミスター・グレイの身になにかあったのなら、どうしても——」

フェインはすばやく進み出た。長身で、上品な物言いの青年だった。加えて、日焼けのせいで——といっても、太陽ではなくライトによる日焼けだが——顔立ちの端正さがいっそう際立って見える。服装は完全無欠。ほっそりと長い指に光る金のシグネットリング。フェインはいつもかならず手を観察することにしていた。手と爪の手入れの仕方は、その人物について多くを語ってくれる。この青年が爪の手入れにたいそう気を遣っていることは一目瞭然だった。

「そちら、ミスター・グレイの秘書くんですか?」フェインはサリーに声をかけた。

サリーはかぶりを振った。「いいえ、ドクター。こちらはエコノミークラスのお客さまです。ミスター・グレイの下で働いていたとおっしゃっていて」

「きみ、名前は？」フェインはすぐさま尋ねて、青年の整った顔に鋭い視線を向けた。

「オスカー・エルジー。ミスター・グレイの付添いでした」青年の声の調子が変わった。パブリックスクール出だとはっきりわかる。「ファーストクラスのフランク・ティリーに確認してください。ティリーというのはミスター・グレイの個人秘書です。ぼくの身元を保証してくれるはずだ」

フェインはサリー・ビーチに促すような笑顔を向けた。「お願いしてもいいですか、ミス・ビーチ。それからミスター・ティリーにも、こちらに来て話を聞かせてほしいと伝えてください。都合のいいときでいいからと」サリーが足早に立ち去ると、フェインは青年のほうへ向きなおった。「さて、ミスター・エルジー、どうやって知ったんです？　その……事故のことを」

「エコノミークラスでスチュワーデス同士が話しているのを小耳に挟みました」とエルジー。

「ミスター・グレイが怪我《けが》をしたのなら——」

「ミスター・グレイは亡くなりました」

束の間、オスカー・エルジーはフェインを見つめた。「心臓発作ですか？」

「それはどうかな。ちょうどいい、元雇い主の身元確認をお願いしてもかまいませんか？　ドクター・ロスの記録に必要なので」

フェインは脇へ退き、ロスの検死を待っている遺体のほうへと青年を促した。遺体の顔が青年に見えるように、ロスが場所をあける。エルジーは遺体の前で足を止め、しばらくじっと見下ろしていた。

「テラ・エス、テラム・イビス」そうつぶやいたかと思うと、青年の顔が苦悶《くもん》にゆがんだ。

「なぜこんなことに？　どうして顔が血まみれなんです？　ここでいったいどんな事故が？」

「まさにそれを突き止めようとしているところでね」とロスが答えた。「この人物はヘンリー・キンロッホ・グレイでまちがいないね？」

青年はわずかにうなずくと、顔をそむけた。そのまま立ち去ろうとする青年を、フェインは引き止めた。

「ミスター・グレイのもとで働いてどれくらいですか？」

「二年になります」

「具体的にはどんな仕事を？」

「世話係のようなことです。なんでもやっていました。運転手、執事、料理人、従者、雑用係。〝ファクトトゥム〟――万屋《よろずや》とでもいえばいいかな」

「そして、海外出張のさいも同行する」

「もちろん」

「そのくせミスター・グレイは序列にうるさかったんですね」フェインはほほえんだ。

青年は頬を染めた。「どういう意味です？」

「きみの座席はエコノミークラスなんでしょう？」

「ファーストクラスは使用人にふさわしくありませんから」

「確かに。それでも、ミスター・グレイの死に対する反応を見ると、きみは雇い主に並々ならぬ愛情を抱いていた」

青年は挑むように顎を上げた。頬が赤く染まっている。「ミスター・グレイは立派な雇い主です。それはまあ、したたかな商売人ではありましたよ。ですが、公明正大な人だった。言い争いになったこともありません。気持ちよく仕えられる相手だったんです。すばらしい人でした」

「ほほう。で、きみが世話をしていたと。身のまわりの面倒を見ていたわけですね。そういえば、『ハリー・グレイは理想の結婚相手』というふうに、よく新聞で話題になっていたな」

青年の表情が微妙に変わったのを、フェインは見逃さなかった。

「あの人が結婚しているなら、ぼくが世話をするまでもないでしょう？　あの人のために、ぼくはそれこそなんでもやっていた。ステレオやら冷蔵庫やらの修理までね。そうです、あの人は結婚していませんでした」

「まあ、そうなんでしょうね」フェインは笑みを浮かべ、またエルジーの手を見つめた。「ステレオの修理をするなら、手先が器用でないといけない。そんなことまでできる雑用係は珍しいんじゃないですか?」

「趣味が模型造りですから。ジオラマです」声に誇らしげな響きが聞き取れる。「ほほう。そうだ、きみの立場ならいちばんよくわかると思いますが、ミスター・グレイに敵は?」

エルジーはあからさまに浮かぬ顔をした。「ハリー・グレイのようなビジネスマンは、まわりじゅう敵だらけですよ」

青年が目を上げたところへ、サリー・ビーチが眼鏡《めがね》をかけた男を案内してきた。

「敵のなかには、いっしょに仕事をして親友面《づら》をしていた連中もいますしね」エルジーはきつい調子でそうつけくわえてから、ふと口をつぐみ、なにか思いついたように眉をひそめた。

「あの人の死が……その……疑わしいとおっしゃるんですか?」

サリーは話の腰を折らないよう、眼鏡の男に向かってそこにかけてお待ちを、と合図した。

フェインはそれに気づいて感謝しながら、エルジーに向きなおった。

「そこをこれから調べるわけです。では、ミスター・エルジー、座席にもどっていただいてけっこう。進展があったら知らせます」

青年は背を向けると、眼鏡の男に会釈もしないで歩み去った。眼鏡の男が急にうつむいたのは、魅力的な青年と目を合わせたくないからだろう。世話係と秘書は犬猿の仲だとみえる。

フェインは検死のつづきをヘクター・ロスと機内医療キットにまかせて、すわっている秘書に歩み寄った。

秘書のかたわらで待機していたサリー・ビーチが、緊張した面持ちでほほえんだ。「こちらはミスター・フランシス・ティリー、ミスター・グレイのお連れさまです」

フランク・ティリーは三十代半ば、線が細くてひどく影の薄い人物だった。肌は青白く、顎にはいくらがんばって剃《そ》っても消えない青々とした剃り跡が目立つ。分厚いレンズのロイド眼鏡は顔立ちにちっとも似合っていない。薄い髪に、後退した生え際。おまけに、口の端が神経質そうにひくついている。

関係者以外はファーストクラスのキャビンに立ち入らせたくないので、フェインはスチュワーデスに扉のそばで待機するよう合図してから、おもむろにティリーのほうを向いた。

「死んだんですね？」ティリーは裏返ったような声でそういうと、喉の奥で神経質な笑い声をたてた。「まあ、そういうことはいつかは起きるはずですから——いわゆる高貴にして善良なる人間の身にさえもね」

フェインはティリーの声音に眉をひそめた。「ミスター・グレイは病気だったということですか？」

ティリーは片手を上げてから、力なくおろした。なにか主張しようとして気が変わったといわんばかりだ。震える手、震える太い指、ニコチンの染み、ぎざぎざの爪を、フェインは無意識のうちに記憶に収めた。

「いや、なに、喘息《ぜんそく》持ちでしてね。それだけです。単なるストレス性のものでした」

「では、どうして……？」

ティリーは気まずそうな顔になった。「軽率でしたかね」

「同僚の死にもさほどショックを受けていないようですが」

ティリーは非難がましく鼻を鳴らした。「同僚？　あの人はあくまでもボスだった。下で働く人間にぜったい忘れさせてくれませんでしたからね――自分がボスで、自分が社員の運命を握っているということを。相手がドアマンだろうが副社長だろうが関係なかった。ハリー・キンロッホ・グレイはあらゆる職務に直接手を出したがる社長で、キンロッホ・グレイのことばが法だったんです。社長に嫌われたら即刻クビだ。どれだけ長いこと勤めていようが関係ない。あの人は昔気質《かたぎ》の、叩き上げの商売人の典型でした。横暴で、ケチで、執念深くて。今どきのビジネス界にいるべき人間じゃないですよ」

フェインは椅子の背に身を預け、男の苦々しげな声にじっと耳を傾けていた。「つまり、敵が何人もいるタイプの人物だったと」

ティリーはおかしそうににやりとした。「友人がひとりもいないタイプの人物でした」

「彼のもとで働いて何年くらい？」

「入社して十年。個人秘書になったのは五年前です」

「好きでもない相手と過ごすには少々長すぎる時間だな。きみはその間ずっと、なにかミスター・グレイに歓迎されることをやってあげていたわけだ。だって、嫌われてクビにされなかったんでしょう？　ほら、従業員にはたいていそういう態度だったと、たった今いいましたよね？」

フェインの嫌味に、ティリーは不安げに身じろいだ。「それとミスター・グレイが亡くなったことになんの関係が？」と、急に気づいたように問いかえす。

「背景を知りたいだけですよ」

「なにがあったんです？」ティリーは詰め寄った。「心臓発作かなにかじゃないんですか？」

「というと、心臓病だった？」

「わたしの知るかぎり、それはないですね。ただ、太りすぎだったし、ブタみたいな大食らいでした。おまけにあれだけストレスを溜めこんでいれば、心臓が原因でもなんの不思議もありませんね」

「今回の出張はとくにストレスが溜まるようなものだったんですか？」

「いつもと大差ありません。アメリカにある子会社の役員との会議に出席する予定でした」

「それで、きみが気づいた範囲では、ミスター・グレイの態度もいつもどおりだったと」

ティリーは喉の奥で文字どおりクックックッと笑った。不気味な笑い声だった。

「いつもと同じケンカ腰、横暴、傲慢な態度でしたよ。六人クビにする予定だったんですが、通常どおりおおぜいの前でそれをやる気だった。最大級の屈辱を与えるためにね。それが快感なんですよ。そういえば……」と、ティリーはいいよどみ、考えこむような目つきになった。「アタッシュケースの書類に何通か目を通していたな。そのなかの一つがずいぶんと気になったようで、読み終えたかと思うと発作が始まって……」

「発作？　健康上の問題はなかったといいませんでしたか？」

「喘息持ちだった。そういったでしょう？　ストレスが誘因になって喘息の発作を起こすことがあったんです」

「ああ、そうでしたね。で、喘息の発作を起こしたと。薬かなにか使っていましたか？」

「いつも吸入器を持ち歩いていました。見栄の塊でしたからね、そんなことは人に知られちゃならんと思っていた。あのご立派な社長は、肉体的な弱みを認めたくなかったんですよ。で、発作が起きるたびに吸入器を持ってどこかへ消えて、こっそり使っていた。見え見えでしたがね。皮肉なものです、座右の銘が旧約聖書の伝道書にある『ヴァニタス・ヴァニタトゥム、オムニス・ヴァニタス』――すなわち『空《くう》の空なるかな、すべて空なり』なんですから」

「つまり、吸入器を使うためにトイレに行ったということですね？」

「そうです。ずいぶんと時間がかかっているので、心配になったんです」

「心配？」フェインはかすかな笑みを浮かべた。「きみの口ぶりでは、ボスの健康に対する心配はさほど優先度の高い問題ではなかったような」

ティリーの唇が冷笑にゆがんだ。「個人的感情は関係ありません。わたしはエルジーとちがって、仕事にすべてをつぎこんだりしないんですよ。こっちは仕事で給料をもらって、誠実に、プロ意識を持って仕事に臨んでいただけです。ハリー・グレイを好きになる必要などなかった。わたしが給料をもらっている仕事以外のところでハリー・グレイがなにをしようがしまいが、そんなことは心配でもなんでもありません。あの人の愛人が誰だろうと不倶戴天の敵が誰だろうと、わたしの知ったことじゃない」

「ほほう、よくわかりました。で、ミスター・グレイはトイレに行ってもどってこなかったと」

「だから、しばらくしてからスチュワーデスを呼んで見にいってもらったんです。まさに秘書としての分をわきまえた心配のしかたじゃないですかね」

「ミスター・ティリー、このまま少々待っていてください」

フェインはサリー・ビーチに歩み寄り、あいかわらず青い顔をして不安そうなスチュワーデスに穏やかに声をかけた。「ミスター・グレイの座席に行ってアタッシュケースをさがしてもらえるかな？　ここに持ってきてください」

サリーはすぐに小ぶりの茶色いレザーのアタッシュケースを持ってもどってきた。

フェインはアタッシュケースを受け取ると、フランク・ティリーに見せた。「これはミスター・グレイのものにまちがいありませんか？」

秘書は渋い顔でうなずいたが、フェインが留金をパチンとあけるのを見て抗議の声をあげた。「それはどうかご勘弁を」

「どうして？」

「社の機密文書ですから」

「殺人の可能性がある場合、その異議より捜査が優先されると思いますが」

フランク・ティリーは目を見ひらいた。「殺人？……しかし、それはつまり……殺された？　殺されたなんて聞いてない」

フェインは返事もせずにせっせと書類をめくっていたが、やがて一枚を抜き取ってティリーに見せた。「呼吸困難を起こす直前に見ていたのはこれですか？」

「さあ、どうでしょう。たぶんそうかと。そんなメモ紙みたいな感じでした——それ以上はなんとも」

コンピュータのプリントアウトを破り取ったものらしかった。短い文が二つ、印字されている。


この飛行機が着陸する前におまえは死ぬ。メメント、〝ホモ〟、クィア・プルヴィス・エス・エト・イン・プルヴェレム・レヴェルテリス。

フェインは思わず頬をゆるめて座席に身をあずけ、紙片を秘書に差し出した。「きみはラテン語が得意なんですよね、ミスター・ティリー。この文章はどう訳せばいいでしょう？」

ティリーは訝かしげな顔になった。「ラテン語が得意？　わたしが？　どこからそんな話が？」

「ついさっきラテン語の文章を持ち出したじゃないですか。ちゃんと意味もわかっていたようだし」

「わたしのラテン語の知識なんぞないも同然だ。ミスター・グレイがラテン語の格言や諺《ことわざ》やらが大好きで、話についていけるように、しょっちゅう出てくる言いまわしを覚えただけです」

「ほほう。で、この文章の意味はわからないと」

ティリーはプリントアウトされた文字をにらんでから、かぶりを振った。「『メメント』は、思い出せでしたっけ？」

「『メメント・モリ』は聞いたことがあるでしょう？　ここに書かれた文章の普及版なんだが」

ティリーはかぶりを振った。「なにかを思い出せ、ということですかね」

「ラテン語の〝男〟にあたる単語に引用符がついているのはどうしてだと思います？」

「そもそも意味がわからないんですが。ラテン語は知らないんですよ」

「だいたいこうです――『覚えておけ、人よ、おまえは塵《ちり》であり、塵に帰るのだ』。コンピュータか、ワープロで書いたのかな。活字に見覚えは？」

ティリーはかぶりを振った。「社には備品として同じものが何百台とありますからね。それ、ミスター・グレイに殺人予告を書いたのがわたしだっていいたいわけじゃないですよね？」

それを無視してティリーはいった。「こんなものがどうやってアタッシュケースに紛れこんだんでしょうか？」

「そりゃ、誰かが入れたからでしょ」

「その機会がありそうな人は？」

「やっぱりわたしを疑ってるんだ。確かにわたしはあの人が大嫌いでしたよ。でも、だからといって、自分の首を締めるような真似はしません。あの人は最低の人間でしたが、金の卵を産むガチョウでした。いなくなったら意味がない」

「そのとおり」フェインは考え考えつぶやいた。ふとアタッシュケースのなかのメモ帳が目に留まり、ぱらぱらめくってみた。フランク・ティリーは不安げな顔でそれを見ている。やがて、『即時解雇』の文字と日付の下にイニシャルが並んだページを見つけた。

「これ、クビにする予定だった六人のリストですね？」フェインは尋ねた。

「いったでしょう、みんなの前で役員を何人か追放して楽しむつもりだったんですよ。わたしもいくつか名前を聞かされました」

「リストにあるのはイニシャルだけですね。最初はO・T・E」フェインはティリーを見やって片眉を上げた。「オスカー・エルジー？」

「外れです」ティリーは恩着せがましい笑みを浮かべた。「オーティス・T・エリオット。子会社のデータベース部門の部長ですよ」

「ほほう。残りも誰が誰だかわかるかな」

フェインが指さすイニシャルに、ティリーは名前を書きこんでいった。つぎの四つも会社の役員だった。最後の行にはFtとあった。

「F・Tにはアンダーラインが三本も引いてあって、『退職金なし！』と書き添えられている。F・Tは誰でしょうね？」

「むろんF・Tはわたしのイニシャルだ」と、低い声でティリー。ただでさえ青白い顔がみるみるうちに強《こわ》ばっていく。「このリストのことで話しあったとき、わたしをクビにするなんて話はまったく出ませんでした。嘘じゃない。なにもいってなかった」

「では、社内でほかにF・Tというイニシャルになる人は？」

ティリーは険しい顔で考えていたが、ついにかぶりを振ると諦めたように肩をすくめた。

「いや。わたししかいませんね。ひどい男だ！　こんな計画のことは一言もいってなかった。やっぱりみんなの前で大恥かかせる魂胆だったんだ」

最前列の座席の陰からヘクター・ロスが顔を出すと、フェインを差し招いて満足げに宣言した。「手口を説明できそうだぞ」

フェインも満足げな笑顔で友人に応じた。「こっちもです。まちがっていたらいってもらえるかな。ミスター・グレイは喘息の発作を起こして、吸入器を使うためにトイレに入った。吸入器をくわえてふだんどおりボタンを押した。すると……」そういって、肩をすくめて締めくくる。

ロスは驚いたようだ。「どうしてそれを——?」と、まだすわったまま不安げにもぞもぞしているフランク・ティリーのほうを、フェインの肩越しに見やる。「あいつが細工したと白状したか?」

フェインはかぶりを振った。「いえいえ。でも、当たりでしょう?」

「文句なしの仮説だが、ラボで確かめないことにはな。口腔《こうくう》内に細かいアルミニウム片と、プラスチックも少々見つかった。なにかが激しい爆発を起こして、その勢いで小さなスチール針様のものが発射されて口蓋《こうがい》を貫通、脳まで達して即死したのはまちがいない。きみの最初の推測どおりだよ。そいつを発射したものがなんであれ、爆発の威力はそうとうなものだった。口腔内と頰に刺さっていたのが微少な破片ばかりなのはそのせいだ。個室じゅう丹念に調べたらもう少し見つかったよ。いや、怖い怖い」

「われらがミスター・グレイの弱点を知る者が、それに目をつけて計画したというわけですか。グレイは吸入器を使うとき人目を嫌ったから、かならず誰もいない場所に行く。事はじつにうまく運んで、まさに不可能犯罪に見えた。あと一歩で迷宮入りでしたよ。なにしろ、被害者は当初、鍵のかかったトイレで口に銃をくわえて撃ったようにしか見えませんでしたからね」

ヘクター・ロスは友人に感心したような笑みを向けた。「もう事件を解決したというんだな？」

「まあね。学生時代によく歌った唄《うた》を覚えていますか？

人生は現実！　人生は情熱！
行きつく先は墓にあらず。
汝《なんじ》は塵なり、塵にこそ帰るべけれといえども、
そは魂を語ることばにあらず」

ヘクター・ロスはうなずいた。「最後に歌ってからもうずいぶんになる。ロングフェローの詩だったな？」

フェインはにっこりした。「ええ、そうです。創世記の一節に基づいた詩だ。『テラ・エス、テラム・イビス』――『げに汝は塵土《ちり》なり、されば塵土にこそ帰るべけれ』そこまでいう

とフェインは、ロスのそばに控えていたチーフ・パーサーのジェフ・ライダーに向かっておもむろに声をかけた。「エヴァンズ機長を呼んでください」

ジェフが立ち去ると、フェインはふたたびロスに向きなおった。「さて、ラテン語の知識についていっておきたいことがあります」

「いきなりなんだ？」

「われらが殺人犯どのは、ボスとラテン語で内輪のジョークを交わすのがいたく気に入っていたんですよ」

「秘書ってことかい？」ロスはフランク・ティリーをちらりと見やった。

「ティリーは『メメント・モリ』も訳せないと主張している」

「死を忘るなかれ、か？」

フェインは非難がましくロスをにらんだ。「厳密には、死ぬことを心に留めよ、です。『メメント・モリ』ということばは、人間の死すべき定めを思い出させる品物によく添えられる。頭蓋骨とかね」

エヴァンズ機長があらわれて、期待に満ちた視線をフェインからロスへと向けた。「で、進展があったんですか？」

「ああ、機長、機内で不快な事態が生じないようにしたいので、前もって無線連絡をしていただきたいのですが——乗客の一人を殺人罪で逮捕すべく、現地警察を待機させてほしいとね。着陸するまで行動を起こす必要はない。問題の人物は遠くへ行けるわけではありませんから」

「誰なんです？」エヴァンズが厳しい顔で問い詰めた。

「名前はオスカー・エルジー、エコノミークラスの乗客です」

「いったいどうやって――」

「単純なことですよ。ミスター・ティリーがあからさまに匂わせていたから、もうおわかりでしょう？　エルジーはミスター・グレイの世話係というだけじゃない。恋人だった。ラテン語でつづられた脅迫文で、エルジーみずからそれを肯定しているようなものだ。〝ホモ〟ということばが強調されているでしょう？　本来これは〝男性〟という意味だが、われわれの世代では同性愛者を意味する俗語として使われることも多かったのはご存じですよね？」

「エルジーにラテン語の語呂合わせが理解できるかどうかなんてわからんだろうが」とロス。

「ミスター・グレイの遺体を目にしたとき、若きエルジーくんが口にしたのがまさにさっきのラテン語だったんです。『テラ・エス、テラム・イビス』――『げに汝は塵土《ちり》なり、されば塵土にこそ帰るべけれ』」

「痴情のもつれか？」ロスが聞きとがめる。「愛が憎しみに変わったってところか――かのウィリアム・シェイクスピアが簡潔に説いているように」

「それは同じウィリアムでもコングリーヴのほうですよ」と指摘してから、フェインはうなずいた。「ミスター・グレイはエルジーをお払い箱にするつもりでした、恋人としても使用人としてもね。そこでエルジーはフライト中にミスター・グレイの人生に幕を引いてやろうと決心した。アタッシュケースに、エルジーを退職金なしで即刻解雇すると書かれたメモが入っていました」

　無言ですわっていたティリーが、そこで大きくかぶりを振った。「そんなメモはありませんよ」と割って入る。「さっきいっしょにリストを確認したじゃないですか。Ｏ・Ｔ・Ｅのイニシャルはオーティス・エリオットだ。搭乗前に当人に解雇通知書をファックスした」

　フェインが控え目にほほえんだ。「Ｆ・Ｔを忘れていますよ」

「でも、あれはわたしの――」

「きみはボスとちがって、熱烈なるラテン語名言ファンではないでしょう？　あのＦ・Ｔには悩まされた。最初からこう考えるべきだったんです――ミスター・グレイのような知識人が大文字のＦに小文字のｔを添えてイニシャルのＦ・Ｔの意味で使うはずはない、とね。肝心な点を見落としていましたよ。そもそもあれはね、ミスター・ティリー、きみのイニシャルなどではない。Ｆｔは略語です。もっといえば、〝する〟という意味の〝ファケレ〟の〝ファク〟、それから、〝すべて〟という意味の〝トトゥム〟。〝フ《F》ァクトト《t》ゥム〟の略語なのです。ミスター・グレイの万屋《ファクトトゥム》は誰でしたか？」

　垂れこめる沈黙。

「おそらくこの殺人は少なくとも一週間、いや二週間はかけて計画したものでしょうね。どんな仕掛けでミスター・グレイを殺害したかが見えてくると、あとはその仕掛けを考案できて、かつ動機と機会のある人間をさがすだけでよかった。ミスター・ティリー、両手を出して」

秘書はしかたなくいわれたとおりにした。

「まじめな話、こういう手で精巧な仕掛けを作るのは、まず無理でしょうね」とフェイン。

「そう、エルジーです。便利屋で模型造りが趣味のエルジーが、ミスター・グレイの吸入器の一つに細工したんです。口にくわえてボタンを押すと爆発して、その衝撃で発射された針のようなものが脳に刺さるようにね。単純にして確実。ミスター・グレイがプライベートな場所でしか吸入器を使わないことを、エルジーは知っていました。あとは機会を待つばかり。そして、機会はめぐってきた。もう少しで究極の不可能犯罪になるところでしたよ。うまくいったかもしれない――被害者と犯人が二人だけのラテン語遊びに興じるような仲でなければ、ですが」

乱気流エキスパート

スティーヴン・キング

—— 白石 朗 訳

スティーヴン・キング——つまりわたし——は、これまで飛行機の恐怖にまつわる作品を少なくとも二篇書いてきた。ひとつは、のちにテレビのミニシリーズになった中篇「ランゴリアーズ」。もう一篇は「ナイト・フライヤー」という題名で、蝙蝠《こうもり》に変身する代わりにプライベートジェット機を飛ばす吸血鬼をあつかった作品だ。こちらの中篇は映画になった。ここに収録したのは、書き下ろしの新作である。

（白石 朗 訳）

1

電話が鳴ったそのとき、クレイグ・ディクスンはフォーシーズンズ・ホテルのジュニアスイートのリビングでルームサービスの高価な食事をとりながら、有料ケーブルテレビで映画を見ていた。それまで穏やかだった心臓の鼓動が、一転、落ち着きをなくして速まりはじめた。ディクスンは天涯孤独の身だ――いわゆる〝転がる石〟の完璧な見本といっていい。そんなディクスンがいまボストンコモン公園の筋向かいにあるこの高級ホテルに滞在していることを知っている人物は、世界にひとりしかいない。とっさに電話を無視することも考えたが、そんなことをしてもディクスンが内心〝差配屋《フェリシター》〟と呼んでいる人物は電話をかけなおし、ディクスンが出るまでくりかえし電話をかけつづけるだけだ。あくまでも電話を拒めば、それ相応の結果が待っているはずだ。

これは地獄じゃない――ディクスンは思った。付随するあれこれが好待遇すぎる。しかし、煉獄《れんごく》ではある。おまけにこの先長いあいだ引退できる見込みはない。

ディクスンはテレビを無音《ミュート》にすると、電話をとりあげた。ハローという挨拶の言葉を口にはしない。口にしたのは――「こんなにひどい話があるか。シアトルから二日前にこっちに着いたばかりだ。いまはまだ恢復《かいふく》プロセスの途中だぞ」という言葉だ。

「事情はわかるし、心からすまないと思うよ。しかしこの情報が出てきて、頼れるのはきみしかいないんだ」〝心からすまない〟が〝心きゃらすまにゃい〟ときこえる。

差配師はFMラジオのディスクジョッキーのような声、人の心を落ち着かせ、〝それでは、おやすみなさい〟といっているかのような声のもちぬしだ。ときおり混じる舌たらずな発音が珠《たま》に疵《きず》というところ。ディクスンは差配師本人を見たことはないが、想像のなかでは長身瘦軀《そうく》で青い瞳、年齢不詳の皺《しわ》のない顔だちの男だ。いや、現実には太っていて禿頭《はげあたま》、浅黒い顔の男かもしれないが、ディクスンは自分の想像の差配師が今後とも変化しないことに自信をいだいていた。今後とも差配師とじかに会う機会はないと思っていたからだ。いまの会社に勤めはじめてから——もしこれがいわゆる〝会社〟ならの話——それなりの数の乱気流エキスパートたちと知りあったが、差配師本人と会ったことのある者はひとりもいなかった。差配師のもとで働くエキスパートたちに、顔に皺のない者はひとりもいなかった——二十代や三十代の者でさえ、中年のような顔だちになっていた。といっても、仕事のせいではない——仕事はときに夜遅くに及ぶとはいえ、肉体的には決して重労働ではない。これはむしろ、この仕事をこなせる彼らの能力ゆえのことだ。

「話をきこう」ディクスンはいった。

「アライド航空の一九便、ボストン発のフロリダ州サラソタ行き直行便。離陸予定は今夜の八時十分。いまからならぎりぎり間にあうな」

「ほかにだれもいないのか？」泣き言めいた口調になりかけているのは、自分でもわかっていた。「ぼくは疲れてる。すごく疲れてるんだ。シアトル発の仕事で本当にひどい目にあったからね」

「いつもの座席だ」差配師は最後の単語を〝じゃせき〟と訛《なま》って発音し、それっきり電話を切った。

ディクスンは目の前のメカジキ料理に目を落とした――食欲はもう失せていた。ついでケイト・ウィンスレットの出ている映画に目をむける。どうやら最後まで見ることはなさそうだ――少なくともここ、ボストンでは。ふっとこんな思いが頭に浮かぶ――といっても、考えるのはこれが初めてではない。いますぐ荷物をまとめてレンタカーを借り、とにかく北へ車を走らせよう。最初はニューハンプシャー州、そのあとはメイン州、そして国境を越えてカナダへと。しかし、そんなことをしても彼らにつかまるだけだ。そのことはわかっている。おまけに逃亡を企んだエキスパートたちにまつわる噂話に出てくるのは、電気椅子による処刑だったり、生きながら内臓を抜かれる話だったり、生きながら茹《ゆ》で殺される話だったりする。ディスクンはそんな噂を信じてはいなかった……いや、信じていたといえなくもない。

ディスクンは荷造りにとりかかった。荷物はわずかだ。乱気流エキスパートは身軽な旅を心がける。

2

ディクスンの航空券は空港のカウンターに用意してあった。予約されていたのは、いつものようにエコノミークラス――機体の中ほど、右主翼のすぐうしろの座席だった。なぜこの特定の座席をつねに予約できるのかも謎のひとつだった――差配師とは何者なのか、あの男はどこから電話をかけてくるのか、あるいはあの男はどんな組織に属しているのか、といった謎とおなじだ。機内の特定のこの座席は、航空券とおなじくいつも変わらずディクスンを待っていた。

ディクスンは荷物を天井の手荷物収納棚におさめ、今夜の旅の仲間たちに目をむけた。通路側の隣席にいたのは、目を赤く充血させて呼気にジンの香りをただよわせたビジネスマンで、窓側は図書館司書っぽい雰囲気のある中年女性だった。ディクスンが低い声で謝罪しながら横歩きで前を通ると、ビジネスマンは不明瞭になにかつぶやいていた。この男は『××ったれなボスの横槍《よこやり》を封じるために』なる魅力的なタイトルのペーパーバックを読んでいた。司書風の中年女性は、さまざまな空港車輛《しゃりょう》がせわしなく行ったり来たりしている窓の外の光景を――これほど魅力的な景色は生まれて初めてという風情で――じっと見つめていた。女性の膝には編み物があった。ディクスンにはセーターに思えた。

女性が顔をめぐらせてディクスンに笑みをむけ、片手をさしのべた。「こんばんは、メアリー・ワースよ。例のコミックに出てくる女キャラクターとおなじ名前なの」

メアリー・ワースというキャラクターが出てくるコミックに心当たりはなかったが、ディクスンは握手に応じた。「クレイグ・ディクスンです。よろしく」

ビジネスマンはうなり声をあげ、ペーパーバックのページをめくった。

「この旅行をすごく楽しみにしてたのよ」メアリー・ワースはいった。「お休みをとって旅行に行くなんて十二年ぶり。シエスタキーの小さな別荘を、ふたりのお友だちといっしょに借りることにしたの」

「お友だちか」ビジネスマンはうなった。どうやらうなり声をあげるのがこの男の基本姿勢らしい。

「そうなの！」メアリー・ワースは顔を輝かせた。「別荘は三週間の予定で借りてて。わたしたち、会ったことはないけど、わたしたち、本当に仲よしの友だち同士なの。三人とも夫に先立たれた女。インターネットのチャットルームで出会ったの。すばらしいものね、インターネットって。わたしが若いころにはあんなすてきなものはなかったわ」

「よこしまなロリコンどもも、ネット最高といってるぞ」ビジネスマンはそういって、また本のページをめくった。

ミズ・ワースの笑みがふっと翳《かげ》り、また全力で復旧した。「あなたのような方とお近づきになれてよかったわ、ミスター・ディクスン。今回はお仕事で？　それとも個人的なお楽しみ？」

「仕事です」ディクスンは答えた。

スピーカーからチャイムの音が鳴りわたった。「ご搭乗のみなさん、こんばんは。機長のスチュアートです。これより当機は搭乗ゲートを離れ、地上走行で三番滑走路を目指します。滑走路で順番待ちののち、三番めに離陸いたします。SRQ――サラソタ・ブレイドントン国際空港までの所要時間は約二時間四十分。ですので午後十一時少し前には、みなさんをパームツリーと砂浜の地へご案内できるでしょう。天候はきわめて良好、目的地までは快適な空の旅と予想されます。さて、そろそろみなさんにお願いします――シートベルトを着用のうえ、テーブルを元の位置におもどしになり――」

「テーブルに載せるものをまだ出してもいないくせに」ビジネスマンがうなった。

「――おつかいのお手まわり品は、安全のため所定の場所におおさめください。今夜はアライド航空をご利用いただきありがとうございます。ほかにもみなさんには多くの選択肢があったこと、わたしどももよく存じあげております」

「よくいうよ」ビジネスマンがうなった。

「静かに本を読んでろ」ディクスンはいった。ビジネスマンがぎょっとした顔を見せた。

ディクスンの心臓は早くも激しい動悸《どうき》を刻み、胃はぎゅっと縮こまり、のどは予感でからからになっていた。万事丸くおさまる、いつだって万事丸くおさまるんだ……そう自分にいいきかせることはできても、なんの役にも立たなかった。まもなく足もとにぽっかりとひらくはずの深淵《しんえん》が忌まわしくてならなかった。

アライド航空十九便は午後八時十三分に離陸した——定刻に遅れること、わずか三分だった。

3

メリーランド州のどこかの上空で、客室乗務員がドリンクとスナックのカートを押して通路を進んできた。ビジネスマンは本をわきへ置き、乗務員が自分のところまで来るのをじりじりと待っていた。いざカートが来ると、ビジネスマンはシュウェップスのトニックウォーターとジンのミニボトルを二本、それに〈フリトス〉をふた袋買った。最初に男がわたしたマスターカードは、乗務員がマシンに通しても利用承認がおりなかった。ビジネスマンは、最初のカードが利用できないのはおまえのせいだという目つきで乗務員をにらみつけ、アメリカンエキスプレスをさしだした。ディクスンは、男のマスターカードが利用上限額に達していて、アメックスは〝非常時にはガラスを割ってください〟的な事態のために温存してあったものだろうと見当をつけた。事実、男のヘアスタイルは乱れていたし、着ている服はあちこちくたびれていた。この見立てどおりだろうとなかろうと、ディクスンにはどうでもよかったが、いっときも途切れない通奏低音じみた恐怖以外に考える材料があるのはありがたい。予感。旅客機はいま高度一万メートル強を飛行中——地表とはもうずいぶん離れていた。

メアリー・ワースはワインを注文し、小さなプラスティックのコップに手ぎわよく注いだ。

「あなたはなにもお飲みにならないの？」と、ディクスンにたずねる。

「ええ。飛行機では飲まず食わずで過ごす主義なんです」

ミスター・ビジネスマンがうなった。この男は一杯めのジントニックを飲み干して、早くも二杯めにとりかかっていた。

「ぎゅっと拳《こぶし》を握っちゃうくらいの飛行機ぎらい？」メアリー・ワースは同情する口調でいった。

「ええ」その事実を認めない理由はひとつもなかった。「そのようです」

「怖がる必要などありゃせん」ミスター・ビジネスマンがいった。ジントニックでリフレッシュしたのだろうか、ただのうなり声ではなく言葉を発するようになっていた。「移動手段としては史上もっとも安全なんだぞ。民間航空会社の旅客機の墜落事故は、もうずいぶん長いあいだ起こってない。まあ、少なくともこの国ではね」

「わたしも気にならないわ」メアリー・ワースはいった。ワインの小型ボトルの中身をもう半分ほど飲んでいて、頬が薔薇色《ばらいろ》に染まっていた。目がきらきら輝いている。「五年前に夫が亡くなってからはまったく飛行機に乗らなかったけど、それまでは夫婦で一年に三、四回は飛行機の旅をしてたもの。こうやって空高くまであがると、それだけ神さまに近づいた気分よ」

合図でもあったかのように赤ん坊が泣きはじめた。

「天国がこんなに混みあって騒がしい場所なら——」ミスター・ビジネスマンがボーイング七三七型機のエコノミークラスを見まわしていった。「——こっちから願い下げだ」

「飛行機のほうが自動車での旅より五十倍も安全だそうね」メアリー・ワースはいった。

「いえ、それ以上だったかもしれない。百倍は安全だったかも」

「どうせなら五百倍安全ってことにしましょうや」ミスター・ビジネスマンはディクスンの前に身を乗りだして、メアリー・ワースに手をさしだした。どうやらジンが時間限定の奇跡を起こさせて、むっつり不機嫌だった男を愛想のいい男に変えたらしい。「フランク・フリーマン」

　メアリー・ワースは笑顔で握手に応じた。ふたりにはさまれたクレイグ・ディクスンはみじめな気分で背すじを硬直させたままですわっていたが、フリーマンに手をさしだされて握手をかわすことはしした。

「おおっ」フリーマンは驚きの声をあげたばかりか、笑い声さえあげた。「あんたは本気で、怖がってるな。でも、あんたも知ってのとおり、世間でよくいうじゃないか——手が冷たい人は心があったかい、ってね」そういって残った酒を一気にあおる。

　ディクスンのクレジットカードが利用不能になったことは一度もない。宿泊はいつも第一級のホテル、食べるのはいつも第一級の料理だ。ときには見目うるわしい女性と一夜を過ごし、特別料金の上乗せで特殊な趣味を楽しむこともある——いや、メアリー・ワースが訪れないようなインターネットのサイトでは、この特殊な趣味もそれほど特殊な趣味とはみなされないかもしれない。ほかの乱気流エキスパートとの交流もあった。彼らは密接な関係をもったグループだった――といっても、彼らを結びつけていたのは仕事ではなく、共通している恐怖心だった。報酬はかなり気前よく払われ、それ以外にもさまざまな福利厚生の余禄がある……しかし、こういった場面では、そんなものはひとつもありがたく思えなかった。こういった場面では恐怖しかなかった。

万事丸くおさまる、いつだって万事丸くおさまる。

しかしこういった場面では――クソ嵐がはじまるのを待っている場面では――そんな思いはまったくの無力だった。そしてその思いが無力だからこそ、ディクスンはこの仕事の達人でいられるのだ。

高度一万メートル強。地表まではずいぶんある。

4

CAT——晴天乱気流《クリア・エア・タービュランス》の略だ。

ディクスンはCATについて豊富な知識をそなえていたが、心がまえができたことは一度もない。今回、アライド航空十九便がCATに遭遇したのはサウスカロライナ州の上空だった。その瞬間、ひとりの女性客が機体後部のトイレへむかっていた。ジーンズを穿《は》いて、なかなかおしゃれなひげをたくわえた若い男が身を乗りだし、左側の通路をはさんだ座席にすわる若い女と話しこんで、いっしょに笑い声をあげていた。メアリー・ワースは窓に頭をもたせかけて、うたた寝をしていた。フランク・フリーマンはふた袋めの〈フリトス〉をつまみに、三杯めの酒を飲んでいた。

ジェット機の機体がいきなり左に傾き、つづいて打撃音やきしみ音をあげながら跳びあがるように急上昇した。トイレを目指していた女性が、機体左側の最後列の座席の上に投げだされた。ひげのある若い男は、天井の手荷物収納棚の扉にむかって投げあげられたが、ぎりぎりで片手を上に突きだし、からくも衝撃をやわらげることができた。シートベルトを締めていなかった乗客の体が——空中浮揚をしているかのように——そこかしこで背もたれより高くまで浮きあがった。あちこちで悲鳴があがった。

ついで機体は井戸にほうりこまれた小石のように落下し、どすんとなにかにぶつかって、今度は反対側に傾いたまま急上昇した。フリーマンはちょうど酒のグラスをもちあげていたところだったので、いまは酒を身にまとっている状態だった。

「くそっ！」フリーマンは罵声をあげた。

ディクスンは目をつぶって死を待った。とはいえ、ディクスンが仕事をきっちりこなせば死ぬことはないし、そもそもディクスンはそのためにここにいる。しかし、それでもなおいつもおなじ展開だった。毎回決まってディクスンは死を待つのだった。

チャイムがつづいていた。「機長からご搭乗のみなさまにお知らせです」スチュアートの声は――某スポーツキャスターが流行《はや》らせた言いまわしを借用すると――〝枕の裏側なみにひんやりクールな〟声だった。「当機はただいま予想外の乱気流に行きあたったようです。そこで――」

旅客機がまたしても恐るべき急上昇に見舞われた――重量六十トンの金属の塊が、まるで煙突のなかの焼け焦げた紙のようにあっけなく上方へ投げ飛ばされた。次の瞬間、機体はまたしても耳をつんざくような衝撃音をあげて急降下した。さらなる悲鳴があがった。トイレへむかっていた女性はなんとか立ちあがってはいたものの、のけぞって倒れそうになり、あわてて両腕をがむしゃらにふりまわし、結局は機体右側の座席へ倒れこんだ。ミスターひげもじゃは通路にしゃがみこみ、伸ばした両手で左右の肘掛けをつかんで体を支えていた。二、三カ所で頭上の手荷物収納棚の扉が勝手にひらき、荷物が転がり落ちてきた。

「くそっ！」フリーマンがまた罵った。

「──そこで先ほどシートベルト着用のサインを点灯しました」機長が話をつづけた。「ご不便をおかけして申しわけございません。気流の安定したところに抜けるまでは──」

旅客機の機体が不規則に痙攣《けいれん》でもしているかのように、上昇と下降をくりかえした──まるで、池の水面を水切りで跳ね飛んでいく小石だった。

「──あと数分程度と思われますので、いましばらくのご着席をお願いいたします」

飛行機はがくんと下降したのち、また急上昇した。通路に飛びだしたキャリーケースが浮きあがっては、落ちて転がった。ディクスンは両目を力いっぱい閉じていた。心臓の鼓動はあまりにもペースがあがって、いまではひとつひとつが区別できなくなっていた。口のなかはアドレナリンの酸っぱい味でいっぱいだ。ついで手のなかに他人の手が滑りこんでくる感触に目をひらくと、メアリー・ワースが羊皮紙なみに血の気《け》の失せた顔でディクスンを見つめていた。目が大きく見ひらかれていた。

「わたしたち、このまま死ぬのかしらね、ミスター・ディクスン？」

そのとおり──ディクスンは思った。今回、ぼくたちはみんな死ぬんだ。

「いいえ」口ではそう答える。「そのうち万事丸くおさ──」

飛行機が煉瓦《れんが》の壁にぶつかったような衝撃が襲い、乗客たちの体が前に投げだされ、シートベルトが食いこんだ。機体が左側に傾きはじめた――三十度、四十度、五十度。いよいよこのまま上下が完全に逆転するにちがいない――そうディクスンが確信したのを狙いすましたように、機体はすうっと水平にもどった。ほかの乗客たちの叫び声が耳をついた。赤ん坊が火のついたように泣き叫んでいた。ひとりの男がわめいていた。「心配するな、ジュリー。よくあることだ、なんともない！」

ディクスンはまた両目を閉じ、恐怖がおのれを支配していくにまかせた。怖くてたまらなかった――そしてこれが唯一の方法だった。

見えてきたのは機体がふたたび傾きだす光景だった。そしてこのときは、機体が完全に上下逆転した。それまで熱力学上の神秘が空高くもちあげていた飛行機の機体が、その位置をうしなうようすが見えた。機首がすばやく上昇していき、やがて速度を落としたかと思うと……コース最初の頂点を乗り越えたジェットコースターのように急降下をはじめるところも見えた。旅客機が最後のダイビングをはじめるところが見え、ベルトを締めていなかった乗客たちの体が天井に貼りついているようすが見え、オレンジ色の酸素マスクが宙で最後の熱狂的なタランテラ踊りをしているのが見えた。赤ん坊が機内を前方へむかってすっ飛んでいき、わんわん泣きながらビジネスクラス・エリアへ吸いこまれていくのが見えた。そして飛行機が地面にぶつかり、機首とファーストクラス・エリアがぐしゃぐしゃにつぶれたスチールだけになり、それがどんどんと花ひらいてエコノミークラス・エリアまで広がっていき……同時にケーブルやプラスティックの破片や断《た》ち落とされた手足が四方八方にまき散らされ……さらには炎が爆発して……ディクスンが生涯最後の空気を吸いこむと、肺が紙袋も同然に一気に燃えあがる……。

すべてはわずか数十秒の出来事だった——せいぜい三十秒、四十秒におよぶことはなかったはずだ。おまけに現実と錯覚するほど真に迫ってもいた。そのあと一度、機体はふざけているようにバウンドしただけで安定をとりもどし、ディクスンは目をあけた。メアリー・ワースが涙をいっぱいにたたえた目でディクスンを見つめていた。

「わたし、てっきりみんな死ぬんだと思ったわ」メアリー・ワースはいった。「ええ、みんな死ぬんだってわかったの。見えたから」

ぼくにも見えていたよ——ディクスンは思った。

「馬鹿馬鹿しい」というその口調だけは勇ましかったが、フリーマンはどこからどう見ても恐怖のあまり顔色をなくしていた。「この手の旅客機なら、つくりからいっても、ハリケーンに突っこんでいくこともできるんだ。だから——」

水っぽいげっぷがその論考を中断させた。フリーマンは前のシートのポケットからエチケット袋を引き抜くと、封をひらいて口もとにあてがった。つづいてきこえてきた音に、ディクスンは効率よく動く小型の電動コーヒーミルを連想した。音はいったんやんだが、すぐに再開した。

チャイムが鳴って、「みなさま、ご迷惑をおかけいたしました」と、スチュアート機長がいった。あいかわらず枕の裏側なみにひんやりクールな声だ。「ときおり、こういったことが起こります。晴天乱気流とよばれるちょっとした気象現象です。ひとつだけいいニュースがあるとすれば、わたしがこの乱気流の存在を連絡したことで、これからほかの航空機が問題の空域を避けて飛行できるようになったことでしょう。そうそう、さらにいいニュースがありました——当機は四十分後に着陸の予定でありまして、ここから到着までは快適な空の旅をお約束いたします」

メアリー・ワースがふるえがちな笑い声を洩らした。「この人、さっきも快適な空の旅っていってたわ」

フランク・フリーマンは経験者ならではの慣れた手つきで、エチケット袋の口をきっちりと折って閉じていた。「怖かったせいじゃないんだ。誤解しないでくれ。ただの飛行機酔いだよ。わたしは車の後部座席に乗っていても、決まって気分がわるくなる性質《たち》でね」

「ボストンに帰るときには列車をつかうわ」メアリー・ワースはいった。「あんな目にあうのはもうたくさん、こりごりよ」

ディクスンは客室乗務員たちが、まずシートベルトを着用していなかった乗客の無事を確かめ、つづいて通路に散乱した手荷物を片づけていくさまをながめた。キャビンはおしゃべりの声と神経質な笑い声で満たされていた。あたりをながめて、まわりの声をきいているうちに、ディクスンの鼓動は正常にもどってきた。疲れていた。乗客で満員の飛行機を救ったあとは、いつも決まって疲れた。

そののち到着までの空の旅は、機長の約束どおり特段なにもなくおわった。

5

メアリー・ワースは階下の手荷物受取所の二番レーンでスーツケースを受けとるといい、足早にそちらへむかった。荷物は機内にもちこんだ小さなバッグしかないディクスンは、空港内の〈デュワーズ・クラブハウス〉に立ち寄って一杯飲むことにした。ミスター・ビジネスマンを誘ったが、フリーマンはかぶりをふって断わった。

「あしたのふつか酔いのもとを、さっきサウスカロライナとジョージアの州境上空あたりで吐いてしまってね。いい機会だから、今夜はもう酒を切りあげようと思う。あんたのサラソタでの仕事が成功するように祈ってるよ、ミスター・ディクスン」

ディクスンは、フリーマンが話に出したサウスカロライナとジョージアの州境上空あたりで仕事をすませていたが、とりあえずうなずいて、感謝の言葉を口にした。そのあとウィスキーのソーダ割りを飲みおわるころ、テキストメッセージが届いた。差配師からのメッセージはごく短いものだった――**《よくやった》**。

ディクスンはエスカレーターで一階へ降りた。降りたところに、ダークスーツを着て専属運転手の帽子をかぶった男が、ディクスンの名前の書かれたボードを手にして立っていた。

「ぼくがディクスンだ」と声をかける。「今夜の宿はどこを予約してあるのかな？」

「ザ・リッツ・カールトンです」運転手は答えた。「最高級ホテルですよ」

もちろんホテルは最高級だし、最高ランクのスイートルームが――サラソタ湾に面したオーシャンビューの部屋が――用意されているはずだ。ディクスンが近場のビーチなり観光客に人気のスポットなりに行きたくなったときのため、ホテルの駐車場にはレンタカーが用意してあるだろう。客室に置かれた封筒をあければ、女性を呼べる多種多様な性的サービスのリストがはいっているはずだ。しかし、今夜のところディクスンにはリストを利用するつもりはなかった。今夜はとにかく眠りたかった。

ディクスンと運転手が空港ロビーから外の車道側に出ていくと、メアリー・ワースがぽつんとひとりでたたずんでいるのが目にとまった――どことなく途方に暮れたようなたたずまいだった。体の左右にスーツケースが置いてあった（もちろんお揃《そろ》いのデザインで、柄はタータンチェックだ）。手にはスマートフォンがあった。

「ミズ・ワース」ディクスンは声をかけた。

メアリー・ワースは顔をあげて笑みをのぞかせた。「あら、ミスター・ディクスン。わたしたち、命拾いをしたのね？」

「ええ。ところで、だれかを待ってるんですか？　お友だちと待ちあわせとか？」

「ミセス・イェーガー――クローデット――が迎えにくるはずだったんだけど、車が故障で動かないんですって。それでウーバーでタクシーを呼ぼうとしてたの」

ディスクンはふと、先程の乱気流が――四時間にさえ感じられたあの四十秒が――ようやくおさまったときにこの女性が口にした言葉を思い出した。《みんな死ぬんだってわかったの。見えたから》

「タクシーを呼ぶ必要はありませんよ。ぼくたちがあなたをシエスタキーまで送ります」そういってディクスンは道の少し先にとめてあるストレッチリムジンを指さし、運転手に顔をむけた。「かまわないよね？」

「ええ、かまいませんとも」

メアリー・ワースは心もとなげな顔でディクスンを見つめた。「本当にかまわない？　もうずいぶん遅いのに」

「喜んで送らせてもらいます」ディクスンはいった。「さあ、善は急げだ」

6

「まあ、すごくすてき」メアリー・ワースは革ばりのシートに体を落ち着けて足を伸ばしながら、そういった。「あなたがどんなお仕事をしているのかはともかく、けっこうな成功をおさめているようね、ミスター・ディクスン」

「ぼくのことはクレイグと。あなたはメアリー、ぼくはクレイグ。気さくにファーストネームで呼びあう必要があるんですよ——実はおりいって話したいことがありまして」ディクスンがボタンを押すと、前後の座席のあいだを仕切って会話のプライバシーを確保するためのガラスが迫《せ》りあがってきた。

メアリー・ワースはいささか不安そうにガラスの仕切りを見つめてから、ディクスンに目をもどした。「まさかとは思うけど、これからわたしに——どういうんでしたっけ——その……言いよるつもり？」

ディクスンは微笑《ほほえ》んだ。「いいえ。ぼくとふたりきりでも、あなたは安全です。先ほど、ボストンへ帰るときには列車をつかうと話してましたね。あれは本気ですか？」

「もちろん。それから、飛行機に乗ると神さまに近づいた気分になるとも話したけれど、そっちは覚えてる？」

「ええ」

「でも高度一万だか一万一千メートルあたりで、まるでサラダをつくるときみたいにぶんぶんふりまわされていたあのときには、神に近づいた気分なんか感じなかった。まるっきり。死に近づいたという気分だけよ、感じたのは」

「それでもまた飛行機に乗る気持ちはありますか？」

ふたりを乗せた車がタミアミ・トレイルを南へとひた走るのにあわせ、後方へ去っていくパームツリーや車のディーラーショップやファストフードのチェーン店に目をむけながら、メアリー・ワースはこの質問にじっくりと考えをめぐらせていた。「そうね、いずれは乗るでしょうね。たとえばだれかが臨終の床《とこ》にあって、急いでそこへ行かなくちゃいけないというときには。ただ、その〝だれか〟に心当たりがまったくないだけ——家族や親戚がそんなにいないから。夫とのあいだに子供はなかったし、両親はもう死んでる。あとはいとこが何人かいるけれど、会うことはおろか、メールでもめったに連絡をとりあわないし」

ますますもって好都合だ——ディクスンは思った。

「それでも、飛行機に乗るのは怖いでしょうね」

「ええ」メアリー・ワースは大きく目を見ひらいてディクスンを見つめかえした。「わたし、さっきは本気でこのままみんな死ぬんだって思った。飛行機があそこでばらばらになれば空中で死ぬ。ばらばらにならなくても、地上に落ちて死ぬ。そうなったら、わたしたちはもう黒焦げの小さな破片しか残らないって」

「ひとつ、仮定の話をきいてください」ディクスンはいった。「笑い飛ばしたりせず、真剣に考えてほしいんです」

「オーケイ……」

「たとえば、旅客機の安全を守っている組織が存在しているとします」

「あら、現実にあるわ」メアリー・ワースは微笑んだ。「たしかＦＡＡ――連邦航空局という組織じゃなかったかしら」

「たとえばその組織は、ある特定の旅客機がフライトの途中で予測されていない激しい乱気流にぶつかることを正確に予知できるものとしましょう」

メアリー・ワースは、さらに大きく顔をほころばせ、静かに両手を打ち鳴らした。話に引きこまれている。「組織をつくっているのはプレコグネイトたちね！　プレコグネイトというのは――」

「未来予知能力のある人たちのことですね」ディクスンは言葉を引き継いだ。本当にそうなのではなかろうか？　ひょっとしたら？　そもそも、それ以外に差配師はどうやって事前に情報を得ているのか？「しかしとりあえずは、彼らが未来を予見できるとしても、その能力はこの一点に限定されていると仮定しましょう」

「どうしてそうなるのかしら？　どうしてその人たちは選挙の結果やフットボールの試合の

スコアや……それからケンタッキー・ダービーなんかの結果を予知できないの？」

「わかりません」ディクスンはそう答える一方で、もしかしたらそのたぐいのことも予知できるのかもしれないと思った。ひょっとしたら彼らは——仮説上の部屋にあつまっている仮説上の予知能力者《プレコグネイト》たちは――ありとあらゆる未来を予知できるのではないか。そして実際に予知しているのではないか。ディスクンにはどうでもいいことだった。「さて、もう少し踏みこんだ仮定の話をしましょう。まずミスター・フリーマンの意見はまちがっていたと仮定します――今夜ぼくたちが遭遇したような乱気流は、人々が――航空会社をふくめた人々が――考えているよりもずっと危険であり、人々が認めたがっている以上に危険だと仮定します。さらに、航空機がそういった乱気流に遭遇しても犠牲者を出さずにいるためには、少なくともひとりはその種の能力をそなえ、かつ恐怖にふるえる乗客が搭乗している必要があるとも仮定しましょう」ディクスンはいったん言葉を切った。「そして今夜のフライトにおいて、その種の能力をそなえた恐怖にふるえる乗客とは、すなわちこのぼくだった、とも」

メアリー・ワースは愉快そうな笑い声をあげたが、ディクスンがいっしょに笑っていないことを見てとると真顔にもどった。

「でもハリケーンに突っこんでいく飛行機の話はどうなの、クレイグ？　たしかミスター・フリーマンは、エチケット袋をつかう直前に、そのたぐいの飛行機の話をしていたのではなくて？　そういった飛行機は、今夜わたしたちが経験したものよりも、ずっと深刻な規模の乱気流に遭遇しても助かっているのではないかしら？」

「とはいえ、そういった飛行機を操縦している人たちは、進路になにがあるかをあらかじめ知っています」ディクスンはいった。「頭のなかで準備ができているわけです。おなじことは、多くの航空会社のフライトについてもいえます。それこそ、離陸前に機長がこんな機内アナウンスをすることもあるくらいです。『たいへん申しわけございませんが、今夜は気流の乱れで多少の揺れが予測されますので、常時シートベルトの着用をお願いします』」

「話がわかったわ」メアリー・ワースはいった。「乗客たち全員が頭のなかで準備をしていれば、それによって――なんと表現したらいいのか――それぞれのテレパシー的な力が統合されて飛行機を守る。ただし予期していない乱気流の場合は、すでに頭で準備をしている乗客の存在が必要とされる。それも恐怖にふるえる乗客……ん……そういった人たちをどう呼べばいい？」

「乱気流エキスパート」ディクスンは静かにいった。「彼らはそう呼ばれています。ぼくのことも、そう呼んでもらってけっこうです」

「まさか本気じゃないんでしょう？」

「本気ですよ。いまあなたは、自分が深刻な妄想癖という病を負った男と車内にふたりきりになっていると考え、一刻も早くこの車から降りたいと思っているはずです。でも、いま話したことがまさしくぼくの仕事なんです。報酬はかなりの高額で――」

「だれが払ってくれるの？」

「知りません。ある男から電話がかかってきます。ぼくやほかの乱気流エキスパートたちは——仲間は数十人います——男のことを差配師と呼んでいます。何週間も電話がかかってこないこともあります。二カ月のあいだ一回の電話もなかったことがありました。今回の場合は、たった二日をはさんだだけです。シアトルからボストンまで飛んだのですが、ロッキー山脈の上空で……」ディクスンは片手で口もとをぬぐった——思い出したくもなかったが、それでも思い出されてしまった。「かなりひどい目にあった……とだけいっておきます。腕を骨折した乗客もふたりほどいました」

リムジンが向きを変えた。ディクスンが窓の外に目をやると、**《シエスタキーまで三キロ》**という案内標識が見えた。

「もしその話が本当なら——」メアリー・ワースはいった。「いったいどうして、あなたはそんな仕事をつづけているの？」

「報酬がいいから。福利厚生が手厚いから。旅行が好きだから……いや、好きだったというべきかな。この仕事を五年や十年もつづけていると、どこもかしこもおなじに思えてきます。でもいちばん大きな理由は……」ディクスンは身を乗りだし、メアリー・ワースの片手を両手で握りしめた。てっきり手を引っこめると思ったが、メアリー・ワースはそのままにしていた。魅せられた顔つきでじっとディクスンを見つめている。「人命を救う仕事だからです。

今夜のあの飛行機には百五十人以上の乗客が乗っていました。ただし航空会社は乗客数の単位として、魂の意味でもある〝人《ソウル》〟をつかいます。きわめて適切な言葉のつかいかたでしょう。今夜ぼくは百五十の魂を死から救いました。この仕事をはじめてから、数千の魂を救ったことになります」ここで頭を左右にふって、「いえ、数万になるでしょう」

「でも、あなたは毎回かならず恐怖にふるえるのでしょう？　今夜のあなたを見ていたのよ、クレイグ。あなたは恐怖で死にそうなほど怯えていたわ。それはわたしもおんなじ。飛行機酔いで吐いただけのミスター・フリーマンとは大ちがい」

「ミスター・フリーマンにはこの仕事はこなせません」ディクスンはいった。「この仕事をこなすためには、まず乱気流に行きあたるたびに、このままでは自分はぜったい死ぬにちがいないと心底から確信できることが必要不可欠です。たとえ、自分はそんな事態をぜったいに招かないために搭乗していると知っていても、このままでは死ぬと確信できなくてはなりません」

　運転手がインターフォンごしに静かな声でいった。「あと五分で到着です」

「とても興味のつきない会話だったことだけは確かね」メアリー・ワースはいった。「そもそも最初はどんないきさつで、そのユニークなお仕事をはじめることになったか、うかがわせてもらってもいい？」

「スカウトされたんです」ディクスンはいった。「そしていま、ぼくはあなたをスカウトしているところです」

メアリー・ワースはにっこり微笑んだが、今回は笑い声をあげなかった。「そういうことなら、話におつきあいするわ。では、あなたのスカウトにわたしが応じたと仮定しましょう。あなたはそれで得をするの？　ボーナスがもらえるとか？」

「ええ」ディクスンは答えた。将来二年のあいだ仕事が免除される――それがボーナスだ。引退が二年早まる。先ほどは愛他主義的な動機でこの仕事をしているといったし――人の命を救う、人の魂を救う――その言葉は決して嘘ではなかったが、やがて旅にうんざりしてくるという言葉も嘘ではなかった。さらにいうなら、おなじことが人の命を救うこの行為そのものにもいえた――他人の命を救うためとはいえ、地表から遠く離れた高空でいくたびとなく恐怖の瞬間を体験するという代償を払わなくてはならないのだから。

ひとたびこの仕事をはじめたら二度と抜けられないことを、この女性に教えるべきではないだろうか？　これが基本的には〝悪魔との契約〟であることを話すべきでは？　そう、話すべきだ。ただし、話したくはなかった。

ふたりを乗せた車はカーブして、ビーチフロントにあるコンドミニアムの正面玄関前のロータリーへはいっていった。玄関でふたりの女性が待っていた――メアリー・ワースの友だちにちがいない。

「電話番号を教えてもらえますか？」ディクスンはたずねた。

「どうして？　あとであなたが電話をかけるため？　それとも上司にわたしの電話番号を教えたいから？　あなたのいう……差配師とやらに？」

「ええ、そうです」ディクスンは答えた。「おかげさまで楽しい時間でしたが、メアリー、ひょっとしたらあなたと会うことは二度とないかもしれません」

メアリー・ワースは口をつぐんで考えこんでいた。玄関で待っているふたりの友だちは昂《こう》奮《ふん》にいまにも踊りだしそうだった。ついでメアリーはハンドバッグをあけて名刺をとりだし、ディクスンに手わたした。「わたしの携帯の番号よ。勤め先のボストン公共図書館に連絡をくれても大丈夫」

ディクスンは笑った。「あなたが司書さんだというのはわかっていました」

「どんな人にも見抜かれてしまうの」メアリーはいった。「たしかにちょっと退屈な仕事だけれど、よくいうでしょう……家賃が払えれば、それで御《おん》の字って」

そういってメアリーはリムジンのドアをあけた。メアリーの姿を目にするなり、ふたりの友だちはロックバンドのグルーピーのように黄色い歓声をあげた。

「世の中にはもっと胸のときめくような職業がいろいろあります」ディクスンはいった。

メアリーは真剣な顔でディクスンを見つめた。「ひとときだけの胸のときめきと死の恐怖とのあいだには、大きな隔たりがあるわ、クレイグ。あなたもわたしもわかっていることだと思うけど」

その点に反論はできなかったが、ディクスンは車から降り立ち、メアリーのスーツケースを運ぶ運転手の手伝いをした。そのあいだメアリーは、インターネットのチャットルームで出会ったふたりの未亡人とハグを交わしていた。

7

メアリーがボストンへ帰り、やがてクレイグ・ディクスンのことも忘れかけていたある夜、電話が鳴った。電話をかけてきたのは、わずかに舌たらずな口調の男だった。ふたりは長いこと話しこんだ。

翌日メアリー・ワースはジェットウェイ航空の六九四便、ボストン発ダラス行きの直行便に搭乗して、右主翼よりも少しうしろのエコノミークラスの座席にすわった。窓側でも通路側でもない中央の座席だった。機内ではなにも飲まず、なにも食べなかった。

乱気流が襲ってきたのはオクラホマ州上空だった。

落ちてゆく

ジェイムズ・ディッキー

——安野玲 訳

いやいや、みなさん、うめき声をあげつつ頭を左右にふり、「詩を読む趣味はなくてね」と口にするのはまだ早い――その前にぜひ、ジェイムズ・ディッキーが詩人にとどまらない存在だと知っていただきたい。ディッキーはサバイバルものの古典となった長篇『救い出される』の作者であり、そこまで広く読まれてはいない長篇『白の海へ』の作者でもある――パラシュートで敵地への降下を余儀なくされたB－29の砲手を主人公とする長篇だ。ディッキーは実体験から小説を書いた――第二次世界大戦と朝鮮戦争の両方で戦闘機乗りだったのだ。この「落ちてゆく」は、『救い出される』とおなじくベクトル感覚にあふれた語り口と見事に統御された言語で書きあげられている。一読忘れがたき作だ。興趣あふれるこぼれ話をひとつ。ディッキーは自己インタビューで、この詩の中心アイデアは現実離れしているように思えるだろうが（これだけの高さから落下した女性は瞬時に凍りついたはずだ、と語っている）、しかしじっさいにあった出来事だ、と話している。一九七二年のこと、DC－9がおそらく爆弾によって吹き飛ばされ、ヴェスナ・ヴロヴィクというスチュワーデスが高度一万一千メートルの上空から落下して……生き延びたのだ。以下の詩の前に置かれた引用は、一九六二年十月二十日づけのニューヨークタイムズ紙の記事の一節である。コネティカット州ウィンザーロックスのブラッドリー飛行場への進入中に事故を起こしたアレゲーニー航空の双発機、コンベア四四〇にまつわる記事だ。その前月にも、同様の事故で二名のスチュワーデスが死亡している。

（白石 朗 訳）

二九歳のスチュワーデスが今夜……
飛行中に突然開いた非常口から
機外に吸い出されて墜死した……。
遺体が……発見されたのは……
事故から三時間後だった。
ニューヨークタイムズ紙

州という州が黒一色に塗り潰されてうねり広がる頃　ふと目を転じれば
何かが大陸を渡って　移動してゆく　巨大な片面の岩塊から月の光を
右翼の先に引き寄せながら　エンジンの隣で眠る者が
コーヒーを欲しがり低く唸る　どこからか幽《かす》かに
広大な虚空の獣笛が流れこんでくる。無数のトレーが並ぶ
ギャレーで　彼女は毛布を一枚手に取り　扉の上端からあふれる叫びをふさごうと
スリムな仕立ての制服で近づいてゆく。その扉をあたかも彼女が肺からの

無音の息吹で吹き飛ばしたかのようだった　凍えて　気づけば彼女は黒一色の
夜の中　飛行機はどこにもなく体は永遠の虚空の叫びに
呑《の》まれてゆく　落ちてゆく　生きながら　かつてない存在となり
かつてない体験をしようとしている　足りない空気で悲鳴をあげる
制服は整ったまま　口紅も　ストッキングも　ガードルも規則どおり　帽子も
かぶったまま　腕と脚は世界を感じない　それでいて不思議なことに薄い空気の中で
申し分なく安定した正しい位置に開いている　慌てることなく　彼女はそれを
できるかぎり保つ　そして今、まだ死まで数千フィートのところで速度が落ちた
ように思える　好奇心が膨らむ　彼女はまだ動かせる体を回して

見下ろす。彼女は高々と圧倒的な万物の中空で宙吊りだ
ただ独り　体が奏でる低い笛音にひたと包まれ　重さのすべてを闇に躍らせ
おりてゆく驚異の身投げ　悠々と、啞然《あぜん》とするほど易々《やすやす》と
夢さながらにたぐり寄せられ　アメリカの中心の実りの土に降る
無限の月の光のように　彼女めがけて緩やかに立ちのぼる夥《おびただ》しい
熱気とともに　漂ってゆく　呼吸に使っていたものの中に徐々に空気を
取りもどしてゆく　人にふさわしい高さになるにつれて　足元の右にも左にも誠実に居並ぶ
雲が見えてくる　雲をめがけてゆっくりまたがり　しっかり抱き寄せると
両手両足を差し入れて難なくしがみつくことができる　そして彼女の目は
風で大きくあいていた、口も大きくあけることができる　さらに大きくそして吸いこむ
トウモロコシ畑から立ちのぼる熱気を　巨大な枕に体を預けた心地で
仰向《あおむ》けになって降りてゆける　しかも寝返りをうてる　ベッドにいるように寝返りを
うてる　微笑《ほほえ》む、闇の中で知ったから　どこまでも行ける　斜めに　滑らかに
宙返りして　羽を半ば広げた鳥のエンブレムになり
あるいは激しく回転する　刈り入れ時の満月めがけて小麦畑から立ちのぼる
弥増《いやま》す熱気の中で無限の軽業のように。　今は生きるべき時

健やかに超人的に　人の手の届かぬ光を遙《はる》か下に見ながら
遠い国道を夜更けの希《け》有《う》な車が一台そろそろと進み　たどりつくのは
四角い町　右腕の先で煌《きら》めく水が
震える片面の月を捕まえる　鱗《うろこ》模様の移ろう銀貨　おおなんと嬉しい
そして怨めしい　愛を交わすあらゆる体位を次から次へと
とりながら　踊りながら　眠りながら　そして今は雲が触手で叩く
レインコートがない　かまわない　雲の中から小さな町が幾つもちらちらと
明るい　彼女は雨のように町をまたぎこす　飛び出すと見えるのは脇腹から
光をまき散らすグレイハウンドバス　まっすぐ下へ進めの合図
輝くばかりに美しいダイバーのように　次の瞬間足を下に　スカートを見事に
まくり上げ　顔を恐怖の匂いの布に埋め　両脚を有頂天《うちょうてん》で剝き出して　それから
腕を伸ばすと　彼女はゆっくり回転する　落ち着きはらって　偉大なるものに
支配されるのを待つ　羽のように揺らぐ　頭を下げて滑空する
鳥の首のすばやい動きで頭を回す　金の目は鶏舎《けいしゃ》の内で燃え立つ梟《ふくろう》の
内なるものを射抜く目　鶏肉の味がどっとばかりに
よみがえる　鷹《たか》の遠目は拡大する、人の車の明かりを
貨物列車の明かりを　太鼓橋を　川のあらゆる湾曲部をゆっくりと走る月を

拡大する　中西部のあらゆる闇が上から輝いて
見える。　藪の兎が一匹白く変わる　窒息死しつつある雛《ひよこ》たちが
身を寄せあう　彼らにも生きる時間はまだ幾許《いくばく》かある
獲物を襲う鷹のように流れゆく半思考を抱き　高速移動　落下
それはコントロールされている　思いのままに落ちる　重力を変える
新たな状態に、月のようにもう片面を見せながら　輝く
〈新たなる力〉　生きる時間はまだある
この束の間の一夜を頼みの綱に　スカートの形を線画の蝙蝠《こうもり》のように
整えることを思い出す時だ　それは確《しか》と彼女を導く　彼女には制服でできた
この飛膜があるのだ　テレビのあの命知らずのスカイダイバーたちもいる　陽光の中
空を渡り　ゴーグルの下で微笑み　あちらからこちらへとバトンを交わし
そしてパラシュートなしで飛んだ男はダイビングパートナーに
手を取られた。　彼女は探す、微笑むパートナーを　白い歯を　どこにもいない
彼女は悲鳴をあげている　聖歌を歌っている　美しい肩から
人の薄っぺらな翼を広げ　空気が獣の声で優しく歌い　囀《さえず》り
そしてもはや彼女には世界の巨大な一部を為す形が見えない　今
呼び覚まされた際立つ姿を祖国が失うのを彼女は眺めている　祖国が失いまた得るのを

眺めている　家々と人々を取りもどすのを　祖国が地上の光を掲げるのを眺めている
一塊の家々　納屋の屋根の上のランプ　もしも彼女が水に落ちたなら
事によると生きられるかもしれない　ダイバーのように　水を裂く　完璧に　飛びこむ

また別の　重い銀の中に　息ができぬまま　減速してゆく　救いの
エレメント——水がある　ダイビングの妙技を
完成させる時だ　足を揃《そろ》え　爪先を尖らせ　両手の形は正しく
針のように滑らかに水に入り　健やかに水を出て滴を垂らし
コカコーラを手渡され　ほらそこにある　豊かな水がある
命の水　貯水池に詰めこまれて渦を巻く月　そして私は飛びはじめる
カンザスの夜気に乗って　超人のように両目を見開き
白々と光る　呪われた月をめざして　ドン・ローパーがデザインしたジャケットを
生まれながらの翼のようにはためかせ　狩りをする梟さながら煌めく水をめざす
ただ落ちるだけではだめ　叫びつづけ転げ落ちるだけではだめ　それを利用しないと
だめ　彼女は今すべてを終える　すべてを抜ける　雲また雲　湿って　まっすぐ
髪をなびかせ　薄雲の最後の一束が顔にぶつかり綿毛のように霧散するとあらわれるのは
新たな闇　混沌《こんとん》と闇の奥からあらわれるのは泥道を進む

新たなヘッドライトの列　徐々に熱くなってゆく　己の祖国というできたての、避けがたい
世界　待ち受ける水の中の光の巨大な岩塊　つかめ　手を伸ばせ
水に――たおやかな若き乙女が自ら身を投げて飛び
ジャケットの腕を高く掲げ　袖いっぱいに空気を孕《はら》ませ
そして中西部に閉じこめられた水に抱かれる
ひび割れた月を　何年ものあいだ彼女のために蓄えられていた水を
めざすなどといったい誰が思うだろう？　夜気の高みに身を躍らせ
カンザスの中心に命そのもののように湛《たた》えられた水を兎のように追いかける
者に向かって最後に何がいえるだろう？　彼女はめざす　まばゆい剝き出しの湖を
スカートは整ったまま　両手と顔は豆畑から立ちのぼる陽炎《かげろう》で
ますます熱を帯び　そして彼女の下　シュニール織りのベッドカバーの下で
農場の娘たちは感じている、己の内なる女神がもがき
瑕《きず》の煌めくベッドの支柱に覆いかぶさるのを　夢見ている
月という女のしるしを　鉄のごとき男の血を　中西部の夜に頭の上を飛びすぎ
なだらかな丘陵《きゅうりょう》に広がる静けさを焼き尽くす　野火の上を飛びすぎる
旅客機の呻きの真の意味を　そして目覚めて見るのだ

自らの姿を映す女が　屋根の上で星になろうと足掻《あが》いているのを
――彼女に大地が近づいてくる　水が近づいてくる　彼女はそれを
通りこし　それから体を傾け　旋回する　袖がはためき体が宙返りして
東を向く、小麦畑から太陽が昇るほうを　彼女は水をなんとかしなくては
ならない　水をめざして進み　飛びこみ　飲みこみ　浮き上がらなくては
ならない　だが大地に水は一滴も残っていない　雲が水を飲み干してしまった
植物が水を吸い上げてしまった　彼女を迎えに立つのは
死の畑地だけ　彼女はふたたび飛翔《ひしょう》から墜落へともどる
力強い叫びへと　旅客機の二重の扉を吹き飛ばした
無音の悲鳴へともどる　もうじき　もうじき忘れそうだ
自分がしてしまったことを　覚えているのは　覚えているのは雲の芯が
前衛的に渦巻いていたということ　なぜかまだ覚えているのは死ぬまでに
まだ時間があるということ。今こそトウモロコシ畑の形をした夏の空気の中で帽子を
脱がせてやろう　片方だけ脱げずにいた靴を　もう片方の爪先で
蹴り飛ばすくらいの時間を　ストッキングを冷静な指でおろすくらいの時間を
与えてやろう、死と隣りあわせの中空で衣を脱ぐのは
まさに死ぬほど他愛ない　何しろ体はなんの苦もなくどんな姿勢もとれるのだから

ただ例外が一つ体を支配する　昇れない　生きられない　死なずにはすまされない
農場の家が九軒ふわふわと近づいてくる　大きくなる　八軒が離れてゆき、中央の
一軒だけが残る　やがてその家の畑地も離れてゆく　神の選びし大地から
引きかえす　手段はない　だが悲しい銀の役立たずの翼のついたジャケットを
彼女は脱ぎ捨てる　蝙蝠の尾膜めいたスカートを
雷光を帯びてまといつくブラウスを　素肌を包み
処女の聖霊のように彼女を乗せて飛ぶ内なる翼のごとき
スリップを脱ぎ捨てる　長々とたなびくストッキングを　愚かしい
ブラジャーを脱ぎ捨てる　つづいて規則どおり身につけたガードルが身もだえしながら
脱げてゆくのを感じる——もう臀部《でんぶ》は一塊ではない　彼女はガードルがはためくのを感じる
手の中で震え　漂ってゆく　上へと　彼女から剝がれた衣が昇ってゆく
雲の中へと　さらに最後の鋭い危険な靴が彼女の頭上から歌わぬ鳥のように
遠ざかってゆく　それからこんどは降ってくる　**もうすぐ**　今こそ降ってくる

カンザスを訪《おと》なった　最も偉大なるものの象《かたち》をとって　遙かな高みから
落ちてくる　肺に溜まったアメリカの息吹の　あらゆる高さから儚《はかな》く
冷たい虚空から肥沃《ひよく》な大地へと、そこではトウモロコシの穂の中で終息がまどろみ

そして裕福な農民が金《かね》を数えるように息づいている――そこへ彼女があらわれるのだ
最後の超人的な行為のあとで　眠る者たちが誰しも夢の中で求めるような
瑕《きず》一つない体の隅々まで　両手をゆっくりと念入りに這わせたあとで
――すると少年たちは己の腰が命の血潮で満たされたことに初めて気づく
妻を亡くした農夫たちは明け方軽い上掛けの下にためらいがちに両手を伸ばし己自身が
硬く目覚めていることに気づく　地上から雲へと引き寄せられた目眩《めくるめ》く
血潮　何かが頭上を通り過ぎたことを　皆一様に感じる　おりしも彼女が通り過ぎたのだ
長い脚に　小さな乳房に　そして両の太股の奥に
手の平をすべらせ　ピンから一気に解き放たれた髪を　体を煽《あお》る
風になびかせ　彼女を開かせよう　大地にぶつかる最後の瞬間
仰向けになるように　ああついに　**ついに**

柔らかな黒土に己の刻印を
うがち　大地に沈み　深々と体をめりこませ
己の最期《さいご》の輪郭の中に　雲のような大地の中に　果てしなく伸びる畝《うね》の流れを乱して
深々と横たわる彼女を見つけた者は皆　彼女がそこに　解《げ》しがたく　紛れもなく　いると
それだけしかいえない　そして忘れない　何かがやはり彼らにも押し入ったことを
忘れない　なんとはなしに畑地へと踏み入って

大地が彼女を捉え　乙女の飛翔をさえぎり　どう横たわるか教えた場所へと
向かった時よりも　人生が鮮やかに見えはじめたことを
彼女は寝返りをうてない　どこへも行けない　動けない　そこを出られないし別の
体位をとれない　微笑むスカイダイバーも彼女を救えない　腕を取って彼女とともに
飛びこむことはできない　婚礼の絹を頭上に広げることはできない　彼女にはもうできない
次々とあらわれて死んだ妻に取って代わる女たちとともに雨のしるしを刻むことも
農場のノルウェー乙女たちや　ウィチタの娼婦たちに　女神のしるしを刻むことも。
彼女の上に広がる馴染《なじ》み深い空気は一つの命を完全に見放しては
いない　すべて失われてしまった　それでもまだ死んでいない　ほかのどこでもなく
完全に　静かに仰向けに畑地に横たわり　感じている
体を持ち上げようとする弛《たゆ》みない成長の匂いを　片目の片隅にわずかに残る
視野　薄れながらも　うねるものが見える　彼女は横たわり感じている
うまくいったのだと　女神としての高みにあった
須臾《しゆゆ》の間に　水へ　頭から飛びこみ　微笑みながら上がれたのだと　瑕一つない
水着の広告の娘　だが彼女は　鉄道橋からも　貯水池からもさほど遠くはない
地面にぶつかり半ば埋まったまま　日光浴をするように最後の月の光を浴びて
仰臥《ぎょうが》している　慎ましい穴から頭をもたげることができるなら

彼女にも見えただろう　衣がカンザスじゅうに
降りはじめている　片方だけの靴は　露に濡れたゴルフ場の
六番グリーンの　茂みの中に　ガードルは物干ロープに
ふわりと止まる、もともとあったかのように　ブラウスは避雷針に

――そして彼女は畑地に横たわる　この畑地の中に　折れた背骨の上に　まるで
突き抜けることのない雲の上にいるかのようだ　いっぽう農夫たちは夢の中で歩いてゆく
女たちを家に残して　遠く命の水の中へと落ちてゆくような
歩み　月の光の中で　夢に見た農場の永遠の意味へと向かって
手の中で花開く収穫へと向かって　その悲劇の対価
自分が行くのを感じる　彼方《かなた》へと向かって　外へと向かって　最期に胸一杯に息を吸う
吸えない　また吸おうとする　わずかに　もう一度　吸おうと　吸おうと　**ああ、神よ**――

あとがき――操縦室より重大なメッセージがあります

空を飛べば怖い目にあっても不思議はないが、世界じゅうを飛びまわってきて、わたしは怖い経験をしたという記憶がない。このアンソロジーを編んでいるあいだ、二十四時間以上を空中で過ごしたが、すこぶる順調な飛行だった（ただし、なにもかもが悪いほうにころんだら、と考えるのをやめられなかった。ここに集めた物語のおかげで）。濃霧でとりやめになった着陸が、わたしの空中旅行の歴史を通じて最悪の事態といえるだろう。

とはいえ、はじめて飛行機というものに乗ったのは一九七八年の三月で、ハイスクールの春休みでギリシアへ旅行したときだった。われわれのアリタリア航空の747は、赤い旅団がアルド・モーロ元首相を誘拐した日の翌日に、レオナルド・ダ・ヴィンチ空港に着陸した。空港は厳重な警戒態勢にあり、ウージ短機関銃をさげた兵士がうようよしていた。緊張が高まった。クラスメイトのひとりが、カメラを首にぶらさげたまま金属探知器を通りぬけたとき、あやうく国際的大事件が出来《しゅったい》するところだった。

それとは別の折り、日本への出張からアメリカへ帰るあいだに、同僚たちとわたしは、ロドニー・キングを殴打して訴追された警官たちが無罪放免となり、ロサンジェルスで暴動が起こっていると知らされた。そこで飛行機を乗り換えることになっていたが、サンフランシスコを経由する新しいルートをとることにした。ロサンジェルス国際空港では着陸する飛行機が銃撃されているという未確認の報告を耳にしたあとに。

二〇一七年七月、映画『ダークタワー』のバンゴア・プレミア上映に先立って、リチャード・チズマーとわたしはあるレストランにいた（たまたま、バンゴア国際空港とは通りをはさんで向かいあっていた）。そのときスティーヴン・キングが近づいてきた。「たったいま、いいことを思いついた」と彼はいった。「空を飛んでいるとき、人の身に起こりうる、あらゆる災難にまつわる小説のアンソロジーだ。ぼくが各篇に序文をつける」リッチに向かって、「きみが出版する」題名をふたつあげてから、「だれかに手伝ってもらって、もっとたくさん小説を見つけないといけないな」わたしに向きなおり、「それがきみの仕事だ」

こういう経緯《いきさつ》で、このアンソロジーは生まれた。わたしは即座に「高度二万フィートの悪夢」を思いつき、飛行機や空を飛ぶことに関する怖い小説を渉猟する仕事にとりかかった。

飛行機のなかで身の毛もよだつ場面が展開される小説や映画はふんだんにある。その筆頭は、おそらくアーサー・ヘイリーが一九六八年に発表した『大空港』だろう。ヘイリーは『危険への飛行』と題された脚本で執筆キャリアをスタートさせた。その題名はこのアンソロジーの仲間としてうってつけに聞こえる。わたしは十代のころにノヴェライゼーションの『0－8滑走路』を読んだし、それに基づくTV映画『恐怖のエアポート』も見たのはまずまちがいない。もちろん、『大空港』は劇場映画となり、一九七〇年代を通じて続篇をいくつか生みだしたが、近ごろは抱腹絶倒のパロディ映画『フライングハイ』のほうが、おそらくよく知られているだろう。それに『エアフォース・ワン』や『パニック・フライト』や『スネーク・フライト』を忘れられる者がいるだろうか？　五マイル、六マイル、七マイルの上空で、金属の筒に閉じこめられているとき、起こりうる災厄の種類は数かぎりないのだ。

怖い飛行機の出てくる短篇小説というサブ・サブジャンルのほうははるかに小さい、とわかった。優れた候補作を見つけるには、少々骨が折れた。グーグル検索の結果は、いやな飛行体験にまつわる怖い実話でもっぱら占められていた――スティーヴが序文で語っているのと似たり寄ったりの話だ。〝集合知〟にもお伺いを立てた。フェイスブックに質問を投稿したところ、そうでなければ見つからなかったかもしれない小説を推薦してもらえた。したがって、集合知よ、心から感謝する！

アンソロジーの候補作を探しているあいだ、わたしは詩歌財団のためのエッセイを書いていた。そしてスティーヴの鍾愛《しょうあい》する詩の一篇――彼がインタヴューで何度も言及しているそれ――が、一九六二年の実話に触発されたものであることを思いだした。飛行中に非常ドアがパッと開いて、客室乗務員が飛行機から吸いだされたという話だ。その詩をアンソロジーに収録するべきだと思わないか、とスティーヴに訊《き》いてみた。じつは、彼も同じことを考えていた。かくして本書は、詩的かつ隠喩《いんゆ》的になった実話の悲劇で締めくくられる。

この本にとり組んでいるあいだ、ジョー・ヒルの中篇集『怪奇日和』も読んでいた。「雲島」は、野望に燃える青年が、スカイダイビングに行くことで、ある女性を感心させようとしている場面からはじまる。彼は怖《お》じ気《け》づいて、土壇場で尻ごみするが、エンジンが止まり、けっきょく飛行機から飛びだすはめになる。うれしいことに、ジョーはこういってくれた。本書にぴったりの小説用に別の——心の底までかき乱す——アイデアがある、と。オーエン・キングは、われわれにトム・ビッセルの小説を教えてくれた。

このアンソロジーは、飛行中に悪いほうへころぶ可能性のある事態を網羅しているのかといえば、そんなことはない。この後記を書いているさなか、ある警報がとり消された。麻疹《はしか》にかかっているのに、シカゴのオヘア国際空港をすり抜けた乗客についてのものだった。とすれば、たとえ最終目的地まで無事に飛べたとしても、ほかの乗客になにを伝染《うつ》されるのか、わかったものではない。可能性は数かぎりない。つぎの旅にそなえて荷造りするとき、じっくり考えてみるべきことだ。

このアンソロジーは主として既発表の小説から成っているが、そのうちの二、三篇以上を読んだことのある読者は多くないだろう。このプロジェクトに着手する前、わたしは四篇しか読んでいなかった。このプロジェクトは発見の旅であり、自分たちが集めた一群の小説にわれわれはすこぶる満足している。

目次がほぼ固まったところで、わたしは数年ぶりに「ランゴリアーズ」を再読した。すると、その中篇——じっさいは長篇だ。このアンソロジー全体と同じくらいの長さがある——

と、われわれが選んだほかの物語とのあいだに予想外のつながりが見つかった。もちろん、これはスティーヴン・キングの宇宙であり、そこではジェンキンズという名前の「ランゴリアーズ」の登場人物が考えをめぐらせる――「つまりぼくらは一九六三年十一月二十二日のテキサス州教科書倉庫にあらわれて、ケネディ暗殺をやめさせるというようなことはできないんだ」(小尾芙佐《おびふさ》訳)。だから、こんなことが不意打ちとして起きるはずがない。だが、そうなったのだ、と。

なんなら、そのジェンキンズ、つまり自分たちの窮状を最初は〝密室殺人〟ミステリの観点で述べる作家の意見を熟考するといい。わたしが見つけた小説のひとつは、飛行機のトイレで起きる密室殺人ミステリだった。現実世界のミステリは、自分たちの苦境に対する適切な隠喩ではない、とつづけてジェンキンズがいう。「ラリー・ニーヴンかジョン・ヴァーリィがこの飛行機に乗っていなかったのは、かえすがえすも残念だ」(同前)と。ちょっと待った……なんだって？　だれの名前が目次に載っていたっけ？　ほかならぬミスター・ヴァーリイではないか。

そのあとワームホールを抜けてもどる方法について議論がある。解決策は「飛行機をジョーンズタウンに向ける」ことかもしれない、とジェンキンズがいう。われわれのアンソロジーの巻頭作で、貨物はどこから来るのか？　そう。ジョーンズタウンだ。

まるで最初から図っていたかのようだった。わたしはこの手の調和美を発見するのが大好きだ。

さて、このコクピットにいるふたりのパイロットから、みなさんに重大なメッセージがあります。当機にご搭乗いただき誠にありがとうございます。数ある航空会社のなかから当機を選んでくださったことは承知しておりますし、この便に搭乗すると決めてくださったことに心よりの感謝を申しあげます。フライトがそれほど荒れなかったのならさいわいですが、この機に搭乗なさったときに、どういう目にあうかはご存じだったはず。もしかすると、乗客のおひとりが、わたくしどものいたらぬ点を補ってくださったかもしれません。まあ、こういうことは起きるものです。

みなさまの旅行代理店にも感謝いたします。旅の手配をし、みなさんが意図した最終目的地へ確実に着くようにしてくれた方々に。これらの小説に出てくる乗客の多くは、かならずしもそれほどの幸運には恵まれませんでした。

関係者全員がつつがなく旅を終えられるように助けてくれた、チャック・ヴェリル率いる客室乗務員たちにも感謝したいと思います。そしてセメテリー・ダンス・パブリケーションズの地上整備員たちにも。彼らは当機をメンテナンスし、飛べる状態にあるよう尽力してくれました――とりわけセメテリー・ダンスの整備主任、リッチ・チズマーと、オペレーション・エージェントのブライアン・フリーマンに感謝します。

さて、点灯したサインにしたがい、座席の背もたれとトレイ・テーブルを元にもどし、直立した所定の位置に固定して、飛行中に持ちだされた品物をしまって、ご使用だった電子機器のスイッチをお切りください。当機はまもなく着陸いたします。少々ガタつくかもしれませんので、足を踏ん張ってください――これは副操縦士の初飛行なのです。ゲートに駐機し、シートベルト・サインが消えるまでは、お席を立たないようにお願いします。手荷物入れを開くときはお気をつけください。荷物の位置が飛行中にずれたのは百パーセント確実ですし、その重たいバッグは、みなさまの頭に一発くらわそうと機会をうかがっているのです。

なお、もし空港か――さらにいいことに――飛行機のなかで本書を読んでいる人を見かけたら、写真を撮って、わたくしどもにお送りください。そういうことがあれば、天にも昇る心持ちでしょう！

ベヴ・ヴィンセント
テキサス州ザ・ウッドランズ
二〇一八年三月八日
（中村 融 訳）

作者について

アンブローズ・ビアス（一八四二〜一九一四？）は、おそらく『悪魔の辞典』の作者としてもっとも著名だろう。そして短篇「アウル・クリーク橋の一事件」が頻繁にアンソロジーに収録される。彼は印刷工見習いとして働き、南北戦争中は軍務についた。この経験を基にして、その後多くの作品を書いた。四分の一世紀にわたり、東西両岸で新聞社に勤め、執筆した。さらなる戦時経験を求め、パンチョ・ビラ率いる革命を視察するためにメキシコを旅行中、消息を絶った。彼の運命は杳《よう》として知れない。

トム・ビッセル（一九七四〜）はミシガン州エスカナバ生まれ。九冊の著書があり、そのなかには〈ニューヨーク・タイムズ〉ベストセラー・リストに載った『破滅のアーティスト』（原題：*The Disaster Artist*）（グレッグ・セステロと共著）と『使徒』（原題：*Apostle*）が含まれる。彼の作品はローマ賞を受け、グッゲンハイム助成金を勝ちとっている。彼は家族とともにロサンジェルスに住んでいる。

レイ・ブラッドベリ（一九二〇〜二〇一二）は四十冊近い本を著した。そのなかには『華氏４５１度』、『火星年代記』、『刺青の男』、『たんぽぽのお酒』、『何かが道をやってくる』といった古典はもちろんのこと、数百にのぼる短篇小説が含まれる。演劇、映画、ＴＶに向けた作品も書いており、ジョン・ヒューストン監督の映画

『白鯨』の脚本、エミー賞を制したTVアニメーション映画『ハロウィーンがやってきた』などがある。さらに自作短篇のうち六十五篇をTV番組《レイ・ブラッドベリ・シアター》向けに脚色した。二〇〇〇年にアメリカ文学への卓越した貢献を認められ、全米図書財団のメダルを授与され、二〇〇七年にピュリッツァー賞の特別表彰を受けたほか、数多くの栄誉に輝いた。

ロアルド・ダール（一九一六～一九九〇）はノルウェー移民の両親のもと、ウェールズの首都カーディフに生まれた。二十三歳でイギリス空軍に入隊し、第二次大戦中に飛行機が墜落して負傷したあと、おとな向きの作品を書きはじめた。自宅の庭の底に建つ掘っ立て小屋に腰をすえ、世界一愛される子供向きの物語を書きつづけた。『マチルダはちいさな大天才』、『チョコレート工場の秘密』、『オ・ヤサシ巨人BFG』などだ。今日《こんにち》、彼の小説は六十の言語に翻訳されており、二億五千万部以上を売りあげている。これらの物語の多くは演劇や映画にも脚色され、そのなかには一九七一年の古典的映画『夢のチョコレート工場』、ウェス・アンダースン監督の世評の高い『ファンタスティック Mr. Fox』、スティーヴン・スピルバーグ監督の『BFG：ビッグ・フレンドリー・ジャイアント』、そして数々の賞に輝いたRSC制作、ティム・ミンチン音楽の『マチルダ・ザ・ミュージカル』が含まれる。ダールは一九九〇年十一月に亡くなった。

ジェイムズ・L・ディッキー（一九二三～一九九七）はアメリカの詩人・小説家。もっとも知られた著書は長篇小説『救い出される』であり、この作品は一九七二年に大作映画『脱出』となった。ディッキーは保安官役でその映画にカメオ出演した。第二次大戦中はアメリカ陸軍航空隊の夜間飛行大隊でレーダー・オペレーターを務め、朝鮮戦争中はアメリカ空軍でふたたび軍務についた。ヴァンダービルト大学で英語と哲学の学士号を取得したあと、同じ教育機関にもどり、英語で文学修士号をとった。ライス・インスティチュートとフロリダ大学で教鞭《きょうべん》をとり、宣伝コピーを書いて数年を過ごした。一九六〇年に詩集の刊行をはじめ、グッゲンハイム助成金と全米図書賞の詩部門を受けたほか、議会図書館のための詩歌コンサルタントに指名された。一九六〇年代の大半を通じて各地を講演してまわったあと、一九六九年にサウス・カロライナ大学で英語の教授兼大学付き作家《ライター・イン・レジデンス》となった。一九六六年には第十八代アメリカ合衆国桂冠詩人に任命され、一九七七年にはジミー・カーター大統領の就任式に招待されて、朗読をおこなった。彼の詩「月の地面」（原題："The Moon Ground"）の朗読は、一九六九年七月、アポロ11号の月面着陸の日にTV放映された。

アーサー・コナン・ドイル（一八五九〜一九三〇）は医師で、数十の短篇と四作の長篇に登場する私立探偵、シャーロック・ホームズの生みの親である。ドイルは歴史小説や、チャレンジャー教授を主人公とする冒険小説も書いた。ボーア戦争をはじめとして、アフリカ大陸に関連する問題についても書いたが、心霊主義に魅せられるようになり、その関心が元でハリー・フーディーニやジョゼフ・マッケイブのような心霊主義懐疑派との軋轢《あつれき》が生まれた。自伝『わが思い出と冒険』は、死去の六年前に刊行された。

コーディ・グッドフェロー（一九七〇〜）は単独で七作、〈ニューヨーク・タイムズ〉ベストセラー・リストの常連作家ジョン・スキップと共作で三作の長篇を著している。四冊ある短篇集のうち二冊、『静かな戦争のための音を立てない武器』（原題：*Silent Weapons for Quiet Wars*）と『オール・モンスター・アクション』（原題：*All-Monster Action*）は、ワンダーランド・ブック賞を受けた。ラヴクラフト風の衛生学短篇映画「家にいろよ、おやじ」（原題：*Stay-At-Home Dad*）では脚本を書き、共同製作を務め、作曲もした。〈ドラゴンの奥義教団〉の司祭として、毎年クトゥルー祈禱《きとう》の朝食会を何度か主宰する。最近、デイズ・インのコマーシャルでアーミッシュの農夫を演じたほか、多数のＴＶ番組の背景に登場している。たとえば、《アクエリアス》（原題：*Aquarius*）、《アメリカン・ホラー・ストーリー――ロアノーク》（原題：*American Horror Story: Roanoke*）、《Ｇ・Ｌ・Ｏ・Ｗ》（原題：*G.L.O.W.*）、《きみは最低だ》（原題：*You're The Worst*）、《カービー・バケッツ》（原題：*Kirby Buckets*）、《ケヴィン・ハートの黒い歴史ガイド》（原題：*Kevin Hart's Guide to Black History*）、そしてアンスラックスやベックのミュージック・ヴィデオなどだ。モダン・コズミック・ホラーをときおり刊行する零細出版社、ペリラウス・プレスの共同創立者でもある。よそでなにを読まれたにしろ、彼はじっさいはオレゴン州ポートランドに住んでいる。

ジョー・ヒル（一九七二～）は、〈ニューヨーク・タイムズ〉ベストセラー・リスト第一位を獲得した『ファイアマン』、『ＮＯＳ４Ａ２――ノスフェラトゥ』、最新作『怪奇日和』の著者である。イギリスとアメリカにかわるがわる住んでいるので、かなりの時間を空中で過ごし、高度三万フィートで人の身に起こりうる、あらゆる忌まわしいことに考えをめぐらせている。

スティーヴン・キング（一九四七〜）は、プロとして最初の短篇を一九六七年に〈スタートリング・ミステリ・ストーリーズ〉に売った。一九七一年の秋にメイン州ハムデンにある公立のハイスクール、ハムデン・アカデミーで英語の授業を受けもつようになった。夕べと週末に執筆して、短篇を生みだし、長篇にとり組みつづけた。一九七三年の春、ダブルデイ社が長篇『キャリー』の刊行を決め、おかげで教職を辞し、フルタイムで書くめどがついた。それ以来、五十を超える著書を上梓《じょうし》しており、世界でもっとも成功した作家のひとりとなっている。キングは二〇〇三年にアメリカ文学への卓越した貢献が認められ全米図書財団のメダルを、二〇一四年にナショナル・メダル・オブ・アーツを、二〇一八年に国際ペンクラブのアメリカ文学功労賞を授与された。

E・マイクル・ルイス（一九七二〜）は航空学とゴースト・ストーリーの熱狂的ファンであり、ワシントン州タコマにあるピュージェット・サウンド大学で小説の書き方を学んだ。彼の短篇は『ホラー・アンソロジーのなかのホラー・アンソロジー』（原題：*The Horror Anthology of Horror Anthologies*）（メガザンタス・プレス）、『エキゾティック・ゴシック4』（原題：*Exotic Gothic 4*）（PSパブリッシング）、『残忍な野獣』（原題：*Savage Beasts*）（グレイ・マター・プレス）に収録されている。フェイスブックとツィッターにも投稿している。生まれたときから太平洋側北西部に住んでいて、ふたりの息子の父であり、やはり兄弟である二匹の猫のチーフ・アテンダントを務めている。

リチャード・マシスン（一九二六〜二〇一三）は多くの古典的長篇と短篇の著者である。執筆したジャンルは多岐にわたり、それにはテラー、幻想、ホラー、超自然、サスペンス、SF、ウェスタンが含まれる。書籍に加え、TV（《トワイライト・ゾーン》、《四次元への招待》、《スタートレック》など）と多数の劇場用映画のために健筆をふるった。マシスンの長篇と短篇の多くは映画化されており、『縮みゆく人間』、『アイ・アム・レジェンド』、『ある日どこかで』、『奇蹟《きせき》の輝き』などがある。世界幻想文学大賞、ブラム・ストーカー賞生涯功労部門、ヒューゴー賞、エドガー賞、スパー賞最優秀ウェスタン長篇部門、数度におよぶライターズ・ギルド賞など多くの賞を受けており、二〇一〇年にはSFの殿堂入りを果たした。

デイヴィッド・J・スカウ（一九五五〜）は、四十年にわたり三十冊を超える〝年間ベスト〟アンソロジーに短篇を送りこんできた。そして世界幻想文学大賞、〈トワイライト・ゾーン〉誌が選ぶ稀少《きしょう》きわまりないディメンション賞、さらには『腹の虫』（原題：*Wild Hairs*）（〈ファンゴリア〉に寄せた〝荒れ狂う&涎《よだれ》を垂らす〟コラムの精選）で国際ホラー・ギルド賞を勝ちとった。長篇には『殺しのリフ』（原題：*The Kill Riff*）、『シャフト』（原題：*The Shaft*）、『岩は砕き鋏《はさみ》は切る』（原題：*Rock Breaks Scissors Cut*）、『狂嵐の銃弾』、『銃の仕事』（原題：*Gun Work*）、『人殺しにまじっての狩り』（原題：*Hunt Among the Killers of Men*）、『共倒れ』（原題：*Internecine*）、『アップガンド』（原題：*Upgunned*）、『大いなる衝突』（原題：*The Big Crush*）（近刊）などがある。短篇は『赤を見る』（原題：*Seeing Red*）、『迷える天使たち』（原題：*Lost Angels*）、『黒革が入用』（原題：*Black*

Leather Required)、『地下聖堂の蘭』(原題:*Crypt Orchids*)、『眼』(原題:*Eye*)、『ゾンビ・ジャム』(原題:*Zombie Jam*)、『大惨事がジェイデッドを泳がせる』(原題:*Havoc Swims Jaded*)、『DJSタービア』(原題:*DJSturbia*)、キャリアを概観する傑作集『DJSトーリーズ』(原題:*DJStories*)にまとめられている。映画(『クロウ/飛翔《ひしょう》伝説』、『悪魔のいけにえ3/レザーフェイス逆襲』、『ヒルズ・ラン・レッド―殺人の記録―』)とTV(《ハリウッド・ナイトメア》、《クロニクル　倒錯科学研究所》、《ザ・ハンガー》、《マスターズ・オブ・ホラー/ハンティング》)の脚本も幅広く書いてきた。その他のノンフィクション作品には、『The Art of Drew Struzan:ドリュー・ストルーザン　ポスターアート集』、『アウターリミッツ必携』(原題:*The Outer Limits Companion*)などがある。続篇の『アウターリミッツ五十周年』(原題:*The Outer Limits at 50*)は、二〇一五年のロンド・ハットン・クラシック・ホラー賞の書籍部門を制した。『大アマゾンの半魚人』、『インキュバス』(原題:*Incubus*)、『ショーシャンクの空に』から『絶叫また絶叫』(原題:*Scream and Scream Again*)、『野獣は望む』(原題:*Beast Wishes*)、『サイコの遺産』(原題:*The Scycho Legacy*)にいたるまで、ありとあらゆる作品のドキュメンタリーやDVDで、専門家証人としてしゃべったり動きまわったりしているところを見ることができる。彼はサブテラニアン・プレス刊の『失われたブロック』(原題:*Lost Bloch*)全三巻とジョン・ファリスの『エルヴィスランド』(原題:*Elvisland*)の編者も務めている。『レザボア・ドッグス』、『フロム・ヘル』、『アイ、ロボット』『特攻大作戦』特別版、『ナルニア国物語/第1章:ライオンと魔女』といったDVDの付録を共同制作した。J・F・ゴンザレス生涯功労賞の初代受賞者であり、〝スプラッターパンク〟という単語が二〇〇二年からオクスフォード英語辞典に収録されているのは彼のおかげである。彼は最愛の地ロサンジェ

ルスに住み、仕事をしている。さっさと彼をググりたまえ。

ダン・シモンズ（一九四八〜）はイリノイ州ピオリアで生まれ、中西部のさまざまな都市や小さな町で育った。そのひとつであるイリノイ州ブリムフィールドは、一九九一年の『サマー・オブ・ナイト』と二〇〇二年の『ウインター・ホーンティング』（原題：*A Winter Haunting*）に登場する架空の町〝エルム・ヘイヴン〟の原型となった。ダンは一九七〇年にウォバシュ・カレッジで英語の文学士号を取得し、最上級学年のときには、卓越した小説、ジャーナリズム、美術にあたえられる全米ファイ・ベータ・カッパ賞を勝ちとった。一九七一年にセントルイスのワシントン大学で教育学の修士号を取得。その後十八年にわたり、初等教育にたずさわった。ミズーリで二年、ニューヨーク州バッファローで二年——一年は特別な訓練を受けたBOCESの〝代理教師〟として、もう一年は六年生の教師として——そしてコロラドで十四年である。

ピーター・トレメイン（一九四三〜）は現在ロンドンに在住。最初に超自然現象をあつかったスリラーを書いて評判をとったあと、犯罪小説に手を染めた。元ケルト学者として、息の長い歴史ミステリ《修道女フィデルマ》シリーズで国際的に知られている。このシリーズは七世紀のアイルランドを主な舞台としており、第二十九作が世に出たばかりだ（二〇一八年七月）。多数の言語版があるので、二〇〇一年にアメリカで国際修道女フィデルマ学会が発足し、二〇〇六年から作中人物フィデルマの〝郷里〟ティペレアリー県カッシェルで三日間におよぶ国際的なファンの集いが開催されている。二〇一四年の開会式では、アイルランド政府の環境大臣、アラン・ケリーがこのシリーズを「国の宝」と評した。ピーターは《フィデルマ》シリーズに属さない犯罪小説をほんのひと握りしか書いていないが、「プライベートな殺人」は、彼の才能が七世紀にかぎられていないことを示している。

E・C・タブ（一九一九～二〇一〇）はロンドン生まれの作家。その作品は十を超える言語に翻訳されてきた。六十年におよぶ執筆歴において、百二十を超える長篇と二百を超えるSF短篇を発表した。その作品には歴史冒険小説、探偵小説、ウェスタンが含まれるが、いまなおいちばん著名なのは、おびただしい数のSF長篇であり、そのうち『異星の塵《ちり》』（原題：*Alien Dust*）（一九五五）と『宇宙生まれ』（原題：*The Space Born*）（一九五六）は折り紙つきの古典である。タブは息の長い《デュマレスト・サーガ》シリーズで有名になった。アール・デュマレストが、生まれ故郷である伝説の失われた惑星――地球――を見つけようとする探索を描いた、銀河を股にかける英雄譚《サーガ》である。最終的に三十三作におよび、最終巻『地球の子供』（原題：*Child of Earth*）は二〇〇九年に世に出た。同じくらいよく知られていたのが、TV番組《スペース1999》のノヴェライゼーションと《キャプテン・ケネディ》シリーズ（グレゴリイ・カーン名義）だ。最良のSF短篇のいくつかは、『E・C・タブSF傑作選』（原題：*The Best Science Fiction of E. C. Tubb*）にまとめられた。タブは二〇一〇年十月に他界するまで書きつづけた。遺作『サタンの炎』（原題：*Fires of Satan*）は二〇一三年に刊行された。

ジョン・ヴァーリイ（一九四七～）はテキサス州オースティンで生まれ、メキシコ湾岸で育った。石油化学製品の悪臭とすさまじい湿気から抜けだすチケットは、ミシガン州立大学への全国育英奨学金であり、科学者になるつもりだった。科学は退屈だと判明した。英語もそうだったし、その直後には、学校そのものも退屈だとわかった。彼は授業に出るのをやめた。ただし、古典的な映画を見せてくれる授業は別だった。ある友人と旅に出て、〈サマー・オブ・ラヴ〉にかろうじて間に合うタイミングでサンフランシスコに行き着いたが、そんなことが起きているのをふたりとも知らなかった。そこでの初日に、あるヒッピー向け無料宿泊所でアレン・ギンズバーグといっしょに歌ったり、詠唱したりした。自分はヒッピーだ、と彼は判断した。トゥーソンに住み、有名になる前のリンダ・ロンシュタットと出会った。ニューヨーク州北部で交通渋滞につかまり、それはウッドストック・フェスティヴァルのせいだと判明した。彼は三日間その渋滞から抜けだせなかった。徴兵は忌避した。一九七三年にSF作家になると決心した。彼は〝ニュー・ハインライン〟と呼ばれた最初の作家たちのひとりだった。これには自尊心をくすぐられると同時に悩ましい思いもした。というのも、オールド・ハインラインが主要なお手本であり――まだ存命だったからだ。彼の作品は、エスペラントを含め、作者本人には読めない十六の言語に翻訳されている。彼のキャリアには十年のブランクがある。ハリウッドで仕事をしていた十年だ。大金を稼ぎ、一時はMGMの撮影所の通行権を持っていた。メル・ギブソン、ポール・ニューマン、シガニー・ウィーヴァー、チャールトン・ヘストン、その他大勢のスターに会った。ウィーヴァーをのぞく全員が想像したよりも小柄だった（ジョン・ヴァーリイはカウボーイ・ブーツをはかなくても六フィート六インチの身長がある）。ヴァーリイはしばらくオレゴン州ポートランドでリー・エメットと同棲《どうせい》した。彼女はヴァーリイの最初の編集者となった。彼女はその仕事が得意で、役に立つ示唆に満ちていた。ふたりはシロッコという名前の十九歳になる犬をいっしょに飼った。その犬はオレゴン州で最高のシェトランド・シープドッグだった。ふたりはカリフォルニアの中央海岸にある浜辺から五十ヤードのところに駐《と》めたキャンピングカーで数年暮らした。ハリウッドのタイ・タウンと呼ばれる界隈《かいわい》で四年を過ごした。現在はワシントン州ヴァンクーヴァーに住んでいる。

ベヴ・ヴィンセント（一九六一〜）は数冊の本の著者である。最近作は『ダーク・タワー必携』（原題：*The Dark Tower Companion*）。そして八十を超える短篇小説を著しており、なかには〈アルフレッド・ヒッチコックズ・ミステリ・マガジン〉、〈エラリイ・クイーンズ・ミステリ・マガジン〉、二冊のＭＷＡアンソロジーに発表されたものもある。彼の作品はいくつかの言語に翻訳されており、ブラム・ストーカー賞、エドガー賞、ＩＴＷスリラー賞の候補になったことがある。二〇一〇年にアル・ブランチャード賞を制した。さらなる情報は、bevvincent. com を見るか、Twitter@Ben Vincent をフォローされたい。

（中村　融　訳）

収録作原題及び初出書誌一覧（※初出は原書によるもの）

「貨物」E・マイクル・ルイス／中村融訳：“Cargo” E. Michael Lewis（初出：*Shades of Darkness*, Ed. Barbara & Christopher Roden, 2008）● 初訳

「大空の恐怖」アーサー・コナン・ドイル／西崎憲訳：“The Horror of the Heights” Arthur Conan Doyle（初出：The Strand Magazine, 1913/11）● 北原尚彦・西崎憲編『ドイル傑作集〈2〉ホラー・SF 篇』翔泳社／2002/2→『北極星号の船長』／創元推理文庫／2004/12

「高度二万フィートの恐怖」リチャード・マシスン／矢野浩三郎訳：“Nightmare at 20,000 Feet” Richard Matheson（初出：*Alone by Night*, Ed. Michael & Don Congdon, 1961）●『ミステリーゾーン 4』／文春文庫／1994/8

「飛行機械」アンブローズ・ビアス／中村融訳：“The Flying Machine” Ambrose Bierce（初出：*Fantastic Fables*, 1899）● 新訳

「ルシファー！」E・C・タブ／中村融訳：“Lucifer!” E.C. Tubb（初出：Vision of Tomorrow #3, 1969）● 初訳

「第五のカテゴリー」トム・ビッセル／中村融訳：“The Fifth Category” Tom Bissell（初出：The Normal School, Fall 2014）● 初訳

「二分四十五秒」ダン・シモンズ／中村融訳：“Two Minutes Forty-Five Seconds” Dan Simmons（初出：Omni Magazine, 1988/4）● 初訳

「仮面の悪魔」コーディ・グッドフェロー／安野玲訳：“Diablitos” Cody Goodfellow（初出：*A Breath from the Sky: Unusual Stories of Possession*, Ed. Scott R Jones, 2017）● 初訳

「誘拐作戦」ジョン・ヴァーリイ／伊藤典夫訳：“Air Raid” John Varley（初出：Asimov's Science Fiction, Spring 1977）● 小松左京・かんべむさし編『気球に乗った異端者』／集英社文庫／1979/10

「解放」ジョー・ヒル／白石朗訳：“You Are Released” Joe Hill（書き下ろし）● 初訳

「戦争鳥《ウォーバード》」デイヴィッド・J・スカウ／白石朗訳：“Warbirds” by David J. Schow（初出：*A Dark and Deadly Valley*, Ed. Mike Heffernan, 2007）● 初訳

「空飛ぶ機械」レイ・ブラッドベリ／中村融訳：“The Flying Machine” Ray Bradbury（初出：*The Golden Apples of the Sun*, 1953）● 新訳

「機上のゾンビ」ベヴ・ヴィンセント／中村融訳：“Zombies on a Plane” Bev Vincent（初出：*Dead Set*, Ed. Michelle McCrary & Joe McKinney, 2010）● 初訳

「彼らは歳を取るまい」ロアルド・ダール／田口俊樹訳：“They Shall Not Grow Old” by Roald Dahl（初出：*Over To You: Ten Stories of Flyers and Flying*, 1946）●「ミステリマガジン」2016 年 9 月号／早川書房→『飛行士たちの話〔新訳版〕』／ハヤカワ・ミステリ文庫／2016/8

「プライベートな殺人」ピーター・トレメイン／安野玲訳：“Murder in the Air” Peter Tremayne（初出：*The Mammoth Book of Locked Room Mysteries and Impossible Crimes*, Ed. Mike Ashley, 2000）● 新訳

「乱気流エキスパート」スティーヴン・キング／白石朗訳：“The Turbulence Expert” Stephen King（書き下ろし）● 初訳

「落ちてゆく」ジェイムズ・ディッキー／安野玲訳：“Falling” James L. Dickey（初出：The New Yorker 1967/2/11）● 初訳

死んだら飛べる

2019年10月3日　初版第一刷発行

編　著　スティーヴン・キング&ベヴ・ヴィンセント
訳　者　白石《しらいし》 朗《ろう》・中村《なかむら》 融《とおる》
カバーイラスト　タケウマ
デザイン　坂野公一（welle design）

発行人　後藤明信
発行所　株式会社 竹書房
〒102-0072
東京都千代田区飯田橋2-7-3
電話03-3264-1576（代表）
03-3234-6383（編集）
http://www.takeshobo.co.jp
印刷所　凸版印刷株式会社

定価はカバーに表示してあります。
乱丁・落丁の場合には竹書房までお問い合わせください。

ISBN978-4-8019-2011-8　C0197
Printed in Japan